晉江破200億積分
大神級作家

犀利筆鋒柔軟筆觸之
最強說書人

Priest

著

創時代新武俠風格鋒芒十足

有匪

離恨樓

貳

天下第一刀「南刀傳人」虛名不脛而走，
北斗南疆麻煩千里直奔而來，「海天一色」水波紋祕密浮出水面，
一切皆如《離恨樓》豔曲淫詞般道盡淒風苦雨生別離……

一個人，是不能在自己的戰場上臨陣脫逃的。
而此物託有生死之諾，重於我身家性命。
這一副性命託付給你，
還有一副，我要拿去螳臂當車。
這安排堪稱井井有條。

目錄

第二十章　山川劍

謝允話沒說完，突然一縮頭。

周翡吃他的楣運已經吃撐了，一看他的動作，當下頭也沒回，橫刀就砍——原來是方才那活鬼似的敲鑼人不知怎麼往這邊飄了過來。

刀刃撞上銅鑼，周翡的刀太快，看似揮了一刀，那鑼卻響成了一片，堪比敲鑼打鼓喜迎新媳婦。敲鑼人一撒手，銅鑼四周立刻長出了一圈利齒，那鑼盾牌似的扣在他手臂上，活像扛了個刀槍不入的烏龜殼。此人輕功極高，再加上一身白衣，越發詭異可怖如同活鬼。偏偏周翡的蜉蝣陣越走越熟，兩人轉眼間在原地轉了有七八圈，簡直讓旁觀者眼花繚亂。

周翡刀法為一絕，跟蜉蝣陣搭起來更是絕配，可這敲鑼人抱著個可攻可守的銅鑼盾牌，像個蜷在殼裡的王八，教人無從下手。而且無論蜉蝣陣怎麼千變萬化，他好像總能先一步察覺。

銳利者常不能持久，何況周翡年輕，積累不深，這麼長久地磨下去不是辦法。謝允看得直皺眉，四下尋摸了一番，突然扭頭衝進客棧，不知從哪兒找了個銅盆出來，朗聲道：

「阿翡，法寶來了，速戰速決！」

周翡：「什……」

她沒問完，就聽身後「嗡」一聲。周翡吃了一驚，腳不沾地地閃開，只見一個碩大的銅盆破空而來，堂堂正正地撞在鑼上，撞出一聲石破天驚的巨響。

銅盆被那豁牙的鑼撞了個口，嘰哩咕嚕地彈了出去。周翡忙一伸手，將這破洞的「法寶」接在手裡，看清了此物是何方神聖，差點回頭給端王跪下磕頭。

這打得正熱鬧呢，一個破銅盆趕來搗什麼亂？

可惜人家不給她五體投地的機會，那敲鑼人先是被砸過來的銅盆嚇了一跳，往後退了一步，隨即很快反應過來，又捲土重來。周翡手裡舉著個礙手礙腳的銅盆，扔也沒地方扔，左支右絀地用銅盆當盾牌擋了幾下，亂響震得她自己耳朵都發麻，簡直好像化身雷公電母。

然而很快，她又發現了這銅盆的妙處——那敲鑼人原來眼神有點問題，半夜三更裡需要靠鑼聲的動靜定位，此時加上一個「咚咚亂叫」的銅盆，他頓時被吵成了個沒頭的蝙蝠，方才鬼魅似的身法亂了！

周翡一邊暗喜，一邊疑惑——這謝允怎麼什麼都知道？他這麼多年到處閒逛，是不是仗著跑得快滿世界聽牆根了？

那吊死鬼似的敲鑼人很快露出破綻，周翡抬手將銅盆丟到一邊，「咣當」一聲，敲鑼人下意識地跟著響動偏了一下頭，這一刻分神已經致命——周翡長袖一帶拉回長刀，半點不拖泥帶水地抹了他的脖子。

她再一回頭，發現謝允那廝已經不見了。周翡四下掃了一圈沒找著人，突然面前落了一顆小石子，她抬頭一看，見謝允不知什麼時候上了房頂，正衝她招手。

周翡趁亂縱身躍上一棵大樹，腳尖在樹梢上一點，倏地上了房頂。謝允一拽她的袖子，嘴裡還美顛顛地胡說八道：「拐個小美人私奔嘍！」

說完，他預感自己得挨揍，未卜先知地抬手抱住頭，誰知等了半天，周翡卻沒動手。謝允詫異地一回頭，見周翡摩挲著沾了血跡的刀柄，問道：「打王爺犯法嗎？」

謝允道：「打誰也不對，毆打庶民與毆打王子同罪……」

他本意是勸說土匪向善，不料土匪一聽到「同罪」二字，就放了一百二十個心，當即抬起一腳，將謝允從房頂上踹了下去。謝允像隻九命貓，雖然是滾下去的，但滾得十分舒展，落地時已經調整好了姿勢，悄無聲息地飄落在馬廄旁邊。他一手扶著馬廄的木頭柱子，驚魂未定似的撫胸道：「分寸呢？男人閃了腰是鬧著玩的嗎！」

周翡蹲在房頂上，睜著一雙大眼睛問他：「哎，你真是端王爺嗎？會不會……」

她本想問「會不會是他們認錯人了」，但是轉念一想，聞煜雖然同她萍水相逢，但看起來是個靠譜的人，應該不會這麼瞎，於是話音一轉，問道：「……是你投錯胎了？」

謝允的嘴張了又閉上，愣是沒想出應該怎麼接這句話。他啞然片刻，忍不住扶著腰笑出了聲，拊掌道：「不錯，生我者父母，知我者阿翡——這都能讓妳看出來？我真是越來越喜歡妳了！」

他嘴上十分忙碌，不耽誤手上偷雞摸狗。謝允三下五除二從馬廄中拖了兩匹馬出來，將一根韁繩丟給從房頂上跳下來的周翡：「放心，聞將軍是妳爹手下第一打手，青龍主從他手裡討不了什麼好處……咦？吳小姐？」

周翡回頭一看，只見吳楚楚不知什麼時候也出來了，雙手還抱著個小小的包裹，氣喘吁吁的。

周翡皺眉道：「這裡刀劍無眼的，妳出來做什麼？快回去！」

吳楚楚猶豫了一下，期期艾艾地說道：「妳……你們這就要走嗎？東西都帶齊了嗎？」

謝允笑嘻嘻地回道：「跟著我抬腿就能走，什麼都不用帶，沒錢了……」

周翡面無表情地接道：「去要飯。」

謝允驚詫道：「妳怎麼知道我還幹過這一行？是不是見我年輕貌美，偷偷跟蹤過我？」

周翡：「……」

周翡其實看得出來，吳楚楚不想獨自跟聞將軍他們走。在南朝無親無故，她孤苦伶仃一個女孩子，去投奔一個不認識的人，投奔的人只聞其盛名，人品好不好、脾氣好不好，一概不知道，確實令人惶然恐懼。可是周翡自己風裡來雨裡去，隨時能跟人拔刀動手，也實在不方便帶著她，只好有意危言聳聽，想讓吳楚楚自己回去。

周翡心想：怪只怪我本事不夠大吧。

要是她能像她外公一樣就好了，跺一跺腳，整個武林跟著震三震，想去哪兒就去哪兒，哪裡用顧忌那麼多？

以吳楚楚的家教，斷然不會開口強人所難，一時間，「可不可以帶上我」這句話她怎麼都說不出來，眼淚都快下來了。

就在她進退兩難的時候，一隻手突然從她身後伸過來，一把扣住她的脖子。吳楚楚驚呼一聲，隨即被迫仰起頭——那分明已經被花掌櫃封住穴道的小白臉居然不知怎麼自己站了起來，他半張臉都隱藏在暗處，鼻梁高而細窄，下巴尖削，嘴角含著一點笑意，越發像個傳說中殺人吮血的妖物。

他越過吳楚楚的頭頂看向周翡，輕聲道：「別動，我雖然本領稀鬆，比不得南北刀這種了不起的大人物，可掐死個小丫頭還是不難的。」

周翡一看見此小白臉就戾氣上湧，森然道：「你大可以試試，她少一根頭髮，我活片了你。」

小白臉似笑非笑地看著她，側頭在吳楚楚頭髮上輕輕嗅了一下，答非所問地品評道：「我覺得這個姑娘比妳好看一點，女孩子，細細軟軟的才好，整天打打殺殺的，小心長一臉皺紋……哦，也對，我忘了，通常妳們都活不到能長一臉皺紋的年紀。」

周翡動了殺心，心神自然落在手中刀柄上，短暫地關閉了她的伶牙俐齒，一言不發地盯著那小白臉。

小白臉衝她眨眨眼睛，又笑道：「再說，我看起來難道像個怕死的人？」

忽然，旁邊的謝允開口叫道：「阿沛。」

那小白臉聽見自己的名字，目光一動。

「唐突了，我聽紀大俠這樣稱呼閣下。」謝允彬彬有禮地衝他笑了笑，接著，張嘴說了一句石破天驚的話，「想必閣下大名便是這個了，那麼敢問尊姓，是不是『殷』呢？」

周翡沒聽明白，心說：姓「陰」還是姓「陽」有什麼區別？

那小白臉的臉色卻倏地變了，整個人好似被瘋狗咬過，嘶聲吼道：「你說什麼！你知道什麼！」

他的手不由自主地用力，掐得吳楚楚真快斷氣了，哆嗦得像一片秋後的枯葉。

這一瞬間，花掌櫃不知什麼時候潛到他身後，那小白臉暴怒之下心神失守，竟沒能察覺，被剩了一隻手的花掌櫃一掌打了個正著，他踉蹌一下，不由自主地往前撲去。周翡毫不遲疑地一步邁上去，探手扭住那小白臉的小臂，一拉一拽中帶了些分筋錯骨的手法，「嘎啦」一聲便將他的小臂關節卸了下來，同時接住吳楚楚，往身後一甩丟給謝允，提刀便要宰了那小白臉。

兩個聲音幾乎同時落下——

「住手！」

「慢著！」

周翡的刀刃離倒在地上的小白臉只有一線，油皮都擦破了，硬生生地停了下來，那森冷的刀光倏地閃入血槽中，映得刀下之人臉色一片鐵青。

出聲的一個是謝允，一個是紀雲沉。

紀雲沉先低聲下氣地說道：「我沒料到他竟然學了青龍主的移穴之法，一時失察，實在抱歉。」

這名叫作「殷沛」的小白臉人在刀下，依然在「孜孜不倦」地找死，聞言大笑道：「難不成你以為我入青龍教是個幌子？」

怪不得這小白臉給什麼吃什麼，鬧了半天是積聚體力，等著夜深人靜沒人防備的時候再殺人逃跑。

紀雲沉沒搭理他，誠懇地對周翡道：「可否請姑娘饒他一命，看在……」

周翡冷冷地瞥著他，預備著只要這廚子敢說一句「看在我的面子上」，她當場就在這小白臉脖子上開個洞。這紀雲沉婆婆媽媽、磨磨嘰嘰，天天頂著一張活膩了的晚娘臉，也不知道給誰看。要不是被他連累，花掌櫃也不至於自斷一腕，他不說替朋友出氣，反而給這小白臉求情。雖然花掌櫃本人沒說什麼，周翡一個外人也不好做些強行替別人打抱不平的事，但這不妨礙她看紀雲沉不順眼。

幸虧紀雲沉的臉沒那麼大，只聽他口中說道：「看在李老寨主的面子上。」

周翡：「……」

她好險才把準備在嘴邊的「算哪根蔥」給咽回去，噎得好不胃疼。

謝允在她身後低聲道：「阿翡，要是我沒猜錯，此人是殷聞嵐之後。」

周翡愕然道：「……山川劍？」

「山川劍」就是「雙刀一劍」中的那一劍。劍乃君子，自古十個練武的，起碼得有六七個使劍，但凡能靠劍闖出名頭的，大抵都不是一般人。山川劍殷聞嵐與枯榮手他們那些少年成名的不同，他是正經八百出身名門，一輩子穩紮穩打，最後大器晚成，中年之後方才自成一代宗師。

殷氏曾經興盛一時，舉世無出其右者。他武功奇高，為人又大方，德高望重。江湖中已有數百年沒出過號令群雄的盟主，而山川劍在世的時候，卻真能一呼百應，雖無名號，卻隱隱是群龍之首。

可惜，殷氏地處中原，不像四十八寨那樣偏安一隅，有山川做屏障。南北對峙時，殷氏首當其衝，自然不能獨善其身——當年北斗七星齊聚殷家莊裡，逼迫殷聞嵐投向北朝。堂堂山川劍，連正統大昭趙氏都沒有依附過，怎麼肯晚節不保投靠偽朝？殷聞嵐自然不肯，只是他當時年紀大了，倒也沒什麼鬧事的心，一時生出歸隱的念想。

可惜，樹大必招風，殷聞嵐一再避讓，終究沒能躲開險惡的世風。

殷聞嵐怎麼死的，至今仍然眾說紛紜。到了周翡他們這一代人，只大概知道殷聞嵐暴斃而亡，此後殷家莊分崩離析，像無數湮沒在塵埃中的門派一樣，斷了傳承。

周翡的目光緩緩落在她刀下的小白臉身上：「他，是山川劍的後人？」

她的神色實在太驚詫，不知怎麼刺激了殷沛，那小白臉驀地一咬牙，竟向她刀刃上撞去。周翡忙縮手撤刀，用腳尖將殷沛踩了回去，暴躁道：「你都長成這樣了，還怕別人說？真這麼要臉早幹嘛去了？」

不知是她下腳太重，還是殷沛氣性太大，聽了這句話，殷沛當場怔了片刻，之後竟面如金紙，活活嘔出一口血來。

紀雲沉神色微微一動，面露不忍，嘆道：「其實他……」

謝允見他又有一山高的苦衷要訴，忙打斷他道：「紀大俠，別其實了，此地不宜久留，我們還是先……」

他還沒說完，客棧樓上突然有人說道：「三公子，您在這兒啊！嚇死屬下了，以為您又丟了。」

那白先生找來了！

謝允腳底下好似抹了十八層純豬油，「噌」一下鑽到周翡身後，連聲道：「英雄救命，快快幫我攔住他。」

周翡：「……」

謝允比她高了半頭，跟她對視了半晌之後，突然想起了什麼，塌肩縮脖彎下腿，施展出縮頭大法，硬是把自己塞進周翡一點也不偉岸的背影裡。他眼珠一轉，嘴裡還嘀咕道：「妳恐怕打不過這老流氓，得智取……嘶，跟他說幾句話，拖一會兒，容我想想。」

周翡徹底拜服在端王爺這張刀槍不入的臉皮下，她先是一抬腳，將殷沛踢到了花掌櫃那邊，口中卻叫道：「白先生小心。」

白先生一愣，沒明白周翡讓他小心什麼，聽她出口示警，還以為身後有敵人，連忙四下查看。這一分神可不要緊，只聽「呼」一聲風響，待他回過頭來，正見一床被子劈頭蓋臉地衝他撲過來。

客棧後院中曬了幾床換下來的被褥床幔，周翡眼明手快地挑了個最厚的，一把掀起來，自下而上蒙向白先生的臉。白先生也看不清被子後面有什麼，忙提劍便劈。誰知周翡就在被子後面，那被子帶著她的勁力，白先生剛一動刀，她就猛一掌將其推了出去，兩廂力道撞在一起，棉被頃刻間粉身碎骨，大團的棉絮炸了個「千樹萬樹梨花開」，飛得漫天都是。白先生當即被迷了眼，就這麼一剎那間，棉絮中伸出一把刀，閃電似的絞開白先生的掌中劍，猝不及防地架在他脖子上。

白先生多少年沒吃過這種悶虧了，一時大意，居然被一個小丫頭暗算了——還是個他一直以為忠厚直爽沒心眼的小丫頭！

周翡低聲道：「對不住。」

白先生被她一刀架在脖子上，渾身僵直，胃裡往上泛酸水，然而還不等他施展三寸不爛之舌，周翡便三下五除二地封住了他的穴道，隨後似乎十分羞愧地衝他一抱拳，說道：「我都說讓您小心了。」

白先生：「……」

整天跟他們家三爺混在一起的，怎麼可能近墨者不黑！

謝允大笑道：「好，有我年輕時候的風采！」

紀雲沉這次終於長了一回眼力見兒，揮手道：「青龍主未必是自己來的，你們騎馬出行太危險，請先跟我來。」

周翡猶豫了一下，謝允卻衝她招招手：「跟他走吧。」

周翡一揚眉，還沒說話，謝允卻彷彿知道她要問什麼，低聲說道：「我再教妳一個道理，有些人可能看起來不對妳的脾氣，討人嫌得很，但一代名俠，任憑自己混成這副半人不鬼的模樣，至少說明他人品還不錯。」

周翡雖然不相信紀雲沉，卻比較相信謝允，當下提步跟了上去，並且舉一反三地刺了他一句：「這麼說，端王殿下任憑自己混成這副江湖騙子的德行，也是因為你人品還不錯？」

謝允好像一點也沒聽出她的嘲諷，臉不變色心不跳地承了這句「誇」，讚嘆道：「聰明，慧眼如炬！」

周翡一時無言以對。

這樣一來，花掌櫃、吳楚楚，還有那重新被制住的小白臉殷沛，都莫名其妙地跟著一起來了。

紀雲沉將他們領到了後院的酒窖下面，掀開一口大缸，下面竟然有個通道，看起來黑洞洞的，也不知道有多深。紀雲沉隨意摸出一個火摺子，率先潛了下去。

殷沛人在花掌櫃手裡，無暇鬧妖，嘴卻還不肯閑著，見狀笑道：「堂堂北刀，在一家名不見經傳的客棧裡給人做廚子，做廚子都惶惶不可終日，硬是要給自己挖一條地道。好好的不肯做人，竟願意做耗子，奇怪。」

花掌櫃不緊不慢地開口道：「你呢，好好的不肯做人，竟願意去做狗，奇不奇怪？」

殷沛氣息一滯。

那花掌櫃卻在神色緩和了片刻後，緩緩地開口解釋道：「這密道是我留下的，不關紀老弟的事。」

周翡和謝允都沒問，只有吳楚楚不太懂這些規矩，奇道：「您留下這一條密道做什麼？」

花掌櫃也沒跟她計較，一笑起來又是一團和氣，說道：「姑娘，我們這些人，有朝一日隱姓埋名，多半都是躲避江湖仇殺，沒別的緣由啦。」

這時，走在前面的紀雲沉忽然將密道兩側的小油燈點了起來，黑黢黢的密道裡瞬間有了光亮，將人影拖得長長的，在細弱的光裡搖搖晃晃。吳楚楚嚇了一跳，隱約聞到了一股潮濕腐敗的味道，似乎是地下久無人來的密道裡生出了不請自來的苔蘚。

紀雲沉的後背有一點佝僂，每天迎來送往、切肉炒菜，久而久之，彎下去的腰就凝固在那兒，不怎麼能直回來了。

周翡聽著花掌櫃和吳楚楚說話，心裡卻另有想法。她見識了花掌櫃斷腕的果斷狠辣與能屈能伸，不太相信他會是那種為了躲避仇殺委屈自己鑽地道的人，還是覺得他在給紀雲沉扯遮羞布，她問道：「這條路是通往哪兒的？」

花掌櫃回道：「一直通往衡山腳下。」

周翡「啊」了一聲，過了一會兒，問道：「直接挖到衡山腳下，衡山派沒意見嗎？」

早年間各大門派都是依山傍水而立，因此名山中多修行客。有道是「泰山掌，華山劍，衡山路縹緲，峨眉美人刺」，這樣算來，衡山應該也是個很有名的大門派。周翡本是隨口問的，誰知她一句話出口，周遭靜了靜。

周翡十分敏感地道：「怎麼？」

謝允低聲回道：「妳可能不知道，上次南北在這一片交戰……大概是六七年前吧，打得天昏地暗，衡山派一直頗受老百姓敬重，好多弟子都是山下人家的，不可能無動於衷，可是一旦插手，就免不了引火焚身。」

花掌櫃接道：「不錯，那一戰從掌門到幾個輩分高的老人都折在了裡頭，零星剩下幾個小輩，哪裡撐得起這麼一個爛攤子？有家的弟子各自回家了，剩下走不了的，跟著新掌門離開了。聽說那新掌門是老掌門的關門小弟子，走的時候也不知有沒有十六七……唉，人不知去哪兒了。」

周翡一愣，不由自主地回頭看了一眼，目光從花掌櫃那張被肥肉擠得變形的臉上掃過，又落到殷沛身上，心裡一時有點茫然。

二十年前，最頂尖的高手們，而今都已經音塵難尋——南刀身死，北刀歸隱關外，留下個武功全廢的傳人，在小客棧裡當廚子；山川劍殷氏血脈斷絕，滿院蕭條，就剩下一個歪瓜裂棗傳承血脈；枯榮手一個瘋了，另一個也銷聲匿跡了十年之久；至於蓬萊東海的「散仙」，此人好似從未曾入過世，究竟有沒有這麼個人，至今都不好說。

而那些好像能翻雲覆雨的名門大派，也都先後分崩離析，活人死人山今朝有酒今朝醉地四處興風作浪，霍家堡如今已經樹倒猢猻散，四大道觀各自龜縮，自掃門前雪，少林遠避世外，有唸不完的阿彌陀佛，五嶽人丁凋零，連個叫得出名號的掌門都沒有……當年，哪個拿出來不是風風光光？就這麼不知不覺地走了、散了，老死異鄉。

中原武林的天上似乎籠了一層說不出的蔭翳，所有星辰微弱暗淡，死氣沉沉，在亂世中同人一起自危自憐。反而剩下幾個北斗，威風得很，令人聞風喪膽。

而浩瀚千年的傳承，刀槍劍戟斧鉞鉤叉，十八般兵器，千萬般手段，到了這一代人，好像都斷了篇。

乃至於時無英雄，竟使豎子成名。

周翡想得太入神，沒料到前面的人突然停住腳步，她一頭撞在謝允的後背上。

謝允趕緊扶了她一把，又調笑道：「妳從前面撞多好——磕著鼻子了嗎？」

周翡一巴掌拍掉他的手，只見前方突然開闊了些，借著石壁上的油燈，周翡看見前面居然有一處簡陋的小屋子，裡面有長凳桌椅可供休息，牆角還儲存了不少食物。

紀雲沉回過頭來說道：「諸位請先在這裡休息一晚，等明日官兵和青龍狗都走得差不多了，我再送你們出去，脫身也容易。」

殷沛冷冷地說道：「脫身？別做夢了，青龍主是什麼人？得罪了他，必要被追殺到天涯海角，一條粗製濫造的密道就想避過他？」

周翡道：「還指望你主子來救？少做夢了，他要是真追來，我就先宰了你，像你這樣丟人現眼的後人不如沒有，拖來陪葬，到了下邊也未必有人怪我。」

殷沛本該勃然大怒，聽了這話，卻很奇怪地笑了一下，說道：「救我？青龍主倘若追上來，要殺的第一個人就是我。」

吳楚楚見沒人理他，無端覺得這小白臉有點可憐，便問道：「你們……不是一夥的嗎？為什麼要殺你？」

殷沛用眼白鄙夷地掃了她一下：「妳知道什麼。」

「我聽說，別人都是收徒弟，」謝允忽然說道，「青龍主收了十八個義子義女，方才九龍叟稱你為『少主』……」

花掌櫃哼了一聲：「認賊作父。」

「不敢當，只是自甘下賤而已，」殷沛說道，「你們沒聽見有些鄉下人管自家養的狗叫『兒子』嗎？我們見了他，要四肢著地，跪在地上走，主人說站起來才能站起來；他吃飯的時候，我們要跪在他膝頭，高高興興地等著他用手捏著食物餵，吃完沒死，主人才知道飯菜裡沒毒，將我們打發走。偶爾心情好了，還能從他那兒討到一塊額外的肉吃。」

殷沛說這話的時候，目光直直地盯著紀雲沉的背影，那男人本就佝僂的背影好像又塌了一點，說不出地憔悴可憐。

「至於我，我最聰明，最討人喜歡，最順從，時常被青龍主帶在身邊，那九龍叟本領稀鬆，跪下都舔不著主人的腳指頭，只好捏著鼻子來拍我的馬屁。本想著跟我出門解決一個廢人，也浪費不了他老人家多大的精神，運氣好還能名正言順地搶點東西，豈不便宜？只是沒想到北刀身邊實在是人才濟濟，連南朝鷹犬都不惜千里迢迢地趕來護衛攪局，還將那不知天高地厚的九龍叟折在了裡頭。」殷沛笑道，「我私下裡狗仗人勢，這沒什麼，回去頂多挨一頓鞭子，但出門闖禍，不但將他的幹將折損其中，還斷送了一個翻山倒海大陣，這就不是一頓鞭子能善了的了。」

紀雲沉充耳不聞，自顧自地擺著桌椅板凳，又將小壺架在火上，熱了一罐米酒，只是不知怎麼的，沒能拿住酒罈子，脫手掉了，謝允反應極快，一伸手接住：「留神。」

紀雲沉愣愣地站了一會兒，擺擺手道：「多謝——阿沛，是我對不起你。」

花掌櫃怒道：「你就算對不起他，這些年的債也算還清了。他去給人做狗，難道不是自願的？難道不活該？」

殷沛惡毒地看著他笑。

紀雲沉不語，從懷中摸出一塊乾淨的絹布，將一摞舊碗挨個兒拿過來擦乾淨，倒上熱氣騰騰的米酒，遞給眾人。那米酒勁不大，不醉人，口感很糙，有點甜，小半碗下去，身上就暖和了起來，縈繞在周遭的潮氣彷彿也淡了不少。

紀雲沉盯著石桌，低聲道：「我年少時，刀法初成，不知天高地厚，拜別老師，執意要入關。老師勸過我，但我覺得是他老了，膽子小，不肯聽。我的老師勸不住我，臨別耳提面命，令我凡事三思而後行。他說：『你手中之刀，譬如農人手中的鋤頭、帳房手裡的算盤，鋤頭與算盤，都是做事用的，不是做人用的，不要本末倒置。』」

紀雲沉說到這兒，目光不由自主地掃過周翡，不知是不是從她身上看見了二十年前的自己。周翡抿了一口米酒，沒有搭腔，心裡將北刀關鋒的幾句話過了一遍，沒太明白。

「我當然聽不進去，」紀雲沉說道，「刀乃利器，刀法中若有魂靈，『斷水纏絲』就是我一手一腳一魂一魄，怎能被比作鋤頭算盤之類的蠢物？後來我入關中，果然能憑著這把刀縱橫天下，很快闖出了一點虛名，結識了一幫好朋友，好不得意。我有心想在中原開宗立派，讓『北刀』重現人間，便在半年之內連下七封戰帖，先後打敗一干成名高手，不料……聽見了一個謠言。」

周翡聽得有點堵心——李瑾容十七歲就敢入北都刺殺皇帝，段九娘二十出頭的時候，已經靠一雙枯榮手橫行天下了。就連眼前這個她一直看不順眼的紀雲沉，也是初出茅廬便一刀驚世，心裡開始惦記著要開宗立派。可是她呢，連家傳的刀法也是稀鬆平常，一天到晚被人追殺，像個沒準備好就被一腳踹出窩的雛鳥，也就只能在謝允這種人面前找點成就感了。

周翡頭一次對自己失望起來，看看別人，再看看自己，覺得自己恐怕不能有什麼大成就了，既然資質這樣稀鬆平常，那她手裡的刀和鋤頭算盤也確實沒什麼區別。

她胡思亂想的時候，吳楚楚好奇地問道：「是什麼謠言？」

「有人說，北刀關鋒當年之所以龜縮關外，幾十年不踏足中原一步，是因為敗給了山川劍殷聞嵐，可見『斷水纏絲』不過二流，竟也好意思同破雪刀並稱南北。」紀雲沉道，「離殷家莊越近，這謠言就越盛，我盛怒之下，向殷聞嵐下了戰書，想要闢謠雪恥——卻被拒絕了。

「我雖然頗為不甘心，但殷前輩為人謙恭，言談舉止令人如沐春風，倒也平息了我的怒火。臨走時，碰見殷家莊偷偷跑出來一個小孩，機靈得很，也不認生……」

殷沛冷哼了一聲，眾人立刻明白過來，那小孩恐怕就是殷沛。

「我料想這是殷家的孩子，背著大人偷跑出來玩，當即要把他送回去，他卻哭鬧不休。我哄了半天沒用，想著自己左右也沒別的事，乾脆帶他去附近的集市上轉一圈。小孩子嘛，用不了多久就玩膩了，到時候再將他送回家去就行了。不料在酒樓中歇腳時，聽那說書賣唱的伶人竟然編出了山川劍是如何大敗北刀的段子。

「我聽完大怒，殷家是什麼勢力？若不是他們默許，怎麼有人敢在殷家莊附近說這些？」紀雲沉說到這兒，深吸了一口氣，臉色越發慘白起來，「一時衝動……」

「一時衝動，扣下了我，逼我爹接下你的戰書。」殷沛冷笑道，「紀大俠，真是名俠風範。」

眾人靜了片刻，一時都不知該說什麼。

周翡忍不住想起方才紀雲沉看她的那個眼神，便捫心自問道：如果是我，我會幹出這麼衝動的事嗎？

想了想就覺得不可能——反正她也打不過，下戰書也是丟人現眼。

周翡這麼一琢磨，心裡不由得有點淒涼，只好又自我安慰道：反正南刀的傳人又不是我，是我娘，我娘總比他混得好多了。

李瑾容要是知道她有這麼個想法，估計能請她吃一頓皮鞭炒肋條。

紀雲沉不吭聲了，殷沛卻來了勁，大言不慚道：「可笑，就算我爹帶傷應戰，照樣能打得你滿地爬！」

此言一出，眾人都是一臉的一言難盡，連吳楚楚都快聽不下去了——站起來足有房樑高的一個小夥子，張嘴就是「我爹這我爹那」，將自己的出息兜了個底掉，還陰陽怪氣不知道寒磣。

唯有周翡，悚然發現方才自己心中所想居然和這小白臉異曲同工，忙以人為鑒，默不作聲地低頭反省去了。

紀雲沉也沒生氣，坦然道：「不錯，我不是殷前輩的對手……我豈止在武功上不是他的對手！」

謝允端著熱過的米酒碗在掌中轉著圈焐手，緩緩地說道：「紀大俠，言語好似飛沫，有忠言如良藥的，也有見血封喉、勾魂亂魄的，出得人口，入了你耳。一旦你往心裡去了，便是讓人無形中擺佈了你。人心險惡處，譬如九幽深谷，別人心機千重，算你一片赤誠，你那時年紀又輕，一時衝動上當，本不必太自責。」

紀雲沉沉默地衝他拱拱手以示謝意。

殷沛卻跳起來大罵道：「你知道什麼！你知道滿門被滅是什麼滋味嗎？」

周翡忽然想起吳楚楚跟她說過的「端王」的來歷，立刻下意識地看了謝允一眼。

卻見謝允臉上依然是一片好脾氣的寧靜，連眼神也不曾波動一點，甚至還帶著一點遷就似的笑容，仍是十分心平氣和地對殷沛道：「殷少俠，冤有頭，債有主，你討債討錯人，別人縱然看你可憐，不怪罪你什麼，你就能當自己贏了嗎？那始作俑者豈不是要笑你傻？」

殷沛臉色紅一陣白一陣的，居然被他堵得說不出話來。

「多謝公子替我開脫，」紀雲沉說道，他沒聽見聞煜在客棧外面對謝允口稱「端王」，只聽見白先生嚷嚷什麼「三公子」，便也跟著口稱「公子」，接著又說道，「但紀某確實犯了錯，欠了債，沒什麼好抵賴的。」

周翡這會兒才知道，謝允方才那句「他人品還不錯」是什麼意思。

一個人倘若還知道羞恥，還能坦然認罪，那不管他看起來多不痛快、多優柔寡斷，當不成英雄，也不至於是狗熊了。

「後來我才知道，我無端挑釁之前，殷前輩剛剛打發過北狗，當年身上本就帶了傷，又遭我逼迫，不得已帶傷而來。可即使這樣，我仍然不及，比武時，他本可以殺我，卻寧可震碎自己的劍，讓自己傷上加傷，也沒把我怎麼樣。我記得他當時說過一句話……」

周翡問道：「什麼？」

「他說：『雖說是江山代有才人出，可以後幾十年，必定是不好過的年頭，你們這些後生，往後有的是刀山火海要闖，怎能無端折在我手裡？』」

周翡端著酒碗放在鼻端，一時居然忘了喝。

紀雲沉目光沉沉地盯著手中的米酒。

他年輕的時候，想必也曾經容易得意、容易衝動，或許心氣有些浮躁，卻又熱血講義氣。年輕人，一句投機，就能和別人一起喝個四腳朝天；兩句不合，便又能抽刀拔劍大打出手。

不過二十年的風霜，足夠將石頭磨成沙礫，也足夠讓一個人面目全非了。

「我雖然敗在殷前輩手下，卻心服口服，自然要將人家的孩子送回去。」紀雲沉說道，「不料我帶著阿沛返回殷家莊的時候……」

殷沛的臉色突然變得非常可怕。

周翡想了想，問道：「所以當時有人利用你消耗山川劍，在你走之後，又立刻偷襲殷家莊——那會是誰？」

方才紀雲沉說殷聞嵐在和他比武之前，曾經跟北斗的人動過手。山川劍是絕代高手，說不定武功還在李徵之上。殷聞嵐既然受了傷，那麼跟他動過手的人自然也好不到哪兒去，北斗不太可能一邊設局，一邊賠本打前站。

紀雲沉灌了自己一口米酒，卻沒答話。

花掌櫃忽然大聲道：「兄弟，到了這地步，你還護著這小子！有什麼不能說的！不錯，有道是『木秀於林，風必摧之』，當年害殷大俠的人不少。這些年我們兄弟隱姓埋名，就是在追查當年的真相，催逼殷家莊投效偽朝的北狗算一個，當中又有不少跟著他們渾水摸魚的無名小卒，那便不提了。除此以外，還有一方也是主謀之一——殷沛，你可聽好了，就是你認的那好乾爹！」

周翡以為殷沛又得跟讓人踩了尾巴的土狗似的，跳起來狂吠一通，誰知殷沛卻緊緊地閉了嘴，除了陰惻惻地看了花掌櫃一眼，什麼都沒說。看他的神色，竟然好像不怎麼意外。

花掌櫃冷笑著用僅剩的手掌拍了拍紀雲沉的肩頭，說道：「瞧見沒有，現在你看明白自己養大的是個什麼東西了嗎？」

紀雲沉兩口把一碗米酒灌進了嘴裡，不知是不是因為喝得太快，他從眼眶一路紅到了額頭，額角的筋張牙舞爪地露出形跡來，幾欲破皮而出。

花掌櫃恨聲道：「這傻子滿心愧疚，二十餘年來沒睡過一宿好覺，發誓再也不跟人動武，除非手刃仇人——還要星星不敢給月亮地養大了這個白眼狼。」

殷沛冷笑道：「怪就怪世上沒有不透風的牆吧——敢問花大俠，你要是知道養父就是害死你一家的人，你還能繼續裝孝子賢孫嗎？」

花掌櫃不待見他恐怕不是一天兩天了，慈祥的胖臉上硬是繃出了些許怒目金剛的意味：「我哪兒有這能耐！我看你這一套倒是做得十分熟練，真是英雄出少年。」

紀雲沉喝道：「行了！」

花掌櫃陡然將手中酒碗一摔，指著紀雲沉對殷沛道：「你當年突然不告而別，可知他是怎麼找你的？他就差將三山六水每個石頭縫都翻個底朝天了！後來你去而復返，我見你神色陰鷙，眼神不對，幾次三番提醒他要小心，這小子偏不聽，怎麼樣？中山狼咬一口疼嗎？被迫自斷經脈好受嗎？」

這邊本來好好地回憶著崢嶸歲月，突然吵起來了。

周翡、謝允、吳楚楚三個人完全接不上茬兒，只能大概從這吵吵嚷嚷中拼湊出一點真相——殷沛無意中得知殷家莊覆滅和紀雲沉有關係，因此憤而出走，在外面不知遇到了什麼，總之被青龍主撿去了，每天學習怎麼做一代魔頭。功夫不負有心人，他在「心術不正」這方面果然是天賦異稟，初出茅廬，就成功暗算了紀雲沉，害他自斷經脈。

紀雲沉騰一下站了起來：「都休息夠了，我送你們出去。」

花掌櫃城府很深，即便失態，也是略一閉眼就恢復了正常。他抬手制住殷沛，捏住那小子的喉嚨，強迫他閉嘴，然後捉在手裡，跟著眾人往外走。

再見天日的時候，居然已經臨近正午了。

剛從地底下爬上來，陽光還顯得有些刺眼。周翡探頭一看，綿延的高山果然近在眼前了，仰頭能隱約看見那藏在雲霧中的頂峰，山脊上披著一層濃墨重彩的碧色，風來不動，遠眺時，還能望見四下成片的瀟湘竹林，是好端莊的一方俊秀河山。只可惜，河山雖俊，卻遠近無人。看得出附近本該有一些村子，依稀還有些個破屋爛瓦剩下，不過都已經成了遺跡，活物早就跑光了。空山野鳥，人跡渺茫，越發蕭條。

眾人都是風裡來雨裡去慣了的，走一宿倒也不怎麼覺得疲憊。只有周翡留心看了一眼吳楚楚的臉色，提議道：「先休息一會兒吧，天色還早，下午趕路也不遲。」

吳楚楚雖然強忍著沒吭聲，聽了這話卻也如蒙大赦，一屁股坐在了地上，真想就這麼躺下。

謝允衝紀雲沉拱拱手道：「多謝紀大俠帶路。」

紀雲沉搖搖頭，問道：「公子要往何處去？」

謝允笑道：「我一個閒人，何處不可去！倒是二位，鬧了這麼一場，三春客棧怕是不能回了，打算往哪裡走呢？」

周翡聽到這兒，心思一動，忙見縫插針地替他們家大當家拉攏人脈道：「要是有意，倒可以跟我回蜀中。」

就是那小白臉殷沛有點問題，帶著是麻煩，殺了也不好，難不成就地放生嗎？似乎對環境不太好。

花掌櫃笑了笑，正要搭話，突然，靜謐的山間突兀地響了一聲鑼，驚得群鳥都嘰喳亂叫地上了天。周翡汗毛一奓，對謝允道：「你不是說聞煜靠譜嗎？怎麼那敲鑼打鼓的戲班子這麼快就追來了？」

謝允心道：廢話，聞將軍打一半發現丟了人，哪兒還有心情對付這幫邪魔外道？肯定就匆匆散了。

不過這話說出來肯定又得挨揍，謝允急忙堆出滿臉憂鬱，衝周翡道：「唉，我也不知道，可能是人生不如意十之八九吧。」

周翡看了他一眼，面無表情地踩了他一腳。

謝允：「……」

周翡道：「不知道為什麼，看你擠眉弄眼就來氣。」

她說完，拎起長刀四下戒備，那鑼聲傳得滿山谷都是，一時分不清是從哪兒來的。花掌櫃捏著殷沛的喉嚨，說道：「跟我走！」

一幫人在鑼鼓喧天聲中撒丫子狂奔。

花掌櫃不愧在此地迎來送往好多年，儼然成了個地頭蛇，在濃密的山林中東鑽西鑽。周翡一開始還能記路，轉了兩圈以後便「雲深不知處」了，只好悶頭跟著。鑼聲漸漸被甩下，花掌櫃帶著他們來到半山腰處——此地路非常窄，後面還有個天然的山洞可以休息，躲進去十分隱蔽，居高臨下還正好易守難攻。

周翡四下打量一眼，還沒來得及鬆口氣，就聽見吳楚楚小小地尖叫了一聲，只見一幫白影不知什麼時候飄然而來，幾個呼吸間便來到了上山的小路盡頭。為首一個開路的在路邊插了一面青龍旗，然後分開兩邊。那面如鯰魚的青龍主越眾而出，好整以暇地仰頭望著周翡他們這幫老弱病殘，隨即向空中一伸手，一隻大灰耗子似的動物突然從殷沛身邊的樹上跳了下來，幾下就蹦到了青龍主手裡。

青龍主十分愛憐地抱起那耗子，用手指順了順毛，也不嫌髒，上嘴親了一口，笑道：「項圈都沒摘的狗，別人抱不走的。」

殷沛一直被花掌櫃掐著脖子，好險沒斷氣，好不容易花掌櫃手一鬆，他總算是逮著了說話的機會：「我們每日服食一種丹藥，身上有味，人聞不到，只有他手裡那隻尋香鼠能聞見，跑到天涯海角都能被找到，誰讓你們非得挾持我的！」

此人有屁不早放，非得這時候才說，簡直可惡至極。周翡感覺山川劍的面子已經不夠使了，她得動手宰了這小白臉才能消心頭之恨。

那青龍主一鬆手，灰耗子就訓練有素地順著他的胳膊爬上他的肩膀，端端正正地坐好，一雙小眼珠滴溜溜亂轉。青龍主說道：「不錯，快把我家的小狗還回來，本座賞你們一個全屍。」

周翡正要開口嗆回去，謝允卻一抬手攔住了她。

他略微上前一步，不知從哪兒摸出了一把扇子，倒提著轉來轉去，一改之前恨不能抱著周翡大腿喊救命的熊樣，舉手投足間，居然帶出幾分不徐不疾的貴氣來。謝允一抬手，從袖中拋出了什麼東西，只聽「咻」一聲，一截煙花拖著掃把星似的尾巴炸上了天，哪怕是青天白日裡也十分耀眼。

青龍主的臉色倏地難看起來，忙往周圍望去，此地山風凜冽，吹著樹枝來回擺動，倒彷彿埋伏了人。

謝允看著他，似笑非笑道：「是嗎？本王活了這麼大年紀，還是頭一次聽見有人說要給我留一個全屍。嘖，曹仲昆就不肯，青龍主比他厚道多了。」

周翡震驚地看著謝允一抹臉，頃刻間就從一個油腔滑調的江湖騙子化身「端王爺」，一時間有些消化不良。謝允隨即側過身，背對青龍主，高深莫測的表情忽地又一變，衝她做了個齜牙咧嘴的鬼臉。

周翡：「……」

然後謝允緩緩走到殷沛面前，迎著殷沛和花掌櫃如出一轍的驚駭目光，用扇子挑起殷沛的下巴，端詳片刻，又輕輕在他臉上拍了幾下，說道：「本王剛開始還有點不信，不過看青龍主這不打自招的陣仗，看來那件事是真的？」

哪件事？

周圍一幫人都不知道他在說什麼，只好集體繃著臉，盡量不露出茫然的傻樣來拆臺。

謝允旁若無人地緩緩對殷沛說道：「把山川劍交出來，本王保你一命。」

第二十一章 亡命

紀雲沉和花掌櫃對視了一眼，全都是一臉震驚。

只有周翡感覺自己將脖子以上落在了三春客棧，還在納悶地想：「山川劍不是死了嗎？怎麼交？」

殷沛被花掌櫃掐著喉嚨，眼珠瞪得都快要從眼眶裡離家出走，目光化成錐子，仇恨地釘向謝允。謝允笑了笑，說道：「你先是說，那九龍叟不過二流，連你都要巴結，他帶來的一幫手下更是嘍囉，又說你騙出九龍叟，一不小心弄死了他，所以青龍主要追殺你——少年，你自己聽聽，這前後的說法哪一句對得上？勞駕編瞎話也費點心，都不過腦子。」

聽瞎話也沒過腦子的周翡飛快地眨了一下眼。她方才就覺得有點不對勁，只是沒細想，這會兒聽謝允說出來，才明白不對勁在何處。周翡心道：哦，鬧了半天追殺他是因為他偷了青龍主的東西，還糊弄九龍叟那大傻子給他保駕護航。

殷沛一瞬間有些慌亂。

謝允又說道：「要不是猜出那把山川劍可能在你手上，你真以為幾句花言巧語，就能讓本王撈你一回？你覺得我是傻呢，還是斷袖呢？」

殷沛氣得臉紅脖子粗，很想啐他一臉，然而一時想不出詞——他不可能在青龍主面前自曝出身，哪怕罵起大街來都要字斟句酌，謹防說漏嘴，好生不爽快。

青龍主慎重地問道：「我說南朝大將為什麼會無端出現在此地，不知閣下是哪一位貴人？」

謝允笑了一下，沒吭聲。一般這種情況，他仙氣縹緲地一笑完，就應該有個有眼色的手下人站出來，替他宣布「我家王爺是誰誰」。可是謝允笑完，再放眼四周——發現身邊沒有配備這個角色。

紀雲沉和花掌櫃全都不明所以。

謝允只好隱晦地給周翡使了個眼色，周翡莫名其妙地看了回去，跟他大眼瞪小眼，全然沒有接收到端王殿下的排場——謝允好不胸悶，敵人來得突然，友方陣營裡沒有一個能接住他的戲的！

就在他頭皮發麻地琢磨著怎麼把形象圓回來的時候，終於有人出面救場了。只見吳楚楚一攏雲鬢，走上前去，衝那青龍主盈盈一個萬福，輕聲細語道：「我家王爺封號為『端』。」

謝允「啪」一下將扇子打開，表面上可有可無地點了下頭，其實在風度翩翩地搧自己身上往外冒的冷汗。

吳楚楚大家出身，舉手投足間的氣質同一干江湖泥腿子天差地別，一開口就好像有清風飄過，恰如亂葬崗中長出了一朵嬌貴的名品蘭花，因為太過賞心悅目，反而格格不入地讓人有些恐懼……尤其是青龍主這種多疑的人。

吳楚楚說完，低頭抿嘴一笑，便又回轉到謝允身後。心跳得快從嗓子眼滾出去了，要不是之前跟著周翡，一路從兩個北斗包圍的華容城中闖出來，也算見過了風浪，方才她腿哆嗦得能不能站穩都不一定。

青龍主大概做夢也不會想到，他這惡貫滿盈的四大魔頭之首，有朝一日能讓個兩手拖不動半桶水的小丫頭給糊弄了。正在這時，也不知怎麼那麼巧，山間又來了一陣風，簌簌的風吹過林間，好似有人竊竊私語。青龍主心裡有鬼，便覺得哪裡都有鬼，頗有些風聲鶴唳、草木皆兵。

謝允接著道：「這東西是不是你的，你心知肚明。世上只有苦主討還自己東西的道理，其他人都名不正言不順。如今，那苦主骨頭渣子都爛沒了，咱倆爭搶山川劍，都只能算賊，青龍主這樣的前輩，想必不會幹出『賊喊捉賊』的齷齪事吧？」

青龍主的臉色不太好看。

謝允說完，看也不看青龍主和他那一大幫神神道道的狗腿子，轉身就要往山上走。此時，他整個人的氣勢簡直難以形容，單是這一個踮得二五八萬的背影，周翡感覺他拿出去逼宮造反都夠用了。

青龍主在聞煜手下吃了大虧，幸好飛卿將軍中途不知有什麼事，走得很匆忙。越往南，南朝後昭的勢力越大，聞煜他們這些個「朝廷鷹犬」自然也就越猖狂。青龍主回頭看了一眼自己匆忙帶出來的幾個人，一時底氣不足，遲疑著愣是沒敢往上追。

青龍主不是沒懷疑過那自稱「端王」的小白臉是故弄玄虛玩空城計，可聞煜其人，他親眼見了，還親自吃了一次虧。那飛卿將軍當時就言明，三春客棧中住了「貴人」，這麼看來，應該就是端王。按照當時的情景，是聞煜放了他一馬，而不是他把朝廷大軍擊退了，那聞煜有什麼理由不跟在他家主人身邊？

謝允裝得實在太像，再加上前因後果，青龍主不由自主先信了三分。

謝允讓吳楚楚走在最前面，中間是緊繃的紀雲沉和掐著殷沛不讓他亂說話的花掌櫃。周翡作為除了「身有殘疾者」與「還不如殘疾人」的唯一打手，別無選擇，只好提刀斷後。

謝允其實方才一掃青龍主的站姿，就知道他受了傷。聞煜本人不見得鬥得過這臭名昭著的大魔頭，但架不住他手下兵多，而且個個令行禁止——倘若不是青龍主有傷在身，哪怕他今天唱的不是空城計，是真有後援，也不見得唬得住人家。

如今這山間乍看平靜一片，他越是表現得有恃無恐，青龍主就越是得好好掂量。

謝允不相信那大鯰魚會不貪生怕死——真正的狂徒，幾十年如一日地專門幹壞事，實在很難經久不敗。

他們一步一步往前走，青龍主神色莫測地站在原地，目光有如實質，連周翡都覺得如芒在背，此時，他們這些人的小命全然在青龍主的一念之間。她拚命豎著耳朵留神背後的動靜，走出老遠去仍然不敢放鬆，隱約聽見背後傳來窸窸窣窣的聲音。

周翡的手在刀柄上按了兩下，不敢回頭，只好靜靜地數著自己的心跳，想道：走了嗎？

青龍主陰沉地盯著殷沛逐漸走遠的背影，終於決定，今日人手不足，暫時放棄。他一甩袖子，身邊的白衣教眾訓練有素地準備回撤。

就在這時，尋香鼠突然從他肩頭溜了下去。

這小畜生領會不到人們之間的暗潮洶湧與相互猜忌，見那需要追蹤的味道逐漸飄遠，以為自己的事還沒完，靈巧地在原地蹦躂了幾下，撒開四肢便順著小路追了上去。

青龍主身邊一個隨從見了，忙要伸手去抓，被青龍主一抬手擋住了。

尋香鼠晃蕩著細長的尾巴，步履十分輕快，連跑帶顛地循著山路往上躥。

青龍主若有所思地看了大灰耗子片刻，忽然咧開那張裝得下一個天圓地方的大嘴，說道：「好哇，居然差點被一幫小崽子騙過去了。」

尋香鼠雖然頗有特長，但本質依然是鼠類，生性敏感，遇到人多的地方必會東躲西藏。然而牠眼下這麼放心大膽地順著山路往上跑，只能說明這條山路上根本沒有人！

周翡手心突然無端一陣發涼，就在這時，方才被他們甩開的青龍主突然發出一聲長嘯，一整片青山都被他驚動了。走獸驚惶，群鳥亂飛，而草木依然是草木，後面並沒有露出埋伏的大隊人馬來。

穿幫了！

周翡想也不想道：「跑！」

話音沒落，謝允已經兩步趕上去，一拎吳楚楚的後脊，整個人像離弦之箭一樣，率先飛了出去。

紀雲沉和花掌櫃繼方才那聲「本王」之後，再一次震驚於他這神鬼莫測的輕功。不過震驚歸震驚，老江湖們靠譜，喜怒哀樂再盛，也不耽誤正經事。花掌櫃一掌將殷沛拍暈，像扛麻袋一樣把人往胳肢窩底下一夾，然後用那只剩下一條缺了手的光杆殘臂鉤住了紀雲沉的衣帶，也跟著健步如飛而去。

周翡落後一步，回頭看了一眼，見一干青龍嘍囉追來得好快，還有一條灰色的小影子一閃而過。

對了，差點忘了那該死的耗子！

周翡停下腳步，眼看尋香鼠先追了上來，她長刀一捲，便聽「嘰」一聲，將那大灰耗子一刀兩斷。隨後，她以一隻腳為軸，猛地旋身斬向一側的山岩。

這一下用了十成的力道，之前還有些運轉不靈的枯榮真氣將她的經脈撐到了極致。不過二尺長的刀鋒不管不顧地揮向南嶽大山，刀刃與巨石接觸的一瞬間，周翡竟隱約摸到了「山」一式的內核——以極薄撬動極堅，以極幽微斬向極厚重！

灌注了枯榮真氣的刀尖一下滑入石縫之間，周翡猛地再提一口氣，用手腕一帶，手腕被震得發麻，一塊巨大的山石就這麼生生被她撬了下來，當空搖晃了幾下，轟然往下滾去。

此時，為首的幾個青龍嘍囉已經追得很近了，不料遇上個從天而降的「石將軍」，跑得最快的最倒楣，那人情急之下，居然伸手去拽自己的同伴，險些把別人也帶下去，白衣人們短暫地混亂了片刻。

青龍主大罵道：「廢物！臭丫頭！」

他一抬手拽開一個礙事的貨，當空拍向那滾落的山石，只聽一聲巨響，大石竟然在他手下四分五裂，濺得到處都是。

此時情形可謂極其危急，周翡卻在這個節骨眼上對自家破雪刀的領悟又深了一層。

這「四十八寨第一膽」心裡那點微不足道的畏懼立刻就被歡欣沖淡了，並且突發奇想，周翡尋思道：破雪刀九式平時都是排好隊的，有沒有可能兩招合在一起用？

簡單來說，使單刀的時候，往左砍就沒法同時往右劈，因此「兩招併作一招」基本不能實現，非得是融會貫通的大家才能改良招式。周翡的想法卻更加異想天開一點，她發現枯榮真氣又霸道又微妙，一方面好似能拔山撼海、唯我獨尊；另一方面，每次輔以不同的刀法，它都會發生微妙的變化，似乎在提點她刀中之意。

周翡順著山路飛快地往最濃密的林中跑去，將方才領悟到的「山」一式中的枯榮真氣強行用在了「不周風」的招數上，本來就快如煙雲的刀法一下變得暴虐起來，成了呼嘯而來的旋風。

一息之內，周翡連出了七刀，乍一看光與影都不分，竟悍然直取青龍主面門。

青龍主和她交過手，當時只走了幾招就被聞煜攔下了，並沒有感覺到這小丫頭有多大能耐，此時猝不及防地直面二十年前名震江湖的破雪刀，陡然大吃一驚，胸口內傷處被刀鋒所逼，竟在這時發作起來。

青龍主驀地後退，他手下一干人等上行下效，都十分貪生怕死，眼看老大都退了下來，自然別無二話，一起如臨大敵地定住腳步。

「大敵」周翡這會兒卻不大好過，她的丹田氣海都被那七刀給抽空了，這會兒要是有人撲過來給她一下，她大概連刀都舉不起來。雖然不太明白那油皮都沒蹭破的青龍主為什麼退，但好歹算是給了她片刻的喘息餘地。

周翡學著謝允那裝腔作勢的模樣，將鋼刀倒提，輕輕一歪頭，大言不慚道：「活人死人山？不過如此啊，我看你還不如木小喬呢。」

青龍主聽她提起木小喬的名號，當即更慎重了幾分，沉聲問道：「妳到底是什麼人？」

周翡來不及臨時給自己編個名號，又做不到像謝允那樣厚顏無恥地開口自稱「本什麼」，於是她濃密的眼睫毛忽閃了一下，要笑不笑地道：「你猜。」

青龍主：「……」

就在這時，山上突然傳來一聲長哨，謝允徒手下洗墨江的輕功真不是鬧著玩的，周翡都沒料到這片刻的工夫，他竟能爬這麼高。接著，一根不知從哪兒摸來的極長的藤條垂了下來，周翡一把撈起來纏在手腕上，整個人騰空而起。與此同時，她這一悠一蕩間，用方才說話間攢的一點力氣橫刀斬向青龍主。

破雪刀「斬」字訣，據說有橫斷天河之威。

青龍主自然知道厲害，然而刀在上，他人在下，山路細窄，旁邊還有一幫礙手礙腳的，青龍主別無他法，只好大喝一聲，出手硬接。

一時間，他雙掌泛起金屬的光澤，上下一合，竟牢牢地將周翡的刀鋒夾住了。

周翡早就力竭了，別說「天河」，小溪她也斬不動。這一刀聲勢浩大，其實壓根兒就是虛的，見對方出手，她乾脆大大方方地一撒手，將長刀送給了青龍主，同時借著他這一掌之力，猛地蕩開數丈之高，上面人再一拽，轉瞬她便不見了蹤影。

周翡借著青龍主和藤條之力，飛快地遁入茂密的林間。她目光一掃，還沒來得及找到落腳的地方，就被一隻手拎了上去。

謝允方才搭架子用的「王爺門面」早成了一塊抹布，他一把拽住周翡的胳膊，臉色罕見地難看，好像隨時準備破口大罵。不過可惜謝允嘴裡只會扯淡，不會罵人，憋了半晌，愣是沒能說出什麼來，好一會兒才對周翡道：「妳單挑青龍主？妳怎麼不上天呢？」

周翡心說：要沒有他老人家那一掌，就你那點力氣，頂多能拉上一籃柿子，還想把我拽上來？

但她這會兒心情正好，便難得沒跟謝允一般見識，只是十分無辜地衝他眨眨眼。

武學一道，是一條非常漫長的路，大殺四方的經歷都是在傳說裡，須得獨自經歷一個枯燥的積累過程，再加上機緣巧合，才能得到一點小小的勘破。每每往前走上半步，都好像又翻過了一重山。

破雪刀對周翡來說，原本不過是依樣畫葫蘆，每天做夢都在反覆回憶李瑾容那堪稱敷衍的教導，卻總覺得差著點什麼，好像隔著一層朦朧的窗戶紙。方才被青龍主逼到絕境時，那層窗戶紙卻突然破了個小口，透過來一大片陽光，照得她相當燦爛。

周翡在木小喬的山谷中摸到了「風」的門檻，在北斗包圍中偶然間得到了「破」字一點真章，而第一式的「山」，她雖然早就學會了，卻是直到被憤怒的大鯰魚攆在後面追殺，方才算是真真正正地領悟。

不知道別人學武練功是為了什麼，有些人可能是奔著「開宗立派」去的，還有些人終身都在矢志不渝地追逐著「天下第一」。到了周翡這裡呢，她也爭強，也好勝，但為了自己爭強好勝的心並不十分執著，要說起來，倒有些像傳說中的「五柳先生」，「每有會意，便欣然忘食」。

謝允這會兒頭皮還是麻的，跑的時候，他只道周翡雖然年紀不大，但遇事非常靠得住，也分得清輕重緩急，便沒有太過操心管她，誰知跑到一半，一回頭發現丟了個人！

謝允忙將其他人留下，掉頭回去找，竟然見她真的一本正經去「斷後」了。他當時三魂差點嚇沒了七魄——真跟青龍主對上，他是決計幫不上什麼忙的，可把周翡一個人撂下，謝允也萬萬做不到，實在不行，大概也只好下去陪她一起折在這兒。

此時，謝允見她絲毫不知反省，笑起來居然還有幾分得意的意思，簡直氣得牙根癢癢。

這感覺新鮮，因為從來都是他把別人氣得牙根癢癢。

謝允對著女孩子罵不出來，打也打不過，忍無可忍，只好曲起手指，在周翡腦門上彈了一下：「笑什麼！」

周翡：「……」

這貨是要造反嗎？

謝允動完手，不待她多話，便一手拽起周翡的手腕，邁開得天獨厚的大長腿，飛快地從山林中穿梭而過。他速度全開時，周翡跟得竟有些吃力，須得他稍微帶一帶才行。

周翡忽然覺得有點奇怪，練武功不比別的，不是說一個人學會了寫字，想要彈琴，就得放下一切從頭學起。字寫得好不好與琴彈得好不好沒什麼關係——輕功高到一定境界的人，硬功或許不算擅長，也不大可能完全不會。一個人倘若沒有跟人動武的經驗，對別人怎樣出手沒有預判，光靠四處亂竄躲閃逃命，哪怕跑得跟風一樣快，也很難像謝允一樣遊刃有餘。

可奇怪的是，謝允又確實是只會跑。

謝允身上有很多古怪的地方，恐怕就算當面問他，他也不會說，但儘管他有一山的祕密纏身，周翡卻依然無端信任他……不知是不是占了臉的便宜。

謝允將她拉到了一個十分隱蔽的地方，周翡正在走神，卻見山岩間突然憑空冒出一個頭來，衝他們喊道：「這邊！」

周翡嚇了一跳，這是何方妖孽？

她定睛一看，發現腦袋竟然是吳楚楚的。原來那山石間有一處十分隱蔽的小隧道，也不知是天然形成，還是人工挖掘，旁邊荒草叢生，要不是事先知道此處的玄機，絕對會直接錯過去。隧道十分狹窄，周翡一眼掃過去，先替花掌櫃捏了一把汗，感覺他非得使勁吸氣收腹才能把自己塞進去。

謝允將周翡往裡一推，自己謹慎地往外看了一眼，這才跟進去，又用石頭將開口仔細地堵上。

周翡道：「不用緊張，那耗子已經被我宰了。」

謝允白了她一眼，沒好氣地說道：「好漢真牛——等等，妳的刀呢？」

周翡無言以對。

謝允啞然片刻，簡直難以想像，她到底是怎麼在手無寸鐵的情況下不慌不忙地跟青龍主糾纏那麼久的。他重重地嘆了口氣，在腰間摸了摸，摸出一把佩劍——公子哥們出門在外，一把扇子一把劍是標準裝束，像有錢人家的女孩子戴珠花手鐲似的，都是比較流行的裝飾。

謝允說道：「雖然不是刀，但我暫時也沒別的了，妳先湊合拿著用。」

周翡抓在手裡掂了兩下，非但不領情，還反問道：「你還隨身帶著這玩意兒，壯膽啊？」

謝允：「……」

這位一到關鍵時刻就總想用「動手」解決一切，私下裡擠兌自己人倒是機靈得很。

「妳這話剛才要是也來這麼快多好？」謝允揉了揉眉心，伸手比畫了一下，又對周翡道，「我回去啊，肯定給妳打一個特製的背匣，七八個插口排一圈，等妳下回再出門，插滿七八把大砍刀，往身後一揹，走在路上準得跟開屏似的，又好看又方便，省得妳不夠用。」

吳楚楚聽這話裡帶了挑釁，生怕他們倆在這麼窄小的地方掐起來，連忙挽住周翡的胳膊，說道：「別吵了，快先進去，裡面寬敞些，紀大俠他們在那兒等著了。」

從前在四十八寨的時候，是沒有人會挽周翡的胳膊的——李妍要是敢這麼黏糊，早被扒拉到一邊去了。周翡一條胳膊被吳楚楚摟著，另一隻手簡直不知道該怎麼擺動了，化身成一根人形大棒，同手同腳地被吳楚楚拖了進去，一時間倒忘了跟謝允算帳。

再往裡走一點，就能看出此地的人工手筆了。兩側的磚土漸漸平整起來，仔細看，還能看出些許刀削斧鑿的痕跡。能找到這麼隱蔽的地方，想必不是誤打誤撞。

周翡四下掃了一眼，問道：「衡山派？」

「嗯，據說當時有官兵圍山，那幫小孩就是從這條道跑出去的。」謝允解釋道，「當時附近有些江湖朋友聞信，曾經趕來接應，芙蓉神掌也在其中。如今整個衡山派人去樓空，咱們也不算不速之客，可以先在裡面避一避。我看那青龍主多半傷得不輕，應該不會逗留太久。」

說話間，周翡已經看見了火光，低矮狹窄的小路走了一段後，視野陡然開闊起來，山壁有回聲，將人的腳步聲襯得十分清晰。她隔著一段九曲回腸的小路，都能聽見紀雲沉和花掌櫃正在爭論什麼。

花掌櫃道：「先前我沒見過這人的時候，還當他只不過是年少衝動，容易被人挑唆，或許也情有可原，現在可算見識了——這樣的人，你還護著？」

紀雲沉低聲道：「花兄，畢竟是……」

「別嫌老哥說話不好聽，」花掌櫃打斷他，「殷大俠要是還在人世，非得親自清理門戶不可。」

紀雲沉沒有回答，他大概是聽見了腳步聲，舉著一個火把迎了出來：「周姑娘，吳姑娘，還有端……」

紀雲沉停頓了一下，不知怎麼稱呼。謝允一擺手，面不改色地說道：「端什麼？都是矇他們的，紀大俠叫我『小謝』就是。」

紀雲沉這種關外來的漢子，從小除了練功就是吃沙子，心眼先天就缺一塊，所以當年剛到中原，就被人利用得團團轉。他腦子裡再裝十八根弦，也跟不上謝允這種「九假一真」的追風男子。

紀雲沉沉吟片刻，問道：「那麼請問謝公子，你方才同那青龍主說的『山川劍』又是怎麼回事？」

周翡趁機將自己僵掉的胳膊從吳楚楚懷裡抽了出來，漫不經心地想道：八成也是謝允這玩意兒編的。

果然，便聽謝允道：「抱歉，那也是我編的。」

紀雲沉：「……」

「謝大忽悠」邁步往前走去，邊走邊說道：「我早年聽說過一些事，不知真假。據說當年南刀被北斗暗算，一路且戰且退的時候，幾度以為自己脫不了身，他當時做了一件很奇怪的事──把自己的刀毀掉了。這傳聞我百思不得其解，倘若你被人追殺，會不想著怎樣脫身，反而毀掉自己的兵刃嗎？」

周翡眉梢一動。

謝允又道：「後來民間有好事者，編派出了一些捕風捉影的傳說，說是有一種邪功，只要能拿到傳說中武林名宿隨身的兵刃，便能獲得他生前的成名絕技……紀大俠不用看我，我也是聽說，為了研究這件事，還特意去學了打鐵鑄劍。」

周翡輕輕吐出一口氣，扭過臉去，心想：又開始胡說八道了。

紀雲沉是個老實人，聽謝允像煞有介事地一番胡扯，居然當真了，還非常一本正經地回道：「怎麼會有這樣的事？這分明是無稽之談。謝公子難道要告訴我，當年青龍主算計殷家莊，就是因為聽信了這種鬼話？」

謝允笑道：「這你就得問問殷公子了，青龍主到底因為什麼不依不饒地要追他回去？」

殷沛還沒醒，花掌櫃伸出大巴掌，在他臉上「啪啪」兩下，硬生生地把他一雙眼抽開了。他略有些迷茫地睜眼一掃周遭，看見謝允，臉色一變：「你……」

謝允笑咪咪地雙手抱在胸前：「殷公子，現在能說青龍主為什麼一定要抓你了嗎？」

殷沛反射性地緊緊閉上了嘴。

謝允說道：「花掌櫃說你多年前得知殷家莊覆滅的真相，曾經一怒之下與你養父反目，這個我信。但我不信你在青龍座下忍辱負重這許多年後，會做出大老遠跑來殺一個早已經廢了武功的人這種不知所謂的事。」

殷沛聽到這兒，也不吭聲，只是冷笑著盯著他。

先前，這個小白臉看起來又廢物又不是東西，渾身上下泛著一股討人嫌的浮躁。此時再看，他依然不是東西，那種流於表面的浮躁和惡毒卻已經退下去了，變成了某種說不出的陰鬱，甚至帶了一點偏執的瘋狂。

周翡問道：「所以他表面上氣勢洶洶地帶著九龍叟來找麻煩，其實是為了借刀殺人——殺九龍叟？」

細想起來，殷沛一路跑來盡是在招人恨，先不問青紅皂白地跟白孔方的人動了手——當然，白孔方比較慫，見人家氣勢洶洶，自己就縮頭了，沒能留下來打一架——在周翡用一根筷子崩開他的四冥鞭之後，不說躲著她，進了三春客棧，反而第一件事就是向她挑釁，乃至後來他親自動手推搡花掌櫃，順理成章地被人捉住，還不嫌事大，不斷地出言不遜，直到激化矛盾，叫花掌櫃出手宰了九龍叟。

他會移穴之法，卻偏偏不跑，青龍主找上門，又意外和聞煜衝突上，他才趁亂出來，還打算劫持吳楚楚。這樣一來，又能借上聞煜之勢……雖然沒成功，但機緣巧合之下也跟著他們跑出來了。

反正有紀雲沉在，他小命無虞，到現在，雖然形容狼狽，殷沛卻成功擺脫了青龍主，他們一大幫人還不知道該拿他怎麼辦！周翡一想，發現自己還冒險替他殺了那隻窮追不捨的尋香鼠，也算讓人利用了一回，頓時目露凶光地瞪向殷沛那小白臉。

殷沛不承認也不否認，臉上帶著讓人看了就不舒服的笑容，說道：「端王爺聰明絕頂，不是什麼都知道嗎，何必問我？」

謝允嘆道：「跟殷公子算無遺策比起來，在下可就是個蠢人了。」

周翡一隻手被方才飛濺的山石劃傷了，她這一路又是亢奮又是逃命，自己都沒發現，直到這會兒，才覺得細長的小傷口有點癢。她低頭舔了一下，就著那一點略帶鐵銹味的腥甜氣，問道：「紀前輩既然已經不再拿刀，你就沒想過，萬一客棧裡的人殺不了九龍叟會怎麼樣嗎？」

殷沛沉沉的目光微微一轉，落到周翡身上，有那麼一會兒，他的表情似乎有些不滿，好像在疑惑這不知哪裡來的野丫頭為什麼有那麼好的運氣——家學深厚，刀鋒銳利，並且被慣出了一股不知死活的愚蠢。

「怎麼樣？」殷沛低聲反問道，「還能怎麼樣？」

周翡一頓，隨即她很快反應過來——不錯，怎樣也不怎樣，最多是紀雲沉和一個客棧的倒楣蛋死在九龍叟手上罷了。

殷沛只需要隨便編一個理由，聲稱自己和紀雲沉有仇。作為邪魔外道，和北刀傳人有仇天經地義，九龍叟不會懷疑，倘若紀雲沉就此折了，九龍叟只會沾沾自喜。因為那老頭恐怕直到死，也不知道殷沛姓「殷」，更不知道此人溜出來根本就沒打算回去。

殷沛漫不經心地低頭看著自己的手指，漠然道：「北刀隱姓埋名這麼多年，依然活蹦亂跳，我相信他不管用什麼手段，總歸沒那麼容易死——是不是，紀大俠？」

紀雲沉死了也沒事，他還備著別的後招，反正九龍叟蠢。

紀雲沉說不出話來，只是撐著一隻手，死命攔著怒不可遏的花掌櫃，清瘦粗糙的手上佈滿了青筋。那一點也不像名俠的手，手背上爬滿了細小的傷疤和皺紋，指甲修剪得還算乾淨，但指尖微微有裂痕，還有零星凍瘡和燙傷的痕跡——已經成了一雙不折不扣的廚子的手。

謝允搖搖頭，說道：「背信棄義的事，我見得不算少了，如今見了殷公子，才知道狼眼也不算很白。」

殷沛毫無反應。他能在殺父仇人面前跪地做狗，大概也不怎麼在乎別人不痛不癢的幾句評價。

「端王爺方才有句話說得好，」殷沛道，「那老魔頭，當年不擇手段偷了東西，所以他是個賊。山川劍也好，其他的什麼也好，都姓『殷』，如今我拿回來，是不是理所應當？既然理所應當，為什麼要說給你們這些不相干的人知道？再招幾個賊嗎？」

這話一出口，連謝允這種曠世絕代好脾氣的人聽了，臉色都有點不好看了。

殷沛話音沒落，那花掌櫃便一把推開紀雲沉：「我蒙紀兄救命大恩，他既然執意要護著你，我也不好當著他的面動手把你怎麼樣。殷公子既然這麼厲害，想必出去自有一番天地，也不會再用誰保駕護航，今日從這裡走出去，你走你的，我走我的，下次倘讓我再見著你……」

他說到這裡，森然一笑，又回頭看了一眼紀雲沉，說道：「這些年，你的恩我報過了，我與這小子有斷掌之仇，必不能善了，你有沒有意見？」

紀雲沉啞聲道：「是我對不起你。」

花掌櫃似乎想笑一下，終於還是沒能笑成，自顧自地走到一邊，挨著周翡他們坐下，眼不見為淨。

謝允衝殷沛拱拱手，客氣又冷淡地說道：「殷公子好自為之。」

小小一間耳室中，六個人分成了三撥坐。殷沛嘴角噙著一點冷笑，自顧自地占了個角落閉目養神，紀雲沉坐在另一個角落，也是一言不發。周翡看了看這個，又看了看那個，見氣氛這麼僵持下來，實在沒什麼好說的，乾脆靠在土牆一角，閉目沉浸到破雪刀的世界中。她很快將什麼青龍朱雀都丟在一邊，心無旁騖下來，在心中拆解起無數次做夢都在反覆練習的破雪刀。不知是不是因為方才突然摸到了一點刀中真意，整個九式的刀法在她心裡忽然就變得不一樣了。

漸漸地，她身上的枯榮真氣開始隨著她凝神之時緩緩流轉，彷彿在一點一點滲透到每一式中。

不知不覺中，一整天都過去了。

周翡是被餓得回過神來的。她倏地將枯榮真氣重新收歸氣海之內，鼻尖縈繞著一點肉湯的味道，一睜眼，只見謝允他們不知從哪裡弄來一個小鍋，架在小火堆上慢慢地熬湯。她一抬眼，對上了花掌櫃若有所思打量的視線，周翡目光中無匹的刀鋒未散，花掌櫃的瞳孔居然縮了一下，剎那間竟不敢當其銳，忍不住微微別開了視線。

吳楚楚一回頭，見周翡睜眼，便笑道：「阿翡，妳餓不餓？多虧了花掌櫃，捉住了一隻兔子，還從密道裡找出他們以前用的鍋碗來，我給妳盛一碗！」

周翡「嗯」了一聲，接過一碗熬得爛爛的肉湯，沒油沒鹽，肉也腥得要命，味道實在不敢恭維，她閻了一下，頓時覺得有點飽了。

謝允看了看她頗有些勉強的神色，也端起一碗，伸長胳膊在周翡的碗邊上一碰，說道：「有道是『寧可居無竹，不可食無肉』，咱們落到了這步田地，還有兔兄主動獻身，幸甚！來，一口乾了！」

剛從鍋裡盛出來的肉湯滾燙，周翡被他豪爽地一「碰杯」，湯差點灑出來，她糊著一臉熱騰騰的水汽，掃了謝允一眼：「你乾，我隨意。」

謝允：「……」

吳楚楚在旁邊笑了起來，周翡看了她一眼，她便一捂嘴，小聲道：「妳跟端……謝公子關係真的很好。」

周翡抬起頭，正好對上謝允的目光，然而謝允不知是做賊心虛還是怎樣，一觸即走，立刻又將目光移開了，嘴裡嘀咕道：「夭壽啊！誰跟她好？妳快讓我多活幾年吧。」

這小賤人說完，立刻端著碗原地平移了兩尺，料事如神地躲開了周翡一記無影腳。

這時，花掌櫃忽然開口和周翡搭話道：「我聽說破雪刀不比其他，常常大器晚成，姑娘這刀法已經很有火候，是從小就開始學嗎？練了多少年了？」

周翡正艱難地咽下難喝的肉湯，聞言差點脫口一句「臨出門之前我娘剛教的」，話到嘴邊，又被難喝的肉湯堵回去了。她斟酌了片刻，感覺出門在外，不好隨便泄自己的底，便含糊道：「有一陣了……不是從小，呃，有兩三年。」

花掌櫃吃了一驚：「兩三年？」

這是嫌太長了？

周翡便又心虛地改口道：「要麼就是一兩年，反正差不多。」

她其實不知道，除非走捷徑、練魔功，否則但凡是天下絕學，非得有數年之功來填不可。周翡覺得自己跟段九娘、紀雲沉這些人比起來有辱家學的時候，其實忘了，她學破雪刀的時日，至今滿打滿算也沒有半年。

只是她迷這個，平時就容易沉浸其中，一路上又幾經生死，被各路高手錘煉了一個遍，還誤打誤撞地收了段九娘一縷枯榮真氣，進境已經堪稱神速了。

花掌櫃沒再問什麼，只是搖頭感慨了幾句「後生可畏」，便摩挲著碗邊，不知出什麼神去了。

突然，狹長陰暗的密道中炸起一聲銅鑼響，堪比石破天驚、小鬼叫魂，真是能將人心肝都給嚇裂了。周翡眼明手快，一把捂住吳楚楚的嘴，將她一聲驚叫生生給按了下去。同時一伸腳，將吳楚楚失手掉下去的一把攪肉湯的鐵勺子挑了起來，挑到半空中，被謝允一伸手接住。

謝允跟花掌櫃誰都沒吭聲，飛快地將火滅了，肉湯扣在地上，用旁邊亂七八糟的沙土茅草蓋住。

花掌櫃面色平靜，衝眾人擺擺手，聲音幾不可聞地說道：「衡山派當年出逃的時候，密道口沒封，那是故意留著拖延追兵的，他們一時半會兒追不到這裡，敲鑼只是為了讓我們自亂陣腳，不要慌。」

原來這密道下面四通八達，像個大迷宮一樣，有無數開口——要不然那倒楣的兔子也進不來。

不少通道中甚至藏匿了重重機關，人在地下本就容易分不清東南西北，沒有地圖，很快就會被密道和機關困住。

方才花掌櫃卻是帶著他們從隱蔽的出口進入的，並未深入，隨時能逃。青龍主大概是帶人搜遍了整個衡山，沒找著人，在衡山派舊址無意中發現了密道入口。

花掌櫃用耳語大小的聲音說道：「不用擔心，那老東西進來容易出去難，今天說不定誰死在這裡，否則他們偷偷摸進來突襲我們便是，敲什麼鑼！」

謝允回頭看了一眼同樣警醒起來的殷沛：「青龍主看來不找到殷公子是不甘休了。」

二十年前，青龍主為了殷聞嵐手上的某一樣東西，不知算計了多少人，可想而知，現在那東西被自己養的狗偷走是什麼心情——哪怕謝允身邊真有南朝大軍，他想必也只是暫時撤退，必定要陰魂不散地一直跟著的。

正在這時，一個聲音從密道中傳出來，經過無數重封閉的窄路與耳室，聽著有些失真，但字字句句都十分清楚。

那青龍主見一聲銅鑼沒能打草驚蛇，便親自開了口，說道：「我待你不薄，金銀珠寶、綾羅綢緞，何曾吝惜過？你貪財也好，好色也好，想要什麼，我何時不給過？叼個空劍鞘走做什麼？山川劍都碎成八段了，不值錢的，你現在乖乖地還回來，我絕不追究，好不好？」

殷沛神色不動。

那青龍主等了片刻，見沒動靜，便似乎是嘆了口氣，又道：「莫非你這狗東西還跟殷家有什麼關係不成？」

殷沛嘴角輕輕牽動了一下，露出一個陰狠的冷笑。

下一刻，青龍主的聲音遠遠地飄過來，竟還帶了一點隱約的笑意：「那就更不用躲了，當年殷家女人們的滋味，我手下這幫兄弟現在都還念念不忘。你這年紀，不定是哪位的兒孫呢，一家人何必鬧成這樣，叫別人笑話！」

殷沛的眼睛紅了，然而紅得不透，不是普通人受到侮辱時那種從眼珠到眼眶的紅法。他薄薄的一層眼皮好像銅鐵鑄就，再洶湧的七情六慾也能被擋在後面，將他衝目欲出的血色牢牢地鎖在眼球裡。

人的血是不能凝滯不動的，凝滯在哪兒，就會涼在哪兒，變成蛇的血、蠍的血。花掌櫃嘴上說了不管他，卻還是在時刻留神殷沛，預備著他一有異樣，就直接打暈。

然而他發現自己居然多慮了。

青龍主的聲音越來越尖銳，當中含著勁力，尖刀似的直往人耳朵裡捅。無人回應，他反而越說越有趣味，嘴裡說出來的不全是汙言穢語，還夾雜著不少自以為妙趣橫生的描述，不管別人怎麼樣，吳楚楚卻是先受不了了。

一方面是那大鯰魚的話實在不堪入耳，一方面是此情此景叫她不由自主地想起了華容的事。

那時候她也是只能躲在一個小小的角落裡，聽著仇天璣在外面踐踏她親人的屍首，編派她的父母，讓他們死後也不得安息。而那大鯰魚還不是完全的喋喋不休，隨著他的話音，那不祥的銅鑼聲再次響了起來。

「鐺」一聲，身體弱些的紀雲沉和吳楚楚當即都是一晃，連周翡都被那聲音震得有些噁心。

銅鑼聲比方才更近了！

謝允低聲道：「不妙，花掌櫃，我聽人說，青龍主座下有一批『敲鑼人』，能在黑燈瞎火中靠三更鑼的回音判斷前面有什麼，要是這樣，那些死胡同、有機關的地方，他們不用親自進去試探就能及時退出來，這密道恐怕困不住他們多久。」

花掌櫃顯然也料到了，面色頓時不太好看。

謝允飛快地問道：「照這樣下去，他們多長時間會找到我們？」

花掌櫃沒回答，但是表情已經說明了一切——只是時間問題。

謝允皺著眉想了想，轉身便要隻身往外走去。

周翡立刻便要跟上：「幹什麼去？」

「我出去探一探，要是外面暫時安全，咱們就先從這密道裡撤出去。」謝允抬手按住她的肩膀，低聲道，「放心，四十八寨我都探得，衡山也不在話下。你在這兒等著，萬一那群活人死人山的雜碎找過來，花掌櫃一個人容易顧此失彼。」

說完，他便飛快地往外走去，人影閃了幾下，立刻便不見了——眼神不好的大概還以為他是土遁了！

周翡一伸手沒拉住他，轉眼一看這一圈老弱病殘，又不敢隨便走開。她原地想了想，便轉向花掌櫃，問道：「前輩，既然是銅鑼探路，我有個主意，我看進來的時候那一段路又窄彎又多，此地也還有些石頭，您覺得這樣成不成？不管外面安全不安全，咱們先從耳室裡退出去，躲進窄路裡，將窄路用石頭封上幾層，假裝是個死胡同。」

花掌櫃也不知道三更鑼究竟是個什麼道理，能不能分辨出真正的死胡同和臨時抱佛腳堆的假胡同，可惜別無他法，只好死馬當成活馬醫，點頭道：「可以試試。」

花掌櫃是個利索人，先抓過殷沛，三下五除二將他綁了個結結實實，扔在一邊，隨後自己去那細窄的小通道裡查看。周翡正要跟上，一直在旁邊裝死的紀雲沉突然伸出手，輕輕地壓住了周翡手上那把中看不中用的佩劍，聲音幾不可聞地問道：「姑娘可不可以幫我一個忙？」

周翡眉尖一挑，因為看他那黏黏糊糊勁兒很費勁，所以不是十分有耐心地道：「有話就說。」

紀雲沉靜靜地盯著自己的腳背片刻，漫長而四通八達的地下密道中，青龍主大概是說膩了，將這喋喋不休的重任交給了某個手下，字字句句都從他身邊滑過，把整個衡山都泡在了一泊無恥裡。

紀雲沉閉了一下眼，對周翡說道：「此人當殺。」

周翡難得跟他英雄所見略同一回。

紀雲沉略抬起眼，看著眼前的少女——大眼睛，尖下巴，模樣長得很齊整。看她的面貌，眼下還不能說是完全長開，再過上個三五年，大概真能長成個不折不扣的美人。她身形修長而有些單薄，手掌也不厚實。這樣一個女孩要是換成別人來教，說不定會將她送上峨眉，選尖刺、長鞭之類省力機巧的兵刃，或是乾脆練一手出神入化的暗器功夫，只要輕功過得去，也能防身。

不知道家裡長輩怎麼想的，偏偏給她使刀，還偏偏傳了破雪刀給她。

紀雲沉突然嘆道：「有沒有人說過……妳這樣出身和模樣的女孩，即便是驕縱無能，也足夠順遂地過一生了，本不必在刀尖上舔血，四處顛沛流離？」

周翡還以為他要感慨些什麼，突然聽他來了這麼一句，當即怒道：「前輩，都什麼時候了，你怎麼還扯淡？」

紀雲沉失笑。

一個女孩子，倘若打心眼裡知道自己漂亮，無論如何舉止中都會帶出一些，譬如她會無意中展示或者遮掩自己的美麗。可是周翡偏偏沒有一點知覺，這恐怕並不是因為她年紀輕輕就能超凡脫俗、看破皮相，也不大可能是因為這麼大丫頭了還不知道美醜……很可能是從小到大，從未有人誇過她、偏寵過她的緣故。

絕代的才華與傾城的容貌，都是稀世罕見之寶，但一旦對它生出依仗，它也很容易變成一個人難以擺脫的魔障。紀雲沉忍不住想，當年倘若不是自己太過恃才傲物，太把自己當回事，那些破事……還會發生嗎？

紀雲沉的臉色突然一沉，點頭道：「好，那麼妳記著，將來無論是誰同妳說這樣的話，都是害妳，妳一個字也不要信。我下面說的話，妳也要聽好了——當年並稱的南北雙刀，南刀極烈，北刀極險。又有種說法，說『斷水纏絲』是殺人之刀，而『破雪』，是宗師之刀。據說修破雪刀者，如風雪夜獨行，須得心志極堅、毅力極大者，或能一窺門路。尤其『無匹』、『無常』、『無鋒』之後三式，招式乍一看平平無奇，有些人卻終身難以參透。過不了這一關，刀法再精、內力再深，也是無魂之刀，妳很有可能修煉多年後也一事無成。」

他這論斷說得毫無迂回，要是李瑾容用這個語氣，周翡不會生氣。周以棠說了，周翡也不見得往心裡去。可一個萍水相逢的外人，這樣高高在上地不留情面，就很不合適了，特別是他還是個肩不能挑手不能提的廢人。

周翡有點跟不上紀雲沉這東拉西扯不著邊際的節奏，只聽懂了此人咒她「一事無成」。

就在這時，謝允匆忙狼狽地重新從密道裡鑽了進來，一入耳室，就急促地說道：「青龍主在附近留了人巡山，但他帶的人不多，眼下主要人馬又都下了密道。現在天也快黑了，出去比留下安全，要走咱們現在馬上走，將這洞口堵住，讓這密道再拖一會兒……哎，你們怎麼了？」

紀雲沉絲毫沒理會謝允，盯著周翡道：「我說這麼多，就是想問妳，妳是要跟他們逃，還是與我冒一次險，留下來幫我殺青龍主？如果妳肯，我就傳妳『斷水纏絲』。妳悟性如何我不知道，但是以妳的根骨資質而言，在破雪刀上走下去不是個好選擇，不如改修我北派刀——妳放心，我不是讓妳送死，只要妳能幫我拖住他一陣子，其他的，我自有辦法解決。」

周翡還沒來得及答話，謝允的眉頭已經皺成了一個疙瘩，當面道：「不行！」

紀雲沉抿了抿嘴，沒吭聲。

「你讓一個小姑娘替你生扛活人死人山的四大魔頭之一？你簡直……」謝允溫潤如玉的臉一沉，直接從白玉變成了青玉，咬了一下舌頭，才把「厚顏無恥」四個字咽了回去，又說道，「除非有太上老君的仙丹給她吃一顆。紀大俠，不是晚輩無禮，有道是『青山不改綠水長流』，是非寵辱都是過眼雲煙，忍一時能怎麼樣？二十年前你就非要鑽牛角尖，現在還鑽，你……」

周翡一抬手打斷他。

謝允沉聲道：「阿翡！」

周翡思量了片刻，轉向謝允道：「花前輩大概不用你管，那個小白臉愛死不死，你也不用管，只要先替我照顧吳姑娘一會兒就好——你先走吧。」

說完，她不看氣急敗壞的謝允，轉向紀雲沉道：「既然你說你自有辦法，我可以留下來幫你一回。但是我說的話你也聽好了，我留下來，是為了殺那大鯰魚，至於別的什麼，你不必教，我也不會轉投他派。紀雲沉，南北雙刀並稱，看在我外祖的份兒上，我本不該不敬，但是見識了紀前輩你這種人，少不得也要說一句『斷水纏絲算什麼東西』了。」

第二十二章 斬龍

紀雲沉聽她出言不遜，卻也沒有生氣，只是愣了愣，隨即黯然道：「我的斷水纏絲，確實也不算什麼東西——不管怎麼樣，多謝妳。」

謝允臉色很不好看，靠在一邊的石壁上不出聲。

吳楚楚率先開口道：「阿翡不走，我也不走。」

不知什麼時候走過來的花掌櫃看向紀雲沉，問道：「你是瘋了嗎？」

紀雲沉搖搖頭。

這時，那銅鑼響如催命追魂，「鐺」一聲，餘音冰涼，在密道中反覆回蕩，一聲響盡，花掌櫃才略低了一下頭，面帶無奈道：「那我便不得不……」

他話沒說完，已經一抬手扣住了紀雲沉的肩膀，打算把他強行帶走。紀雲沉沒有掙扎，被花掌櫃白玉蒲扇似的大手帶得一個踉蹌，神色卻不動——通常只有不會武功的人才會下意識地反抗掙扎，像紀雲沉這樣的人，自然明白那些力氣是白費的。

他只是壓低聲音，一字一頓地對花掌櫃說道：「躲躲閃閃的日子，我已經過夠了，你知道剛才我在想什麼？」

花掌櫃的兩頰繃了起來。

紀雲沉低聲道：「我在想，我查了那麼多年才查到了一點蛛絲馬跡，知道了仇人姓甚名誰，如今他既然找上門來了，我為什麼不留在客棧裡呢？我為什麼要跑？為什麼要漫山遍野地躲著他們？因為我打不過。遇到危險，掉頭就跑，乃人之常情，花兄，我變得貪生怕死了。我做夢都想手刃青龍主，而今人來了，我卻在躲著他，你想想這事情可笑不可笑？」

紀雲沉說著，在花掌櫃的手上拍了拍，又道：「花兄，要不是為了這麼一天，我這樣的廢人，何必苟延殘喘至今？為了了結這些事而苟延殘喘，也算有用。總有一天，我連這一點勇氣都沒有了，那就只剩下苟延殘喘了，這道理你明不明白？」

花掌櫃怔了片刻，緩緩地鬆了手。

紀雲沉道：「快走吧。」

花掌櫃看著他搖搖頭：「我今日走了，何時能再回來給你收屍？」

他這話出口，紀雲沉死氣沉沉的眉目終於非常輕地動了一下，好像從誰那裡傳染到了一絲活氣。

他一生到死，就剩下這一點情與義了。

花掌櫃問道：「你需要多久？」

紀雲沉回道：「六個時辰。」

花掌櫃點點頭，說道：「這密道我不算很熟悉，好歹也算走過一兩遭。我替你引開他們一陣子，六個時辰恐怕辦不到，剩下的你要自己想辦法。」

花掌櫃說完，扭頭就走。

他們兩人的對話聽得人雲裡霧裡，「收屍」、「六個時辰」之類的，跟打啞謎差不多，叫人聽來一頭霧水。因此花掌櫃突然掉頭就走，除了紀雲沉，其他人都沒反應過來。而紀雲沉手上大概也就剩下顛鍋的力氣了，哪裡抓得住他？

那芙蓉神掌只是輕描淡寫地一拂袖，輕易就將他的手從自己身上「摘」了下來，閃身而出。紀雲沉這回臉色真變了，三步併作兩步地追了出去，只見出了耳室，還有一道彎，前面登時多了四五條岔路，花掌櫃敦實的身形早化入了黑黢黢的岔路中，蹤跡難覓。

紀雲沉的眼眶突然紅了。

這時，被綁在牆角的殷沛忽然冷冷地哼了一聲：「我看你也不必太感動，你道那胖子這些年為你鞍前馬後、任勞任怨，難道沒有緣由嗎？」

紀雲沉驀地扭過頭去。

殷沛吃力地抬起頭望著他，笑道：「你們倆真有意思，物以類聚，人以群分，都是做了虧心事，不敢當著人面承認，做些多餘的事來，還自以為彌補，暗地裡被自己的俠肝義膽感動得一塌糊塗。」

紀雲沉雙拳緊握，不去理會他。

殷沛好整以暇地打量了一下他的臉色，說道：「那我就發發好心，告訴你吧。芙蓉神掌花正隆老是將你對他有救命之恩掛在嘴上，聽說他年少輕狂的時候，既不胖，也不醜，也算是個能看的男人。他路上英雄救美，不料蠢得把自己搭上了，受了重傷，命懸一線，當時是你出手救了他，大概有這事吧？」

紀雲沉充耳不聞，權當他自己吠叫，只對周翡道：「可否先幫我將耳室前面的通道封上，多少能拖他們一會兒？」

周翡其實還蠻好奇的，但她剛剛還對紀雲沉不假辭色，此時實在不好探頭瞎打聽，只好拉著一張冷臉，挽起袖子開始往耳室門口細窄的通道裡堆石頭。謝允反正不會自己跑，閑著也是閑著，便也走過來，一邊動手幫她，一邊企圖用嚴峻的面部表情向周翡叫囂自己的憤怒。

殷沛被眾人集體晾在一邊，遭到了冷遇，卻也沒妨礙他的三寸不爛之舌發揮，依然自顧自地說道：「他救的女人，有個挺厲害的仇家，震傷了他的心脈，奄奄一息。那女人以前從花正隆嘴裡聽說你二人有交情，便跑來找你，想跟你討一顆『九還丹』救命。九還丹你還有一顆，但剛開始沒給她，只是每日用內力給昏迷不醒的花正隆續命。那女人乖巧得很，討不到藥，還是十分感激你，她看起來又單純又善良，對不對？你可知那單純又善良的小美人是誰？」

紀雲沉在離他稍遠的地方坐下，從懷中摸出一個小包，最外層是防水的油紙，裡頭又裹了好幾層質地不同的布，層層打開後，布包中裹的是一把細密的銀針。

見他不聽也不回應，殷沛便自問自答道：「早年間天下最負盛名的刺客團名叫『鳴風樓』，那女人就是鳴風樓主的關門弟子。」

豎著耳朵偷聽的周翡手一滑，差點將手裡的石頭掉地上砸了自己的腳，還好旁邊謝允眼明手快地接住了。

「鳴風樓？還是刺客！」周翡心裡驚疑不定，「不會和我們寨中的『鳴風派』有什麼關係吧？」

這一次，紀雲沉終於有了點反應，淡淡地說道：「那又怎樣？」

那畢竟只是個萍水相逢的女人，後來花掌櫃也沒有同她在一起。她是好姑娘也好，是個刺客裝的好姑娘也罷，都與他並不相干。紀雲沉沒放在心上，拈起一根細細的銀針，拿在手裡仔細端詳了片刻，緩緩地從自己頭頂刺了下去。

他動作極慢，眉目微垂，動作非常鄭重，幾乎有點神神道道的意思，好像下一刻就有大仙上身似的。他下針比尋常針灸深上幾分，中間停頓了三四次，額角很快冒出一層冷汗，顯得非常痛苦。

這一根針下完，紀雲沉極沉極重地嘆了口氣，有氣無力地對周翡道：「姑娘，妳既然看不上北刀，可否容我以『斷水纏絲』討教一二？」

周翡一方面被殷沛三言兩語攪得疑竇叢生，一方面又大氣也不敢出地盯著紀雲沉手中詭異的銀針，正在全神貫注地一心二用，對方突然說話，她都沒反應過來：「……啊？」

「恕我不能奉陪武鬥。」紀雲沉一抬手，指著自己對面道，「請坐，妳知道什麼叫『文鬥』嗎？」

「武鬥」是交手，「文鬥」是過招，文鬥中的人或者只是互相說解招式，或者在互相不接觸的情況下大概比畫幾下，誰也不傷誰，非常和平。

周翡猶豫了一下，不知紀雲沉又鬧什麼妖，旁邊的殷沛卻又不甘寂寞地開了口。

「鳴風樓的刺客，只要接了單、收了錢，自己的親娘老子都能宰，你覺得她單純善良——紀雲沉，你是不是瞎？」殷沛滿懷惡意地笑道，「你後來把僅剩的一顆九還丹給了她，算是救了花正隆一命——紀大俠，你為什麼剛開始不肯給，後來又給了呢？」

周翡好不容易集中的注意力便又渙散了，心道：對啊，這是為什麼？

紀雲沉好像氣力不繼似的，緩緩說道：「我入關時，家師相贈兩顆九還丹，據說只要還有一口氣在，它就能生死肉骨。普通人吃了，有拓經脈、療舊傷之奇效。兩顆九還丹中的一顆，早年間為了救一個朋友，已經用了，只剩下一顆，是我給你留的。你自幼胎裡帶病，經脈先天不通，難以習武就算了，還身體虛弱，我想等你長大些，叫你吃下去，或能伐經洗髓。」

殷沛冷笑道：「可是你沒想到突然東窗事發，讓我知道了殷家那件事的緣由，突然出走。你想不想問問，我究竟是怎麼知道的？」

紀雲沉道：「是我酒後失言……」

「你酒後失言，我剛好聽見？」殷沛笑了起來，因為怕把青龍主招來，他的笑聲壓得輕而急促，像個漏孔的風箱，不一會兒便上氣不接下氣起來，「紀雲沉，你是真缺心眼啊。是誰灌醉了你？誰引誘你說出來的？誰特意安排我聽見的？我既然聽見了，為何連與你對質一番都不肯，當場不告而別？你發現我不見了以後，是不是那女人還假惺惺地幫你一起找過？」

有些事，自己身在其中的時候，就雲裡霧裡，若干年後被人簡簡單單提起，好多內情卻簡直是顯而易見的。

連外人如周翡也聽明白了，當年那個女刺客為了救花掌櫃，設計了一個圈套，叫殷沛撞破養父的祕密，讓他們兩人反目成仇。殷沛或許是自己離開，或許是被她使了什麼手段逼走……除了當事人，也便不得而知了。九還丹自然順順利利地落到了花掌櫃的肚子裡，平平安安地保下花掌櫃一命——那麼花掌櫃後來知不知道這件事呢？

如今看來，想必是知情的。

身邊最感激的人，居然是造成自己如今下場的源頭之一，好比紀雲沉之於殷沛，又好比花掌櫃之於紀雲沉。殷沛覷著紀雲沉的臉色，忍不住無聲地大笑起來。

密道中又一道銅鑼聲響起，可是方才明明逼近的聲音卻又遠了，那些遊蕩在地下的惡鬼與他們擦肩而過，岔到了另一條路上。此時聽在耳朵裡，這鑼聲倒像是一句冷嘲熱諷的回答。

昏暗的耳室中，其他三個人聽得目瞪口呆，不知對這些破事做何評價。

紀雲沉卻倏地閉了眼，再不去看殷沛。接著，他伸手一攏，將五六根牛毛似的小針攏入手心裡，自頭頂「風府」逆行督脈直入氣海之間。他蒼白泛黃的臉色陡然紅了起來，卻是一種病態的嫣紅。他的氣息驟然加重，汗如雨下，咳嗽了半晌，驀地睜眼，將挾著兵戈之氣的目光射向周翡，伸出兩指，自下而上地輕輕往上一送，那角度分外詭異。

周翡下意識地站直了，外行人看的是熱鬧，內行人卻遠非如此。南北雙刀都是頂級的刀術，在她眼裡，那端坐不動的紀雲沉粗糙的手指好像突然化成一把詭譎的長刀，從一個她想都想不到的角度斜斜一掛，泛著寒光的刀尖自下而上地抵住了她的下巴。

咽喉乃要害。周翡再也顧不上去琢磨方才聽見的祕聞，忙後退一步，抬起胳膊一擋。她手臂這麼一抬，立刻便發現不對——這姿勢太彆扭了，她吃不住力。

紀雲沉一搖頭，隨後手勢倏地一變，陡然做下劈狀。

周翡的手一鬆，差點把謝允給她的那把佩劍掉在地上，瞳孔微縮。

吳楚楚在旁邊看得莫名其妙，她只看見紀雲沉對周翡隨便做了幾個奇怪的手勢，周翡的臉色就變了。殊不知在周翡眼裡，她方才已經被斷水纏絲「一刀兩斷」了一次。

謝允緩緩地直起腰。

紀雲沉緩緩地說道：「我需要六個時辰，花兄拖不了他們那麼久，外面的遮擋也只能騙過他們一時，最後恐怕還是要勞駕姑娘妳出手相助。此地細窄，他們人再多也難以一擁而上，這是我們的優勢。那青龍主最擅以強欺弱，見妳一個年輕女孩，必然會親自動手。他內功積累遠在妳之上，妳所能依仗的，便只有絕代刀術。我讓妳見一見無出其右的殺術，妳用這一宿的時間，若能在此刀下走二十招——青龍主一時半會兒奈何不了妳。」

周翡沒說什麼，卻將手中華而不實的佩劍換了手。

她略側了身，臉上或不耐煩或心不在焉的神色通通收斂了起來，無端露出某種能在千度浮華、萬般泥沼中巋然不動的穩重來。

隨即她以劍為刀，雙手搭住劍柄，只一拉一壓，動作並不快，也不誇張，外人甚至看不出力度來。

那卻是絲毫不摻假的破雪開山第一刀。

周翡手中的劍未出鞘，平平地從空中掃過，卻帶著與少女格格不入的厚重森嚴感，只一刀，便將紀雲沉那千奇百怪的起手式全部壓住。

紀雲沉卻側過臉，手指斜斜地在空中一劃。

電光石火間，周翡彷彿聽見刀鋒相抵時尖銳的摩擦聲。

紀雲沉的臉色像個虛脫的重病患者，神色卻近乎漠然，似乎根本沒有正眼看周翡劈下來的一刀。他雖然與周翡隔著五六步之遠，那抬起的手臂卻仿如與周翡的兵刃嚴絲合縫地黏在了一起。

周翡開山的一刀彷彿陷進了水裡，無論如何也擺脫不了對方輕鬆寫意的手指。她皺皺眉，當即手腕一轉，將手中劍一橫，切到了「不周風」。

紀雲沉卻又搖搖頭，收回了自己的手。

周翡莫名其妙。

謝允忽然在旁邊說道：「除非與你對陣的人功力遠遜於妳，否則妳這一招變不過來，不是兵刃脫手，就是自己受傷。」

周翡：「……」

怎麼連他都看得出來？

「紀大俠，你口中的『一時半會兒』到底要多久？」謝允不客氣地越過周翡，衝紀雲沉道，「一炷香、一盞茶，還是一個時辰？要真是一個時辰，我現在出去給大家買幾口棺材，大概還能便宜一點。」

此事聽天由命，紀雲沉也說不出個所以然來。

謝允又轉向周翡，感覺自己再勸下去，有喋喋不休之嫌。周翡這小丫頭片子，耐心約莫就兩張紙那麼厚，這會兒說不定心裡已經將他團成一團，一腳踹飛出二里地了。軟語講道理必然行不通，態度強硬更不必說──那恐怕就不是在她心裡飛二里地了。

謝允一眨眼的工夫就想好了說辭，他十分憂慮地看了周翡一眼，說道：「還有吳小姐，萬萬不能留在這兒，我要想辦法把她送走，她現在不肯，妳來跟她說。」

周翡本來預備好讓他閉嘴一邊待著去，誰知謝允根本沒給她發揮的餘地。她一時被噎得有些詞窮，看了看謝允，又看了看吳楚楚。

吳楚楚何其聰明，尤其善於「聞弦音而知雅意」，一聽就明白謝允想幹什麼。見周翡看過來，她便往牆角一縮，靠著密道中的土牆抱著膝蓋蹲了下來，閉了嘴，眼神卻十分清楚明白──我就跟著妳，別人信不過。

謝允放柔了聲音，說道：「吳小姐，木小喬什麼樣，妳是親眼見過的。青龍主縱然不比木小喬強，也絕不會弱到哪裡去。而此人力壓一眾壞坯，位列四大魔頭之首，說明他除了武功之外，還有無數妳想都想不到的手段。一旦他順著密道找過來，這裡沒有人攔得住他。落到青龍主手裡是個什麼下場，我不嚇唬妳，妳自己想。」

周翡開始還跟著點頭，後來越聽越不對勁，懷疑謝允在指桑罵槐。

謝允又道：「我以為一個人最難的，未必是有經天緯地之才，他首先得知道輕重緩急。什麼時候應當一往無前、什麼時候應當視死如歸，什麼時候該謹小慎微、什麼時候又要暫避鋒芒，心裡都得有數。當勇時優柔，當退時發瘋，不知是哪家君子不合時宜的道理？」

周翡：「……」

姓謝的就是在指桑罵槐！

可是謝允的話她已經聽進去了，再要從耳朵裡挖出去是來不及了。

周翡承認他說得對，她是親自領教過青龍主功力的。每每落到這種境遇裡，周翡雖然不至於退縮，卻也時而生出「要是讓我回家好好再練幾年，你們都不在話下」的妄想來。她和青龍主的高下之分，與她和吳楚楚的差距差不多大，可是……

紀雲沉面不改色地將一根牛毛似的銀針往自己檀中大穴按去，有些氣力不繼似的開口道：「謝公子眼光老到，看得出精通不少兵刃，可曾專攻過刀法？」

「慚愧，」謝允半酸不辣地說道，「晚輩專精的只有一門，就是如何逃之夭夭。」

紀雲沉沒跟他計較，極深地吸了口氣，眉心都在微微顫動，不知過了多久，才將那一口氣吐出來，氣若游絲地說道：「謝公子，單刃為刀，雙刃為劍，刀……乃『百兵之膽』，因為有刃的一側永遠在前。」

「不錯，」謝允冷冷地說道，「只要不是自己抹脖子。」

紀雲沉沒理會，說道：「沒了這一點精氣神，管妳是破雪還是斷水纏絲，都成了凡鐵蠢物，我就是前車之鑒。破雪刀有劈山撼海、橫切天河之勢。如今當斬之人近在咫尺，她殺心已起，此時你逼她退避，她這一輩子都會記得此時的無能為力與怯懦，那她縱然能活到七老八十，於刀法上的成就，恐怕也就止步於此了。」

周翡驀地將佩劍提在手裡，略一思量便做了決定，打斷謝允道：「不用說了，你放心，我不會讓你死。」

謝允聽了這話，一點也不欣慰，反而定定地看了她一眼，說道：「我要只是怕死，早就離妳遠遠的了。」

他不笑的時候，臉色略顯憔悴，說話依然是平和克制，聽不出有多大火氣，只是眼睛裡的光亮好像被一陣遮天蔽日的失望吞了，緩緩黯淡了下去。周翡一對上他的目光就覺得自己說錯話了，張了張嘴，不知從哪裡哄起。

謝允略低了頭，牽動了一下嘴角，露出一個有點苦的微笑，說道：「我當妳是平生知己，妳當我怕死。」

說完，他便不看周翡，徑自走到一角坐下，神色寡淡地說道：「紀大俠的『搜魂針』凶險，我給妳把關護法。」

謝允像個天生沒脾氣的麵人，又好說話又好欺負，這會兒突然冷淡下來，周翡便有些無措。她從小沒學會過認錯，踟躕半晌，不知從何說起。就在她猶豫間，原本好半天響一下的敲鑼聲突然密集了起來。

紀雲沉一震，手中牛毛小針險些下歪，被早有準備的謝允一把捉住手腕。

那銅鑼聲比方才好像又遠了，餘音一散，兵戈之聲就隱隱地傳了過來——要麼是青龍主觸動了密道機關，要麼是花掌櫃跟他們遭遇上了！

封閉的耳室中，所有人的心都提了起來。突然，一聲大笑傳遍了衡山腳下四通八達的密道，那人聲氣中灌注了內力，雖然遠，逐字逐句傳來，卻叫人聽得真真的。

「鄭羅生，你信不信報應？」

說話的人正是花掌櫃，「鄭羅生」應該就是青龍主的大名。

鑼聲與人聲嘈雜成一片，每個人都凝神拼命地聽。響了不知多久，那銅鑼突然被人一記重擊，好像一腳踩在了人心上，帶著顫音的巨響來回往復，什麼動靜都沒有了。

這斷然不是個好兆頭，花掌櫃方才遭遇青龍主，第一時間開口，以聲示警。倘若青龍主真的被困住，他應該會再出一聲才對。周翡一口氣吊在喉嚨裡，恨不能將耳朵貼在密道的土牆上，不甘心地聽了又聽，四下卻只有一片黑暗和寂靜。

殷沛冷笑道：「那胖子竟然沒有自己跑，還真的去引開青龍主了。嘖，運氣不行，看來是已經折了。」

周翡捏緊了劍柄。

紀雲沉卻啞聲道：「再來，不要分心。」

事已至此，周翡已經別無選擇，連謝允都閉了嘴。

周翡強行定了定神，重新回到紀雲沉對面，深吸一口氣：「好，再來。」

但不知是不是被方才的那陣鑼聲影響了，周翡覺得自己格外不在狀態。她的破雪刀彷彿遇到了某種屏障，自己都覺得破綻百出。紀雲沉很多時候甚至不用出第二招，她便已經落敗。

其實如果紀雲沉的武功沒有廢，周翡反而不至於在他手下沒有還手之力。她的功夫雜而不精——以她的年紀，實在也很難精什麼。但周翡向來頗有急智，與人動手時，常常能出其不意，前一招還是沛然中正，如黃鐘大呂，下一手說不定一個就地十八滾，使出刺客的近身小巧功夫，尤其從老道士那兒學了蜉蝣陣後，她這千變萬化的風格更是如虎添翼，即便真是對上青龍主，周旋幾圈也是不成問題的。

可關鍵就是，此時她跟紀雲沉並不是真刀真槍地動手。

「文鬥」，在外人看來，可謂是又平和又無聊，基本看不懂他們在比畫什麼，對刀法與劍招的要求卻更高。因為武鬥時，靈敏、力量、內外功夫，甚至心態都會有影響。但眼下紀雲沉坐在地上，周翡不可能圍著他上躥下跳，蜉蝣陣法首先使不出來，而對上斷水纏絲刀，那些個亂七八糟的小招數再拿出來，也未免貽笑大方。周翡不會丟人現眼地抖這種機靈，只能用破雪刀一招一式地與他你來我往。

紀雲沉是北刀的集大成者，雖然武功已廢，但一點一動，俱是步步驚心，輕易便能將人帶入他那看不見的刀鋒中。周翡本以為就算自己破雪刀功夫不到家，憑她近日來對山、風與破字訣的領悟，在他手下走個十來二十招總是沒問題的，卻不料此時束手束腳，差距瞬間就出來了。她一直覺得自己好歹已經邁進門檻的破雪刀，在紀雲沉那裡幾乎不堪一擊！

周翡從未有過這麼大的挫敗感，這讓她越來越焦躁。方才噴出去的大話全都飛轉回來，沉甸甸地墜在她身上。越焦躁，她就越是覺得自己手中這把破劍不聽使喚——特別是那忽遠忽近的鑼聲重新有規律地響起來之後。

花掌櫃是不是已經死了？

青龍主他們還有多久能找到這兒來？

她還有多長時間？

在此之前，周翡從未懷疑過自己手中的刀，而突然間，一個念頭在她心裡破土，她想道：我是不是真的不太適合破雪刀？

這念頭甫一冒出，便如春風掃過的雜草一樣，不過轉瞬，便鋪天蓋地地鬱鬱蔥蔥起來，瞬間佔領了她心神的空地。

紀雲沉立刻便感覺到了她的異常，問道：「姑娘，妳怎麼了？」

他話音沒落，青龍主探路的銅鑼聲正好響了一下，聲音比方才又近了不少，彷彿距此地已經不到數丈。

周翡激靈一下。

吳楚楚依然環抱著膝蓋坐在牆角，謝允垂著眼盯著紀雲沉小布包裡剩下的一排銀針，不知在想什麼。

是了，周翡想道，他們倆是因為我一句吹牛才留下的。我就算再沒用，也得拼命試試，否則連累了他們，下輩子都還不清。

周翡的茫然只存活了片刻，就被她當成破罐子給摔了。她心道：不行就不行，練了多少就是多少，反正要命一條。

她將心裡方才生出的恐慌和焦躁一併踩在了腳底下，將面前的紀雲沉與身後催命的鑼聲都忽略了，原地拄著劍，閉目思量片刻。方才所有的過招都化成實實在在的交鋒，從周翡腦子裡呼嘯而去，隨後招數漸漸淡去，她心裡只剩下兩條雪亮的刀刃——周翡驀地睜眼，以劍為刀，虛虛地提起，指向紀雲沉。

紀雲沉目光一閃，這一次，他竟然搶在周翡這小輩前面率先動了手，險惡重重的殺招以他蒼白皸裂的手指為托，化成逼人的戾氣撲向周翡。周翡依然以「風」字訣相對——這樣的試探她本來已經用過一次，「風」一式以快和詭譎著稱，和北刀有微妙的相似。但她在紀雲沉面前，經驗實在太有限，轉眼便被紀雲沉找出了破綻。

紀雲沉微微一皺眉，直覺周翡不是這樣的資質，見她「黔驢技窮」，自己卻並未故技重施。他手腕一壓，舉重若輕地用「刀尖」一挑，指向周翡另一處破綻，逼她招數不老便撤回，自亂陣腳。

那一瞬間，周翡肩頭突然一沉，提刀好似只是徒勞地擋了一下，整個人卻微妙地調整了姿勢，下一刻，她手腕陡然一立——破雪刀第二式，分海！

紀雲沉吃了一驚，看不見的刀鋒彷彿已經被周翡打散。

而此時，銅鑼聲音越來越大，幾乎震耳欲聾起來。那些人好像已經找到了這耳室入口的窄道！

吳楚楚下意識地用後背靠緊了牆壁，她倘若有毛，應該已經奓起來了。敲鑼人似乎有些不確定，鑼聲的節奏微微變了，一下之後又連著敲了數聲試探前路，像是在確定被謝允他們用石頭堵上的窄道是否通暢。

紀雲沉和周翡卻好似全然不受影響，你來我往間剎那便走了七八招。周翡凝滯的刀驀地行雲流水起來，她好像找到了節奏，將九式的破雪刀串聯起來。

而密道外面的銅鑼響了一陣，又往遠處去了，好像是那假的死胡同騙過了敲鑼人。吳楚楚大大地鬆了口氣，一顆心幾乎跳碎了，將手心的冷汗抹在自己的腿上。

然而就在她一口氣還沒落地時，耳室背後的密道中突然傳來一聲巨響。謝允虛虛地堆在那裡的石頭瞬間倒塌，吳楚楚再也壓抑不住，驚叫了出來。

要是這會兒能有人出去看一眼，就會知道，天光已經大亮了。可密道中眾人或緊張，或焦躁，或沉浸，心神緊繃得像拉緊的弓，居然誰都沒有察覺到飛快奔湧過去的光陰。

假石牆破碎的一剎那，周翡沒有從方才那種近乎玄妙的狀態裡出來。對她來說，周遭所有聲音、變動，都層次分明起來。她手中的劍、面前的紀雲沉，以及身後炸開的銅鑼聲之間似乎有一根看不見的細線穿起來。周翡根本不必太費心思量，劍尖順著那條線走就無比舒服。

不待最上面的石塊落地，她已經從崩開的碎石中旋身而上。

謝允的佩劍可能是從趙明琛那兒蹭來的。作為這窮酸身上唯一值錢的貨，那用來裝飾的佩劍並不只有劍鞘珠光寶氣，出鞘時一聲短促的尖嘯，兩側血槽中有晦暗的流光閃過，幾乎能吹毛斷髮。

耳室門口的通道只容得一人通過，走在先頭推開石堆的人是個墊背，一聲沒吭，便被周翡一劍穿心，立斃當場。寶劍切入骨肉中，好似薄刃入蠟，沒有一點凝滯。周翡回手一帶，將那屍體拉到身前，剛好卡住窄小的過道，也成了她的一面人形盾牌。

狹窄的密道中火把倏地一晃，幢幢的人影跟著抖動起來。

周翡借著敵人的光往前望去，劍尖輕輕地在古舊的牆面上擦了兩下，出聲道：「等你們一宿了。」

白衣的敲鑼人與她隔屍相望，一時弄不清是自己比較鬼氣森森，還是面前這突如其來的少女更可怖些，不知該進該退，僵在了那裡。

這時，他身後有人沉聲道：「退下。」

敲鑼人低眉順目地說道：「是。」

說完，他小心戒備地盯著周翡，弓著腰，將銅鑼擋在身前，倒著退出窄小的過道，在拐角處衝外面的什麼人深施一禮。片刻後，頂著一張魚臉的青龍主背負雙手，緩緩走入窄道。他本來就長得不那麼盡如人意，又身在幽暗的密室中，火光忽明忽滅，映得他一張「獨樹一幟」的面孔光影紛呈，越發駭人了。

青龍主人影一閃，幾個轉瞬便到了周翡近前。他混到如今這地步，多少靠真才實學，多少靠卑鄙無恥，這不好說，但必屬天下一流高手無疑。

他身材高大，醜得「天賦異稟」，從窄道中這麼「呼啦」一下飄過來，帶來的壓迫感難以言喻，於青天白日下嚴重不少。倘若周翡還有路可退，這會兒必然已經膽怯了。可她剛被北刀不留情面地折磨了一宿，反覆自我懷疑後到了破罐破摔的地步，這會兒反而豁出去了——別說來了個青龍主，就算來了個索命閻王，她也將這條路攔定了。

「有些膽色。」青龍主沒有急著動手，反而若有所思地盯著她一笑。火光下看醜人，能醜得人撕心裂肺，看美人，卻是別有風華。

青龍主端詳著周翡，說道：「我看妳的刀法像蜀中一路，實在笨重得很，不適合美貌的小娘子——妳是哪裡人？」

周翡從看見他開始就在火冒三丈，聽此人一開口，更是恨不能挖了這人的狗眼。

同時，她也明白了紀雲沉的意思——耳室前小小的窄道只能過一人，如果此時擋在這裡的是芙蓉神掌花掌櫃，像青龍主這等好色又怕死的貨，絕不會親自上前。他手下那群敲鑼人不見得有多厲害，卻必定有不少陰損的招數——花掌櫃很可能就是這麼著的道兒。

唯有周翡這麼一個少女孤零零地擋在這裡，能讓青龍主掉以輕心。

和壞人比武功，或許能拖上一陣子，比誰不要臉，他們就毫無勝算了。

周翡的手指在劍柄上摩挲了片刻，將怒火強行壓下去，神色緊繃地問道：「花前輩呢？」

「誰？」青龍主眨眨眼，下一刻，他往後一仰，惺惺作態地笑道，「妳說那皮薄餡大的胖子？哈哈，明知故問。」

周翡一不小心將劍柄上一顆鑲得不結實的寶石摳了下來。

青龍主自我感覺良好地說道：「我方才琢磨了一下，還是覺得殺了妳很可惜。這樣吧，妳要是願意跟著我走，以前幹了什麼，在我這兒都一筆勾銷。到我那裡，吃香的喝辣的，出來進去，有人像狗一樣伺候著妳。妳喜歡什麼有什麼，金玉珊瑚隨便戴，不比現在這寒酸樣強？」

周翡的目光落到她堵在過道裡的屍體身上：「這也能一筆勾銷？」

青龍主神色漠然，十分大方地一擺手：「這算什麼，不值錢，要多少有多少，隨便殺。」

周翡沉默了片刻，餘光往耳室裡掃了一眼，紀雲沉似乎已經扎完了全部的針。不知謝允嘴裡的「搜魂針」是個什麼東西，總之眼下的北刀像個快要涅槃的刺蝟，臉上時青時紅，顯然是到了緊要關頭，不知能變成個什麼。

謝允在紀雲沉身邊，衝她搖了搖頭。

倘若能換一個年紀大一些、經驗豐富一些的女人在這兒，大概能有一千種花言巧語拖住青龍主。可是臉嫩的少女是做不到的——臉不那麼嫩的周翡更做不到，她不是那路人。

周翡必須得分出一多半的心神，才能小心翼翼地克制住自己快要從頭頂往外冒的殺氣，一時間便有些詞窮。青龍主卻以為她這沉默是羞怯，越發蹬鼻子上臉地猥瑣起來，往前一探手道：「這還有什麼好想的，過來，告訴我妳叫什麼。」

謝允的臉色驟然難看起來。

青龍主動動嘴也就算了，這一動手，周翡腦子裡那根岌岌可危的弦便一下繃斷了。她一把揪起地上的屍體，往自己面前一擋，讓青龍主摸了一手血，隨後拔劍自下而上，一劍彷彿自無端處突出，毒蛇似的撲向青龍主的咽喉。

青龍主「嘖」了一聲，渾似不著力，往後平移半尺，竟用手去捉周翡的劍尖，還笑道：「我就喜歡脾氣暴的。」

他看似輕鬆不在意，其實用了暗勁，一掌挾著七八成的內力壓下，想出其不意地一下制住周翡。然而就在他手掌碰到那劍尖的時候，周翡手裡的佩劍卻十分狡黠地順著他的力道而下，竟在分毫間滑了出去。

青龍主不由得有些驚訝，這女孩是將劍當成了長刀使，而刀法竟然還在他預料之上！

「斷水纏絲……一日不見，那個自身難保的廢物還臨時教了妳兩招！」青龍主喃喃道。原來周翡方才一刺一躲，正合了斷水纏絲的纏綿泥濘之意，只可惜並不純熟。明眼人一看便知道她這兩招是倉促間才學來的，即便她聰明絕頂，有過目不忘之能，使出來也到底生硬了。

青龍主笑道：「可惜。」

他話音未落，緊接著便運力於手臂，抬手架住周翡的劍，相接處「噹啷」一聲。周翡覺得自己砍中的是一根鐵棒，而非血肉之軀，硬得要命，生生將她手中寶劍崩出了兩寸。周翡好似猝不及防地踉蹌了半步，青龍主趁機一手探出，抓向她領口。

周翡卻順勢一轉身，堂堂正正地將手中屍體塞進了青龍主懷裡。

那屍體也是人高馬大，一臉是血地往他的前主子身上一撲，親親熱熱地在青龍主臉上親了一口。青龍主平白無故被一具屍體占了便宜，驚詫之餘怒不可遏，一掌將那屍體拍進了窄道的土牆裡，四下裡活似地震一般，塵土撲簌簌地下落。周翡手中長劍行雲流水似的轉過了半圈，方才黏黏糊糊的劍式陡然一變，衝著青龍主當頭砸下。

她方才兩招竟然都是虛晃！

這一劍如蒼龍入海，呼嘯落下，隨即，周翡只覺得一股大力順著劍尖反彈了回來。端王爺這把寶劍肯定比人金貴，這樣硬撞，竟然也沒碎，只是「嗡」一聲尖鳴，劍尖震顫不休。而與此同時，一縷頭髮從晦暗的密道中飄落——青龍主那跳大神的兜帽居然被她扯下來了，劍風還割斷了他的頭髮！

周翡無數次在紀雲沉手中一刀落敗的時候，並非只是沉浸在自己的招數中。她雖然沒有去學北刀，卻在潛移默化中從紀雲沉連綿不斷的殺招裡悟到了「連綿」二字。

周翡在山間小路上第一次與青龍主狹路相逢時，便隱隱發現九式破雪刀中相通相連之處。一宿專注於刀法，她突然領悟了原本隱約看見輪廓的東西——每一式刀法中都包含著好幾招，每一刀裡又有無數變化，只要稍做變通調整，立刻就能貼合成一個整體。這一點千變萬化的變通之道，卻恰好就是破雪刀「無常」一式。

一次出手驚豔四座，恐怕是運氣，連續兩招步步緊逼，那可能是狀態好，但周翡接二連三出人意料，及至這斷髮一刀，便足以叫青龍主不得不正視她了。青龍主上一次與她交手的時候，周翡還是個只會連矇帶騙、虛晃一招逃跑的生手，此時卻已經有了令人刮目相看之處。

他目光陰沉地在狹窄的過道中注視著周翡，低聲道：「我改主意了，小丫頭，妳這樣的人，任誰見了都要毀掉，絕不能容妳再練上十年八年的功夫。」

他叨叨到現在，只有這一句叫人聽著最順耳，周翡冷冷地笑道：「殺你，還用不著我十年八年。」

「猖狂太過！」青龍主暴喝一聲，一雙袖子突然鼓了起來，排山倒海似的一掌向周翡拍了過來。

周翡毫不猶豫地便提劍而上。

如果說剛開始的時候，周翡是心裡惦記著謝允他們，強令自己絕不能輸、絕不能退，那麼眼下在窄道與重壓之下，青龍主便是逼出了她遇強則強的本性。

謝允在她身後說道：「留神，他身上恐怕穿著貼身的護甲。」

周翡眼角瞥見青龍主鼓起的袖中銀光一閃，心道：怪不得砍不動，還以為他刀槍不入呢。

青龍主冷笑一聲，一掌已經送到周翡面前，周翡將劍鞘往前一送，「咔」地卡在青龍主手掌心，隨後她面色一變——這聲音不對！

青龍主的手指突然暴長了數寸，十指間居然伸出好幾把長刀，一下越過周翡手中劍柄，鉤住了她的小臂！周翡反應夠快，然而撤手時到底來不及了，小臂上頓時多了幾道深可見骨的血道子。

謝允好像自己被大鯰魚撓了一把似的，眼角難以抑制地抽動了一下。

青龍主朗聲大笑，追擊而至，利刃劃過耳邊的聲音簡直讓人戰慄，而且時長時短，防不勝防。窄道中躲閃受限，周翡身上眨眼間便多了數道傷口，她好似已經無從招架，不住後退，轉眼已經退至耳室門口，礙於身後還有人，只好負隅頑抗。

謝允猛地扭頭去看紀雲沉。

紀雲沉好像已經對外界失去了知覺，連氣息都微弱得叫人聽不見，臉上青紅二色退卻，竟浮起行將就木似的死灰來。

青龍主好像玩出了樂趣，避開了周翡身上要害，貓逗耗子似的欣賞她左支右絀的掙扎，時不時在她身上添幾道傷口，繼而一把抓向她胸口。周翡往後一縮，好似已經走投無路，倉皇中將劍鞘往青龍主掌心一塞。青龍主一隻爪子百無禁忌，張手一扣便抓住了擋路的劍鞘，隨即他指縫間的利刃又伸長數寸，他獰笑著將劍鞘往前推去，眼看要抓住周翡。

謝允終於忍無可忍地衝了上來。

周翡卻忽然笑了一下。

此時，她已經退回到耳室門口，背後是空蕩蕩的一片，地方大得足以讓她上躥下跳，而對手卻正好在密道拐彎處最窄的地方。

青龍主發現不對的時候，伸出去的爪子再要往回縮，卻是不行了。原來他這麼一扣一伸，那鑲金配玉的劍鞘支棱八叉地卡在了他手心裡，一時摳不下來。

周翡那因為「毫無還手之力」而有些發飄的劍卻驟然凌厲起來，轉瞬間殺氣凜凜地遞出三劍，走轉間近乎無中生有，卻又招招致命。無論是剛開始調戲她，還是後來對她起了殺心，青龍主歸根到底還是輕視她的，完全沒料到這種情景。他手中可以伸長收縮的幾條利刃被周翡折斷了兩根，掌心處竟然多了一條醒目的傷口。

青龍主側身連退幾步，自肩頭至手腕處豁開了一條裂口，露出下面貼身的軟甲來。

周翡稍稍有些遺憾——要不是那隱隱閃著銀光的護身甲，她方才的出其不意能將這老東西一條胳膊絞下來。

她雖然不會花言巧語，卻無師自通了一點食肉猛獸捕獵時的技巧，會利用退讓甚至一點血來試探敵人古怪的兵刃，同時不斷降低對方的戒備之心，然後找準時機，一擊必殺！

周翡輕輕一抖手腕，甩了一下劍上的血珠，餘光往旁邊斜了一眼，先掃了一眼依然一動不動的紀雲沉，又發現了衝上來的謝允——謝允臉上掛著一點茫然。

周翡十分納悶，飛快地小聲問道：「你幹什麼？」

謝允：「……幫妳。」

周翡奇道：「幫我什麼？」

謝允道：「……擋刀。」

周翡本不想笑，可惜憋了半天，終於還是沒忍住。她方才得罪過謝允，這一笑更是火上澆油。謝允面無表情地轉動目光，假裝此地沒她這麼個活物，不肯再跟她交流。

他雙臂抱在胸前，一板一眼地在昏暗的耳室中擺出他的矜持架勢，衝青龍主說道：「當年東海蓬萊有一巧匠，據說雙手可以點石成金，鍛造出無數神兵利器……除此以外，還有一件『暮雲紗』，據說此物通體皎潔，不沾煙火，放在暗處的時候，好似一片湧動的月色，入手極輕，穿在身上便能刀槍不入。」

一直沒吭聲的殷沛握緊了拳。

謝允似有意似無意地掃了他一眼，接著說道：「據我所知，這件暮雲紗乃山川劍殷聞嵐專門為其夫人訂做的。閣下穿在身上，不覺得有點緊嗎？」

謝允神神道道的，說話半清不楚、似假還真，青龍主到現在都沒摸清他的路數。

那大鯰魚低頭舔了一下手心裡的血跡，險惡的小眼睛微微動了動，落到謝允身上：「你想說什麼？」

周翡見謝允又拉開長篇大忽悠的架勢，有意替她分散青龍主的注意力，忙略鬆了口氣，微微活動了一下手腕。她身上大大小小的傷口這才彰顯出存在感，變本加厲地叫她遭起皮肉之苦來，倘若此地沒有外人，她大概要開始齜牙咧嘴了。

謝允不慌不忙地笑道：「只是有一點我覺得很奇怪，殷家的東西既然都在你手裡，為什麼你沒有變成第二個山川劍？」

他一邊說著，一邊有意無意地往前走，快要走到耳室門口的時候，被周翡一橫劍，又給擋了回去。

青龍主聞聽此言，神色大變，一掃方才猥瑣調笑的怪模怪樣，臉頰緊繃，乃至不由自主地壓低了聲音，問道：「你還知道什麼？」

「我無所不知。」謝允停在周翡長劍阻擋的範圍內。

周翡雖然明知道他又在胡說八道，卻依然忍不住有點想聽他說下去，更不用說不知他深淺的青龍主。只見那謝允微微往前探了探身，輕輕地吐出四個字：「海天一色。」

周翡一臉莫名其妙，不知道他好好地說著話，怎麼還詠起風物來了。

青龍主的眼角卻神經質般地抽動了兩下，隨後他竟然毫無預兆地無視了周翡，一探手抓向謝允。周翡原來指望謝允憑藉三寸不爛之舌能拖一段時間，不料此人不是出來幫忙的，是探頭作死的，非但毫無益處，還在雪上加了一把細霜！

周翡不能任憑他真的作沒了小命，只好硬著頭皮提劍擋在兩人之間。

青龍主卻彷彿已經不想同她周旋了，一掌使了十成力，迎面打來。周翡莫名有了秀山堂中被李瑾容一掌從木柱上拍下來的感覺——所謂「一力降十會」，在深厚的功力面前，悟性與機變有時候真的不值一提。

周翡胸口發悶，可她別無選擇，只能承著千鈞的重壓杠上青龍主。她劍勢不減，胸口卻傳來尖銳的疼痛，應該是已經受了內傷。不過周翡從小被李瑾容一根鞭子抽到大，雖然未能長成一個滴溜亂轉的陀螺，卻遠比常人耐揍。她不但對痛苦的忍耐力非同一般，還十分豁得出去，不躲不閃地一劍壓上。

劍尖彈在暮雲紗上，像是一道劃過夜空的旱天霹靂打碎了層層月色。

破雪——「破」字訣。

青龍主單手扛住她的劍，接連拍出十三掌，正是他的成名絕技之一。周翡的蜉蝣陣縱然虛實相生，且戰且走，卻依然是險象環生，最後被他掌風掃了個邊，一側的肩膀登時脫開，軟軟地垂下來。

她只覺自己的經脈已經脹到了極致，隱隱泛起快要繃斷似的酸疼來。周翡踉蹌了一下，險些沒站穩，倉皇之間扭頭看去，紀雲沉依然沒動靜！

周翡崩潰地想道：六個時辰還沒到嗎？他的「自有辦法」究竟是什麼辦法？在旁邊作法詛咒大鯰魚趕緊升天？

青龍主倒沒顧上對她趕盡殺絕，反而急切地要去抓謝允。

謝允邁開長腿，一步就蹦到了周翡身後：「有話好說，不要激動，『海天一色』這四個字哪個是你仇人？改天告訴我一聲，在下保證不提了。」

此人連招帶撩撥，弄得那青龍主看著他的眼神就像饑腸轆轆之人碰上了肉包子，幽幽地要冒出綠光來，偏偏夾著個周翡搗蛋，一柄長劍不遺餘力地從中作梗。

青龍主怒道：「臭丫頭！」

周翡以為他又要迎來一串連環掌，強提一口氣，還沒來得及出招，餘光便見那青龍主一揚手，手中亮光一閃。

他有這麼高的武功，打架居然還要出陰招！太不要臉了！

周翡一時躲閃不及。就在這時，有人突然從她身後帶了一把，隨後周翡眼前一黑，方才還在她身後礙手礙腳的人一遇到危險，頃刻間便躥到了她面前，以自己的後背為擋，一把抱住周翡。

周翡的視線完全被謝允擋住，足有數息回不過神來。她心口重重地一跳，好像從萬丈高處一腳踩空，手指差點鉤不住佩劍。

謝允居然說到做到，真的給她擋刀！

這念頭一過，周翡陡然反應過來發生了什麼事，腦子裡「嗡」的一聲，炸成了一片白煙，一時像是被人施了定身法。

原來那青龍主袖子裡別有乾坤——九龍叟果然「物似主人形」，在喜好暗箭傷人這一點上，青龍座下可謂是一脈相承——青龍主藉著自己深厚的掌力，從袖中甩出兩把小鉤子。那鉤子雖然只有指甲大，尖鉤上卻閃著鬼火似的光，像是淬過毒。

誰知道這索命鉤沒鉤住周翡，謝允這礙手礙腳的東西居然突然衝上來。

周翡睜大了眼睛：「謝……」

謝允在她耳邊笑嘻嘻地說道：「我就知道他捨不得殺我，嘿嘿。」

周翡：「……」

眼看索命鉤要掛上謝允，青龍主還沒從他嘴裡聽見「海天一色」的詳情，想到人弄死了就活不過來，忙一振長袖，親自打落了自己的暗器，居然有點手忙腳亂。

他這邊狼狽，周翡卻不給他喘息的機會，藉著謝允的遮擋，一劍穿過謝允腋下，刁鑽無比地直指青龍主咽喉。

青龍主既可以一掌拍過去碾壓周翡，又可以隨便弄點雞零狗碎的小手段幹掉她，可偏偏中間隔著一個謝允……不，一句語焉不詳的「海天一色」，青龍主百般投鼠忌器，居然淪落到要跟周翡拼劍招的地步。

如果說周翡乍一動手時還有幾分生澀刻意，這會兒一口氣不停地與青龍主鬥了上百回合，不斷修修補補，硬是在生死一線間將她的刀法遛熟了，這會兒居然多出幾分狡黠和遊刃有餘來。

他們兩人聯手，居然在「無恥」二字上勝過大魔頭一籌，亙古未有，堪稱奇蹟。

青龍主以算計別人為生，多少年沒打過這麼憋屈的架了，被一個乳臭未乾的小丫頭逼到這份兒上，胸中怒火簡直能把整個衡山下鍋煮了！

雙方你來我往，青龍主用暮雲紗撞開周翡的劍，一側身，正好能看見耳室中的場景。吳楚楚原本心驚膽戰地在旁邊觀戰，猝不及防對上那大鯰魚掃過來的眼神，被那眼神裡的惡意驚得結結實實地打了個激靈。青龍主驀地目露凶光，他假裝去抓謝允後頸，在周翡拎著謝允後撤躲閃的一瞬，將手指間夾的一樣東西彈了出去，直衝著吳楚楚胸口！

無論是周翡還是謝允，再要施援手都來不及了。

然而就在這時，一隻佈滿傷痕的手探出，像打蚊子一般輕鬆隨意，將那飛過去的東西接在手中——那是一枚尖銳的骨釘。

紀雲沉咳嗽了兩聲，身上的銀針不知是拔了還是怎樣，這會兒居然一根都看不見了。他低著頭，將手中的小釘翻來覆去地看了看，氣血兩虛似的咳嗽了幾聲，對吳楚楚說道：「姑娘，請妳往裡邊去一點，不要誤傷。」

他依然落魄得連後背都挺不直，髮梢乾枯，頭上卻微微有些油光，既不英俊，也不瀟灑，連眼神都透露出一種不知從何說起的憂鬱。

可是當他「憂鬱」地抬頭望向青龍主的時候，周翡卻見那大魔頭臉色變了，背在身後的手微微一招，他身邊狗腿紛紛趕來，擁堵在耳室門口——青龍主看似無所畏懼地邁進了耳室，其實是將一干狗腿招至眼前，將他本人團團圍在中間。

紀雲沉掃了一眼，說道：「鄭羅生，你這些年來毫無長進，也不是沒有緣故的。」

青龍主端詳著紀雲沉，森然道：「我聽過一些流言蜚語……」

「說北刀已經廢了，」紀雲沉接道，「否則你這些年來又怎麼敢高枕無憂。」

周翡目光掃過地上依然攤開的小布包，發現紀雲沉方才用過的牛毛小針既沒有放回去，也沒有被他扔在一邊，只是憑空不見了，便小聲問道：「怎麼……」

謝允「噓」了一聲：「回頭我再……」

他本想說「回頭我再告訴妳」，說了一半，想起周翡幹的那些讓他牙根癢的事，他便將自己的外衣扯下來，扔給滿身血道的周翡，同時睨了她一眼，話音一轉道：「就不告訴妳。」

周翡：「……」

青龍主撐著顏面冷笑道：「關外北刀果然有兩把刷子，廢人都能重新站起來——好，正好，我正愁無緣見識『雙刀一劍』到底有多厲害，今天我倒要看看，我沒有長進，你這北刀能有多大長進。」

他嘴裡吹著牛皮，卻絲毫沒打算親自上陣，一揮手，身邊的敲鑼人便訓練有素地各自站位，像是擺了一個人數更少、更精的「翻山倒海」陣，準備仗著人多勢眾，一擁而上。

紀雲沉輕輕一彈指，殷沛身上的繩子便不知怎麼繃開了，那小白臉三下五除二地扯下自己身上的繩子，神色複雜地望著他養父的背影。

紀雲沉道：「快走吧，好自為之。」

然後他輕輕笑了一下，突然動了。最周邊的敲鑼人根本來不及反應，首當其衝落到了紀雲沉手中。那敲鑼人兵刃尚未舉起，整個人就好像個牽線木偶，自己撞在自己刀尖上抹了脖子。

紀雲沉將死人一推，提著奪過的長刀，漠然地望向青龍主。

他站起來、接骨釘、殺人奪刀一氣呵成，眼神越來越平淡，好像一個與他錯失了二十年的幽魂正緩緩地在他身上甦醒。周翡下意識地捏緊了手中的佩劍——有那麼一瞬間，她覺得這把沾了血的佩劍微微地戰慄了起來。

山中晴雨莫測，忽然一陣風起，吹滅了天光，順著謝允第二次進來時沒有掩嚴實的密道出口鑽了進來，捲來一股濕漉漉的潮氣。耳室中的火把劇烈地跳了一下，數條人影泛起緊繃的漣漪。

青龍主暴喝道：「還愣著幹什麼？都是死的嗎？」

北刀固然是傳奇，但是在敲鑼人心裡，青龍主這個能叫人求生不得求死不能的「暴君」還是更可怕。他一聲令下，幾個敲鑼人毫不遲疑，向紀雲沉一擁而上。

紀雲沉將手中長刀輕輕一擺，臉色似乎有些疲憊，又不知對誰重複道：「快走吧。」

可是周圍幾個人誰也不捨得走，周翡幾乎目不轉睛地盯著傳說中的「斷水纏絲」。「雙刀一劍枯榮手」對她，乃至對整個中原武林來說，都像是淤泥中幾枝枯黃的殘荷根莖——確乎有，確乎繁盛過一夏，但事到如今，那時的風采卻已經是人云亦云的舊景了。

化身廚子的北刀、只剩下一把劍鞘的山川劍，都叫人瞧著心生尷尬。

誰能想到，「斷水纏絲」有一日竟能死而復生？

周翡本以為北刀險象環生的詭譎會像傳說中的「紫電青霜」一樣，可是紀雲沉手中的刀遠非她想像的那樣炫目。她甚至覺得紀雲沉手中一板一眼的刀法比他以指代刀比畫出的那幾招還不起眼。

那好似一種古老而樸素的殺術，北刀傳人舉手投足間帶著某種強烈的韻律感，旁人圍追堵截也好，步步緊逼也好，都沒有什麼能破壞他固有的步調。那暗淡的刀光叫周翡無端想起洗墨江裡細細的「牽機」，寬寬的刀背與修長的刀身似乎都是表象，他刀術中或有魂靈，而那魂靈只有狹窄的一線，流動的時候像千重的蛛網，停下來也只有非常不顯眼的一點血跡……和一條性命。

紀雲沉並不像周翡那樣喜歡四處亂竄，他的腳步幾乎不離三尺之內，周遭好像有一個看不見的圓圈，他似乎懶洋洋的，不肯踏出那圈子半步，所有膽敢靠近的人都會被他一刀割喉。

這才是真正的殺人刀。

周翡一直以為「殺氣」便是要「騰騰」，直到此時，她才算見識到真正的殺氣——那是極幽微、極平淡的，不顯山不露水，卻又無所不在。當那憔悴落魄的廚子略微佝僂地站在那裡時，整個耳室都籠罩在他的刀鋒下，居然叫人升起某種無法言說的戰慄感。

曾經把周翡困得苦不堪言的陣法到了紀雲沉面前，好像成了一群可笑的牽線人偶。翻山倒海陣自稱遇強則強，任你是何方高手，一旦陷入其中，都如落泥沼。可眼下，這張大網卻被紀雲沉勾得團團轉，全然不見那天在客棧中抖威風時的遊刃有餘，敲鑼人根本不像包圍，倒像是排隊送菜！

周翡看得目不轉睛，謝允卻輕輕地嘆了口氣。

周翡問：「怎麼？」

謝允輕聲道：「小心了。」

他話音沒落，場中便生了變化——被一幫人護在中間的青龍主鄭羅生是個不折不扣的小人，眼見不過眨眼間，他自己帶來的人便被紀雲沉一把刀殺了個七七八八，鄭羅生當即便決定祭出「好漢不吃眼前虧」的大招。

他猛地上前一步，聲勢浩大的一掌拍向紀雲沉頭頂，做出打算拼命的架勢。

而後兩人轉眼間過了十來招，就在周翡以為此人也有決一死戰的勇氣時，鄭羅生突然毫無預兆地伸手抓起自己一個手下，強買強賣似的塞給了紀雲沉，那動作和周翡往他手中塞劍鞘的動作一模一樣！

周翡有生以來，一直都在偷別人的師，不料風水輪流轉，竟然也被別人學去一招——還是這麼不長臉的一招，一時目瞪口呆，不知做何評價。

鄭羅生趁機人影一閃，便撲到了耳室那一頭的出口處，打算將自己一干敲鑼人手下都當成累贅扔在這裡，強行突圍！

幾個人心裡同時叫了一聲「不好」。

因為活人死人山這幫攪屎棍，一天到晚沒正事，除了害人就是瞎攪和，要是讓此人出去，往後必然得陰魂不散，糾纏個沒完沒了。周翡想也不想就要追上去。

謝允雖然知道讓鄭羅生跑了會很麻煩，但更知道「窮寇莫追」的道理。狗急了都跳牆，何況是青龍主！他情急之下手也快得很，缺德帶冒煙地一把抓住了周翡垂在身後的長辮子。

周翡扯過段九娘的頭髮，不料如今也體會了一把自己被人揪辮子的滋味，頭皮劇痛，當場就要跳腳。謝允無辜地縮回作怪的狗爪，往身後一背，理直氣壯地回瞪過去。

周翡：「……」

看在這王八蛋方才擋刀的情分上，這一頓揍先欠著了。

這一耽擱，青龍主眼看要跑，又一陣山風呼嘯著鑽進密道，流轉進九曲回廊似的密道中，被無數逼仄的窄道變了調子，發出山鬼夜哭似的嗚咽聲。這時，殷沛突然腳下一動，擋在了門口。

他在旁邊裝死倒還罷了，這一現身，立刻提醒了青龍主——鄭羅生這番大動干戈地搜山追人，還幾番犯險，可不就是為了這個小白臉！本以為中間殺出個斷水纏絲，他要功敗垂成，誰知這小子居然不自量力地自己撞上來了！

這是得來全不費工夫。鄭羅生哪裡會跟他客氣？一把便抓住了殷沛的領口，好似猛鷹撲兔似的將他拎在手中。

紀雲沉已經解決了方才那倒楣的敲鑼人，眼見殷沛落在青龍主手上，頓時憤怒地咆哮了一聲，提刀轉身斬向青龍主的後背，青龍主驟然加速，並不十分在意——因為紀雲沉尚在兩步之外，他身上的暮雲紗足以應付。

殷沛卻古怪地笑了起來，他趁鄭羅生注意力全在身後，驀地出手如電，在鄭羅生肩頭某處連拍了好幾下。殷沛武功造詣實在有限，本來也不該有這樣的身手，可是這動作竟然像是他千錘百煉過一樣，快得驚人，熟練得驚人。

鄭羅生逃命途中竟然沒能躲開，他隨即悚然一驚——殷沛方才輕輕巧巧地這麼一拍，雖然不痛不癢，卻將他身上本就不太合身的暮雲紗解開了！

那緊緊裹在他身上的軟甲驟然鬆懈滑落，鄭羅生後背頓失屏障，刀好像已經扎入了他後背裡，他發了狠，一掌將殷沛摔了出去。那小白臉當即噴出一口血來，活像一碗打碎的紅湯，摔在地上不知是死是活了。

畢竟是親手養大的，雖然是個白眼狼，但紀雲沉心裡還是狠狠地顫動了一下：「阿沛！」

鄭羅生一把將身上的暮雲紗扯了下來，抬手摔在紀雲沉臉上。

紀雲沉正在憂心殷沛，見山川劍舊物飛來，本能地伸手接住。誰知剛一碰到，他掌心便是一片刺痛——那暮雲紗尾巴上竟有一串蠍尾似的小鉤子，將他扎了個正著，立刻見了血。流出來的血見風變黑，黑氣毒蛇似的，很快順著他粗糙的手掌攀了上去。

鉤上居然有毒，而且比花掌櫃被九龍叟所傷時中的毒只烈不弱！

倉皇逃竄的鄭羅生腳步一頓，轉頭衝紀雲沉冷笑道：「黃蜂尾後針，也叫『美人恩』，從來最難消受。紀大俠，滋味怎樣？」

紀雲沉漠然地看了一眼自己的手，周翡的心一瞬間提到了嗓子眼，以為他要像花掌櫃一樣斷腕求生。

誰知紀雲沉卻忽然笑了。

他平生未曾開懷，經年日久，剩下滿面愁苦，即使笑起來，褶皺的眉宇間也好像欲說還休、心事重重，是說不出的鬱憤與孤苦。

「美人恩……」紀雲沉低低地重複了一遍，突然一步上前。

窄道中怕是連周翡這樣纖細的小姑娘行動都要受限，卻偏偏不是「斷水纏絲」的障礙，誰也沒料到，紀雲沉竟然拼著毒發也要殺青龍主。

鄭羅生早有防備，見他出手，立刻往後掠去。紀雲沉的刀緊追不捨，他手上的黑氣轉眼攀上了脖頸，繼而又瀰漫到了臉上，北刀那張本就憔悴的臉顯得像個死人。鄭羅生惜命得像抱金而死的守財奴，見這瘋子不顧中毒，找死似的越發來勁，覺得紀雲沉簡直不可理喻，當即惱羞成怒道：「好，既然你不怕死，我就成全……」

他說到這裡，話音陡然一頓。

鄭羅生覺得自己腳下好像踩了什麼東西。

他難以置信地回過頭去，見那被他一掌打飛的殷沛居然沒死。

面容陰鬱的青年像條狗一樣蜷縮在牆角，撥開滿頭滿臉的血跡，咧開嘴衝他露出一個滿是惡意的微笑，殷沛無聲地動了動嘴唇：「你上路吧。」

密道外面響起一聲平地炸雷，冷冷的電光甚至透入狹長的密道裡。與此同時，鄭羅生腳下也是一聲巨響，與隆隆的雷聲合為一體，整個密道都好似搖搖欲墜地晃動起來。

殷沛趁他分神，往青龍主腳下扔了一顆雷火彈！

青龍主這次終於避無可避，失聲慘叫起來。紀雲沉再不遲疑，一刀捅進他胸口，手腕陡然一轉，在他胸口豁開了一個血肉不相連的破洞。鄭羅生殺豬似的號叫戛然而止，他太怕死了，簡直不敢相信這個事實，一時瞪大了眼睛，幾乎露出些困惑相來。

外面緊接著又是一道閃電落下，漏進來的光照亮了紀雲沉的臉，密道中石頭沙礫撲簌簌地下落，劇烈的震動回蕩在整個密道中。

鄭羅生眼睛裡垂死掙扎的光終於還是暗下去了。紀雲沉眼皮也不眨地盯著他瞳仁散開，然後沒有抽刀，鬆開了握刀的手。他踉蹌著往後退了幾步，好像想穩住身形似的，胡亂伸手在漸漸開裂的密道土牆上抓了幾把，到底還是狼狽地一屁股坐在了地上。

紀雲沉的嘴角牽動了一下，似乎是想大笑一通，可惜笑容中途夭折。他靠在牆壁上，與鄭羅生的屍體大眼瞪小眼片刻，然後疲倦極了似的，微微閉上了眼睛。

謝允側耳聽了片刻，只覺得密道裡的雜音越來越大，便用力一推周翡道：「這沒輕沒重的東西，我怕這密道要塌，先離開這裡！」

周翡這會兒也顧不上跟他報揪辮子之仇，上前一步要扶起紀雲沉，飛快地說道：「前輩，那大鯰魚一身除了毒就是暗器，身上肯定有解藥，你等我來搜……」

紀雲沉輕輕扣住了她的手腕，不由分說地把她推到一邊，笑了一下，低聲道：「怎麼，姑娘，妳不知道何為搜魂針嗎？」

周翡十分茫然。

謝允一邊催著吳楚楚快走，一邊衝周翡低聲道：「『搜孤魂上身，成野鬼而去』，搜魂針原名叫作『大還針』，是一種關外的祕法，能叫人一日千里，『死灰復燃』。無論多重的病，多要命的傷，都能蓋過，讓妳覺得……似乎是丟了的舊時光上了身。」

紀雲沉接道：「然後迴光返照，三刻而止……」

密道外面「嘩啦」一聲，暴漲的天河像被什麼刺破，咆哮著傾倒入人間，大雨驟降。泥土中泛起陳舊的腥味，紀雲沉眼睫低垂，神色渙散，竟然在這個節骨眼上出起了神，然後目光微微動了動，落在殷沛身上。

殷沛聽見「迴光返照」四個字，整個人一僵，神色複雜地看向紀雲沉。紀雲沉想了想，似乎有千言萬語要說，然而臨到頭來，剩語寥寥，又覺得沒什麼好廢話的。紀雲沉便一笑，第三次低聲道：「走吧。」

周翡：「等……」

她「等」字沒說完，密道這邊的出口陡然塌了，窄道本已經老舊，殷沛那一顆雷火彈更是成了最後一根稻草。

沙石傾盆似的落下，紀雲沉猛地將周翡往外一推。

周翡踉蹌幾步，被謝允一把扶住。方才她站的位置數息間便已經被落下的沙石堵上，將北刀攔在了那一頭，而通道仍在不斷地動蕩。

紀雲沉雙腿一陣劇痛，被巨石壓了個正著，他卻沒躲，只是悶哼一聲，覺得全身虛脫了似的，一點力氣都提不起來。

搜魂針的迴光返照本不該這麼短，可是眼下鄭羅生已死，撐著他的那一點精氣神也沒了。密道的震顫與雷聲混合在一起，須得極仔細才能聽見其中的風雨聲。而漸漸地，風雨聲微弱了下去，紀雲沉知道，這並非雨過天晴，只是他的五官六感在衰弱。

他無端想起當年初入關中時，偶然在一酒樓上見到一幅畫。

店家附庸風雅，不知是從哪個粗製濫造的民間藝人手裡買的畫，畫工不值得細看，唯有角上掛了一首古人詞，紀雲沉沒讀過幾天書，已經記不全了，彷彿是什麼「少年聽雨歌樓上，紅燭昏羅帳……而今聽雨僧廬下……」

鬢已星星也。

第二十三章　回家

謝允拖著周翡往外跑去，沙石塵土迷得人睜不開眼，他們一幫灰頭土臉的人破開密道出口，一露頭就被傾盆大雨蓋了個正著，雨水與塵土交加，全和成了「醬香濃鬱」的泥湯。

殷沛竟也命大，沒人管他，他居然掙扎著跑了出來。他有些站不直，可能是肺腑受了重創，抑或是骨頭斷了，血跡斑斑的手扶著一側的山石喘著粗氣，眼睛望著已經崩塌大半的密道入口，有那麼一時半刻，沒有人知道他在想些什麼。

殺了鄭羅生，又搭上了紀雲沉，可謂買一個還搭個添頭，他大仇得報了，快意嗎？那麼十餘年的養育之恩又怎麼算呢？

周翡想起殷沛在三春客棧裡裝蒜時說的那些話，有些是意味深長的挑撥離間，有些卻又隱隱帶了點不想讓紀雲沉死的意思。而倘若他那張嘴放屁的樣子是裝出來的，那麼當中有幾分深意、幾分真意呢？

周翡已經見識了「一樣米養百樣人」，知道「以己度人」乃大謬，這些念頭在她心裡一閃，便沉沉地落了下去，不再揣度了。反正人都死光了，天大的恩怨也只好塵歸塵、土歸土，那一點幽微的心思，便不值一提了。

謝允想起山上還有青龍主的餘孽，便上前和殷沛說話，問道：「殷公子，你要往何處去？」

殷沛置若罔聞，將有幾分漠然的目光從密道口上移開，抬手整理了一下自己散亂的髮絲和外衣，一臉倨傲地抬腳與謝允擦肩而過。

謝允忽然又問道：「你也在找『海天一色』嗎？」

殷沛終於斜眼瞄了他一下，嘴角牽動，面露譏誚，好像不知道他扯的哪門子淡，然後他不置一詞地緩緩走入雨幕中。

謝允皺了皺眉，盯著他的背影若有所思了片刻，卻沒有追上去。

周翡他們三人從衡山離開，途中還真沒遇上青龍主的那幫狗腿子，看來這年月，做惡人的也得有點機靈氣才行，否則恐怕等不到壞出境界，便「出師未捷」了。

過了衡山再往南，便是南朝的地界了。

此地依然地處邊境，連年打仗，這大昭正統所轄的地界也沒顯出比北邊太平到哪兒去，基本也是「村郭蕭條，城對著夕陽道」。

破敗的官道上一處小酒肆裡，吳楚楚坐在瘸腿的長凳上，小心翼翼地咬下了一口雜麵餅，她跟挑魚刺似的仔細抿了抿，確定裡頭沒有牙磣的小石子，這才放心出動牙齒，咀嚼起來。

雜麵餅裡什麼都摻，餵馬餵豬的東西一應俱全，就是沒有「麵」。這餅吃起來又乾又硬，卡在嗓子眼裡，無論如何也咽不下去。吳楚楚怕別人嫌她嬌氣，也沒聲張，吃一口便拿涼水往下沖一沖。她胃口本來就不大，這麼一來，半塊餅就能灌個水飽，顯得十分省錢好養活。

謝允重新置辦了車馬，跟她們倆湊在一起上了路，他倒是門路頗廣，而且很能湊合，一點也看不出有個王爺出身。

謝允用歪歪斜斜的筷子戳了戳盤子裡看不出真身的醃菜，說道：「這裡還是靠近前線，地也不好種，是窮了點，要是往東邊去，可沒有這麼寒酸，金陵的繁華和舊都比也不差什麼——真不想去瞧瞧嗎？」

吳楚楚默默地搖搖頭，偏頭去看周翡。

周翡原本沒吭聲，見她看過來，才一搖頭道：「我回蜀中。」

吳楚楚有些不自在地對謝允說道：「阿翡說她回蜀中，那我跟著她走。」

謝允一點頭，沒表態。

周翡問道：「你呢？」

謝允彷彿沒聽見，慢吞吞地夾起一片醃菜——他手裡那雙筷子儼然已經彎成羅圈腿了，夾菜竟還穩穩當當的，可見此人至少在吃這方面很有些功力。

周翡翻了個白眼，用胳膊肘碰了吳楚楚一下：「問他。」

吳楚楚尷尬得快把身下的長凳坐穿了，蚊子似的「嗡嗡」道：「阿翡問……謝公子，你呢？」

謝允笑容如春風，彬彬有禮地說道：「我自然奉陪到底，總得有人趕車對不對？」

他們三個分明擠在一張不到三尺見方的小桌上，誰也沒耳背。謝允和周翡卻誰也不搭理誰，咳嗽一聲都得讓吳楚楚傳話——虧得吳小姐脾氣好。

因為周翡在密道耳室中一時衝動，出言得罪了端王殿下，之後又一不小心笑了一下，可謂仇上加仇。於是脫險之後，謝允就變成了這副德行，還是死皮賴臉地跟著她們，但就是不跟她說話。

周翡咬牙切齒地跟那噎人的雜麵餅較勁半晌，終於被這玩意兒降服了，放棄努力，一揚脖乾吞了下去，嚼不碎的餅混成一坨，一路從她嗓子眼噎到了胃裡，好半晌才「咣當」落下。周翡伸手按了一下胸口，心裡苦中作樂地想道：比吞金省錢，效果還差不多，真是賺了。

她想休息一會兒再戰，同時心裡有好多的疑問，垂目琢磨了一會兒，她終於還是忍不住開口問了出來：「『海天一色』到底是什麼，為什麼那個鄭……鄭什麼『蘿蔔』聽完以後那麼在意？」

吳楚楚見她直眉瞪眼地問自己，登時一愣：「我不知道呀。」

說完，她才反應過來這句不是問自己，耳根都紅了，轉向謝允把周翡的話重複了一遍。

謝允抿了一口涼水，臉上找揍的神色收斂了一點，沉聲道：「我也不清楚，那是很多年前的事了。有人說是一夥神通廣大之人的聯盟，有人說是一筆財產，也有人說是一個武庫，還有人說是一隊私兵或是一幫神出鬼沒的刺客——刺客這個最不靠譜，畢竟，相傳

『海天一色』的上一任主人是殷聞嵐。他們說當年殷聞嵐之所以不是武林盟主，勝似武林盟主，就是因為手上的這個祕密……不過這個說法我個人是不太相信的。」

這回不等周翡發問，吳楚楚便自發地開口問道：「為什麼？」

謝允笑道：「江湖莽撞人，怪胎甚眾，爹娘都不見得管得住，世上哪兒有什麼能號令這幫烏合之眾的東西？倘若真有那麼個祕密，那也不外乎『為人處世』與『豪爽仗義』兩個祕訣罷了，這都有現成的詞，不必另外起個不知所謂的名叫什麼『海天一色』。」

吳楚楚跟周翡對視了一眼，問道：「那殷沛知道嗎？」

「他裝作不知道，」謝允說道，「但我猜他肯定知道。沒聽鄭羅生說嗎？他盜走了山川劍的劍鞘。整個殷家莊都落在了青龍主手上，像暮雲紗這樣的寶貝絕不在少數，他別的東西都視若無睹，為什麼偏偏要一把殘劍的劍鞘？

「關於這個，我原先也有些猜測。據說殷聞嵐曾經說過，他一生只有兩樣東西得意，一個是山川劍，一個就是『海天一色』。」謝允灌了一口涼水，接著說道，「所以如果海天一色有什麼祕密——諸如信物、鑰匙，他會放在哪裡呢？」

周翡聽到這裡，已經明白了。

吳楚楚卻莫名其妙地追問道：「哪裡？」

周翡解釋道：「當然是山川劍上。天下第一劍是怎麼想的我不太清楚，但是如果周圍的人都還不如你靠譜，你最信任的也就剩下手裡的刀劍了。」

吳楚楚先是恍然大悟，隨即又看了她一眼，懷疑周翡在指桑罵槐，找碴兒氣謝允。

謝允依然在裝蒜，好似全然沒聽見，站起來結了帳，又催兩個姑娘把剩下的雜麵餅打包帶走：「走吧，這窮鄉僻壤的鬼地方實在不好投宿，咱們天黑之前怎麼也得趕到衡陽。」

說完，他便徑自起身去拉馬車。

周翡瞪著他的背影磨了磨牙，吳楚楚偷偷拉了她一把。

周翡小聲對她說道：「他是不是還來勁了？」

吳楚楚六歲以後就沒見過這樣活潑的慪氣方式，十分想笑，又覺得不太好，只能憋住，跟周翡咬耳朵道：「在衡山的時候，謝公子也是擔心妳。」

回想起來，周翡也承認，就以她的本領來說，一口答應紀雲沉拖住鄭羅生確實是不自量力而且欠妥。她自知理虧，便只好往下壓了壓火氣，木著臉沒吱聲。吳楚楚想了想，又問道：「妳當時那麼相信紀大俠嗎？」

周翡略一愣，搖搖頭。

她當時其實不知道紀雲沉在搞什麼名堂，也從沒聽說過「搜魂針」。

吳楚楚奇道：「那為什麼？」

究竟為什麼，周翡自己也說不清楚。她沒什麼計畫，甚至剛開始，她也是耍了詐才從青龍主眼皮底下溜走的。她明明知道自己打不過，明明千方百計地不想跟那大魔頭起正面衝突。

要說起來，她大概是在密道中聽見鄭羅生滿口汙言穢語的時候，方才起了殺心。

作惡，這沒什麼，「活人死人山」的大名，周翡一路上也算聽過了，什麼時候那幫人能幹點好事才新鮮。可是憑什麼他們能惡得這麼理直氣壯、揚揚得意呢？

憑什麼大聲喧譁的，永遠都是那些卑鄙的、無恥的人，憑什麼他們這些惡棍能堂而皇之地將二十年沉冤貼在腦門上招搖過市，而白骨已枯的好人反而成了他們標榜的旌旗？

這豈不是無數個敢怒不敢言慣出來的嗎？

亂世裡本就沒有王法，如果道義也黯然失聲，那麼苟且偷生其中的人，還有什麼可期盼的呢？

周翡並不是憐憫紀雲沉，事到如今，她依然認為紀雲沉是可憐之人必有可恨之處。她只是覺得，當時如果不答應幫這個忙，她一定會對自己十分失望。

就連吳楚楚這個手無縛雞之力的大小姐不也一樣嗎？她看不出把周翡和花掌櫃綁在一起，也鬥不過一個鄭羅生嗎？可那纖纖弱質的小姑娘尚且為了朋友不肯獨自離開，何況是拿刀的人？

周翡本來在琢磨著跟吳楚楚從何說起，結果一抬頭，正好發現謝允套好了馬車站在不遠處，好像也在等她的答案。見她目光掃過來，謝允立刻別開眼看天看地，擺出一副「不聽不聽我就不聽」的欠抽樣。

周翡匡扶道義的女俠之心被暴起的幼稚推了個屁股蹲，以迅雷不及掩耳之勢敗退了。她瞬間沒好氣地將自己滿腹情懷總結成了三個字：「我樂意！」

吳楚楚：「……」

這場混帳官司到蜀中之前還能不能打完了?!

衡陽有地方官，附近還有一部分駐軍，看著像樣多了，起碼沒有當街砍人的。

傍晚時分，車夫端王穩穩當當地將兩個姑娘帶到了衡陽城裡。謝允一看就是慣常在外面行走的，趕車很有兩把刷子，走得不慌不忙，不顛不簸，幾乎沒怎麼拐冤枉路，十分舒心。此地剛下過一場大雨，路顯得不太平整，沿街叫賣的小販和鋪子像是山間石峰裡的草木，有點縫就能活，客棧中兼有酒樓，為了招攬客人，還請了民間藝人。

民間藝人是一對連說帶唱的中年夫妻，丈夫是瞎子，妻子聲音甜美，唱的正好是「千歲憂」謝某某的《離恨樓》。唱完一圈，那妻子就端起一個托盤，在客人中間走一圈，她也不苦苦哀求討人嫌，倘若有人給錢，就輕輕盈盈地衝人斂衽一禮。

謝允放了一把銅錢在她的托盤上。周翡看清那女人正臉之後一愣，只見她遮著半張臉，面紗粗製濫造，有點透，能看出下面坑坑窪窪的疤痕。為免失禮，周翡只一瞥就移開了視線，心裡止不住地可惜——那妻子身材窈窕，輪廓秀氣，本該是個能稱得上漂亮的女人。

等那女人轉身走了，吳楚楚才小聲問道：「她……」

「燙的，」謝允好像見慣了似的，平平淡淡地回道，「沒什麼——多半是自己燙的，在外謀生不易，女人尤其是。她們總得有點自保的辦法，要臉沒什麼用。快吃吧，吃完早點休息，這一陣子顛沛流離，也實在沒睡過幾宿好覺。」

那對夫妻一直在客棧裡唱到很晚，周翡等人都已經回客房休息了，還能聽見一樓傳來細細的「咿呀」聲，但看起來沒什麼收穫。《離恨樓》紅得太久，眾人天天聽，已經有些聽膩了，大多數人耳朵沒在他們身上，也對女人的托盤視若無睹。

周翡洗涮乾淨，本應十分疲憊，卻怎麼都睡不著。她乾脆盤膝而坐，像個武癡似的在冥想中錘煉她的破雪刀。就在她將九式破雪刀從頭到尾連起來一遍，又有些進益的時候，突然聽見隔壁「吱呀」一聲，謝允又出來了。

周翡不管是有多大的怒氣和火氣，一旦沉浸到她自己的世界裡，都會緩緩平息下來。只要不是深仇大恨，她一般來得快去得也快。

破雪刀不愧是「宗師之刀」，月亮還沒升起來，已經把她從未滿六歲的黃毛丫頭教育成了懂事的大人。

「懂事的大人」站起來在屋裡溜達了兩步，自我反省片刻，覺得謝允鬧起脾氣來固然十分好笑，而自己居然會以牙還牙地跟他較真，也是那雜麵餅吃飽了撐的。

周翡探頭一看，見樓下還有稀稀拉拉的幾個客人，店小二卻已經哈欠連天，給謝允端了一小壺混濁的米酒，便在一邊懶洋洋地擦起桌子。唱曲說書的那對夫妻寂寞地坐在場中，女人的嗓子已經啞了，瞎男人撥弄著有些受潮的琴弦，琴聲回蕩在空蕩蕩的大堂中，倒有些靡靡之音的淒豔意味。

謝允不知從哪兒要來一盞小油燈，放在手邊，照著桌上鋪滿的舊紙筆。他寫一會兒，就會出一會兒神，偶爾端起酒碗來將濁酒抿上一口，青衫蕭蕭，顯得有些落魄。

周翡輕手輕腳地走過去，見他正就著賣唱夫婦斷斷續續的琴聲寫一段新唱詞，她便坐在旁邊，撐著下巴看。前面的部分被鎮紙壓住了，周翡只看見一句：「……且見它橋畔舊石霜累累，離人遠行胡不歸。」

謝允筆尖一頓，看了她一眼，繼而又漠然地垂下眼。

周翡自己翻過一個空碗，不問自取地從謝允的酒壺裡倒了一小碗米酒，幾口喝完，吧唧了一下嘴，覺得這酒淡得簡直嘗不出什麼滋味來。然後她伸出兩根手指，夾住了謝允的筆桿。

上了年紀的舊筆桿停在空中，筆尖上的墨蘸得有些濃，倏地落下一滴。但周翡的手更快，瞬間將手中空酒碗往上一遞，堂堂正正地接住了那滴渾圓的墨點，一氣呵成。

謝允：「……」

周翡知道自己這張嘴多說多錯，於是討好地衝他一笑。她臉上大部分時間都掛著屬於獨行俠的愛搭不理，然而仗著自己是個年輕貌美的小姑娘，偶爾賣一次乖巧，居然也不顯得生硬，叫人看一眼就發不出脾氣來。

周翡問道：「你在寫什麼？」

謝允一邊鬱悶於自己的沒出息，一邊抽回筆桿，沒好氣地搭理了她一下：「怕死令。」

周翡見他開口，忙順坡下驢，說道：「謝大哥，我錯了。」

謝允瞄了她一眼。

周翡暗暗運了運氣——想那李晟小時候，跟她比武輸了，從來都是回去自己哭一場，第二天又沒事人一樣，哪兒還用人哄？她心裡這麼想，臉上就帶出來一點「你好麻煩」的埋怨來，搜腸刮肚半晌，才結結巴巴地說道：「那……那個在衡山的時候，我說錯話了，其實不是那麼想的。」

可是事絕對沒辦錯。

謝允將筆桿放在旁邊，嘆道：「我用鼻子都能看出妳沒誠意來。」

他還想怎樣？

周翡被破雪刀教育下去的那點火氣頃刻就有死灰復燃的趨勢。

好在謝允沒有得寸進尺，瞪了她一會兒，他便繃著臉道：「姑娘，妳是名門之後，不能總逮著我這種溫厚老實又柔弱的書生欺負。」

周翡聽謝允又開始不要臉地胡謅，就知道他已經消氣了，頓時鬆了口氣，眼角一彎，往自己臉上輕輕拍了一下：「可不是嗎，我真沒出息，替你打一下——你在寫什麼？」

「一齣新戲。」謝允說著，旁邊油燈的小火苗閃爍了一下，他的眼睛上看起來有一層淡淡的流光，「講一個逃兵的故事。」

周翡不太能明白聽戲的樂趣在哪兒，唸白她還偶爾能聽懂幾段，至於那些唱腔就完全不明白了。戲詞寫得再好，到了那些唱曲的人嘴裡，統一是又細又長的「嗷哇咿呀」，根本也不知道在叫喚什麼。

說說英雄也就算了，還講「逃兵」，周翡一臉無聊地用鞋底磨著木桌的一角，問道：

「逃兵有什麼好講的？」

謝允頭也不抬地飛快寫了幾行字，漫不經心地回道：「英雄又有什麼好講的？一個人倘若變成了舉世聞名的大英雄，他身上一定已經有一部分不再是人了。人人都蒙著眼，一知半解地稱頌，卻誰也不瞭解他，不孤獨嗎？再者說，稱頌大家都會，用的詞自古以來就那麼幾句，早都被車軲轆千百遍了，寫來沒意思，茶餘飯後，不如聊聊貪生怕死的故事。」

周翡道：「……你是還在諷刺我嗎？」

謝允悶聲笑了起來，周翡在桌子底下踹了他一腳。

「哎哎，踢我可以，別掀桌。」謝允小心翼翼地護住他那堆亂七八糟的手稿。

周翡拽過一張紙，看了兩眼，磕磕巴巴地唸道：「燕雀歸來……」

謝允說：「哎，是來歸，妳那眼神會自己蹦字是不是？」

「哦——來歸帝子鄉，千鉤百廊小……小窈娘，自言胸懷萬古刃……呃，不對，萬古刀，誰顧巴里舊……章臺？」

周翡唸了兩行之後，被謝允一把搶回去。謝允將那張紙團成一團，往空杯子裡一扔：「姑奶奶，饒了我吧，妳一唸我就覺得得重寫。」

周翡本來就沒有什麼吟風弄月的天分，也不在意，問道：「你是說這個貪生怕死的逃兵胸懷萬古刀嗎？」

「他沒逃的時候，覺得自己是個頂天立地的英雄，必能衣錦還鄉，風風光光地娶到自己心愛的女孩。結果後來發現朝廷不用他頂天，也不用他立地，根本沒把他當人。他只是個誘敵深入的活誘餌，死在那兒任務就完成了，於是他逃了。可惜一路險阻重重，逃回家鄉，也沒能見到他的女孩。」

周翡問道：「為什麼？」

謝允眼珠一轉，注視了她一會兒，似笑非笑道：「因為那女孩是個水草精，已經乘著鯉魚游走了。」

他一句話說完，微微有些後悔，因為似乎有些唐突。可惜，周翡沒聽出來，她臉上露出一份單純和驚詫，真誠地評價道：「什麼亂七八糟的！」

謝允說不好是失落還是慶幸，他無聲地嘆了口氣，收回目光，懶洋洋地說道：「那妳別管了，反正能賣錢。咱們要去蜀中，還得沿著南朝的地界走，從衡陽繞路過去，好幾千里，不是一時半會兒能走完的——妳知道貴寨的暗樁都怎麼聯繫嗎？」

周翡毫無概念。

謝允一挑眉，說道：「看吧，咱們連個能打秋風的地方都沒有。我好歹得一邊走一邊想轍攢盤纏，這不是白紙黑字，是銀子。告訴妳吧，哥會的都是賺錢的買賣，學著點，人生在世，穿衣吃飯才是頭等大事，光會舞刀弄槍有什麼用？」

周翡不當家不知柴米貴，聽了這番「過日子經」，很是吃了一驚：「你還操心這個？你不是王爺嗎，沒有俸祿嗎？」

謝允笑道：「妳還知道什麼叫俸祿？」

周翡又橫出一腳，謝允好像早料到有這一齣，飛快地縮腳躲開，搖頭晃腦地說道：「食君之祿，忠君之事。吃了我小叔的飯，我還得供他差遣，乖乖回金陵去當吉祥物。」

周翡問道：「你為什麼不肯回家去？」

她說的不是「回去」，不是「去金陵」，而是「回家去」，這是一個溫暖又微妙的用詞。因為在周翡腦子裡，世上始終有那麼個地方，可能沒有多舒服、多繁華，卻是一切羈旅的結束。

謝允愣了片刻，輕輕地笑了一下：「回家？金陵不是我家，我家在舊都。」

遲鈍如周翡，都感覺到他那一笑裡包含了不少別的東西，可是不等她細想，謝允便有些生硬地將話題轉開，問道：「妳又為什麼想回……家？」

周翡一提起這事，就稍稍有些羞愧，不過事實就是事實，她實話實說道：「我功夫不到家，得回去好好練練。」

謝允的表情頓時變得非常奇怪。

周翡問：「怎麼？」

謝允蘸了一點酒水，在桌上畫了一座小山，在靠近山頂的地方畫了一道線，說道：「如果說高手也分九流，那妳將鄭羅生堵在一個小窄道裡，殺了他的人，劃破了他的手掌，還能全身而退……雖說是占了點對方輕敵的便宜吧，但妳手上連個稱手的兵刃都沒有，能做到這一步，證明妳如今的功力，足以躋身二流。只不過妳這個『二流』運氣格外不好，滿世界的嘍囉妳沒碰上過，碰上的都是讓人聞風喪膽的大人物，顯得有點狼狽。」

周翡聽了這一番吹捧，沒當回事，有些不以為然地想：你一個寫小曲的書生，會唱就行了唄，怎麼還扭起來了。

謝允又將他的毛筆倒過來，用略微有些開裂的筆桿在酒漬上又一畫，說道：「但是也不必揚揚自得，武道如攀山，一重過後還有一重，世上還有不少一流高手，譬如一些名門前輩……舉例來說，大約就是齊門的道長、霍家堡的堡主之類。一流之上的，是頂尖高手，鳳毛麟角，不管名聲怎麼樣，但是只要說出來，南北武林必然如雷貫耳。」

周翡聽到這裡來了點精神，因為這不屬於武術技術評價，屬於奇聞逸事，在這方面，她所認識的人裡沒有能出謝允之右者，便追問道：「頂尖高手是像北斗、四象那樣的人嗎？」

謝允「嗯」了一聲，眉心一揚道：「不——木小喬算，鄭羅生不算，沈天樞算，仇天璣那樣的恐怕就夠不上。鄭羅生位列四象之首，是因為他有一幫能打能殺的狗腿子，而且心機深沉，小花招層出不窮。這種人十分危險，一不留神就能要妳的命，但妳要說他是頂尖高手，恐怕不用說別人，四象中其他三個人就要嗤之以鼻。」

周翡不知不覺聽進去了。

謝允又道：「頂尖高手之上，是宗師級的人物，妳知道這二者的區別是什麼嗎？」

周翡追問道：「什麼？」

謝允見她微微前傾，心裡的賤格便又不由得蠢蠢欲動起來，故意不慌不忙地給自己倒了碗酒，直到周翡的手開始發癢，他才拖拖拉拉地說道：「這二者的區別就是，頂尖高手每一代都有，宗師級的人物卻不一定。

「枯榮手那對師兄妹劍走偏鋒，亦正亦邪，而且兩人分一部絕學，稍稍差了一層。北刀關鋒早早歸隱，留個徒弟尚未成名，已經殞滅，也稍差了一層。但山川劍是武林無冕之尊，南刀開宗立派、補全絕學，這兩人卻實打實地堪稱一代宗師。二十年前，中原武林人才輩出，正是極盛之時，多少絕學重現人間，多少逸事到如今仍叫人津津樂道……」

周翡被他三言兩語說出了一身戰慄的雞皮疙瘩，謝允手中的筆桿卻突然在桌上一畫，那半乾的小山被他塗成了一團，他話音倏地一轉：「可是這個群星璀璨的時代太短命了，一陣風的工夫就過去了。山川劍與南刀先後亡故，枯榮手失蹤，北刀封刃，縱然有令堂這樣的後人，卻也為風雨飄搖的四十八寨繁雜的庶務所累，這些年都沒什麼進益，日後再向前走一步，恐怕也不容易了。沈天樞窮凶極惡地襲擊霍家堡，想吞下天下奇功之心昭然若揭，也是因為他想再上一層樓——只可惜，能想出這種餿主意和髒手段，我看他還是拉倒吧。」

他手一鬆，任憑裂縫的舊筆桿摔在桌上，「啪」一聲。

周翡心裡跟著一跳。

謝允接著低聲道：「大盜移國，金陵瓦解。山嶽崩頹，既履危亡之運；春秋反覆運算，必有去故之悲（注）……妳說是天意還是人為？」

這時，瞎子的琴音正好停了片刻，謝允的話音也就跟著停住了。他目光一轉，好像頃刻間就從方才盤點的古今中走了出來，從懷裡取出一點零錢，遞給周翡道：「我看那兩位也要收攤了，替我送他們一程吧。」

周翡好不容易回過神來，納悶道：「你自己不是還貧困潦倒寫小曲嗎？怎麼走哪兒在哪兒仗義疏財？」

謝允擺手道：「身外之物、權宜之計，不能沒有，但也沒那麼重要，不如紅塵相逢的緣分珍貴，拿去吧。」

周翡當即被這酸唧唧的腔調糊了一臉，意識到謝公子確乎是個稱職的小曲話本作者，抓過零錢，又倒了杯茶水，給那唱啞了嗓子的歌女端了過去，說道：「姐姐，妳歇一會兒吧。」

歌女忙起身道謝，頗為拘謹地收了她遞過去的錢，小聲道：「姑娘既然給了賞，便點一曲吧。」

周翡沒料到給了錢還不算完，頓時好生發愁。

別說曲子，連山歌她也沒聽過幾首。那毀容的歌女面帶愁苦，唱什麼都淒淒慘慘的，實在不是什麼半夜三更的好消遣。她正琢磨怎麼說才不讓人察覺出自己不愛聽，謝允便收了筆墨走過來，插嘴道：「小孩子家聽不出什麼好來，夫人也不必跟她白費嗓子，說個熱鬧點的故事哄她早點去睡覺算了。」

周翡：「……」

注：出自庾信《哀江南賦》。

她意識到自己好像不知什麼時候又得罪了謝允一次，因為這句聽著還是像諷刺。

那歌女見他們這樣客氣，有些受寵若驚，想了想，便輕輕地壓著嗓子說道：「既如此，我與二位說一段時事吧，道聽塗說，不見得是真的，博諸君一笑——近日來，聽聞南北交界之處，著實出了幾件大事，還有一個不得了的人物。」

周翡他們就是從南北交界處走過來的，聽著這個開頭，便覺得十分有代入感，立刻就來了興趣，她抱起一碗米酒，準備慢慢地喝、仔細地聽。

「據說此人是一位女俠，隱居深山，習得神功在世，一露面，就是十分了不得。」

周翡一邊聽，一邊想道：女俠、了不得，還在南北交界附近……說的不會是段九娘吧？

那歌女聲音雖輕，卻十分引人入勝，只聽她繼續道：「……她一出關，便遭遇了北斗七狗攻打霍家堡、包圍華容城。當時城中百姓人心惶惶，便是那位女俠憑一己之力，力克北斗，殺了祿存星，衝出一條血路，毫髮未傷便飄然而去。而後千里獨行奔衡山，在客棧打抱不平，設巧計引出青龍主大魔頭，截殺於衡山腳下，人人稱快——妳道她是何人之後？」

周翡一口米酒嗆進了氣管，咳了個死去活來。

歌女還以為周翡是聽故事聽得太入神，便笑道：「據說這位女俠是南刀之後，二十年了，破雪刀又重現江湖了。」

第二十四章 挑戰

「假如你說話靠譜……」

馬車轆轆地往前滾著，拉車的馬屁顛屁顛地邁著四方步。周翡把謝允獨霸的車夫寶座搶走了一半，手裡無意識地玩著一根馬鞭，全然無心欣賞沿途靈山秀水，面色有些凝重。

謝允抗議道：「我說話本來就靠譜，妳見過幾個人能像我一樣，滿天下的大事小情都如數家珍的？」

耳朵長嘴碎有什麼好驕傲的？周翡沒心情跟他打嘴皮子官司，擺擺手，簡單粗暴地說道：「按照你那個『層次』的說法，我頂多是個二流貨色。」

謝允哼了一聲，接道：「狀態好的時候勉強能算。」

周翡翻了個白眼：「你聽見那說書的把我說成什麼了？」

謝允搖頭晃腦道：「連跳兩級，技壓頂尖高手，直接奔著一代宗師去了——別的宗師不值一提，個個鬍子一把孩子一幫，在青春貌美這點上就遠不及妳，聽得我都快給妳跪下了。大俠，小的以後不幹別的了，專門給妳趕車行嗎？妳打算什麼時候上天把玉帝那老兒捅下來？」

吳楚楚莫名其妙地掀開車簾，探出頭來問道：「你們在說什麼？呃……不對，你們倆又開始說話了？」

謝允頭也不回地說道：「我們在說一代名俠『周斷刀』的故事。」

周翡道：「……信不信我把你踹下去？」

「不信，」謝允有恃無恐道，「把我踹下去，周大俠能把馬車趕到南疆去。」

周翡：「……」

謝允仍不肯見好就收，沒完沒了地道：「就妳這種四體不勤五穀不分的『大俠』啊，到時候弄不好真得去要飯。對了，大俠，妳會唱『數來寶』嗎？要不然我臨時教妳幾句？」

周翡忍無可忍，一腳掃了出去，謝允就好像一片靈巧的樹葉，輕輕地「飄」了出去，在半空中打了個驚險又好看的把式，風度翩翩地掠上了車頂，好整以暇地往下一坐。

吳楚楚下意識地伸手蓋住自己的腦袋——怕他老人家將車頂坐塌了。

周翡重重地在馬身上抽了一鞭，也不知她是趕得不得法，還是拉車的駑馬屁股上有三尺厚老繭，怎麼也不肯再加速，那馬死豬不怕開水燙地扭了扭，依然是不緊不慢地往前溜達。

周翡怒道：「這其實是頭踩了高蹺的驢吧。」

她聽了歌女那段聳人聽聞的「武林逸事」，足有好幾個晚上沒睡好，一會兒夢見北斗、四象湊了一圈太極八卦來圍攻她，一會兒夢見她娘拿腰粗的鞭子把她當陀螺抽，抽得她足足踮著腳轉了好幾百圈，第二天睜眼醒了還在頭暈眼花。

可是這麼沒影的謠言究竟是怎麼傳出來的？

周翡忽然皺皺眉，想出了一種可能性，問車頂的謝允道：「你說會不會是沈天樞在背後陰我？」

「怎麼陰？」謝允的聲音從車頂上傳來，「昭告天下，說自己敗在了一個黃毛丫頭手上？」

周翡：「……」

也對，沈天樞他們那幫成名已久的大壞蛋，幹不出這麼丟人現眼的事——再說大動干戈地對付她一個無名小卒，也實在沒什麼必要。

謝允又慢吞吞地說道：「妳不經常在江湖上跑，可能不太清楚。大伙兒對北斗積怨很久啦，每隔十天半個月，就有一條貪狼星被個什麼野孩子打得滿地爬的謠言。連沈天樞自己都計較不過來了，一般不會有人當真。」

周翡奇怪道：「誰閑得沒事編這種謠言，有意思嗎？」

「有啊，」謝允十分逍遙地晃蕩著兩條長腿，「所有人都在泥沼裡憤世嫉俗的時候，總是希望能有個英雄橫空出世的。不過呢……妳的情況特殊一點，巧就巧在青龍主真死了。」

三春客棧旁邊魚龍混雜，誰也不知道窗戶縫後面有多少個抻著脖子看熱鬧的腦袋，周翡在三春客棧跟九龍叟大打出手確實鬧了好大動靜。後來在衡山，除了他們三個和殷沛，其他人都死在密道裡了——殷沛連自己姓殷都不想承認，想來也不會在大庭廣眾之下造謠或者澄清什麼。

反正破雪刀真的在三春客棧出沒過，沒多久青龍主就不明不白地死了。

從局外人的角度一想，還真有點像真的。

華容的事想必大抵是道聽塗說，三春客棧的事卻能以訛傳訛。一個初出茅廬的少年人，真敢單挑青龍主，贏了人頭後飄然而去……那她挫敗沈天樞的事聽起來頓時顯得真了不少。

周翡乾巴巴地說道：「我娘肯定會打死我的。」

謝允從車頂上探出頭來：「妳還有心思想妳娘？唉，真是不諳世事。阿翡，我勸妳啊，從現在開始夾起尾巴做人，能不動手儘量別跟人動手，在回蜀中之前也儘量裝死，讓他們傳去。只要妳不露面，不再闖禍，他們過一陣子就忘了。」

周翡想得比較簡單，她倒不是怕別的，主要是連李瑾容都一直說自己沒得到破雪刀的真傳，她不過學了一點皮毛，就整天讓人「傳人傳人」地叫，感覺是在給祖宗抹黑，因此當時哼了一聲，算是同意了謝允的話。

可能是前一段時間過得太驚心動魄，接下來的一段日子簡直堪稱太平。

謝允寫完了他那齣荒謬的新戲，周翡則終於把馬車趕順溜了，吳楚楚也越來越沒有大家小姐的矜持。不知是不是突然有了來自外界的壓力，周翡好像是個臨時抱佛腳的學童，每天膽戰心驚地擔心別人揪住她「考試」，抓緊一切時間，不分晝夜地練起她的破雪刀來。

連吃飯的時候她都不閑著，周翡時常吃著吃著眼睛就直了，一眨不眨地盯著筷子尖。

謝允將筷子伸過去，十分手欠地在她眼前晃了晃：「哎……」

周翡想也不想，手腕一翻，便以木筷為刀，一招「分海」敲了過去，謝允的筷子應聲而折。

謝允：「……」

吳楚楚只好忍無可忍地出面調停：「食不言寢不語，打架也不行！」

當然，周翡也沒有太過躲躲藏藏，畢竟，沒人猜得到所謂的「南刀傳人」是個普通的小姑娘——在一路上越發千奇百怪的江湖謠言中，周翡的形象已經從一位「五大三粗扛大刀的女俠」，變成了「青面獠牙一掌拍死熊的大妖怪」。

他們一路平平安安地到了邵陽，謝允的《寒鴉聲》正式完稿，三人也安頓下來。

傍晚時分，謝允動手給自己改頭換面一番，貼了兩撇小鬍子，又塗塗抹抹幾下，在臉上弄了幾道皺紋，一轉身，他就從一個風度翩翩的公子哥打扮成了一個滿口「嗚呼哀哉」的中年書生，惟妙惟肖，幾乎是大變活人。

謝允酸唧唧地整了整自己的領子：「現在老朽就是『千歲憂』了，怎麼樣？」

周翡如實評價道：「你要是往小碟子裡一躺，吃餃子的時候可以直接蘸。」

謝允拿扇子在她頭頂一拍：「丫頭無禮，怎麼跟老爺說話呢？」

周翡伸手撥開他的狗爪。

她也不是頭一回給人裝丫頭，在王老夫人身邊的時候還能蹭馬車坐。可是老夫人身邊帶個小丫頭正常，一個渾身上下寫滿了「大爺文章天下第一」的酸爺們兒身邊也帶個小丫頭……那不是老不正經嗎？

謝允知道她的顧慮，十分震驚地問道：「妳居然以為千歲憂是個正經人，妳怎麼想的？天下久試不第的書生沒有一萬也有八千，我要是不寫淫詞豔曲，怎麼從中脫穎而出？」

周翡：「……」

謝允擠眉弄眼地衝她招招手，說道：「我賣戲去，吳小姐是大家閨秀，我帶在身邊覺得多有不便。妳呢？怎麼樣，敢不敢跟我長長見識？」

周翡覺得不太好，即使她手中刀上已經沾過不少血，依然覺得跟一個寫淫詞豔曲的男人混在一起不是什麼長臉的事。

謝允道：「去不去？不去我可自己走了。」

周翡只矜持了片刻，二話沒說就跟上了。

謝允似乎對邵陽十分熟悉——他好像到哪兒都能「賓至如歸」似的，沿途指點風物，侃侃而談，周翡都懷疑他是編的。見他又駕輕就熟地鑽進一條讓人眼花繚亂的小巷子，周翡終於忍不住問道：「你怎麼這麼熟？」

謝允一本正經地回道：「我在這兒要過飯。」

周翡：「你……啥？」

「我小時候，我老師嫌我太嬌氣，功夫也不肯好好教我，讓我身無分文地出去要了三年飯，還答應只要我三年以後沒餓死，他就教我一套保命的功夫。我呢，在丐幫混過，混得不太好，丐幫雖然自稱白道，但是這幫花子裡有好多不是東西的滾刀肉，大乞丐欺負小乞丐蔚然成風，很不友愛，我只好憤然叛出，剃了頭去當了和尚。和尚有真有假，人品普遍比花子好一點，有些禿頭還真能唸幾句經，會唸經的要飯就輕鬆多了，特別是我還十分英俊瀟灑……」

周翡當他放屁，木著臉，壓低聲音問道：「令師沒被誅九族啊？」

謝允頂著中年書生那張老臉，得意揚揚地哈哈一笑，將摺扇打開搧了幾下，嘆道：「妳自己非要問，說了又不信……唉，女人。」

「女人怎麼了？」小巷子一頭，突然打開一扇窗戶，一個女人冒出頭來，她探出上半身來，托著下巴，居高臨下地睨了謝允一眼。

這女人長得說不上多端正，然而眉目修長，半睜不睜的眼角好像掛著一條小小的鉤子，神情倦怠，說不出地風情萬種。她素白的鵝蛋臉上突然露出一個若有若無的笑容：「千歲憂先生，幾年不見了，風流依舊。」

謝允衝她一拱手：「老闆娘，幾年不見了，被妳顛過去的眾生怕是站不起來啦。」

「老闆娘」聽了這番油腔滑調，非但沒生氣，反而有點得意，衝他一勾手指道：「帶好東西了嗎？帶了就上來，沒帶就滾，老娘不招待你這種窮酸。」

謝允哈哈一笑，回頭衝周翡招招手，小聲道：「這是金主，賣了錢給妳買把好刀，一會兒好好說話，別捅婁子。」

除了四十八寨的長輩，周翡見過岳陽外的粗野村婦，見過吳家的夫人和千金，見過瘋瘋癲癲的段九娘……可是這個「老闆娘」跟她們每個人都不一樣——她的骨頭看起來輕飄飄的，柔軟得好像怎麼折都可以。

周翡這沒見過世面的鄉下丫頭，還不知什麼叫作「風塵氣」。

小巷盡頭有一扇很窄的門，一看就不是正門。樓上的老闆娘親自下來給他們開了門：「進來……咦？」

她忽然看見了謝允身後的周翡，睜著一雙桃花眼有些驚奇地打量了周翡片刻，掩口笑道：「哪兒拐來的小美人？」

謝允面不改色地瞎掰道：「我閨女，叫謝紅玉。」

周翡：「……」

有個人是不是活膩了！

老闆娘眯起眼，意味深長地笑了一下，明顯不信，但也沒多問。她懶洋洋地邁開步子，將兩人帶了進去。後院不算大，但四下開滿了花，牆邊堆滿了花架子，乍一看姹紫嫣紅的，中間還有個秋千，旁邊的小桌上放著琴，一股幽香無處不在，也不知是從哪兒傳出來的。周翡應接不暇地悄悄四處打量，只覺得其中說不出地別緻。

老闆娘伸出塗滿蔻丹的手，衝謝允一攤：「拿來吧。」

謝允從懷中摸出他那卷裝訂好了的《寒鴉聲》遞過去，還不誤回手在周翡面前打了個指響，以防她東張西望一腳踏進人家魚池裡。

老闆娘捧了他的本子，施施然走到秋千前坐下，指著石桌石凳對謝允他們說道：「二位坐。」

說話間，好幾個穿紅戴綠的美貌少女不知從什麼地方冒出來，端茶倒水之餘還不忘跟謝允「先生長先生短」地貧上幾句——有一個還伸手捏了周翡的臉。

周翡：「……」

這些姑娘看起來和謝允頗為熟稔，不知為什麼，對他卻並不放肆，反而有些拘謹的恭敬。

老闆娘沒多久就翻完了，隨即她思忖片刻，抬頭看了看謝允。

謝允一揚眉：「怎麼？」

「你確定要給我這本？」老闆娘問道，「總覺著你是拿了別人的血淚出來賣笑。」

「是賣唱，嘖，我賣藝不賣身，說那麼難聽。」謝允輕描淡寫地糾正道，「血淚這東西，自己吃也是噁心，講給別人聽也是不合時宜，我借來換點路費，豈不是物盡其用？」

老闆娘目光一轉，「撲哧」一笑，說道：「行吧，我收了，老規矩。」

她話音剛落，就有個少女端著個托盤過來，遞上一個錦囊。

謝允接過來掂了掂，連看都沒看，便收入懷中：「就知道老闆娘痛快……其實這回還有另一件事相求。」

老闆娘豎起一根手指。

謝允從善如流地從那錦囊裡拈了一片金葉子送還回去。

周翡看明白了，她覺得謝允賣戲根本不是為了路費，而是為了買消息。

老闆娘大大地翻了個白眼，一把奪過來，冷笑道：「拿老娘的錢打發老娘，真有你的，有話說，有屁放！」

謝允道：「我想問老闆娘一個舊消息，當年十二重臣護送當今南下時，幾個文官捨命也不夠，因此路上必有高人護送，當時除了殷聞嵐，隨行之人中是否還有齊門，是否還有那麼一兩個……不在正道上的朋友？」

老闆娘一愣，將金葉子緩緩推還給謝允，說道：「我不知道，就算知道，這消息也不是一片金葉子買得下來的。」

謝允目光一閃：「我可以交換……」

他話沒說完，一個腳步有些慌張的少女快步走進後院，趴在老闆娘耳邊低聲說話。

周翡五感靈敏，聽見那少女說的是：「夫人，一幫『行腳幫』的『五子』不知幹什麼，來了不少人，前後門都有。」

老闆娘有些懷疑的目光首先落到謝允身上。

謝允一張臉皮本來就「深不可測」，做過手腳後，越發沉穩如山、紋絲不動，茫然道：「來的是妳的債主，還是我的債主？」

老闆娘注視了他片刻，隨即長眉一挑，站了起來。

「誰的債主都一樣，」老闆娘冷冷地一笑，「討債討到我這裡來了。」

老闆娘說完，轉身就走，身上寬鬆的錦緞飄在身後，彩雲追月似的同她如影隨形，她看起來好像個霓裳羽衣中憑虛御風的仙子，美麗得近乎繁盛。

謝允沉思了片刻，衝周翡一招手：「咱們也去看看。」

周翡悄聲問道：「是不是白先生要抓你回去？」

「抓我？」謝允眉尖輕輕地一挑，他被假皺紋糊住的眼角波動了一下，臉上顯出幾分前所未有的譏誚與冷峻，「我又沒犯王法，他憑什麼抓我？就算當今在此，也不敢跟我說『抓』這個字。」

走過後花園，是一座小樓，前面還有個院子。前院沒那麼多亂七八糟的花，地方顯得寬敞多了，一幫年輕女孩子在院子裡，有吊嗓子的，有拉筋的，還有扳腿的，千奇百怪，卻並不讓人覺得不雅觀，反而比姹紫嫣紅的後院顯得還要花團錦簇。

女孩們見老闆娘帶著兩個陌生人走出來，都停了下來，好奇地望著他們。

前院氣派的大門「吱呀」一聲分向兩邊打開，周翡便瞧見了門口圍著的人。

放眼一望，來人個個都是灰撲撲的短打扮，臉上一致地帶著寒酸的風霜之色，不少人微弓著肩，是一副被力氣活壓彎了腰的模樣。雖然高矮胖瘦各有不同，卻別是一番千人一面，不仔細看，都分不清誰是誰。

門裡的女孩子們有多麼姹紫嫣紅，門外的漢子們就有多麼灰頭土臉，兩廂對望，別提多古怪了。

見老闆娘親自出門來，有個中年漢子越眾而出，似乎是其中領頭人。他十分恭敬地一抱拳，低聲下氣地說道：「霓裳夫人，多有打擾。」

霓裳夫人將鬢角的一縷長髮輕輕地撥到耳後，輕輕地靠住門框，笑道：「奴家一個只會彈琴唱曲的弱質女流，不知什麼地方得罪了諸位大哥，叫你們這樣氣勢洶洶地來堵門？這院裡可都是花骨朵一樣的姑娘，個個膽子小得很，經不起人家放肆，嚇著了可怎麼了得？」

她一句話沒說完，旁邊的女孩子們立刻嘻嘻哈哈地小聲笑了起來，好像一陣小風吹來，滿院的花枝都開始亂顫。敏銳如周翡，卻察覺到這鶯歌燕語中藏著一股細細的殺機，儘管不是衝她，她的後背卻不由自主地略微緊繃了起來。

行腳幫的領頭人上前一步，神色越發恭謹有禮，幾近卑躬屈膝了，他說道：「小的們不請自來，本來無意打擾夫人，實在是受人之託——夫人今日接待的貴客行蹤縹緲，過了這村沒這店，小的們也是沒有辦法。」

霓裳夫人眉頭微皺，跟周翡一起轉頭望向謝允。

謝允有些意外——他知道行腳幫背後肯定有白先生的耳目，白先生身負使命，也必然不甘心讓他這麼跑了。那個老流氓耳目靈敏，知道他「千歲憂」的這層皮不意外。「千歲憂」的名號就是霓裳夫人的「羽衣班」唱紅的，羽衣班恰好就在邵陽。倘若從衡山奔蜀中而去，沿著南朝邊界，此地是必經之路。謝允要在此落腳，幾乎是十有八九會來拜會霓裳夫人。白先生料到他會來，在這裡守株待兔似乎也說得過去……為防這一關節，謝允還特地喬裝打扮了一番，看起來是沒瞞過去。

他想不通這些行腳幫的人是怎麼認出他的，而且白先生是何等的八面玲瓏？就算用了什麼方法認出了他，也大可以等他回客棧後再派人去堵，何必直接找上羽衣班，平白得罪一個霓裳夫人？

這沒有道理。

這幫行腳幫的窮酸上來就要人，霓裳夫人也算有頭有臉的一號人物，哪兒能讓他們拔這個份兒？

她當即一翻眼皮，笑容風情萬種，話卻很不客氣：「我這裡只有寫小曲的和苦命姑娘，貴客是沒有，賤人一大幫，你要誰？」

那領頭人假裝沒聽懂她的夾槍帶棒，唯唯諾諾地說道：「不敢，不敢，勞煩夫人，小的找一位手持破雪刀的姑娘。」

此言一出，在場人齊齊一愣。反應過來後，一同將目光投到了周翡身上。

周翡還不大能接受自己這一場意外躥紅，未能習慣眾人圍觀的目光，驚嚇不小，不由自主地往腰間一摸——什麼都沒有，她的刀還在謝允承諾的未來裡，尚未橫空出世。

霓裳夫人瞇了瞇眼，先是狠狠地剜了謝允一眼，隨即喃喃地低聲道：「破雪刀？」

行腳幫的領頭人低下頭作了個揖，循著眾人的目光鎖定了周翡，對她說道：「小的們受人之託，尋找姑娘的蹤跡，找了不知多少門路，總算摸到了一點端倪，煩請姑娘可憐可憐小的們，跟我們走一趟。」

周翡這麼長時間自詡老老實實，半點禍都沒闖，一時有點蒙，不知道這群人是怎麼找上自己的。謝允心頭一轉念，卻是想明白了——肯定是白先生叫行腳幫的人盯著自己，得知有人暗中找周翡，順勢賣了人情。

周翡正待上前一步，卻被霓裳夫人伸手擋住了。

霓裳夫人仔細看了看周翡，只覺得這個丫頭就是個普通的丫頭，除了不那麼活潑以外，與滿院的姑娘相比毫無異常，既看不出凌厲，也看不出高深。霓裳夫人將她從頭打量到腳，愣是沒看出「破雪刀」三個字寫在哪兒了。她心裡浮現出荒謬的將信將疑，想道：難道真有人天縱奇才，小小年紀就能達到這種返璞歸真的程度？

霓裳夫人目光微微閃爍，人也站直了些，問周翡道：「鄭羅生真是妳殺的？沈天樞真是妳攆回去的？」

周翡十分慚愧，忙道：「不，那都是……」

「哈！果然是貴客！」霓裳夫人用一聲大笑打斷了她，在周翡驚詫的目光中，她眉目間矯揉造作的媚氣倏地一散，連連大笑數聲，「好，好，痛快！」

周翡：「……」

冤枉，真不是她幹的！

霓裳夫人性子居然有點火暴，根本不聽她解釋，一步邁出門口。門口圍著的行腳幫中人除了領頭的，集體往後退了一步，竟好似有些畏懼她。

霓裳夫人朗聲道：「破雪刀既然是我的客人，你們哪兒來的狗膽要人要到老娘頭上？滾！都是下九流，誰怕誰？」

此人前一刻還巧笑嫣然、風情萬種，下一刻卻又冷漠凶狠，活像準備噬人的女妖。院子裡方才笑嘻嘻的女孩子們頃刻就安靜了下來，圍在班主霓裳夫人身邊，飄逸寬大的舞袖中隱約有兵刃的冷光閃過。周翡目瞪口呆，無端打了個寒戰。

氣氛登時劍拔弩張起來。

行腳幫的領頭人一伸手，壓下身後蠢蠢欲動的手下，口中道：「好說好說，少安毋躁。」

說著，他從袖子中摸出一個手鐲，對周翡道：「雇主讓我把這個帶給姑娘，說妳應該認識，只要看見它，肯定會來。」

周翡不僅認識，還相當熟悉。她的臉色一瞬間就冷了下來——那手鐲材質看不出，外面一圈被彩綢纏滿了，還掛了一串五顏六色的小鈴鐺，掛身上走到哪兒響到哪兒，別提多麻煩了——那是李妍的。

李妍在家一天到晚沒什麼正事，哥哥姐姐都懶得搭理她。因她長得漂亮嘴又甜，寨中的師兄弟和長輩們都待她寬容得很，逐漸養出一身活潑俏皮的好吃懶做來。她的功夫出名地爛，吃喝玩樂倒是很有一手。周翡曾經一聽見她身上亂響的鈴鐺就腦仁疼，印象格外深刻。

可是李妍為什麼會離開四十八寨？

誰帶她出來的？什麼人敢扣住她？

李妍尚未出師，不可能是自己出來的，她身邊必有長輩隨行。依照李瑾容給周以棠信裡說的，他們的目的地應該是金陵，沒必要，也不可能走北邊的地界，不可能遇上北斗的人。

除此以外，誰還敢扣住她？

難道不知道她是李家的人？

難道就不怕得罪李瑾容？

周翡就像在華容城中帶著吳楚楚躲避北斗時一樣，一瞬間，她的心智就從沒見過世面的野丫頭脫胎換骨，初步有了江湖人的沉靜與謹慎。她心裡兜兜轉轉地起了好幾個念頭，將那鐲子塞回袖子裡，冷下臉道：「你雇主是誰？知不知道這手鐲的主人是誰？是不是找死？」

她話音中殺意越來越盛，那行腳幫的領頭人臉上隱隱露出戒備的神色。

周翡隱晦地和謝允對視了一眼，謝允不著痕跡地衝她一點頭。

平時不想惹麻煩，可是現在李妍落在別人手裡，這時候「謙虛誠實」可就不合時宜了。

周翡知道，她越是裝腔作勢，對方就越得掂量，當下乾脆不解釋，將高手的架勢足足地端了起來——不可一世的眼神來自段九娘，冷靜倨傲的態度來自重新拿起刀的紀雲沉——沒辦法，這麼短短幾個月，想將兩大高手的本事都學來是不可能的，好在腔調還能模仿一二。

謝允適時在旁邊搭腔道：「我與貴幫打交道不是一年兩年了，沒聽說過兩單生意混在一起的道理。老白就是這麼讓人做事的？真長見識。」

他倆一唱一和，頗像那麼回事。

那領頭人卻也沒那麼好糊弄，他眼珠一轉，賠笑道：「這位先生的話小的有些聽不懂，小人不過是個替人跑腿送信的，諸位都是俠士，何必與我們下等人一般見識？幹咱們這行，跑腿傳話，就仗著朋友多、人路廣，不多嘴乃第一等要事。就算是被破雪刀架在脖子上，咱們也不能代雇主胡說八道，對不對？」

此人嘴上是在賠不是，其實也未嘗不是在隱祕地示威——你武功再高，再無懈可擊，吃飯睡覺如廁的時候也能嚴加戒備嗎？有千日做賊的，沒有千日防賊的。哪怕李徵在世，也未必敢得罪他們這一群陰溝裡的耗子。

「不過呢，雇主的大名，那邊倒是沒說不讓報，」那領頭人遞出個軟釘子，緊跟著又退了一步，既讓人掂量，又顯得十分有誠意，「不知姑娘是否聽說過『擎雲溝』？」

江湖中大小門派沒有一萬也有八千，幾個遊手好閒的惡少就能組織個「無敵神教」，大多籍籍無名。

「擎雲溝」聽起來不比「無敵神教」高級到哪兒去。周翡想也不想便道：「那是什麼玩意兒？沒聽說過。不知你們那不長眼睛的雇主聽沒聽說過『四十八寨』？我家的妹子得罪了你們哪裡，是討債還是討公道，你們自可以去蜀中找李大當家。」

謝允忙在旁邊輕輕咳嗽了一聲，暗示周翡狂過頭了。

周翡一愣，心道：怎麼，這個擎雲溝不是什麼窮鄉僻壤的野雞門派？

就在這時，街角處傳來一聲冷哼。行腳幫的人「呼啦」一下散開，只見一個青年人緩緩從那一頭走進來。這人身量頎長，面色不善，模樣倒也堪稱英俊，就是有點黑。他衣服黑，臉也黑，手中還拎著一把通體漆黑的雁翅刀，整個人順了色，老遠一看，是好一條人間「黑炭」！

擎雲溝「擎」的居然是朵烏雲！

然而他一步一步走過來的時候，忽然就讓人不再注意他的面相——這人腳步沉穩，行走間雙肩紋絲不動，器宇軒昂，顯然是個內外兼修的高手。

那青年男子一步一步地走到周翡面前，上下打量她一番：「妳就是南刀？」

周翡只覺得一頂蜀山一樣大的帽子當空砸在了腦門上，還得強行梗著脖子頂著。

那青年稍微帶著點口音，他說話十分用力，每個字都重重地咬一下，他一雙眼盯著周翡，又道：「妳剛才說，擎雲溝是什麼『玩意兒』？」

周翡一挑眉：「你是他們的雇主？」

那青年不答，衝她伸出一隻手：「我是擎雲溝主人楊瑾，聽聞南刀是天下第一刀，特來討教。」

周翡：「……」

這人沒病吧？

自稱楊瑾的人臉上帶著青年男子特有的瘦削，好似稍稍一咬牙，額角的青筋就能破皮而出。他抿起嘴，用那種奇特的語氣說道：「妳既然是南刀傳人，與那些四十八寨的人想必關係匪淺，放心，我絕不傷害無辜。我手中刀名叫『斷雁』，磨煉了二十年，自忖略有小成，特來見識『天下第一刀』……」

那行腳幫的領頭人出言打斷他：「阿瑾，在霓裳夫人門口說這話不合適。」

楊瑾分出一線目光，掃了霓裳夫人一眼，隨即毫無興趣地收回目光，依然只盯著周翡一人：「我託徐叔四處打聽妳的蹤跡已經數月，只要讓我見一見妳的刀，成敗不論，我保證你們寨中人必定安然無恙。」

周翡一時間覺得無比荒謬——二十年前紀雲沉挾持殷沛挑戰山川劍的事竟然原原本本地重演在了她身上！

唯一的問題是，山川劍是真高手，她是個被人吹出來的高手！

楊瑾將手中的長刀往前一橫：「我的刀在這裡，妳的呢？」

周翡：「……」

沒錢買呢！

第二十五章　斷雁刀

周翡尚未成為一個英雄，已經先體會到了窮困潦倒的「末路」之悲。不過她這當事人都還沒來得及表態，那位變臉如翻書的霓裳夫人卻忽然暴怒道：「放肆，你當我羽衣班可以隨便欺負嗎？」

行腳幫的領頭人同時喝住那「黑炭」：「阿瑾，說的什麼話！」

那楊瑾雖然明面上是「雇主」，但見他與行腳幫領頭人說話的樣子，似乎更像個十分相熟的後輩。他皺著眉，先用「關妳鳥事」的眼神掃了霓裳夫人一眼，沒開口反駁，看起來居然還有點委屈。

行腳幫的領頭人頓了頓，衝霓裳夫人道：「少年人衝動，夫人勿怪。咱們豈敢在羽衣班造次？我想這位姑娘既然手持南刀，必然不凡，一諾未必千金，也肯定不會做出隨便爽約之事。咱們大可以另約時間，另約地方，您看……三天之後如何？」

他說話十分狡猾，言語間彷彿周翡已經答應了跟楊瑾比武。謝允擔心她被行腳幫的流氓繞進去，正待插話，周翡卻先開了口。

周翡自從見過了仇天璣和青龍主，是不憚以惡意揣度一切陌生人的，她才沒有山川劍那麼寬廣如海的好心胸。她心裡快速地權衡片刻，直接對比武的事避而不答，只說道：

「四十八寨收留無數走投無路之人，為此，李家父子兩代人搭了性命進去，留下一個無父無母的小小遺孤——就是被你們扣下的人。你們一群自詡……」

她說到這裡，微微一頓，抬起下巴，目光在楊瑾和那一群行腳幫的人臉上掃過——周翡本意是抬出四十八寨狐假虎威，誰知說了兩句，自己卻不由得先真情實感了起來。十多年前，那個在她記憶裡留下最初一抹血色的背影倏忽間在她眼前閃過，周翡心裡那一點因名不副實和被迫裝腔作勢而產生的荒謬感，就這樣被突如其來的悲憤衝開了。

「你們一群自詡身懷絕技、門路遍天下的英雄豪傑，居然為了這一點無冤無仇的名分之爭，就出手扣下個孤苦無依的女孩子。」周翡接著說道，「好，人不要臉天下無敵，今天的事我記住了。」

謝允暗自一哂，知道自己是多慮了。和周翡相處時間長了，他總是忘了她在華容城中隻身行走於兩大北斗之間的豐功偉績，總覺得她天真，也忘了天真未必是傻。

所謂「天真」，大概只不過是在狹窄背光的地下暗牢裡，明明四面楚歌，明明聽懂了「此地危險」，還是執意將一袋亂七八糟的藥粉順著牆上的小窟窿塞過來吧？

謝允適時地點點頭，在旁邊替周翡找補了一句，說道：「可不是，有羽衣班和老朽在，這故事還能連說帶唱。今天這事她記住了，明天全天下都會知道——老闆娘，妳的姑娘們敢不敢開口，怕不怕『朋友遍天下』的行腳幫殺人滅口啊？」

霓裳夫人聞言大笑道：「聽得懂我曲子的男人們二十年前就死絕了，剩下的不過是些多長了一條腿的齷齪濁物，多說句話都嫌髒了舌頭。老娘早就活膩了，有本事就拿著我的人頭上北邊去，偽帝腳下狗食盆子還空著呢！」

楊瑾好像不太會說話，一時有些無措。連行腳幫的人也十分意外——南刀是何許人也？少年人初初成名，生來是名門之後，手上刀法又厲，先前只是想著這位傳說中的「南刀後人」可能跟楊瑾差不多是「一路貨色」，有人約戰，再稍微加把小火，必定得憤然應邀。至於那李家的小姑娘，留她好吃好喝地住幾天，再送走就是了。

不料對方全然沒有一點應戰的意思，還三言兩語間讓場面落到這麼個地步。楊瑾和行腳幫的領頭人一時間都有些騎虎難下——行腳幫一向消息靈通不輸丐幫，大概怎麼都想像不到，他們數月以來聽得神乎其神的這位後起之秀全然是個「誤會」。

周翡的情緒本來有些失控，不料猝不及防聽了霓裳夫人一句緋色飄飄的話，她的悲憤頓時又煙消雲散，心大地開起了小差。

什麼？她詫異地想道，二十年前就死絕了……霓裳夫人有那麼大年紀嗎？完全看不出來啊！

好在旁邊還有個靠譜的謝允，謝允丟下楊瑾不理，只問那行腳幫的領頭人道：「閣下貴姓？」

領頭人頗有些灰頭土臉：「不敢，小人貴姓徐。」

「徐舵主，」謝允點點頭，「好，既然你說三天之內，那我們三天之內必須見到李姑娘好好的站在這兒，要不然……徐舵主是聰明人，應該知道怎麼看著辦。」

楊瑾急了，衝周翡道：「妳不敢應戰嗎？」

外。

周翡飛快地把溜號兒的神志拖回來，超常發揮了一句：「就憑你辨出來的事，人人得而誅之，應戰？你配？」

霓裳夫人一甩袖子：「說得好，送客！」

說完，她伸手拉住周翡，手下幾個女孩子上前，不由分說便將徐舵主等人關在了門外。

被關在外面的人怎樣就不知道了，反正經過這一場混亂，周翡他們從蹲在後院賣戲的窮酸變成了上座的客人。

霓裳夫人好像有千重面孔，剛開始一身風塵氣，楚楚動人。隨後面向外敵，她能說翻臉就翻臉。翻完臉，關門打量著周翡，她的桃花眼不四處亂飄了，纖纖玉指也不沒完沒了地搔首弄姿了，甚至勉力從一身上下找了幾根尚且能撐住門面的骨頭，人都站直了幾分——她好像個喜怒不定的女妖下凡，這會兒搖身一變，成了個賢慧靠譜的長輩。

霓裳夫人用一種近乎慈祥、和顏悅色的語氣對周翡說道：「妳是李家後人？弟子？」

周翡一點頭，含糊地說道：「算是。」

「跟李大哥不太像，」霓裳夫人也沒追問，看了看她，「我以為李大當家會選一個男孩……至少看起來壯實一點的傳人。」

周翡想了想，低聲道：「要都以『天生』的資質為準，看著不行就覺得真不行，那世上的人大概都只能止步於學語學步了，畢竟剛生出來的小孩看起來都挺笨的——另外我也不是什麼南刀傳人，那都是以訛傳訛的，我只不過才剛學了一點皮毛……」

她還沒解釋完，霓裳夫人忽然捂著嘴笑了起來。周翡愕然地眨了眨眼睛，不知道自己說的話哪裡可笑。

「我剛還說一點都不像，誰知這會兒就說嘴打臉，妳這神態真是跟他一模一樣，」霓裳夫人笑道，「我剛認識李大哥的時候，也就和妳現在差不多大吧，還年輕得很呢。我們一大幫人機緣巧合結伴而行，問他是什麼師承，他也不太提，就輕描淡寫地跟人家說『沒什麼師承，祖上傳下來一套刀法，還沒練熟』。我還道這是哪兒來的鄉巴佬，自家刀法沒練熟就出來現世，誰知……哈哈，他頭一回出手的時候，我們都快被嚇死了。」

周翡乾笑了一聲。

李徵脾氣溫厚，虛懷若谷，他說「沒練熟」，那必然是謙虛……別人居然當真了。到了她這兒，破雪刀卻是真的沒練熟，這分明是沒有一點水分的大實話，可愣是沒人信！

天理何在？

謝允衝她擠擠眼，周翡無奈地翻了個白眼。謝允見周翡一臉說不出口的鬱悶，便很仗義地替她打斷了霓裳夫人對錦瑟年華的追憶，問道：「看來霓裳夫人和當年幾大高手交情甚篤的事是真的了？」

此言一出，霓裳夫人就跟被按了什麼開關似的，立刻就住了嘴。

她彎起來的嘴角還盛著笑意，眼神卻已經暗含了警惕，衝謝允溫聲道：「我說了，一片金葉子不夠，你那一袋都不夠。千歲憂先生，沒有籌碼，你就別再刺探了，咱倆也算是舊相識，你該知道，世上沒人能撬開我的嘴。」

謝允絲毫不以為忤，笑咪咪地端起茶杯喝了一口，不吭聲了。

霓裳夫人被他攪擾得談興全消，她神色冷淡地伸手攏了攏頭髮：「這幾日你們就住在我這兒吧，省得那群耗子再去找麻煩。」

周翡忙道：「夫人，我們客棧裡還有一位朋友。」

「無妨，找幾個人去接來。」霓裳夫人厭倦地擺擺手，她的步履分明不徐不疾，說「無」的時候，才剛站起來，說到「來」字的時候，人已經出了前廳，衣襬一閃，便不見了蹤影。

「春風拂檻。」謝允面帶讚嘆地說道，「據說脫胎於舞步，這或許不是世上最快的身法，卻肯定是最好看的，縹縹緲緲，時遠時近，讓人……」

他沒說完，一轉頭，見周翡正有些疑惑地皺著眉，便笑道：「怎麼？」

周翡其實也不知道怎麼回事，相比對徐舵主等人明顯的排斥和憤怒，霓裳夫人對謝允稱得上十分禮遇了，可是方才那三言兩語之間，她卻莫名從霓裳夫人輕輕柔柔的話音裡嗅到了一股……比被行腳幫包圍時還要濃重且深邃的殺機。

周翡遲疑道：「她好像生氣了？」

「沒有。」謝允笑道，「只是我問了不該問的事，她想殺我而已。」

周翡：「……」

「怎麼，妳以為就妳感覺得到嗎？」謝允又端起茶來細品，沒事人似的抿了兩口，他滿足地嘆了口氣，「剛才在後院喝的都是陳茶，這會兒才捨得給上點雨後新茶，這女人太小氣了……我不是告訴妳了嗎？千歲憂這名字就是羽衣班唱紅的，我認識她不是一兩天了，倘若只是嫌我給錢少，她早就拍桌子破口大罵了，哪兒有這麼心平氣和的態度？」

周翡眨眨眼，一時沒聽懂這句話。

謝允便給她細細地解釋道：「假如有人來問妳一件妳死都不能說的事，妳會怎樣？勃然大怒，警告別人少打聽嗎？妳不會的，妳雖然最開始想這樣，但妳很快會盡最大可能平靜下來，絕不刺激對方的好奇心。要是妳城府夠深，妳甚至連一點震驚都不會表露出來，妳會不斷地用看似拙劣的手段吊人胃口，讓別人以為妳只是騙好處，自己放棄，對不對？」

周翡：「那……」

「沒什麼，」謝允壓低聲音，「我問她，也只是試探她的態度而已。妹子啊，千萬不要被那些『事無不可對人言』的前輩給慣壞了。妳要知道，這江湖中的好多故事，不是妳問了別人就會說的，妳得學著從他們的喜怒哀樂……甚至隱瞞與算計的節奏裡找出妳想要的東西——好，這些廢話就不說了，我知道妳現在最想打聽擎雲溝的事。」

周翡遲疑了一下，心事重重地點點頭。她雖然剛剛放了一番厥詞，心裡卻沒什麼底。這會兒坐下來，她忍不住想，話逼到這份兒上，那些人會不會乾脆破罐破摔，對李妍不利？

「行腳幫不敢。」謝允一眼就看出她心裡的憂慮，不慌不忙地說道，「白先生既然跟了那一位，妳就知道行腳幫雖屬於黑道，但也是屬於南邊的黑道。他們這些人無孔不入，很不擇手段，但大是大非上不會站錯地方，這是規矩，跟人品什麼的都沒關係。倘若犯了這一條，往後他們仰仗的人路就走不通了，那個姓徐的又不傻，不會為這點小事自尋死路——何況擎雲溝也不算什麼邪魔外道。」

周翡問道：「擎雲溝到底是什麼？」

「是個三流門派，」謝允道，「妳看楊瑾的面相和口音也大概猜得出，他不是中原人。擎雲溝地處南疆，瘴氣橫行，草木豐沛。他們不以武功見長，神醫倒是出了不少，人又稱『小藥谷』……」

周翡奇道：「難道還有大藥谷？」

「有過，」謝允簡短地說道，「現在沒了，滅門了——這個不重要，別打岔——一代一代的人，總會出怪胎。比如每隔幾輩人就會出一個不愛治病救人，專門喜歡下毒殺人的，不過醫毒不分家，這倒也不算太出圈。但是到了這一輩，擎雲溝卻有了一個出圈的大怪胎，我估計這個楊瑾也就是勉強分得清人參跟蘿蔔的水準，唯獨醉心刀術，還頗有些天縱奇才的意思。他能混上家主，很可能是事先把同輩挨個兒揍了個遍。」

周翡沒料到黑炭的身世這樣曲折離奇，一時有點震驚。

「這個人早就開始四處挑戰了，算是近幾年群星暗淡的中原武林裡難得的後起之秀。」謝允道，「我猜他是奔著南朝武林第一刀去的，突然讓妳橫空出世截了和，肯定不服氣。他眼裡只有刀，別的沒什麼惡名，至今沒幹過什麼濫殺無辜的事。」

周翡黑著臉道：「我又不是故意『出世』的。」

謝允嘆道：「唉，誰不是呢？哪個娘生娃的時候也沒跟肚子商量過——總之妳把心放下吧，你們寨裡的人肯定沒事，反正妳又不想跟他一較高下，他要名，妳認個輸就沒事了。」

周翡沒吭聲。

謝允等了一會兒，突然抬頭道：「慢著，妳不會真想應了他的約戰吧？」

周翡目光閃爍了一下，有些猶豫：「你覺得我不該應？」

謝允謹慎地看了她一眼，道：「妳保證不打我，我就說實話。」

周翡：「……」

她已經知道答案了。

「楊瑾的『斷雁十三刀』不說打遍天下無敵手吧，至少已經位列一流高手了。我聽說前年崆峒掌門都輸了他一招，妳至少回去再練幾年，才能跟現在這個楊瑾有一戰之力。」謝允坦白道，「妳還是聽我的吧，要說在衡山冒險跟青龍主周旋是為了道義，那也便罷了。但這算什麼？虛名如蝸角，連個屁也頂不起來，時間長了還得為其所累，爭這個有什麼必要？」

周翡底氣頗為不足地點點頭，這事她確實不占理——無謂的逞勇鬥狠，還是在打不過人家的情況下，真是挺傻的。

十七八歲的女孩子幾乎是大姑娘了，她脾氣再暴，性情再衝動，也不大容易像「睡涼炕的傻小子」一樣火力旺，即便沒有道理地熱血上頭，只要把道理給她講明白，也很快能消下去，不會太難勸。

謝允察言觀色，卻覺得她雖然聽進去了，但不知為什麼，還是有點意難平，便問道：「到底怎麼了？」

周翡微微露出一點難色，倘若事關她自己的名聲，她倒不大在意。少年人是最丟得起面子的，反正不管外面吹得多厲害也是謠傳，能有個機會戳破也挺好，還她一個「不入流」的本來面貌。

可是方才，她敏感地察覺到，徐舵主也好，楊瑾也好，甚至是霓裳夫人，他們對她的稱呼，都是統一的「南刀」，甚至沒人弄得清她姓周不姓李。她不再是個出門找不著北的無名小卒，她被趕鴨子上架地當成了一個符號、一塊名牌，頭上頂著的名字不再是「周翡」，而是「李徵」。

「嗯……沒什麼，我在想，一會兒得給楚楚寫一張字條，不然陌生人去找她，她不見得會跟著來。」

她一個兩手空空，連把刀都沒有的人，說出「想為了南刀應戰」，恐怕得讓人笑掉大牙吧？

李妍雖然被軟禁了，但日子過得一點也不像周翡擔心的那麼水深火熱。她蹺著二郎腿坐在一把椅子上。椅子四條腿，被她吊兒郎當地翹起了半邊，始終保持著只有兩腳著地的搖晃狀態，旁邊小桌上放了茶水和花生、瓜子、炒栗子——這敗家玩意兒把栗子挨個兒捏開，咬一口，甜的就吃了，不甜的就讓它們齜牙咧嘴地一邊涼快去。

她這麼一邊吃一邊往外挑，十分優哉，看不出是被人抓來的，還是自己跑來給人當姥姥的。

關她的人怕她悶得慌，還給她準備了一本志趣不怎麼高雅的民間話本。這可是個新鮮玩意兒，在四十八寨時萬萬無緣得見，雖然水準比較低級，但李妍還是看得津津有味、如癡如醉。話本中間有起承轉合，只有一段結束，又恰好要翻頁的時候，李妍才能偶爾想起自己的俘虜身分。

每當這時，她便心血來潮地吼上兩嗓子「放我出去，你們有沒有王法，我家裡人知道了不會放過你們的」之類的廢話，然後見沒人理她，李妍便不再做無用功，又一頭扎進話本裡的愛恨情仇中，被關押得樂不思蜀。

到了晚間，她嗑瓜子把舌頭嗑出了一個泡，牙齒發澀，微微一抿，她感覺自己兩顆門牙好似比往常疏遠了不少。又用舌頭勾了一下上牙床，血泡便破了皮，李妍疼得齜牙咧嘴，由此遷怒起把她扣在這兒的罪魁禍首來。

李妍跳起來活動了一下手腳，深吸一口氣，準備了一通胡攪蠻纏的大罵。就在她的話將出未出時，緊閉的房門「吱呀」一聲開了。拎著漆黑雁翅刀的青年楊瑾與李妍對視了片刻。

楊瑾冷冷地問道：「妳要幹什麼？」

李妍被他一身利刃出鞘的冰冷氣質震懾，湧到舌尖的大罵又「嘰哩咕嚕」地滾回了肚子。她因為自己這份不爭氣十分憤慨，於是怒氣衝衝地衝門口的人吼道：「你們關得我都上火了，我要吃桃！」

楊瑾一臉「妳不可理喻」的表情，瞪著李妍。

李妍緩過一口氣來，怒道：「你知道我姑姑是誰嗎？你知道我姑父是誰嗎？你們這些無法無天的渾蛋，居然敢……」

楊瑾忽然打斷她道：「妳真是南刀李徵的孫女？」

李妍愣了愣，反應了好一會兒「李徵」是哪根蔥——畢竟，平時在家不會有人把老寨主的尊姓大名掛在嘴邊。好半天，她才想起自己那位屍骨已寒的爺爺，趾高氣揚地一翻白眼道：「是啊，怎麼樣？怕了吧，嚇死你！」

楊瑾的臉色好似自己受到了侮辱一樣，說道：「南刀怎麼會有妳這樣的後人？」

李妍被他噎了一口，當即出離憤怒了，拿出她在家裡跟師兄弟們撒潑打滾的刁蠻，伸手將腰一叉，擺出個細柄茶壺的姿勢，指著楊瑾道：「沒有我這樣的孫女，難道有你這樣的孫子？孫子！奶奶還不要你呢，我們家有錢，用不著燒你這種劣質炭！」

楊瑾忍無可忍，額角的青筋隱隱浮現，突然往前邁了一步。

李妍先是緊張兮兮地一紮馬步，雙手一分，擺了個預備大打出手的姿勢，隨後只用了一眨眼的工夫，她便判斷自己打不過，於是又大呼小叫地抄起她方才坐過的椅子橫在胸前，繞到桌子後面。

椅子一條腿上掛了個圓潤的栗子殼，李妍揮舞著她的「凶器」，一邊後退一邊咋咋呼呼地說：「你敢過來，我就讓你知道姑奶奶的厲害。我告訴你，小白……不對，小黑臉，姑奶奶從小十八般兵器樣樣精通，短劍使得出神入化，長刀一出，能把你穿成糖葫蘆，別……別……別逼我對你不客氣！」

楊瑾冷笑道：「哦？那我倒要先領教……」

「阿瑾，」好在這時徐舵主來了，皺著眉看了李妍一眼，他低聲道，「你老大一個人，跟個小女娃娃一般見識做什麼？」

李妍一見徐舵主，頓時新仇舊恨一起湧上心頭。原來周翡他們走了之後，過了幾個月，李瑾容不知因為什麼，也突然決定離開四十八寨出去辦什麼事——究竟是什麼事，她自然也不會告訴李妍。

這可是十分新鮮，因為李妍有生以來，大當家就一直是四十八寨的定海神針，從沒離開過。

周翡和李晟都被王老夫人帶走了，李妍本來就頗感無聊，聽聞姑姑也要走，頓時不樂意了。她幹了一件哥哥姐姐誰都不敢幹的事，跑到李大當家面前撒潑打滾地撒了好一通嬌。李瑾容被她煩得一個頭變成兩個大——罵吧，李妍臉皮厚，罵一大篇她也不在乎，動手打呢，李大當家也不大敢。李妍那稀鬆的功夫不比周翡，一不小心真能打出個好歹來，只好順勢答應派人將她送到金陵周以棠那兒住一陣子。

自從離開了李瑾容的視線，李妍就像脫了韁的野馬，比起周翡剛下山那會兒雖然好奇但是克制的表現，她簡直要尥起蹶子來。剛離開蜀中，李妍就在酒樓裡聽說了周翡的豐功偉績，聽得心花怒放，根本不顧旁邊長輩們的臉色——別人不知道，四十八寨自己的人是知道周翡水準的。除了不知所謂的李妍，一群長輩聽了都很憂心，早早離席，回去商量怎麼報給李瑾容。李妍自然也被強行拉走了，可她還沒聽夠，晚上趁人不注意，又一個人偷偷摸摸地跑出來，想再聽一遍書。

自從周翡惹了人眼，徐舵主就一隻眼盯著蜀中，一隻眼四處打探，早盯上李妍他們這幫人了，只是平時有幾個高手看得嚴，他沒什麼機會。眼見李妍居然落了單，徐舵主感覺這是個機會，不管有用沒用，當然先捉了再說。

行腳幫坑矇拐騙無所不精，拐一個沒見過世面的李妍如探囊取物，等李妍明白過來的時候，她已經被人拿麻袋運到了邵陽。

李妍將椅子往下一砸，瞪著徐舵主，怒道：「老騙子！」

徐舵主轉向她，臉上立刻跟變戲法似的堆滿了笑容，衝她作揖道：「小的有眼不識泰山，要早知道姑娘是李家的小姐，無論如何也不敢對您無禮，李姑娘，您大人有大量，原諒我這睜眼的瞎子一回，成不成啊？」

李妍愣了一下，她不知道行腳幫的人面軟心黑，慣是沒皮沒臉的。只覺得這個徐舵主已經很老了，兩鬢白了大半，比平時遇到的伯伯還要年長一些，馬上要奔著爺爺去了。李妍雖然嬌蠻，但心腸不壞，一見這麼個大年紀的老男人畏畏縮縮地賠笑，便先心軟了，不管信不信他的說辭，也不好再繼續發作。她訕訕地放下椅子，皺著眉道：「就算我不是李家的人，你們也不能隨便抓啊，犯法的。」

徐舵主笑容一僵，沒料到天下第一匪幫裡還有這麼守法的良民。不過他很快就調整過來，真心實意地笑道：「正是，李姑娘有所不知，小人奉雇主之命，本來在替人追查一個仇家，因那人年紀形貌與姑娘相仿，小人一時大意，這才不慎抓錯了人。唉，都是我這老眼昏花。」

楊瑾聽他滿嘴跑馬，也不好拆臺，只好在旁邊當個面色冷峻的黑炭。

徐舵主這話要是騙鬼，鬼都不信——可惜李妍信。她聽了這番解釋，又環顧了一下滿地的瓜子皮，感覺人家雖然抓錯了人，但對她也算禮遇了，便將徐舵主原諒了大半，只說道：「我家裡人肯定急瘋了，那你得把我送回去。」

徐舵主笑道：「一定一定，貴寨中有一位高人眼下正在邵陽，我們聯繫到她，立刻送您過去。」

「高人？」李妍納悶道，「誰啊？」

徐舵主道：「就是那位破雪刀傳人，據說她先前對我行腳幫誤會頗深，恐怕……唉，到時候還得請姑娘多多美言幾句啊。」

徐舵主三言兩語，就把白的說成了黑的，李妍的眼睛卻猛一下亮了：「我家阿翡！真是周翡嗎？我姐姐怎麼在這兒？」

李妍這傻麅子三言兩語就透露了廣大江湖八卦中想打探而無門路的名字。楊瑾和徐舵主十分隱晦地對視了一眼。

「周翡。」楊瑾低低地唸了一聲。

「幹嘛?」李妍衝他翻了個白眼,「瞎叫什麼,『周翡』是你叫的?我姐隨便拿一把破……破……那個什麼刀,就能把你打得滿地找牙!讓你得意!」

楊瑾:「……」

他還是不相信這女的是李家人。

李妍衝他一揚下巴,楊瑾陰惻惻地咬著牙一笑道:「好啊,我拭目以待,看她怎麼打得我滿地找牙。」

「破……那個什麼刀」的周翡不知道李妍給她分派了這麼一個艱巨的任務,她心事重重地安頓了吳楚楚,又神思不屬地隨便吃了兩口東西,便勉強自己去休息了。

誰知強扭的瓜不甜,周翡好不容易睡著,眼前亂夢卻一團一團的。

她夢見了一個男人,只是個高大的背影,看不見臉。她自己則似乎變成了一個小女孩,被那男人牽在手裡,抬眼只能看見他腰間別的窄背刀——就和她第一次在洗墨江中碎了的那把一樣。

男人鬆開她的手,用一隻非常溫暖的大手摸了摸她的頭頂,開口說道:「妳看好了,我只教一遍。」

周翡心裡奇道:這人是誰,怎麼跟我娘說的話一模一樣?

不過話雖然一樣,語氣卻大有不同。這男人要比李大當家溫和得多,說「只教一遍」

的時候，好似帶著一股說不出的遺憾。

他說完，便上前幾步，在周翡面前站定，「鏘」一聲，雪亮的刀光橫空而出，幾乎要迷了周翡的眼。她心裡重重地一跳，那男人驀地動了，山、海、風、破、斷、斬……那人在刀風中，一招一式好似帶了她以前未能察覺到的聯繫，叫人隱隱又別有一番體悟。

九式的破雪刀在周翡面前完完整整地走了一遍，周翡一口卡在喉嚨裡的氣息這才出了口，恍惚間有種自己已經踏遍天下、行至萬里的錯覺。

這個人的破雪刀簡直就像李瑾容……不，他比李瑾容的刀更內斂、更厚重、更渾然天成！

刀鋒倏地一收，寒光遍隱。

周翡一瞬間意識到了這看不清面孔的男人是誰，同時，她耳畔響起紀雲沉的聲音：「李前輩的刀，精華在『無鋒』……」

周翡瞳孔倏地一縮，見眼前人拄刀而立，而四下不知什麼時候下起了大雪。漫天的雪花四下飛舞，男人一身白衣，幾乎與天地融為一體。他面孔模糊，與周翡之間似乎隔了一層迷霧。他的目光透過迷霧與二十年的光陰，落到未曾謀面的女孩身上，非常輕柔地嘆了口氣，叫了她的名字：「阿翡。」

周翡猛地從床上坐了起來。

她愣愣地盯了被子片刻，隨即詐屍似的一躍而起，三下五除二套上衣服，隨便找了根繩把頭髮一紮，沒頭沒腦地便跑了出去。

謝允是半夜三更被周翡砸門砸起來的，他倒也好脾氣，居然沒急。他拉開門，也不請周翡進去，反而有點曖昧有點賤地打量著周翡：「小美人，妳知道半夜三更砸一個男人的門是什麼意思嗎？」

周翡脫口道：「我要應楊瑾的戰！」

謝允好險沒被她噎死：「……就為這個？」

周翡還沒從自己的夢裡回過神來，思緒亂如麻，只剩下「我自己可以無賴，但不能墮了『南刀』的名頭」這麼一個念頭。她深吸一口夜色，用力點頭。

「看那裡。」謝允面無表情地伸手一指周翡身後，在她實誠地順著手指轉頭的一瞬間，他回手關上了自己的房門。

不過周翡「南刀傳人」的名號雖然是個謠言，反應速度卻也不是白給的。千鈞一髮間，她一伸腳卡住了謝允的房門：「謝大哥，幫幫忙！」

謝允寧死不屈地繼續關門道：「我只幫風、花、雪、月四位神仙的忙，其他免談……幹什麼！非禮啊！」

周翡不由分說地隔著一道房門把負隅頑抗的謝允推了進去。

謝允一把攏住鬆鬆垮垮的外袍，瞪著周翡道：「我賣藝不賣身！」

「閉嘴，誰買你這賠錢貨？」周翡翻了個白眼，「你聽我說，我要贏楊瑾……」

謝允「嘖」了一聲，懶洋洋地活動了一下肩膀，他雙臂抱胸，往窗口一靠：「我還要當玉皇大帝呢。」

周翡有求於人，忽略了謝允的一切冷嘲熱諷，直奔主題道：「連齊門道長的蜉蝣陣你都能一眼看出端倪來，那什麼斷雁十三刀你也肯定瞭解的對不對？不然你怎麼知道崆峒掌門輸了一招？」

謝允油鹽不進地「哼」了一聲：「矇的，在路邊聽說書的說的。」

周翡睜著眼睛盯著謝允。她眼神清澈，太清澈了，乃至在燈下甚至微微泛著一點淺藍。她不冷嘲熱諷，也不拔刀打架的時候，看起來非常柔軟可愛。謝允默默地移開目光，不肯跟她對視。

周翡說：「求求你了。」

謝允「哼」了一聲：「求我有什麼用？我又不能讓妳一夜間武功暴長——我要有那本事，還寫什麼淫詞豔曲？早就賣大力丸去了！」

周翡見他語氣鬆動，立刻眉開眼笑道：「我有辦法，只要你給我仔細說說斷雁十三刀。」

「斷雁十三刀沒什麼底蘊，要從這一點來說，確實沒什麼可怕的。」片刻後，謝允將鬆鬆垮垮的外袍繫好，水壺空了，他便不知從哪兒摸出一個小酒壺來，照例是淡得開瓶半天都聞不到酒味的水貨。

周翡接過來，直接當水喝了，完事吧咂了一下嘴，她不滿地晃了晃空杯子：「這種酒喝來有什麼用，要是就為了水裡有點味，你撒一把鹽不就得了？」

「暖身的。」謝允緩緩地搓了搓手，此時月份上雖然已經臨近深秋，邵陽卻還拖拖拉拉地不肯去暑。推開窗戶，小院裡的花草鬱鬱蔥蔥，沒有遲暮的意思，可謝允的手卻蒼白中微微有些發青，好像他是真覺得冷。

謝允抱怨道：「我一個文弱書生，沒有你們大俠寒暑不侵的本事，特別是夜深露重被人從被子裡挖出來的時候——妳哪兒來那麼多事，到底聽不聽了？」

周翡連忙閉了嘴，大眼睛四下一瞟，她難得靈機一動，長了一點眼力見兒，溜鬚拍馬痕跡頗重地端過酒壺，給謝允滿上了一杯。

平時動輒毆打，這會兒有事相求了，倒會臨時抱佛腳了，早幹什麼去了？謝允頗為鬱悶地掃了她一眼，平平淡淡地接著說道：「斷雁十三刀和你們這些名門之後所練刀術有很大的區別，妳練過劍對吧？」

謝允第一次在洗墨江邊見到周翡的時候，她手裡拿的是一把非常窄而狹長的刀，有點苗刀的意思。但不知是不是因為她那時年紀尚小、身量不足的緣故，那刀的刀身和刀柄都比尋常的苗刀短且秀氣不少，老遠一看，它更像是一把單刃的長劍。

「南刀破雪，北刀纏絲，雖然一個中正、一個詭譎，但有個共同的特點，」謝允道，「就是這種成了一代絕響的刀術不是純粹的刀術。關老也好，李寨主也好，當年都是一代大家，他們流傳下來的傳世武功，集眾家之所長在外，又有自己的精魄在內——打個比方，破雪刀中的『破』字訣，就有長槍的影子，而『風』字訣，肯定從劍術中借鑒了不少，『山』字訣更妙，隱隱有跟當年的山川劍相互印證的意味在裡頭，我說得對不對？」

這些話，周翡此前聞所未聞，被謝允三言兩語點出來，她居然覺得真是那麼回事。同時，隱約的疑惑又在她心頭飄浮起來。一個不會武功的人，真的能一針見血地說出她自己都尚在摸索的武功體系嗎？就算此人真的天縱奇才，能通過這一路上她磕磕絆絆的招數窺得破雪刀神韻……難道他還真見過山川劍嗎？殷家莊覆滅的時候，端王殿下開始換牙了嗎？

「李氏是刀法大家，所以妳肯定知道，學刀的門檻比學劍要矮上一點，所以有『三年練刀，十年磨劍』的說法，但貴派的『破雪』除外。」謝允端著酒杯，緩緩地說道，「這就是『破雪』被稱為宗師之刀的緣由。妳要是沒有足夠的底蘊，可能連模仿都模仿不像。若我沒猜錯，妳小時候跟令堂習武時，所學必不止於刀術，各門功課都曾經有所涉獵，對不對？但楊瑾就不是這樣，他練刀數年，只解決一件事——就是如何讓自己的刀更快。」

周翡沒有插話，若有所思地回憶起楊瑾提在手中的斷雁刀。那把大刀寬背，長柄，刀背上有金環如雁翎，非常適合劈砍。

「你們名門之後，見識多，視野寬，倘若悟性足夠，能走到老寨主那個路數上，那十年後，別說是『斷雁刀』，就算是斷魂刀，也絕不是妳的對手。但是相對的，前二十年裡，你們沒有他專心，沒有他基本功紮實，也沒有他的刀快。現在的南刀在妳手裡，更像是一個漂亮的花架子，剛搭起來，裡面填的東西太少，雖然看著輝煌，實際一戳就破。」謝允伸出兩根手指敲了敲桌子，「妳告訴我，妳打算怎麼以巧破力？」

周翡闖進來的時候像個熱血上頭的二百五，此時聽了謝允堪稱不客氣的一套分析，卻絲毫沒有激動的意思，反而冷靜地問道：「『快』是多快？『力』又有多大？」

「倒也不至於快到讓妳反應不過來的地步。他要是真能到那種程度，早就是新一代的『南刀』了。」謝允想了想，伸出手，做了一個斜斜下劈的動作，他的動作並不快，手指依然冰冷蒼白，乃至帶著幾分孱弱。他也並不是紀雲沉那種哪怕經脈廢盡，依然帶著凜凜殺意的名刀，但他的動作非常精準，一分不多一分不少地遞到了周翡面前，落點正是一個讓她進退都不舒服的位置。

「這一刀真正落下的時候，會比我的手快上成百上千倍，庸手見人來襲，很可能會倉皇格擋，」謝允隨手拿起他放在旁邊的扇子，在自己的手掌下輕輕一碰，「楊瑾的刀妳看見了，非常重，倘若他順勢一壓，以妳的功力，不見得還拿得住兵刃。當然，妳不是庸手，否則早就死在青龍主掌下了。妳可能會順勢上前一步，側身避開，然後……」

「斬。」周翡也伸出一隻手，先是與謝允凝滯在半空中的手掌擦邊而過，隨即陡然一橫。

「這就是『功夫』叫『功夫』，而不叫『招數』的原因。妳沒有楊瑾那麼紮實的基本功，所以妳的身法絕不會比他的刀更快。妳這一『斬』沒有醞釀好，就會被他中途打斷。」謝允搖搖頭，回手在周翡手背上輕輕拍了一下，又道，「當然，依我看，最大的可能是妳左支右絀地跟他對上幾招，每一回合，他都可以逼退妳一步，步步緊逼，疊加在一起，直到妳避無可避，到時候可就好看了。」

周翡沉吟不語。

「我知道妳想維護誰的名聲，」謝允淡淡地說道，「所以妳更要避而不戰，好不容易占了理，應不應戰的主動權都在妳。就算妳怎麼都不肯應戰，此事傳出去，也只是楊瑾手段下作，不配而已，不比妳輸得一塌糊塗好看？」

約定的三日很快就過去了，周翡三天沒出屋，送飯的羽衣班小姑娘什麼時候進去，都能看見她落地生根似的靠著視窗一動不動地坐著，不知練的是哪門子奇功。

第三天一早，徐舵主和楊瑾等人就來了，還送了一份大禮——徐舵主找了兩個弟子抬了個滑竿。李大小姐連路都不用走，還如願以償地吃上了桃，也不知神通廣大的徐舵主是從哪兒弄來的。

周翡沒看見李妍的時候，十分擔驚受怕，可是這會兒一見她，卻又青筋暴跳，特別是此人縱身從滑竿上跳下來，一手黏糊糊的桃汁就要往她身上撲的時候。

李妍：「阿——翡——」

周翡：「妳給我站那兒！」

李妍才不聽她那套，吱哇亂叫著奔跑過來，桃核一丟，活像受了天大的委屈：「阿翡，妳都不知道我這一路上遇到多少艱難險阻，差點就見不著妳了……」

徐舵主備好的一肚子話都被這「生離死別」的場面堵回去了。

吳楚楚和不少羽衣班的姑娘紛紛好奇地探出頭來打量她，李妍見到這一院子「姹紫嫣紅」，終於想起要臉了，她腳步頓了一下，轉了話題：「怎麼這麼多人——對了，我哥呢？」

周翡的目光越過李妍，落在楊瑾身上，冷冷地說道：「被人拐走當姑爺去了，躲開，我一會兒再找妳算帳。」

楊瑾站在十步之外，整個人就像一把鋒利的長刀，戰意十足地盯著她。

李妍順著她的目光轉過頭去，見了楊瑾，新仇舊恨一起湧上心頭，對周翡道：「就是那個黑炭，最可惡了——黑炭頭我告訴你，現在求饒道歉還來得及……」

楊瑾刀背上的幾個環輕輕地一動，「嘩啦」一聲輕響，雁鳴似的。

李妍倏地閉了嘴，不由自主地往後退了一步，她總算後知後覺地察覺到了周翡和楊瑾之間的不妥之處。

謝允臉上掛著兩個黑眼圈，疲憊地捏了一下鼻梁，對李妍嘆道：「姑娘啊，妳就別添亂了。」

周翡回頭衝霓裳夫人道：「晚輩想跟夫人借把刀。」

此言一出，楊瑾的臉色越發黑了。江湖上但凡有頭有臉的人，手中兵刃未見得比人名氣小。他絕不相信周翡連把像樣的刀都沒有，這絕對是當面的侮辱。霓裳夫人也是一愣，沒料到周翡這個背地裡「虛懷若谷」的「好孩子」居然這麼掃擎雲溝的面子。她想了想，吩咐旁邊一個女孩道：「去將我那把『望春山』拿來。」

那女孩十分伶俐，應了一聲，一路小跑打了個來回，捧出一把長刀來。

霓裳夫人接過來，輕撫刀身，尖尖的手指一推，「鏘」一聲輕響，這塵封的利器發出一聲嘆息，露出真容來。長長的刀刃上流光一縱而逝，彷彿只亮了個相，便消失在刀身裡，刀身處有一銘字，是個「山」。

「那會兒南北還沒分開，有一年特別冷，」霓裳夫人道，「幾十年不刮北風的地方居然下起雪來，衡山腳下的路被大雪封上，走不得了。山陰處，有一家落腳的小客棧，我記得名叫三春客棧，這麼多年，大概已經不在了。我，李徵，還有幾個朋友，一起被困在了那裡，運氣實在不算好……誰知在那家倒楣的客棧裡偶遇了傳說中的山川劍。

「殷大俠和李大哥一見如故，在三春客棧裡喝了三天的酒，等大雪初晴，便一道約在了衡山的一處空地，酣暢淋漓地比試了一場，結果刀劍齊斷。他們兩人大笑，好像遇上了什麼高興事。我當時卻還小，不懂什麼叫作『棋逢對手』，只覺得可惜，放下大話，說要替他們尋最好的材料，再打一副神兵利劍出來。」霓裳夫人濃密纖長的眼睫毛微微閃了一下，抿嘴一笑道，「後來我果然找到人打了一刀一劍，刀銘為『山』，劍銘為『雪』……只可惜這一對刀劍一直沒找到機會送出去，亂世便至，誰也顧不上誰了。」

她說完，將這把「望春山」遞到周翡面前，口中道：「妳來了也好，用完帶走吧，不必還來，就當我是踐了故人約。」

周翡道聲謝，接過來的時候，卻覺得霓裳夫人的手指緊了緊，彷彿不捨得給出去似的。然而片刻後，她終於還是留戀地鬆了手，神色有些蕭條，女妖一般好似顏色永駐的臉上陡然染上了些許風霜之色。

謝允在旁邊低聲道：「阿翡。」

周翡瞥了他一眼，看見他隱隱的阻攔之色，便飛快地移開視線，上前兩步走到楊瑾面前，倒提長刀，對他做了個「請」的手勢。

謝允無聲地嘆了口氣，想起那天晚上的話。

「躲過了這一場，然後我繼續頂著南刀的名頭招搖撞騙，等著張瑾、王瑾、趙瑾挨個兒找我比試嗎？」周翡搖搖頭，「沒這個道理，就算我投機取巧也贏不了，那也是堂堂正正技不如人，比藏頭露尾強。」

楊瑾大喝一聲，率先出手。

他這是將自己放在了「挑戰者」的位置上，態度可謂十分謹慎，手中斷雁刀背上的金環響成了一片，不知是不是被周翡「連自己的刀都不拿出來」的態度刺激了，他出手竟比謝允描述的還要快！

周翡卻並沒有用破雪刀。

她提步便踏上了蜉蝣陣，將手中「望春山」當成了她在洗墨江上拿的柳條，幾乎不施力地黏著楊瑾的刀鋒滑了出去。

霓裳夫人陡然站直了：「齊門？怎麼會是齊門？」

僅僅是一瞬間，霓裳夫人就意識到了自己的失態，她本能地想去看謝允一眼。不過霓裳夫人畢竟是個老江湖，飛快地權衡過後，她生生將自己僵硬的脖子凝固在了原地，憋回了自己一切不自然的表情，心裡卻不免有些七上八下，不知道這個來歷成謎的「千歲憂」是不是從她方才一聲脫口而出的驚呼裡聽出了什麼——即便對羽衣班來說，「千歲憂」這個人也是隱藏在重重迷霧後面的。

一個簡簡單單的文弱書生，能在當今這個雲譎波詭、四處暗藏危機的江湖中有驚無險地蹚出一條悠閒自得的路來？霓裳夫人雖然看過無數話本，唱過無數傳奇，卻早已經過了相信這些鬼話的年紀了。

謝允卻好似全然沒有在意她的異樣，全神貫注地注視著楊瑾和周翡的你來我往。

周翡顯然再一次超出了他的預期，畢竟，不是所有人都瘋到能在洗墨江裡一泡三年的。

從楊瑾的第一刀開始，周翡就沒還過手——謝允給出的分析相當準確，他們兩人的功夫有再高深的刀法也無法彌補的差距。一旦周翡還手，這種差距立刻就會顯示出來，比較弱的一方就會完全喪失自己的節奏，一直被人壓著打。

因此她並不還手，只是閃避，偶爾非常巧妙地從對手那裡借一點力，不走遠、不靠近，始終保持著一點彷彿在刀尖上行走的愜意從容。不知她這樣躲來躲去有多吃力，反正外人看來，她顯得十分遊刃有餘。

楊瑾不是鄭羅生、花掌櫃那種內家高手，在他不可能一掌掀翻周翡的情況下，他的刀再快，快不過洗墨江的細刃，力氣再大，大不過能牽動千斤巨石的牽機……更何況周翡現在還有越來越得心應手的蜉蝣陣助陣。

要不是謝允不是第一天認識周翡，幾乎也要懷疑起這姑娘是不是真的深藏不露了。

乍一看，眼下這種情況根本不是周翡無計可施，倒像是她比楊瑾高明了不知多少，只為了看一看所謂「斷雁十三刀」的深淺而刻意拖延而已。

可是……

旁人或許還在驚嘆這女孩身法從容，謝允作為眾人裡唯一知道輕重深淺的一個，心不由自主地提了起來。穿花繞樹的蝴蝶都得落在花間，周翡又不是陀螺，她不可能永遠不知疲憊地團團轉下去。

除非……謝允的目光漸漸落到楊瑾身上——除非他自己露出破綻。

不錯，楊瑾性情暴躁衝動，又是個武癡，從某個方面來看，他跟紀雲沉有點像，確實很可能一時激憤失了水準。莫非周翡一開始打的就是這個主意？

那這小丫頭下山一趟可真沒少長心眼。

不過在謝允看來，即使楊瑾被她遛得怒髮衝冠，真的自己露出破綻，周翡能抓住機會一舉制敵的可能性也不是很大。他相信她那雙閱遍江湖名宿的眼睛能一眼洞穿對手的弱點，可她的身手不見得跟得上這份眼力。

果然如謝允所料，三十招之內，楊瑾還在有條不紊地步步緊逼，之後他的刀越來越快，幾乎成了一片殘影，刀背上的金環聒噪地響成了一片。

周翡轉了個大跨步，一手將望春山往身後一背，輕輕擋了一下楊瑾捲過來的刀鋒，而後整個人彷彿隨風而捲的海浪，頭也不回地又上前一步，一晃繞過了羽衣班門口的一塊下馬石。楊瑾的刀緊接著追至，失之毫釐地與周翡擦肩而過，「咣」一下落在了那石頭上，一剎那，石頭上彷彿有火星濺起來，與他眼睛裡越燒越烈的怒火很有相映生輝的意思。楊瑾果然被周翡這種「輕慢」的態度遛出了真火。

偏巧這時周翡回過頭來，微微提了一下嘴角，露出了一個似是而非的笑容。這無疑是火上澆油，楊瑾猛地上前一步，轉瞬間遞出三刀——劈、帶、截，一氣呵成，毫不拖泥帶水。

徐舵主微微扣了一下手指肚，險些要叫一聲「好刀」。

可是這「好刀」沒能截住泥鰍一樣的周翡。每次斷雁刀都像是擦著她的衣角滑過，每次都驚心動魄地差那麼一點。

楊瑾此時已經有些急躁了，如果是尋常比武，他未必會這麼沉不住氣。可是面對這個被傳得神乎其神的「南刀傳人」，他卻是有些先入為主。周翡越是遲遲不出招，他心裡對她的想像就越妖魔化，乃至他無意中用了一個重複的招數，左側腰處竟露出了空門。

周翡等的是這個嗎？

謝允不由得屏住了呼吸——想必哪怕是別人拿刀追著他砍，他都不會提心吊膽得這樣全神貫注。

她一旦出手，恐怕再沒有回轉的餘地。

然而出乎所有人意料，周翡居然沒有趁機動手。

她依然是若即若離地甩開了楊瑾的刀鋒，同時，將左手一直拿著的刀鞘遞了過去，輕描淡寫地在楊瑾那處空門虛虛一點，笑了一聲，又飄然轉開。

楊瑾額頭上頃刻間見了冷汗。

她看出來了，卻不出手，為什麼？

在楊瑾看來，這場比武對周翡來說，好似玩鬧一樣。她之所以繼續，是因為還沒有看到他技窮。他的怒氣登了頂，乃至心裡竟然生出一股隱約的屈辱……還有恐懼。

楊瑾親眼見到周翡的時候，理智上固然將她當成了平生大敵，可心裡始終存著幾分疑惑——這看起來幾乎還帶著幾分稚氣的女孩怎麼會是破雪刀的傳人？她真能在短短幾個月的時間內聲名鵲起？真能挑了眾人都談之色變的北斗，甚至手刃了四象之首？她究竟有什麼能耐？她的功夫是從投胎那天就開始練的嗎？

可是方才周翡的刀鞘點過來的一剎那，這懷疑便不攻自破了。如果說楊瑾直到拔刀的那一刻，心裡還想的是「我要贏」，那麼到此時，他心裡隱隱升起了一個不祥的念頭：「我可能會輸。」

高手過招，有時候差的就是那麼幾分精氣神。

楊瑾原本如行雲流水似的雁翅刀頓時多了幾分不甚明顯的凝滯，很快，他居然第二次失手。周翡卻再一次放過了他，這一次她連刀鞘都沒動，只用目光瞟了一眼，似乎還頗為遺憾地微微搖了搖頭。

霓裳夫人忍不住奇道：「她想做什麼？」

謝允一直緊鎖的眉頭卻忽然打開了，緩緩地露出了一個微笑。

霓裳夫人問：「你笑什麼？」

謝允從刀光劍影中移開了視線，背過雙手，低頭沉吟片刻，突然毫無預兆地發問道：「夫人大概還不知道，前一陣子，齊門內突然生變，至今下落不明，我的一些朋友認為這是舊都那邊覬覦他們的奇門遁甲之術，派了北斗前去追殺……」

霓裳夫人的表情一瞬間變得非常可怕。

「我想這傳聞可信，」謝允嘴唇幾乎不動，聲音幾不可聞地壓成了一線，「夫人或許也不知道，忠武將軍死後，他的家眷南渡遭人劫殺，這似乎也沒什麼稀奇，只是追殺他們的人正是北斗祿存。這實在令人百思不得其解，一群孤兒寡母而已，何必出動這麼大的一條鷹犬來追捕？」

霓裳夫人微微縮了一下手掌，拇指上一個通體漆黑的扳指上流光一閃，她壓低聲音道：「你到底想說什麼？」

謝允終於轉過頭來，他的眼角被假皺紋黏住了，眼皮只能睜開平時一半的大小，眼睛無端小了一圈，卻並沒有擋住他透亮的眼神，平靜而悠遠，甚至帶了些許悲憫之意。

霓裳夫人對上他的目光，無端一愣，蜷起來的手指不由自主地鬆開了。

「沒什麼，」謝允一字一頓地說道，「我與夫人多少年的交情了，是敵是友您看得出來，只是有些事已經洩露，我特地來提醒夫人，多加小心。」

霓裳夫人心思急轉：「你是誰的人？梁紹……不，周存的人？」

謝允看了她一眼，似乎露出了一點笑意，他輕輕地說道：「我只是個大昭的故人。」

霓裳夫人正待追問，忽然聽見李妍驚呼一聲。她的注意力不由自主地被楊瑾手裡的雁翅刀吸引了過去。楊瑾第一次露出破綻是因為激憤，第二次則是因為慌亂，在周翡一再刺激下，他很快有了第三次——而這一次是致命的，他遲疑了。

快刀是不能遲疑的。

一個人信不過他手中刀劍的時候，意味著這些翻臉無情的冷鐵也會背叛主人。

周翡手中的望春山在這一刻，陡然從洗墨江上一根細軟的柳條變成了銳利無匹的破雪刀，一瞬間，正神歸位，她恢復了真身法相——她身上蠢蠢欲動已久的枯榮真氣陡然提到了極致，刀尖轉了一個極其圓滑的弧度，而後，刀斬衡山的「山」字訣劈頭蓋臉地砸向楊瑾。

楊瑾心神巨震之下，倉皇舉刀去扛，方才片刻的遲疑終於要了快刀的「命」。望春山以山崩之勢砸在了那正在自己畫地為牢的斷雁刀身上，而楊瑾的手腕甚至尚未來得及發力，刀背上的金環陡然發出一聲悲鳴，刀柄被這暴虐之力倏地撬了起來，斷雁刀竟然脫手了！

周翡一招得手，毫不緊逼，頃刻間抽刀撤力，「咔嚓」一聲，將望春山還入鞘中，站在幾步遠的地方，面無表情地看著她的對手。

她竟然真的勝了這一場本應實力懸殊的比試！

楊瑾好似已經呆住了，難以置信地低頭看了看自己的刀，繼而目光又緩緩落在周翡身上。

「我的刀你看見了。」周翡不高不低地說道。

她近乎倨傲地衝他一點頭，轉身走回謝允身邊，然後在謝允難以形容的複雜目光下，周翡悄悄地將他那飄逸得過分的衣襬拽了過來，把手心的冷汗擦乾淨。

謝允：「……」

楊瑾好似依然沒回過神來，好像不認識了似的盯著橫陳地面的斷雁刀。

徐舵主搖搖頭，心道：要不是擎雲溝於我有恩……

他上前一步，撿起落在地上的雁翅刀，伸手將刀柄上的塵土擦乾淨，無言地拍了拍楊瑾的肩膀。楊瑾好像方才回過神來，他合上自己的刀，讓過徐舵主，大步走到周翡面前。

李妍一邊的眉毛高高挑起：「幹嘛？你輸都輸了，還想幹嘛？」

楊瑾臉色忽紅忽白，嘴唇顫動幾次，終於一句話都沒說，轉頭就走了。

徐舵主嘆了口氣，走到周翡等人面前，抱拳道：「多謝周姑娘指點，這回老朽思慮不周，多有得罪之處……」

他頓了頓，從懷中摸出一個拇指大的瑪瑙小印，通體柿子紅，顯得格外晶瑩剔透，上面刻了個活靈活現的「五蝠」。徐舵主十分乖覺地沒湊到周翡跟前，而是轉身遞給了李妍，說道：「拿個小玩意兒給姑娘回去耍，此物叫作『五蝠令』，往後出門在外，您只要是帶著這個，甭管是住店還是雇車，一干差遣，必沒人敢耍滑頭，保證盡心竭力。」

李妍到現在都是一腦門糨糊，還不知道什麼叫「行腳幫」，她莫名其妙地接過來，奇道：「啊？怎麼著，能給便宜點啊？」

周翡伸腳踹了她一下。

徐舵主賠了個假笑，又看了看周翡，嘆道：「長江後浪推前浪，周姑娘，妳聲名已起，往後怕是要是非纏身，必然步步驚心，多加小心。」

周翡沒怎麼當回事地一點頭，心說：反正我馬上就回家了，有本事你們上四十八寨找我去。

徐舵主當然看得出她的不以為意，便也不再交淺言深——偌大的三山六水，多少少年人初出茅廬，躊躇滿志，五年、十年……又有多少能挨過那些汙濁紛繁的世道人心呢？

徐舵主再拜一次，揮揮手，來無影去無蹤地帶著他的人走了。

第二十六章　望山飲雪

行腳幫的攪屎棍們轉眼走了個乾淨，這一場舞刀弄槍的熱鬧也便結束了。霓裳夫人緊了緊身上的大紅披肩，招呼眾人進屋。她笑盈盈地對周翡說了一句：「李大哥要是泉下有知，知道有妳這樣的傳人，也能有所欣慰了。」

周翡聞言，心裡不喜反驚，將「泉下有知」在心裡過了一遍，心虛地想道：他老人家今天晚上不會托夢揍我吧？

羽衣班都是小姑娘，李妍又是絕頂的自來熟，很快地跟人家打成一片，不知跑哪兒去了。周翡找了一圈沒找著，只好情緒不高地回屋坐了一會兒。她這一場架打得看似輕鬆寫意，實際簡直堪稱機關算盡。

三天了，周翡基本沒合眼，將那天晚上謝允給她講的斷雁十三刀翻來覆去地琢磨——第一天，她在思考斷雁刀可能會有的破綻。第二天，她又滿心焦慮地推翻了自己頭一天的所有想法，不甘不願地承認了謝允說得對，她實在沒必要冒這個險，於是大氣一鬆，決定放棄。存了放棄的念頭後，周翡心無旁騖地練了一天自己的刀。

可不知是不是日有所思、夜有所夢的緣故，周翡裝了一腦子破雪刀入睡的結果，就是半夜三更又夢見了那個看不清臉的男人。他在那片大雪裡一遍又一遍地給她演練破雪刀——「只教一遍」敢情是句醞釀氣氛的臺詞！

白衣白雪，他一招一式拖得極長、極慢，手中的長刀像是一篇漫長的禪，冥冥之中，很多不必言明的話在刀尖中喁喁細語，暢通無阻地鑽進她雙耳、肺腑乃至魂魄之中。

「我輩中人，無拘無束，不禮不法，流芳百代不必，遺臭萬年無妨，但求無愧於天，無愧於地，無愧於己——」

於是第三天沒等天亮，周翡就果斷地出爾反爾，並且不知從哪兒來了一股靈感，掐斷了自己閉門造車地揣度斷雁刀的弱點的想法，而是從「如果我是楊瑾，我會怎樣出招」開始考慮。

她這一場應對堪稱「劍走偏鋒」，一旦失手，之前的表演大概都會成為笑話，反而徒增尷尬。好在周翡自覺不大怕尷尬，愛行不行，大不了丟人現眼。武裝了幾層臉皮，她就放心大膽地上了。

直到斷雁刀落在地上的前一瞬，周翡其實都不太敢相信這樣也能行。她心裡「高興」的念頭剛冒了個頭，就被潮水似的不安與愧疚衝垮了，無數次在心裡囑咐自己：回去一定要把功夫練好。

「阿翡，阿翡！」偏偏有人不會看臉色，方才不知跑到哪兒去的李妍自己湊上來往她火氣上撞，門都不敲就直接闖進來，手裡拎著那方刺眼的紅瑪瑙小印，「這個真好看，那老頭到底是進貢給誰的，也沒說清楚，妳要不要？妳不要我可就自己留著了！」

周翡聽見她熟悉的聒噪，額角的青筋爭先恐後地跳出來，一腔憋屈頓時有了傾瀉之地，冷著臉進入了說好的「跟李妍算帳環節」，衝她吼道：「誰讓妳亂跑的？妳活得不耐煩了是不是？誰讓妳隨便下山的？」

李妍十分委屈地撇撇嘴，小心翼翼地看了周翡一眼，訥訥道：「大當家准的……」

周翡想也不想道：「大當家腦子是不是進水了？」

李妍：「……」

她震驚地望著半年不見的周翡，並被周翡這長勢喜人的膽子深深震撼了，一時目瞪口呆，半晌，才結結巴巴道：「妳妳妳……妳說大……大當家……」

周翡十分沒耐心地一擺手：「哪個長輩帶妳出來的？妳在哪兒跟他們失散的？」

周翡在王老夫人面前的時候，是十分乖巧且不多嘴的，讓幹什麼幹什麼，別人都安排好了，她正好偷懶，很能勝任一個跟班的角色。在師兄們面前，她會相對放鬆一些，偶爾也仗著他們不會跟她生氣，開幾句刻薄的玩笑。而在謝允面前，她就比較隨便，謝允是那種可以每天混在一起玩的朋友，即使知道他是端王爺，也沒能改變這種隨意的態度。

吳楚楚則算是她一個難得的同齡朋友，她們倆共患過難，有種不必言明的親近感。不過因為吳楚楚是大家閨秀出身，雖然柔弱，又自有一番風骨，這使得周翡雖然將她當朋友，但又得十分鄭重其事，有些略帶了幾分欣賞的君子之交的意味，跟她倒不大會像和謝允一樣打鬧貧嘴。

這會兒面對李妍，周翡卻不得不搖身一變，成了個憤怒的「家長」，訓斥完，她又開始不熟練地操起心來。

一想起李妍這不靠譜的東西辦出來的事，周翡就腦仁疼。她三言兩語說完，皺著眉想了想，決斷道：「找不著妳他們得急瘋了，這樣吧，咱們盡量別耽擱，我這就去找霓裳夫人辭行，盡快去找他們會合。」

李妍小聲道：「阿翡，不用啊。」

周翡不由分說道：「閉嘴，我說了算……等等，這是什麼？」

李妍從懷中摸出一個小小的香囊，衝她解釋道：「這個裡頭有幾味特殊的香料，是馬叔——就是秀山堂的馬叔——讓我隨身帶著，說這樣萬一跟大家走散了，他們能用訓練過的狗循著香味找到我，咱們寨中的晚輩出門都帶著這個的——」

周翡臉上露出了一個沒經掩飾的詫異表情。

「嗯，妳沒有嗎？」李妍先是有點稀奇，隨後又不以為意地點點頭，說道，「唉，可能是他們都覺得妳比較靠譜，不會亂跑吧。」

周翡無言以對——要不是她知道李妍從小缺心眼，簡直以為她在諷刺自己。

這時，門口傳來一聲低笑，周翡一抬頭，只見謝允正站在被李妍推開的門口，見她看過來，謝允便裝模作樣地抬手在門框上敲了兩下：「霓裳夫人請妳過去一敘。」

周翡不知道霓裳夫人找她做什麼，自從她知道羽衣班的班主不像看起來那麼年輕之後，周翡心裡就隱約有點替她外祖父自作多情，擔心這又是一位開口要她叫「姥姥」的前輩。

好在霓裳夫人精明得很，暫時沒有要瘋的意思。

周翡被領路的女孩帶著，進了小樓上羽衣班主的繡房中。

一進屋，一股沁骨的暗香就撲面而來，不是浮在香爐中的熏香，那更像是一種沉澱了多年的花香、脂粉香、香膏與多種熏香混雜在一起，在長年累月裡混得不分彼此的氣息。香氣已經有了歷史，滲到了這屋裡的每一塊磚瓦、每一根木頭當中。

牆上斜斜掛著一把重劍，上面一格空著，看來是望春山的「故居」。

周翡好奇地看了一眼那劍，便聽有一人輕聲道：「此劍名為『飲沉雪』，是照著殷聞嵐的舊劍打的，只是當年還沒來得及送出去，就聽說蓬萊某位財大氣粗的朋友送了他一甲一劍。我一想，人家的曠世神兵比我這把野路子不知強到哪兒去了，便沒再送出去丟人現眼。誰知分別不過兩年……」

周翡愣了愣，恍然明白了為什麼楊瑾不分青紅皂白的挑釁會激怒霓裳夫人，甚至讓她不惜和難纏的行腳幫翻臉。周翡試探著問道：「夫人知道當年北刀挑戰殷大俠的事嗎？」

「北刀早就老死在關外了，」霓裳夫人掀開一重紗幔現了身，神色淡淡的，「除了關老，其他人不配自稱『斷水纏絲』——過來吧，孩子，聽他們說妳姓周，莫非是周存和李瑾容的那個小孩？」

「周存」這個名字，周翡也只從謝允嘴裡聽到過一次，就跟李妍對「李徵」不熟悉一樣，她也卡了一下殼方才想起來，忙「嗯」了一聲。

「小輩人的娃都這麼大了。」霓裳夫人感嘆了一聲，忽然抬起手摸了摸自己的臉，微微出了會兒神，「你們四十八寨可還好嗎？」

「挺好的。」周翡想了想，又問道，「夫人跟我……外祖父是朋友嗎？」

霓裳夫人聽了「外祖父」這個稱呼，情不自禁地笑了起來，隨即又對一頭霧水的周翡解釋道：「沒什麼，我一閉上眼，就覺得李徵還是那個永遠不溫不火的樣子。穿一身洗得發白的舊衣裳，見了女孩子，永遠站在三步之外，畢恭畢敬地和妳說話……我實在想像不出有個大姑娘叫他『外祖父』會是個什麼場面。」

周翡有些尷尬地低頭瞥著自己的鞋尖，不知道怎麼接話。

好在霓裳夫人十分健談，大部分時間周翡只需要帶著耳朵。

而當這位風華絕代的羽衣班主開始回顧過往的時候，她終於不免帶出了幾分蒼老的意味。她說起自己是怎麼跟李徵偶遇，怎麼和一大幫聒噪的朋友結伴而行，從北往南，那真是沒完沒了的故事。

先在山西府殺關中五毒，又在杏子林裡大破活人死人山的閻王鎮，路遇過山匪猖獗，便劫匪濟貧，還碰上過末路鏢局的東家強行託孤。他們一幫莽撞人輪流看管一個幾個月大的小嬰兒，手忙腳亂地千里護送到孩子母家，以及後來遇上山川劍，衡山比武、大醉不歸……

「當時他們倆動靜太大，不小心驚動了衡山的地頭蛇，正好幾大門派都在衡山做客，被大雪憋在山上好幾天，好不容易雪停下山，誰知撞上我們。妳不知道，殷大俠堂堂山川劍，見了那幫人頓時落荒而逃，敢情是這群老頭子異想天開，非要重拾什麼『武林盟』的計畫，逼著他當盟主。我們幾個人跟著他在衡山亂竄，結果不管躲在哪兒都能被人逮住，妳猜為什麼？」

周翡輕聲道：「衡山下面有密道。」

霓裳夫人乍聽她接話，倏地一愣，好像整個人從少女的回憶中被強行拉了出來，轉眼，她又成了個尷尬的年長者。

霓裳夫人頓了頓，近乎端莊地攏了攏鬢角長髮，擠出一個溫和又含蓄的笑容問周翡道：「是妳娘告訴妳的嗎？」

是如今衡山已經人走山空，徒留佈滿塵灰的地下暗道。而他們這些無意中闖入其中的後輩在裡頭目睹了二十年恩怨的了結。周翡有那麼一瞬間，突然觸碰到了那種強烈的悲傷，來自她往常所不能理解的「物是人非」。

沒有送出去的「飲沉雪」還掛在遁世的羽衣班幽香陣陣的牆上，當年的一甲一劍都已經破敗在陰謀和爭奪裡。

還有易主不易名的「三春客棧」，老闆和唯一的廚子先後失蹤，生意怕是做不下去了，機靈又命大的小二該到哪裡去討生活呢？店面又由誰來接手呢……但無論如何，恐怕不會再叫「三春客棧」了吧？

「人老嘴先碎，」霓裳夫人頗為自嘲地笑了笑，似有意似無意地問道，「妳在哪裡學的蜉蝣陣？」

周翡心裡飛快地將事情原委過了過，感覺沒什麼不可說的，便將自己誤闖木小喬山谷，沿石牢救人的那段挑挑揀揀簡要說了一遍。同時，她也一直暗中觀察霓裳夫人的神色。周翡發現，自己提起「木小喬」三個字的時候，霓裳夫人纖秀的眉心明顯地一皺。這使得周翡不由自主地聯想起那天謝允在後院裡問的問題——護送當今南下時……是否還有那麼一兩個……不在正道上的朋友？

謝允在木小喬山谷裡的時候，曾經用過一個類似的詞，當時他說的是「不大體面的江湖朋友」。周翡當時以為他是諷刺，可是後來她發現，謝允對於黑道還是白道的態度卻並沒有多大不同，只要人還有那麼些許亮點，他的門戶之見比一般人還要輕一些。

那麼謝允兩次指代，他的重點會不會根本不是「不在正道」和「不大體面」，而在「朋友」二字上？

霓裳夫人又問道：「那看來是李大當家命妳護送吳將軍遺孤回四十八寨了？就妳一個人？」

跟吳楚楚有關的事，周翡全給隱去了——包括從木小喬山谷裡放出張師兄他們一行的事。當時仇天璣瘋狗似的在華容城裡搜捕他們的經歷，讓周翡再粗枝大葉也不免多幾分心眼。她心思急轉，隨即露出些許不好意思來，裝出幾分莽撞道：「我因為……咳，一些事，跟家裡人走散了……」

她一邊說，目光一邊四處遊移，好像羞於啟齒似的。

霓裳夫人定定地打量著她，不知看出了什麼端倪。

刻意誤導是刻意誤導，但親自將謊話說出口，卻又是另一碼事了——特別是周翡對霓裳夫人還非常有好感。人家不但收留她住了幾天，剛剛還送了她一把十分趁手的好刀。

不過好感歸好感，愧疚歸愧疚，如果吳楚楚身上有什麼東西，是仇天璣都要覬覦的，那周翡就算是割了自己的舌頭，也不可能實話實說。這點輕重緩急她心裡還有數。周翡故意支吾了兩聲，本指望霓裳夫人能憑藉「心照不宣」的想像力，自己誤會出一個前因後果，不再追問。

可惜，霓裳夫人一臉興致勃勃，沒有打算「恍然大悟」的意思。

「小姑娘啊，太任性了。」這位美麗得近乎灼目的女人雍容華貴地坐在木椅上盯著周翡，垂下的睫毛像是兩片厚重而華麗的蝶翼。霓裳夫人一手托著下巴，不依不饒地刨根問底道：「那是因為什麼呢？」

周翡：「……」

見實在糊弄不過去，周翡便將心一橫，把自己追到木小喬山谷的緣由改編了一下：「這次出門，是我跟家兄一起隨行。在路上，家裡長輩偏心太過，我一時不忿就跑出來了，不巧被吳姑娘撞見，她是出來追我的……嗯，誰知在路上遇到了馬賊搶劫路人，我一時熱血上頭，追上去管了閒事，這才一追追到了朱雀主的黑牢裡。」

周翡說這話的時候，不怎麼理直氣壯，但也說不上違和。因為爭寵慪氣這種事離家出走，確實不便高聲宣揚。如果霓裳夫人不是聽說了南刀傳人在華容的「豐功偉績」，又被謝允事先透露出仇天璣在華容劫殺吳氏遺孤的重要資訊，她覺得自己說不定就真的信了這個小丫頭。

霓裳夫人覺得頗為有趣，因為周翡這個姑娘，看起來並不屬於那種非常聰明伶俐的女孩子。霓裳夫人自己像她這個年紀的時候，可比她會說話得多。周翡面對陌生人，有種舊時那種醉心刀劍的出世之人特有的沉默寡言，有幾分可靠，但是好像沒什麼心計，非常容易被人算計。她要是開口說話，別人會擔心她衝動、擔心她不知人心險惡……但是大概不會擔心她隱瞞什麼。

所以她真的隱瞞起什麼的時候，就顯得分外不露痕跡。

咬人的狗不叫。霓裳夫人心道，真是長江後浪推前浪。

她端起細瓷的茶杯，淺淺地啜了一口，順著周翡的話音笑道：「這可不常見，一般長輩不是會更寵女孩子嗎？」

周翡只好尷尬地笑了笑。

「我像妳這麼大的時候，簡直不知道什麼叫作『委屈』。」霓裳夫人放過了她，不鹹不淡地講起自己來，「那時候不論是誰跟我說話，聲氣都先低上三分。我想要什麼，只要說上幾句好聽的，自然會有人爭先恐後地幫我弄來……有一次我在小樓上彈琴，樓下有人聒噪得很，我有點不高興，便將琴上的穗子揪下來扔了出去，好多人為了爭搶那把穗子，打了個頭破血流。」

周翡的手指輕輕掠過望春山刀鞘上細細的紋路，暗地裡鬆了口氣。循著霓裳夫人的話音，想像那昏君為褒姒烽火戲諸侯似的一幕。她微微一哂，然而隨即又正色道：「那大概也要十分繁華才行。」

據周翡觀察，現在這年月，倘若是像衡山腳下那種南北交界的地方，別說大姑娘在樓上彈琴，就是在樓上表演上吊都不會引起圍觀。

霓裳夫人輕聲道：「那時的江湖啊，真是花團錦簇。妳騎著馬走在路上，彷彿走到哪兒都是豔陽天。十個落腳的客棧中，八個有是非。那些負笈曳屣的流浪說書人高興得很，故事一段接一段，張口就來。少俠行遍天下，紅裝名動四方，妳要是名氣夠大，隔三岔五就能接到一封十分雷同的英雄帖。有挑戰的，有找妳去觀戰的，好多初出茅廬的年輕人想要出頭，便先準備一打帖子，將前輩們挨個兒挑釁一遍……當然，這麼浮躁的，大部分都被打回老家去了。」

周翡想：是不是像紀雲沉一樣？

但她看著霓裳夫人臉上的一點懷念，又把這話咽了回去，沒開口掃興。

「跟你們現在是不同了，我像妳一樣大的時候，傻精傻精的，覺得天下都在我的股掌上，沒有妳那麼重的防人之心。」

周翡心裡一跳，總覺得她這句是話裡有話。

「妳知道那種感覺嗎？就好像一夜之間，山水還是那個山水，人卻都散了。」霓裳夫人嘆了口氣，半晌沒吭聲，直到周翡開始有些坐立不安的時候，她才又道，「姑娘，妳回去替我轉告千歲憂一聲，叫他下次不要來邵陽找我了，羽衣班要搬走了。」

周翡：「……什麼？」

霓裳夫人沒回答，將頭轉向窗外，好一會兒沒吱聲，然後氣若遊絲地哼唱道：「且見它橋畔舊石霜累累，離人遠行胡不歸……」

那一句周翡正好看過，是謝允新戲詞裡的一句。

霓裳夫人聲音並不像尋常女伶一般清亮，反而有些低回的喑啞。她吐字不十分清晰，鑽入人耳，像是一塊小小的砂紙，輕柔地磨蹭著人的頭皮。

周翡忍不住追問道：「夫人要往哪裡去？」

「哪裡能去呢？哪裡又不能去呢？我啊，花了大半輩子時間守著一個祕密，每天都恨不能擺脫它，不料現在居然有蠢人上趕著來討要，我還能怎麼辦呢？自然是找個地方將它埋了，再有恩報恩，有仇報仇。」霓裳夫人短促地笑了一聲，隨即笑容一收，她轉向周翡，問道，「鄭羅生真是妳殺的？」

周翡實話實說道：「不是，我只是幫著拖延了一段時間，是北……是紀前輩用搜魂針強續經脈，最後手刃鄭羅生的。」

霓裳夫人聽了，若有所思地點了點頭，她似乎說得太多，也太疲憊了，便擺擺手，示意周翡自行離去。

周翡心裡其實有很多疑問，但霓裳夫人已經言明了是「祕密」，貿然追問未免顯得不識趣——何況她自己也沒有實話實說。

她心裡轉著各種念頭，同時滿腦子都是霓裳夫人描述的那個十里豔陽天的江湖，心不在焉地回到了自己暫住的屋裡，一推門就看見李妍坐在她床邊，不知從哪兒弄來一打五顏六色的絲帶，正在那兒給那方赤色的五蝠印打絡子。

周翡翻了個白眼：「妳怎麼還在？」

李妍見她推門進來，「呸」一下吐出嘴裡的絲帶：「有件挺重要的事，我忘了跟妳說了。」

周翡不知道李妍是怎麼厚顏無恥地將「重要」兩字跟自己扯上關係的。她回手將房門一關，將雙臂抱在胸前，擺出一張「有本早奏，無本退朝」的臉，無聲地催促李妍有屁快放。

李妍飛快地說道：「妳跟那個大黑炭比武的時候，我聽見那個男的跟班主姐姐說了幾句話。」

「那個男的」只能是謝允，因為霓裳夫人的小院裡，他是萬裏紅花一點綠。周翡沒顧上糾正「班主姐姐」這個聳人聽聞的稱呼，緩緩把手放了下來。李妍人送綽號——主要是她那倒楣大哥給起的——李大狀，因為她從小就是個告狀的高手，不單嘴快，耳朵也靈。如果說別人耳聰目明都是因為功力深厚，李妍這方面則彷彿完全是天賦異稟。她對人說話的聲音尤其敏感，別人數丈之外的耳語，她都能摸到個隻言片語，在「偷聽」這一行當裡，同輩無人能出其右。

周翡踟躕了一下，問道：「說了什麼？」

李妍難得在她面前顯擺一下自己的用場，嘴皮子飛快，一字不差地把謝允和霓裳夫人的對話復述了一遍。

她還沒說完，就發現周翡臉色不對了。李妍話音一頓，奇道：「阿翡，妳怎麼了？」

周翡：「……」

完蛋，穿幫了！

再一想方才霓裳夫人似笑非笑的表情，周翡尷尬得宛如剛剛在大街上裸奔了一圈，臉上紅了又白，白了又青，走馬燈似的變了一圈顏色。

胡亂打發走李妍，周翡一隻手蓋住臉，仰面往床上一躺，心裡七上八下地猶豫著該怎麼跟霓裳夫人解釋這件事。實話實說，把自己扯破的謊揪回來咽下去，還是厚著臉皮假裝什麼都沒發生？

周翡這幾天實在太勞心費力，還沒想出個所以然來，就已經迷迷糊糊地睡了過去。直到破曉，第一縷晨光刺到了她眼睛上，院子裡隱約傳來細細的笛聲，周翡才驀地從夢中驚醒。她猛一下從床上坐了起來，表情痛苦地把有些落枕的脖子用力扭了幾下，飛快地把自己收拾乾淨，深吸一口氣，推開房門。

然後她怔住了。

只見院中桌椅板凳依舊，花藤草木如昨，唯有那些每天天不亮就起床練功吊嗓子的女孩子一個都不見了。而石桌上的瑤琴、樹杈上的羽衣也都跟著不翼而飛，孤零零的秋千架上只剩下一個懶洋洋的謝允。

他將臉上可笑的易容抹去了，伸長了腿搭在旁邊的小桌上，手裡拿著一根粗製濫造的笛子，正在吹一首小曲。

除此以外，昨天還鶯歌燕舞的小院中寂靜一片，好像霓裳夫人、唱曲的姑娘們，都是一群來去無形跡的鬼魅與精魄，帶給她一場光怪陸離的黃粱大夢，便乘著夜風化霧而去，杳然無蹤。

謝允中斷了笛聲，抬頭衝她一擺手：「早啊。」

周翡沒心情管他，一路小跑著去了霓裳夫人的繡房，這間她流連過的屋子門窗大開，裡面的屏風、香爐一樣沒動，小桌上擺出來的兩個茶杯還沒收起來。好像屋子的主人只是短暫地出去澆個花……唯有牆上那把名叫「飲沉雪」的重劍沒了。

「別看了，都走了。」謝允不知什麼時候走了上來，沒骨頭似的靠在一邊，伸了個懶腰，「這都是羽衣班的老把戲。」

周翡上前摸了摸桌上的茶杯，不知是不是她的錯覺，她總覺得上面還保留著一點餘溫，道：「霓裳夫人昨天跟我說，她一直守著一個很多人都想打探的祕密，和山川劍有關嗎？還是和你說的那個海天……」

謝允輕而堅定地打斷了她：「噓——」

周翡抬頭對上他的眼睛，謝允視線低垂，臉上有點缺少血色。他輕輕地眨了一下眼，神色中帶了幾分諱莫如深的孤獨，低聲道：「不要隨便提起那個詞，據我所知，和它有關係的人都死得差不多了。」

周翡面無表情地戳了一下他的肚子：「我看你在跟我裝神弄鬼。」

謝允「嗷」一嗓子，齜牙咧嘴地彎下腰：「妳謀殺親……那個……哥！」

周翡說：「你是誰親哥？」

「妳是我親哥。」嘴上沒門的端王爺忙往後退了兩步，接著又一臉無賴地道，「江湖上的祕密可太多了，沒什麼稀奇的。每隔百八十年都有個什麼寶藏祕笈的故事橫空出世，妳沒聽過嗎？妳盡可以往不可思議裡想嘛。」

周翡聽過，不過大多是陳詞濫調了，聽著都不像真的。

「海天一色」到底是什麼呢？

根據青龍主鄭羅生的反應，似乎他當年害死殷聞嵐就是為了這個。

然而偌大江湖，人人所求都不一樣，有求財的，有求權的，有求情的……還有一小撮頂尖高手，求的是以武正道，青史留名。什麼樣的寶藏或者祕笈能滿足這麼多種念想，讓眾人都瘋狂爭搶，乃至當年宗師級的人物都會殞滅？

周翡撇撇嘴，忽然說道：「你說會不會這祕密追究到最後，大家終於你死我活追究出了結果，然後挖墳掘墓、歷經艱險，最後找到一個包得裡三層外三層的小箱子，打開一看，裡面就倆字？」

謝允疑惑道：「什麼字？」

周翡道：「做——夢。」

謝允先是一呆，然後驟然退後一步，扶著欄杆大笑起來。

他的笑聲被一陣狗叫打斷了。

羽衣班的門口傳來一陣拍門的聲音，有個中年男子沉聲道：「請問主人家，我家那不懂事的大小姐可在貴邸做客？」

周翡先是一愣，眼睛陡然亮了——她聽出了這聲音，這是當年秀山堂考校弟子的馬總管！

離家這麼久，周翡幾乎都要忘了家裡人是什麼樣了，一路的驚慌與委屈，不見蹤影的李晟，慘死的晨飛師兄，孤苦伶仃的吳家小姐，至今聯繫不到的王老夫人，華容城裡瘋瘋癲癲的枯榮手，大當家寫給周以棠那封令人掛心的信，還有她這飛來橫禍一般莫名其妙的虛名……這些平時都被她深深地壓在心底，哪怕是意外遭遇李妍，也沒有一絲半毫吐露的意思——因為告訴她實在沒什麼用。

直到這一刻，所有的焦慮和壓力通通爆發了出來，周翡二話沒說就衝了出去。擦肩而過的時候，謝允看見她眼圈居然有點紅。

吳楚楚和睡眼惺忪的李妍也被這聲音驚動，趕忙跟著跑了出來。

周翡深吸一口氣，一把拉開大門，門外以馬吉利為首的一干四十八寨弟子在大門鬆動的時候微微露出一點戒備來，然後下一刻集體震驚了。

馬吉利敲門的手還停在半空，愣然良久：「阿翡？」

第二十七章　調虎離山

「大當家，都準備好了，您再看看嗎？」

「不了，」李瑾容永遠都是行色匆匆的模樣，她低頭一擺手，又問道，「周先生和王老夫人還是都沒回信？」

替她打雜的女弟子口齒伶俐地回道：「尚未收到，這回北狗想必是動了真格的，咱們在北邊的人都跟寨裡斷了聯繫，王老夫人一時半會兒想必也沒辦法。不過咱們王老夫人是誰？她老人家就算正面碰上北斗，也該北狗讓路，您就放心吧。」

李瑾容沒理會這句寬慰，在她看來，「寬慰」也是廢話的一種，她依然是皺著眉問道：「馬吉利他們上次來信說到哪兒了？」

女弟子察言觀色，忙咽下多餘的言語，說道：「上回寫信來報，似乎是剛出蜀，李師妹頭一次出門，頑皮了些……」

「給他們回封信，讓李妍老實點，外面不比家裡，不用縱著她，該打就打，該罵就罵。」李瑾容揉了揉眉心，一邊在心裡盤算自己還有沒有什麼遺漏，一邊心不在焉地道，「妳先去忙吧，明天咱們一早就出發，用了晚膳叫各寨長老到我這兒來一趟。」

女弟子不敢多做打擾，應了一聲便退出去了。

李瑾容長長地吐出一口氣，她想起自己十七歲的時候，帶上一把刀、幾個人，就敢隻身北上，說走就走，回來的時候險些沒了路費。匆匆數年，她身上負累越來越多，出一趟門簡直就跟移一座山差不多了。家裡的事、外面的事，全都要交代清楚，光是帶在身邊的車馬人手，便足足猶豫了好幾天。李瑾容何等爽利的一個人，活生生地被偌大家業拖成了無可奈何的慢性子。

李瑾容走進她的小書房，謹慎地反扣上房門。

書房裡大多是周以棠留下的東西，文房用品與書本都還在原處，沒有動過，牆角有一大排書架，上面擺滿了四書五經與各家典籍。倘若把這一架子書看完吃透，考個功名大概是足夠的。不過自從周以棠離開以後，這些書就無人問津了，至今已經落了一層灰。

李瑾容隨手拉出一本《大學》，抖落了上面的塵土，翻開後，見上面熟悉的字跡寫的批註比正文還多，一股書呆氣順著潮氣撲面而來。她便忍不住一哂，輕輕放在一邊，將書架中間一層的幾個書匣挨個兒取下，伸手在木架上摸了摸，繼而一摳一掰，「吧嗒」一下，取下了一塊木板。

木板後面靠牆的地方居然有一個暗格，裡面收著個普普通通的小木盒。

不知多少年沒拿出來過了，那小盒簡直快要在牆裡生根發芽了。李瑾容也不嫌髒，隨便挽了挽袖子，便伸手將木盒取了出來，裡外檢查了一番，她還挺滿意——這足以讓魚老跳著腳號叫的爛盒子只是邊角處有些發霉，還沒長出蘑菇，以李瑾容的標準來看，已經堪稱保存完好了。

木盒的鐵軸已經鏽完了，剛一開蓋，就隨著一股霉味「嘎吱」一聲壽終正寢。可是出乎意料的是，這被李大當家大費周章收藏起來的，卻並不是什麼珍寶與祕笈，而是一堆雜物。

最上面是一件褪色的碎花布夾襖，肩膀微窄，尺寸也不大，大概只有十三四歲的小姑娘才穿得進去。李瑾容伸手撫過上面層層疊疊的褶子，這衣服放了太久，摸起來有種受了潮的黏膩感，褶子已經成了衣服的一部分，像針腳一樣不可去除。

李瑾容歪頭打量了它片刻，塵封了很多年的記憶湧上心頭——

「破雪刀我有個地方不……」少女莽莽撞撞地闖進門來，而後腳步一頓，「爹，你幹什麼呢？」

傳說中的南刀頭也不抬地屈指一彈，針尾上的線頭立刻乾淨俐落地斷開，他將自己的「傑作」拎起來端詳了片刻，好像十分滿意，抬手往那少女身上扔去：「接著。」

少女時代的李瑾容不敢大意，即使是她爹扔過來的一塊布，她也謹慎地退後了兩步，調整好姿勢才伸手接住。李徵扔過來的是一件十分活潑的碎花夾襖，剪裁熟練，針腳也十分整齊，手藝雖說不上多精良，也算很過得去了。無論是顏色、樣式，還是尺寸，都看得出是給她穿的。

李瑾容愣了愣，隨即臉騰一下紅了，她自覺是個大姑娘了，總覺得讓爹給縫衣服有點丟人，便氣急敗壞道：「你怎麼又……我要穿新衣服，自己不會做嗎？」

「妳那袖子都快短到胳膊肘上了，也沒見妳張羅做一件。」李徵白了她一眼，絮絮叨叨地數落道，「小姑娘家的，就妳這個粗枝大葉勁兒，真不知道像誰，將來嫁給誰日子過得下去？唉，衣服回去試試，不合適拿來我再給妳改。瑾容啊，爹跟妳說……」

後面就是沒邊的長篇大論了，李瑾容把舊衣服放下，嘴角不由自主露出一點堪稱溫和的笑容。

不管外面流傳了南刀哪個版本的傳說，反正在李瑾容的記憶裡，李徵永遠是不緊不慢、嘮叨起來沒完沒了的「奇男子」——通常都是嘮叨她，因為弟弟比她脾氣好。李瑾容總是懷疑，李徵有時候跟她沒事找事、喋喋不休都是故意的。每次說得她暴跳如雷，他老人家就好像完成了什麼大事似的，高高興興地飄然而去。偏偏她年輕時還總是如他的意。

在這一點上，李瑾容覺得周翡其實就不太像她。周翡雖然大部分時間是個有點不愛搭理人的野丫頭，但心思比她年輕時重。周翡看見什麼，心裡是怎麼想的，都不太肯聲張出來，除了「溫良有禮」這一點沒學到之外，她那性子倒是更像周以棠一些。

李瑾容雖然很少對晚輩給出什麼當面肯定，但要說心裡話，她覺得無論是李晟的圓滑，還是周翡的銳利，都比當年被李徵嬌生慣養的自己好得多——儘管他們倆在習武這方面的天賦好像都不姓李。

不過縱然武無第二，一個人能走多遠，有時候還是武功之外的東西決定的。

李瑾容不由得走了一下神——也不知道周翡跟李晟現在跑哪兒去了，一路在外面瘋玩沒人管，好不容易塞進他倆腦子裡的那點功夫可別就飯吃了。

她搖搖頭，把舊物和紛亂的思緒都放在一邊，從那盒子底下摸出一個金鐲子。

那是個十分簡潔的開口鐲，沒有多餘的花紋，半大孩子戴的尺寸。李瑾容神色嚴肅起來，在鐲子內圈摸索了一遍，最後在接近開口處摸到了一處凹凸的痕跡，她對著光仔細觀察了片刻，只見那裡刻著個水波紋圖。

李瑾容瞇起眼，從身上摸出一封信，匆匆翻到落款處——那裡也有一個印，和她鐲子上的水波紋如出一轍。這封信非常潦草，好像匆匆寫就，只寫清了一個地名，後面交代了一句「老寨主當年遭遇的意外或許另有隱情」，便再沒有別的了。

這一次，李瑾容最後決定離開蜀中，除了近期四十八寨在北方數個暗樁接連無端斷線，逼得她不得不去處理之外，其他的原因便落在這封信上。

李徵從小到大只送過她這麼一隻鐲子，後來見她不喜歡，便也沒再買過第二個。這本是個普通的金鐲子，雖值些錢，但也不算十分珍貴，絲毫沒有什麼特異之處，如果不是李徵的遺言……

他最後一句讓她聽清楚的話，就是：「爹給妳的鐲子要留好了。」後面含混地有一句「不要打探……」，但不要打探什麼，他再沒機會說清楚了。

寫這封信的人，恰恰是一位李瑾容曾經非常信任的長輩，而此人在暫時找不到聯繫四十八寨的途徑時，託付了周以棠轉交。

四十八寨是個獨立於世外的桃源，也是個奇蹟。這奇蹟成就於它內部徹底打破的門派之見，以及對外的極端封閉，兩條缺一不可。李瑾容執掌四十八寨多年，太清楚這一點，多年來她一直在勉力維持這個平衡，疲於奔命地粉飾著蜀中一隅的太平，對外基本做到了

「無親無故」四個字，但依然有一些人是不能置之不理的——無論是老寨主的過命之交，還是她女兒的父親。

李瑾容接到這封神祕的來信後，緊接著又接到了四十八寨北方暗樁接連出事的消息，她心裡忽然有種不祥的預感。她在決定親自走一趟時，給王老夫人和周以棠先後捎了信，讓王老夫人盡快繞道南邊，保險起見，可以先將那群累贅的年輕人暫時託付給周以棠，又寫了信給周以棠，並以只有他們兩人明白的暗語表示自己「不日將離開蜀中，辦完一些事可能會去見他」。

李瑾容是不能像周翡一樣收拾兩件換洗衣服就走的。四十八寨大大小小的事，她得從上到下交代安排一遍，這樣一來，從決定走到開始準備，中間便拖了幾個月。

讓她心裡更加不安的是，這兩個月裡，無論是周以棠還是王老夫人，都沒有給她回信。

北邊通信受阻，王老夫人的信件來往慢些很正常，可周以棠那裡又是怎麼回事？如果他真出了什麼事，不可能會瞞著不說。那麼唯一的可能就是送信的管道受阻。

難道繼北邊暗樁出事之後，南邊還有內鬼？

建元二十一年的深秋，南北局勢在平穩了一段時間後，在北斗頻頻南下的動作下開始變得晦暗不明。南半江山循著建元皇帝的鐵腕，在前後兩代人的積澱下，兵、吏、稅、田、商等方面，完成了當年間接要了先皇性命的、刮骨療毒似的革舊翻新……不過江湖中人大多不事生產，這些事沒什麼人關心。

他們關心的是，霍家堡一朝傾覆；北斗在積怨二十年之後，依然不將日漸式微的中原武林放在眼裡，而且越來越放肆；霍連濤南逃之後開始四處拉攏各方勢力，打著「家國」與「大義」的名號，大有再糾集一次英雄大會的意思；衡山下，南刀傳人橫空出世，殺了四象之首，除了叛出四象的朱雀主木小喬之外，其他兩個山頭的活人死人山眾紛紛表示要報此仇；最近聲名鵲起的擎雲溝主人本來聲稱要刀挑中原，不料居然也在那位新的「南刀」手下惜敗，蠻荒之地的愣頭青也不嫌丟人現眼，公然宣布了這個結果，弄得如今南朝的黑白兩道都在找這位神乎其神的後輩……以及四十八寨的大當家李瑾容悄然離開寨中，攪進了這風雲裡。

而李瑾容沒想到的是，就在她剛剛離開四十八寨的時候，她送走的人卻在往回趕——馬吉利雖然身負將李妍這個麻煩精運送到金陵的重任，但聽完了周翡和吳楚楚原原本本地敘述沿途始末，不得不做主改道掉頭回蜀中……尤其是那個添亂能手楊黑炭不嫌丟人地把自己的敗績宣揚出去以後，周翡更是站在了風口浪尖。

李妍雖然頭一次出門就被中途打斷，但她一點也沒反對。聽了岳陽華容一帶的事，長輩們個個面色沉重，李妍則沒什麼顧忌地大哭了一場，對這江湖一絲躍躍欲試的期盼也都在晨飛師兄的死訊裡蕩然無存。

馬吉利命人給李瑾容送了封信，便迅速備齊車馬，喬裝一番低調地往蜀中而去。

有了自家人領路，剩下一段路就順多了，隨處可以和四十八寨在各地的暗樁接上頭。

周翡也側面瞭解了一下自己惹了多大一攤亂子，難得老實了起來。他們轉眼便已經逼近蜀中，那股遊離於亂世的熱鬧漸漸撲面而來。馬吉利讓他們休整一宿，隔日便要傳信，帶人正式進入四十八寨。

周翡第一次來到四十八寨周邊的小鎮時，完全是個恨不能長一身眼睛的鄉巴佬。但是一回生二回熟，時隔這麼久再回來，她儼然已經將自己當成了半個東道主，一路給吳楚楚和謝允指點蜀中風物——大部分是上回離家時鄧甄和王老夫人他們告訴過她的。周翡現學現賣，還有一些記不清的，周翡就會在微弱的印象上自己再編上幾句，胡說得嚴肅正經，像煞有介事。

要不是謝允當年為了潛入四十八寨在此地潛伏了大半年之久，弄不好真要信了她。

謝允壞得冒油，就想看看她都能編出什麼玩意兒，心裡笑得腸子打結，卻不揭穿她，還擺出一副虔誠聆聽的樣子，勾她多說幾句，感覺自己以後兩年賴以生存的笑話算是一回攢足了。

傍晚住進客棧，謝允還明知故問：「我看也不遠了，咱們怎麼還不直接上山去，非要在這兒耽擱一天？」

沒見著親人的時候，叫她頂天立地都不在話下，但一回到熟悉的人身邊，周翡那沒來得及消退的孩子氣就又占了上風。自從遇上馬吉利他們，她就變回了「啥事不往心裡擱」的小跟班。馬吉利說走，她就跟著走，馬吉利說歇著，她就毫無異議地歇著，在哪兒落腳，走哪條線路，她一概沒意見。

聽謝允這麼一問，周翡心說：我哪兒知道？

然而不便在大庭廣眾之下露怯，她想了想，十分有理有據地回道：「這個嘛，天黑以後山路不好走，林間有霧氣，特別容易迷路……」

馬吉利實在聽不下去了，吩咐旁邊弟子道：「人數、名單和權杖都核對好，就送到進山第一道崗哨那裡。」

周翡恍然大悟，這才想起還有崗哨的事，又面不改色地找補道：「對，再者我們寨中進出比較嚴，都得仔細核對身分，得經過……」

馬吉利為了防止她再胡亂杜撰，忙接道：「普通弟子進出經兩道審核無誤就可以，生人頭一回進山要麻煩些，至少得報請一位長老才行，大概要等個兩三天。這會兒大當家不在家，恐怕比平常還要慢一點。」

周翡點點頭，假裝自己其實知道。

吳楚楚第一個忍不住笑了出來，謝允端起茶杯擋住臉。

周翡覺得莫名其妙。

馬吉利乾咳一聲，說道：「這位謝公子當年孤身渡過洗墨江，差不多是二十年來第一人了，想必山下崗哨和規矩都摸得很熟。」

周翡：「……」

謝允在她一腳踩下來之前已經端著茶杯飛身閃開了，樓下彈唱說書的老頭被他嚇了一跳，撥破了一串亂音。

樓下笑聲四起，說書老頭也不生氣，只是無奈地衝著突然飛出來的謝允翻了個白眼，將琴一扔，拿起驚堂木輕輕叩了叩，說道：「弦有點受潮，不彈了，老朽今日與諸位說個老段子。」

謝允翻身坐在了木架橫樑上，端起茶碗淺啜了一口——方才他那麼上躥下跳，茶杯裡的水居然沒灑出一滴。

只聽樓上有人道：「老的好，新段子盡是胡編——還是說咱們老寨主嗎？」

又有好事者接茬兒道：「一刀從龍王嘴裡挖了個龍珠出來的故事可不要說了！」

樓上樓下的閑漢們又是一陣哄笑。

蜀中小鎮頗為閒適，說書的老漢素日裡與眾人磕牙打屁慣了，也不缺錢，頗有幾分愛搭不理的風骨，只見他白鬍子一顫，便娓娓道來：「要說起咱們這兒出的大英雄啊，老寨主李徵，非得是頭一號……」

離家的時候，王老夫人他們趕路趕得匆忙，並未在小鎮上逗留。周翡頭一次聽見本地這種特色，也不跟謝允鬧了，扒著欄杆仔仔細細地聽。說書人從李徵初出茅廬如何一戰成名、練就破雪刀橫掃一方說起，有起有落、有詳有略，雖然有杜撰誇張之嫌，但十分引人入勝。儘管此間眾人不知聽了多少遍，還是聽得津津有味，待他說到「奉旨為匪」那一段時，滿樓叫好。

周翡聽見旁邊的馬吉利低聲嘆了口氣，說道：「奉旨為匪，老寨主對我們，是生死肉骨之恩哪。」

周翡轉過頭去，見秀山堂的大總管端著個空了的杯子，一雙眼愣愣地盯著樓下的說書人，自言自語似的低聲道：「偌大一個四十八寨，不光妳馬叔一個人受過老寨主的恩惠。我爹就是當年揭竿起事的狂人之一，他倒是英雄好漢，戰死沙場一了百了。我那時候卻還不到十五歲，文不成武不就，被偽朝下令追殺，只好帶著老母親和一雙弟妹逃命。路上親人們一個接一個地走，要不是老寨主，妳馬叔早就變成一堆骨頭渣子啦。」

周翡不好意思跟著別人吹捧自己外祖父，便抓住馬吉利一點話音，隨口發散道：「以前沒聽您說過令尊是當年反偽政的大英雄呢。」

「什麼狗屁英雄，」馬吉利擺手苦笑，神色隱隱有些怨憤，似乎對自己的父親還是難以釋懷，他沉沉地嘆道，「人得知道自己吃幾碗飯，倘若都是棟樑，誰來做劈柴？」

他說到這裡，抬頭看了看周翡，神色十分正經，彷彿將周翡當成了能平等說話的同齡人。

馬吉利語重心長道：「妳說一個男人，妻兒在室，連他們的小命都護不周全，就灌了滿腦子的『大義』衝出去找死，有意思嗎？自己死無全屍就算了，還要連累家眷，他也能算男人，也配讓孩子從小到大叫他那麼多聲『爹爹』嗎？」

周翡跟他大眼瞪小眼了一會兒，出於禮貌，她假裝深以為然地點了點頭，其實心裡十分不明所以，心道：跟我說這幹嘛？我既不是男人，又沒有老婆孩子。

馬吉利好像這時才意識到她理解不了，便搖搖頭自嘲一笑，隨即話音一轉，溫和地教訓道：「妳也是一樣，大當家也真放得下心。妳在秀山堂拿下兩張紅紙窗花就撤出來的時候，馬叔心裡就想，這孩子，仗著自己功夫不錯，狂得沒邊，妳看著，她出了門準得惹事——結果怎麼樣？真讓我說著了吧。我那小子比妳小上兩歲，要是他將來跟妳一樣，我打斷他的腿也不讓他出門。」

李妍在桌子對面對周翡做了個鬼臉，周翡忙乾咳一聲，生硬地岔開話題道：「馬叔，那老伯說的老寨主的故事都是真的嗎？」

馬吉利聞言笑了起來：「老寨主的傳奇之處，又何止他說的這幾件事？我聽說當年曹仲昆篡位時，十二重臣臨危受命，送幼帝南渡，途中還受了咱們老寨主的看顧呢，否則他們怎麼能走得那麼順？」

吳楚楚睜大了眼睛，連謝允都不知不覺中湊了過來。下面大堂裡大聲說大書，周翡他們幾個就圍坐在馬吉利身邊，聽他小聲說起「小書」，也是其樂融融。

由於隨行人中有吳楚楚和謝允兩個陌生人，四十八寨的回饋果然慢了不少。不過規矩就是規矩，除非大當家親自叫門，否則誰也不能例外。周翡他們只好在山下的小鎮上住下，好在鎮上車水馬龍，有集市逛，有書聽，並不煩悶。

在小鎮上落腳的第三天晚上，馬吉利端著一壺酒上樓，對周翡他們說道：「明天差不多該來人了，妳娘不在家，這幫猢猻辦事太磨蹭，都早點休息——阿妍，我說妳呢，明天別又睡到日上三竿，有點太不像話了。」

吳楚楚早早回房了，李妍齜牙咧嘴，被周翡瞪了一眼，才不情不願地跟著走回隔壁房間。唯有謝允留在客棧大堂窗戶邊的小木桌邊，手邊放著一壺他習以為常的薄酒，透過支起的窗戶，望著蜀中山間近乎澄澈的月色。

周翡腳步一頓，她總算是從馬上要回家的激動裡回過神來，意識到了一件事——無論是「端王」還是謝允，此番送他們回來，都只會是做客，不可能久留。「端王」是身分不合適，謝允……周翡覺得他似乎更習慣過顛沛流離的浪子生活。

那麼一路生死與共的人，可能很快就要分開了。

不知是不是在小鎮上等了太久，周翡發現自己對回四十八寨突然沒有特別雀躍的心情了，反而有些低落。她走過去用腳挑開長凳子，坐在謝允旁邊，發現從他的視角往外望去，正好能望見四十八寨的一角。夜色中隱約能看見零星的燈火，是不眠不休的崗哨守夜人正在巡山。

那是她的家。

那麼謝允的家呢？

周翡想起謝允浮光掠影似的提起過一句「我家在舊都」。如今在蜀山之下，她無端咂摸出了一點無邊蕭索之意。

周翡忽然問道：「舊都是什麼樣的？」

謝允彷彿沒料到她突然有此一問，愣了一下，方才說道：「舊都……舊都很冷，不像你們這裡，有四季常青的樹。每年冬天的時候，街上都光禿禿一片，有時候會下起大雪來，蓋在平整的石板上，人、馬踩過的地方很容易結冰……」

按照年代判斷，曹仲昆叛亂，火燒東宮的時候，謝允充其量也就是兩三歲的小孩子——兩三歲能記事嗎？這不好說，至少對周翡來說，她已經能記住父親冰冷的手和李二爺染血的背影。

「但宮裡是凍不著的，有炭火，有……」謝允輕輕頓了一下，端起碗來喝了一口酒，笑道，「其他的記不清了，大概除了凍不著餓不著，也沒什麼特別有意思的，那裡面規矩很大——長大以後，一般到了冬天，我都喜歡往南邊跑。那些小客棧為了省錢，都不給你生火，萬一錯過宿頭，還得住在四面漏風的荒郊野外，滋味就更不用提了，不如去南疆曬太陽。」

周翡踟躕了一下：「那你……」

「記不記得曹仲昆火燒東宮？」謝允見周翡先是小心翼翼，而後彷彿被他自己嚇了一跳的樣子，便忍不住笑了起來，輕描淡寫地說道，「記得，我這輩子見過的第一場大火，當然記得——至於要說什麼感覺，其實也沒有。我那時候不知道什麼叫害怕，也不知道出了紅牆的門，我都會失去什麼東西。救我出來的老太監盡忠職守，沒讓我看見什麼不該看見的。至於父母……我小時候就見得不多，還不如和奶娘親近。現如今南朝正統有我小叔撐著，這麼多年也從來沒人跟我耳提面命，非得逼我報仇雪恨什麼的。萬一哪天他們真能掃平反賊，我就順便回舊都看一眼，也未必常住，沒有妳想像的那麼苦大仇深。」

他的笑容非但不苦大仇深，還有點沒心沒肺。周翡雖然不擅長察言觀色，卻總覺得謝允身上有什麼違和的東西。

她正要說話，不遠處的山間突然傳來一聲尖銳的鳥鳴，成群的飛鳥不知受了什麼驚客嚇，呼嘯著衝著夜空而去。四下突然起了一股邪風，「啪」一下將支起的木窗合上了，客棧裡昏暗的燈花劇烈地擺動起來。

周翡端著酒杯的手停頓在半空中，眼皮毫無預兆地跳了兩下。

此時，洗墨江上依然是漆黑一片，散碎的月光隨意地灑在江面上，偶爾正好落在牽機線上，會有一絲極細的反光擦著水面飛過去。

李瑾容離開四十八寨之後，寨中一干防務自然戒備到了極致。此時，雖然魚老就守在洗墨江心，那沉在水中的大怪物也沒有潛伏下去休息。如果有人站在江心，會發現水霧下面的巨石在不斷移位置。一旦有人闖入，牽機立刻就會浮起驚濤駭浪——那威力甚至連周翡都沒見過。魚老一般只是嚇唬她，不可能真把這排山倒海的大傢夥拿給一個尚未出師的小女孩玩。

可是這一夜，卻有一個人影輕飄飄地掠過殺機暗藏的江面，直奔江心小亭。

江風驟然變得猛烈，洶湧地灌入江心小亭，窗臺上一個瘦高的花瓶不安地在原地搖擺片刻，一頭栽了下去。魚老嘴唇上兩撇垂到下巴的長鬍子跟著飄到了耳根，他驀地睜開眼睛。

這時，一隻手極快地伸過來，穩穩地托住了那栽倒的花瓶。

那是一隻女人的手，十指尖尖，指甲上染了豔色的蔻丹，暴露在月光下，顯得有些妖異。

女人好像很清楚魚老是個資深事兒媽，她回手將被風吹開的窗戶推上，又微踮起腳，仔細循著花瓶原來留下的一小圈痕跡，將它嚴絲合縫地放了回去，這才輕舒一口氣，轉回頭打招呼道：「師叔。」

魚老皺了皺眉，疑惑道：「寇丹？」

像周翡他們這樣的後輩，可能根本不知道寨中還有個名叫「寇丹」的女人，就算親眼見了也不一定認識。因為過去十幾年裡，她幾乎從來不在人前露面。她來自整個四十八寨中唯一不同別家打成一片，卻又不可或缺的一環——鳴風。

寇丹就是鳴風的現任掌門。也正是因為她是牽機的締造者之一，寇丹才能不動聲色地穿過滿江的陷阱。

「聽說大當家走了，我過來看看牽機怎麼樣。」寇丹說道。她自顧自地在魚老面前坐下，從懷中摸出一塊絲絹，細細地擦拭了一個杯子，給自己倒了杯清水。

她已經人到中年，曾經豐滿的雙頰微微有些下垂，笑起來的時候，眼角有無法掩蓋的紋路，但依然有種別樣的美——不是少女們天生的秀麗，也不是羽衣班的霓裳夫人那種灼目的豔麗。她的五官並非毫無瑕疵，可當她隱隱帶著笑意看過來的時候，別人很難不被吸到她的眼睛裡。那雙眼睛好像是由一層一層氤氳交疊的祕密構成的，說不出地詭祕動人。

魚老的目光緩緩落在她用過的絲絹上，寇丹立刻會意，將那絲絹整整齊齊地疊成了一個四方小塊，放在桌角。反倒是魚老，整天被不拘小節的李大當家和故意搗蛋的周翡折磨，倒有點不那麼習慣別人順著他來。他頗有些尷尬地乾咳一聲，說道：「妳自便就是。」

「不敢，」寇丹笑道，「做咱們這一行的，刀尖上舔血，各有各的偏執怪異，這點小偏執就像老百姓遇到難處求神拜佛一樣，是種必不可少的寄託。別人不知道就算了，侄女怎麼能不懂事？」

魚老的目光在她鮮豔欲滴的紅指甲上掃過，臉上難得露出一點吝嗇的微笑。他將兩條盤著的腿放了下來，撤回五心向天的姿勢，有些感慨地點頭道：「多少年沒再過那種日子了，鳴風樓自從退隱四十八寨，便同金盆洗手沒什麼分別。如今我不過是看魚塘的閒人一個，這些老毛病也只是一時改不過來，妳……唉，不必遷就我這老東西。」

他說著，勉強壓下那股如鯁在喉的勁兒，故意伸手將桌上幾個杯子的位置打亂。

寇丹看他那嘴硬的樣子，一邊搖頭一邊笑，又動手重新將杯子擺整齊：「師叔，江山易改，本性難移。你何必為難自己呢？我又不是外人。」

魚老一頓，似笑非笑地打量著她，問道：「既不是外人，怎麼還學會跟妳師叔話裡有話了？」

寇丹眼皮微微一垂：「師叔，我叫您師叔，大當家因為您同老寨主的交情，也叫您師叔，這麼算來，倒還是我佔便宜了。可是我有時候想，咱們這樣的人，跟大當家他們那樣的人終究是不一樣的。他們活在青天白日下，光風霽月，咱們活在暗影黑夜裡，潛行無蹤，互相都格格不入，何必硬要往一處湊呢？」

魚老笑道：「年輕人，聽見外面濤聲又起，耐不住寂寞了吧。」

寇丹輕輕地在自己嘴角上舔了一下，意味深長地低聲道：「師叔，你何曾聽說過刺客有『避禍』一說？對刺客來說，世道自然是越亂越好，不是嗎？當年您和我師父非要隨老寨主退隱四十八寨時，侄女就心存疑惑——刀放久了，可是要生銹的。」

魚老點點頭，不置可否：「不錯，當年退隱的決定是我和妳師父做的。如今妳師父也沒了，這麼多年過去，妳才是這一任鳴風樓的主人，妳要怎樣，我也不會干涉太多。鳴風若是真想脫離四十八寨自立門戶，那也不難。李大當家從來都是去留隨意，實在不行，等她回來，我去替妳同她說。」

寇丹臉上笑容不變，聲音很甜，幾乎帶著些許撒嬌的意思，說道：「這個自然，周先生當年要走，大當家都沒攔著，又豈會攔著咱們？師叔，您知道侄女問的不是這個。」

魚老看著她，嘴角的笑意漸漸收斂，下垂的雙頰一瞬間顯得有些嚴厲。

寇丹伸出細細長長的手指，只見她手心上有一個小小的水波紋印記，是用朱砂畫上去的：「師叔，當年鳴風樓之所以退隱四十八寨，和這個印記有莫大聯繫，只是你們都是諱莫如深，它到底……」

「寇丹，」魚老截口打斷她，冷冷地說道，「妳要走就走，再敢提一句水波紋的事，別怪我跟妳翻臉。」

寇丹一愣。

魚老站了起來，將門拉開：「牽機挺好的，妳看也看過了，這會兒就算是北斗親自來了，也能把他們切成肉片。時候不早了，妳走吧。」

寇丹頓了頓，嘆了口氣，低眉順目地起身行禮道：「是，師侄多嘴了，師叔勿怪。」

魚老面無表情地站在門邊。

寇丹飛快地看了他一眼，生怕惹他生氣似的，又上前一步，討好地輕聲道：「那……今年弟子們做的桂花酒釀不錯，改日我再給您送兩罈來嘗嘗？」

魚老的神色這才緩和了一些，幾不可察地衝她點了個頭。

寇丹再次上前一步，她低垂的臉上緩緩露出一個詭異的笑容，聲音卻越發輕柔：「師父和師叔當年既然決定留下，肯定有原因，也肯定不會害我們，既然不能說，我便不問了。侄女這就……」

寇丹似乎想伸手攙他一下，纖秀的手掌貼上了魚老的後腰。魚老被她三言兩語勾起了回憶，若有若無地嘆了口氣，就在這一瞬間——

魚老整個人驀地一震，回手一掌便掃了出去。

寇丹卻好似早有準備，腳下輕飄飄地打了幾個旋，毫髮未傷地躲到了兩丈開外，與遍染蔻丹的指甲一般鮮紅如火的嘴角輕輕咧開，露出雪白的貝齒。她指尖冒著幽藍光芒的牛毛小針一閃而過，好整以暇地接上自己的話音：「……送師叔一程。」

這世上最頂尖的刺客下手極狠，於無聲中一點餘地都不留。見血封喉的毒針一根釘進了魚老的血管，一根釘進他的經脈，毫釐不差。魚老那出於本能的含怒一掌瞬間加速了毒發，眨眼的光景，黑氣已經瀰漫到了臉上。他難以置信地瞪著方才還在和他言笑晏晏的女人，想說什麼，卻驚覺自己的舌根已經發麻，四肢無法控制地微微顫抖起來。

寇丹微微歪了歪頭，眼角泛起細微的笑紋，輕聲道：「像師叔這樣在一條寒江中默守二十年的人，不想說什麼是不會說的，這點分寸師侄還有。想必海天一色的祕密從您這裡是拿不到了，那麼我便不問了。」

轉瞬間，魚老已經面無人色，他整個人都在發僵，能清晰地感覺到從腰腹開始，身體正一點一點地死去。寇丹走上前去，像個孝順的晚輩一樣，「扶」起魚老，將他扶到椅子上，又為他擺了個靜坐的姿勢，然後恭恭敬敬地站在一邊。

江風越來越大，吹動著水面上繁雜交纏的牽機線，發出細微的蜂鳴聲。小亭中的兩個人一坐一站，彼此都靜默無聲，好像一幅凝固在夜色中的畫。

終於，魚老非常細微地抽動了一下，一口氣卡在喉嚨裡，混濁的瞳孔緩緩散開。

寇丹有條不紊地檢查了他的心口和脖頸，確定此人再無一絲活氣，便從懷中抽出一根長針，楔入了魚老的天靈蓋，彷彿要連他詐屍的可能一起封死。

然後她規矩地後退一步，給魚老磕了個頭，口中道：「師叔，您要是在天有靈，碰上我師父，別忘了替我向他老人家道聲好。他老人家自己退隱就算了，為了四十八寨的牽機圖紙不落入他人之手，十年前不辭勞苦地將我抓回來。我好不容易找到個可心的男人，想堂堂正正地做一回人，都毀在他老人家手上。好，既然這樣，侄女便只好回來做鬼，也算不負他老人家重託了，您說是不是？」

死人當然不可能再回答她。寇丹輕輕一笑，長袖掃過身上的塵土，轉身推開江心小亭的一面牆，水中牽機巨大而錯綜複雜的心臟全在其中。她就像是挑揀妝奩一樣，隨手撥動了幾下，洗墨江中的牽機發出一聲沉沉的嘆息，緩緩地沉入了暗色無邊的水下。

這隻凶猛的惡犬，悄無聲息地睡下了。

黑夜中，潛伏已久的黑影紛紛從洗墨江兩岸跳下來。寇丹輕輕地吐出一口氣，她等這一天，實在有點久了——如果不是李瑾容在一無所知的情況下，非得出頭接收吳氏家眷，「那邊」想必也不見得會捨下血本來動這個固若金湯的四十八寨。

她抬起頭，衝著兩側光可見物的石壁上垂下來的繩子笑了笑——話說回來，風雨飄搖的夾縫裡，一隅的桃源，真能長久嗎？

那未免也太天真了。

此時，在山下小鎮中，謝允疑惑地將被風刮上的窗戶重新推開，眺起眼遠遠看了看四十八寨的方向，轉頭問周翡道：「你們寨中每天人來人往，巡山的到處都是，鳥群有這麼容易受驚嗎？」

他話音沒落，又一群鳥衝天而起，在天空茫然盤旋，淒厲的鳥鳴聲傳出老遠。周翡下意識地按住腰間的望春山。

就在這時，幾個崗哨的燈火接連滅了，不遠處的四十八寨突然漆黑一片，夜色中只剩下一個黑影，周翡情不自禁地屏住了呼吸。

謝允微微側耳，喃喃道：「這是風聲還是……」

周翡：「噓——」

遙遠的風穿過山巒與重重密林，本身聲音就已經十分尖厲，非得仔細分辨，才能從中聽到一絲夾雜的哨聲。

周翡雖然不明緣由，心卻突然撒了癔症一般地狂跳起來，掌心頃刻間起了一層冷汗，掉頭便跑上樓去砸馬吉利的房門。

夠資格護送李妍的，除了深得李瑾容信任，自然也各有各的本領。馬吉利雖然深更半夜被周翡喊醒，身上還有小酌過的酒氣，卻在聽她三言兩語說明原委後立刻便清醒過來。一行護送者轉眼便訓練有素地聚集在了大堂窗邊。

除了李妍還在不明狀況地揉眼睛，連吳楚楚都警醒地驚惶起來。

「東西先放下，」馬吉利點了一個隨行的人留下看管馬匹行李，隨後說道，「其他人跟我立刻動身。」

周翡這時終於微微猶豫了一下，第一次在馬吉利面前提出自己的意見：「馬叔，楚楚和阿妍……」

她話音沒落，吳楚楚略帶哀求的目光已經落到了她身上。吳楚楚無數次以為自己習慣了深夜奔逃的生活，可或許自從在邵陽遇上馬吉利等人之後的數月行程太過安全，她在再一次的突發狀況裡不可避免地惶恐起來，本能地希望能跟周翡一起走。

周翡明白她的意思，一時有些踟躕。

馬吉利卻斬釘截鐵道：「都跟著，大當家命我護送阿妍，一路我便得寸步不離。倘若寨中真出了什麼事，這鎮上也不見得安全，馬備好了嗎？大家快點！」

周翡心裡隱約覺得不妥，可是也承認馬吉利說得有道理。當時在華容城中，她不也覺得晨飛師兄他們都在的客棧固若金湯嗎？可是後來又發生了什麼事呢？

她再沒有異議，李妍和吳楚楚更不會有。謝允是外人不方便說話，他皺了皺眉，趁人不注意，從懷中摸出一小盒銀針，穿在了自己袖口上。非常時刻，也顧不上進山的名牌有沒有核對完了，一行人飛快地上馬趕往四十八寨的方向，一刻不停地跑到了山下。

此時已經接近午夜。

周翡心裡一沉——第一道崗哨處竟然空無一人！

第二十八章　驚變

馬吉利伸手一攔險些衝上去的周翡：「別冒失，小心點！」

他說著，謹慎地提長劍在手，衝其他人一使眼色。

眾弟子訓練有素地上前，各自散開又能守望相助地在原地搜索片刻，忽然有人叫道：「馬總管，你看！」

馬吉利帶人過去一看，只見第一道崗哨的鐵門看似合著，卻沒關嚴，一排崗哨弟子的屍體整整齊齊地排在門後，全是乾淨俐落的一劍封喉。傷口除了致命，幾乎稱得上平平無奇，根本看不出是哪家的劍法。

馬吉利面沉似水地上前一步，伸手在死人身上探了探，壓低聲音道：「沒有反抗，沒有其他傷，屍體還是熱的。」

要是放在過去，周翡肯定聽不出他是什麼意思。可是下山大半年歸來後，她卻能在眨眼間便明白馬吉利的言外之意——殺人者很可能是四十八寨中自己人，而且沒有走遠。

這會是……四十八寨的第二次內亂嗎？

李妍被夜風中的寒露一激，結結實實地打了個寒噤，後背冒出一層雞皮疙瘩，情不自禁地往後退了一步，正踩在一根樹杈上，「咔嚓」一聲。

馬吉利被這動靜驚動，提劍的手微微一顫，轉頭看了李妍一眼。

李妍用力抽了口氣，顫聲道：「對……對不住……」

馬吉利看著李妍嘆了口氣，神色一緩，繼而似乎猶豫了一下，他轉頭對周翡道：「我錯了，不該把她們帶來。阿翡，我給妳幾個人，妳帶著客人和妳妹妹盡快躲遠一點，妳能……」

他話還沒說完，李妍突然像隻受驚的兔子一樣躥起來跑到了他身邊。

在場的人除了吳楚楚，耳音都不弱，全都聽見了遠處傳來的雜亂的腳步聲。

眾人頓時戒備起來，馬吉利回身把李妍護在身後。就在這時，來人上氣不接下氣地現了形，出聲道：「來者何……何人？竟敢擅闖四十八寨……嗯？馬總管，您不是去金陵了嗎，怎麼這會兒就回來了？」

此言一出，李妍大鬆一口氣，用力拍了拍胸口。眾人雖說都未放下戒備，卻也稍微放鬆下來，唯有馬吉利後背依然緊繃，手中緊扣著劍。

周翡瞇起眼望著這眼生的巡夜弟子，輕聲問道：「這是哪一派門下的？」

旁邊人尚未來得及答話，那人已經跑到了眼前，衝馬吉利深施一禮，自報家門道：「晚輩鳴風三代弟子……」

鳴風……鳴風樓？

一瞬間，周翡無端想起衡山密道中殷沛口中的那個故事。她根本來不及思考這其中的聯繫，本能地提起了望春山。而與此同時，她眼角有銀光一閃，周翡一把推開旁邊的人，在眾人都沒反應過來的時候，「風」字訣已經捲了出去。

望春山的刀背撞上了什麼東西，周翡散落耳鬢的一縷長髮無端而折，熟悉的觸感讓周翡一瞬間知道了這是什麼——牽機線！

馬吉利大驚道：「阿翡不可莽……」

「撞」字尚未出口，便見周翡突然將手中長刀往下一壓，「風」幾乎毫無轉折地過渡到了「山」上。「嗡」一聲——此處的牽機線畢竟不是洗墨江中與巨石陣相勾連的那種，被她一刀壓彎了。

謝允突然從懷中彈出一顆與他在衡山上引燃的那個如出一轍的煙花。

煙花倏地躥上天，炸醒了四十八寨上空靜謐的月色。幾個隱藏在兩側樹梢上、幾乎與草木融為一體的人影也頓時無所遁形。原來他們是用一個人吸引注意力，真正的刺客早已經埋伏好了——怪不得幾個崗哨死得無聲無息。

周翡手中的望春山隱隱勝了削金斷玉的牽機線一籌，硬是將牽機線壓變形了。而後她輕叱一聲，兩個「牽線」的人先後從樹上滾落。她一招得手，望春山在牽機線上重重滑過，竟悍然無畏地闖進了幾個鳴風殺手的牽機陣中，手中長刀再次變招，這回是「斬」！

尚未成形的牽機網難當其銳，登時碎在了她的刀下。牽機線四散崩裂，竟將牽線人也綁了進來。李妍一把捂住眼睛，卻還是來不及了，近距離地看見兩顆腦袋飛了起來。而周翡手中破雪刀餘威未衰，直接抵在了那跑來吸引注意力的鳴風弟子喉嚨上。

馬吉利身後，所有人都被這兔起鶻落的三刀驚呆了。

周翡在外面的時候，也不知怎麼運氣那麼差，每天輾轉於各大高手之間好不狼狽，根本無暇得知她的破雪刀一日千里的進度。這會兒她也看不見身後眾人驚駭的表情，刀尖卡在那刺客喉嚨上，冷冷地說道：「你受誰指使？」

那鳴風的刺客看了她一眼，低低地「啊」了一聲，嘆道：「居然是破雪刀，命也。」隨即他目光從周翡臉上轉開，不知對著她身後哪一處虛空露出一個詭異的笑容，竟然毫無預兆地往前一撞——周翡再要收手已經來不及了，那刺客就這麼面帶笑容地撞死在了她的刀口上！

周翡輕輕一哆嗦，就在這時，一片比謝允放的煙花還要刺眼的火光從後山衝天而起。不知是誰大聲道：「洗墨江！那是洗墨江！」

正當夜濃欲滴時，出門在外的李瑾容卻仍然沒有休息。她心裡想著事，手上有一搭沒一搭地翻著一本描寫舊都的遊記。

李瑾容從十八九歲開始，就有了失眠的毛病，這些年，也曾經試著調理過幾次，都不見效。好在習武之人身體強健，實在睡不著，大不了打坐調息到天亮，第二天也不耽誤正事。此時，李瑾容已經帶人離開了蜀地，一路上不可避免地對新晉風雲人物周翡的「豐功偉績」有所耳聞。然而李大當家並不像周翡想像的那麼火冒三丈，反而有些憂慮。

李瑾容聽了好幾個版本的傳說，第一反應不是奇怪周翡那現學現賣的破雪刀是怎麼把人糊弄住的，而是周翡到底因為什麼才沒在王老夫人身邊的。

自己的女兒自己知道，周翡不是李妍，從小喜靜，她幹不出無緣無故自己亂跑的事。究竟發生了什麼事，能讓她脫離長輩的視線？

尤其華容城中那一段故事，各種版本的傳說一段比一段吹得天花亂墜——在這裡頭，周翡怎麼從貪狼、祿存那兩尊殺神的眼皮底下順利逃出去的，並不重要。反正按照後續的故事來看，她逃得十分成功，沒缺胳膊也沒短腿。但讓李瑾容想不通的是，中原武林究竟還有什麼人，值得沈天樞與仇天璣兩個人合力圍捕？

雖然叛將家眷少不了被北朝緝捕，但那不過是手無縛雞之力的孤兒寡母而已，隨便幾個小兵殺他們也是易如反掌，用得著出動兩個北斗……甚至貪狼星親至嗎？

李瑾容隱約覺得自己可能遺漏了什麼，可她思前想後，發現整件事都籠著一層不祥的濃霧，而她始終抓不到那個頭緒。

她將半天沒翻一頁的遊記放在一邊，用力掐了掐眉心……自己究竟遺漏了什麼？

就在這時，突然有人在外面叫道：「大當家！」

李瑾容瞬間將自己疲憊又茫然的表情收斂得一絲不剩，微一側頭，揚聲道：「進來。」

她尚未歇下，客房的門便也沒閂，從外面一推就開。李瑾容話音未落，替她打點雜事的那位女弟子便一臉匆忙地闖了進來——李瑾容脾氣臭不是一天兩天了，能跟在她身邊的弟子必定是十分機靈又有分寸，鮮有這麼冒失的。

李瑾容揚起眉，做出一個有些不耐煩的詢問神色。

那弟子道：「您快看看是誰來了！」

只見一個人快步從她身後走出來，叫道：「姑姑！」

這回，李瑾容狠狠地吃了一驚：「……晟兒？」

即使是個子長得格外晚的男孩，到了十七八歲的年紀，看起來也基本不會再有翻天覆地的變化了，可是李晟站在她面前的時候，李瑾容一時險些沒認出來。

他整個人瘦了兩圈，個頭便無端顯得高出了一截。在家裡，李晟雖然稱不上驕縱，卻多少有點公子哥脾氣，衣服頭髮必然一絲不亂，往哪兒一站都是風度翩翩，恨不能將「李家大少爺」五個字頂在腦門上。可是此時站在李瑾容面前的這個年輕人卻比要飯花子強不到哪兒去。他臉瘦得只剩下一層皮，捉襟見肘地繃在顴骨上，臉頰上還有一塊黑，也不知是蹭的灰還是什麼傷口結痂後留下的痕跡，嘴唇裂了幾道口子，隱隱能看見其中開綻的血肉，唯有眼神堅定了不少，甚至敢跟李瑾容對視了，兩把短劍丟了一把半——總共就剩下一把沒有鞘的光杆鐵片，用草繩纏了幾圈。

「給他倒杯水來，」李瑾容匆忙吩咐了一聲，又連聲問他道，「你怎麼一個人在這兒？為什麼弄成這樣？阿翡呢？」

李晟渴得狠了，連聲「多謝」都沒顧上說，端起杯子便往自己嗓子眼裡潑了下去，不知怎麼扯到了嘴唇上的裂口，他臉上痛苦的神色一閃而過，卻並沒有聲張。李晟飛快喝完，將一滴不剩的空杯子放在一邊，說道：「阿翡沒跟我一起——此事說來話長了，姑姑，我長話短說，有一位名叫『沖雲子』的前輩託我帶一句話給您。」

李瑾容：「……什麼？」

這個名字叫她不得不震驚，因為那封帶著水波紋又語焉不詳的信上，落款正是「沖雲子」——隱居的齊門掌門人，也是老寨主數十年的故交。

「他說這句話給您聽，是以防萬一，要是您聽不懂，那是最好。」李晟明顯地皺了一下眉，好像至今不能理解老道士是什麼意思，「那句話是『年月不能倒流，人死不能復生，過去的事既然已經蓋棺論定，再挖墳掘墓將它翻出來的，必然不懷好意。大當家，無論別人跟妳說什麼，都不要信，切記，不要追究』——師姐，勞駕再給我一杯水。」

李晟一口氣說到這裡，嗓子都劈了，他用力咳了兩下，幾乎嘗出一點血腥味來。

李瑾容不動聲色地抽了一口氣，表情平靜，心裡卻幾乎炸開了鍋。

齊門的沖雲子道長跟四十八寨早已經斷了聯繫，居然在數月間前後給她傳來兩封信。一封寫在紙上，託周以棠轉交，另一封卻是她從小帶大的親侄子口述的，而兩封信的內容居然自相矛盾、截然相反！

倘若不是齊門那老道士失心瘋了，這兩封信裡必有一封有問題。

李晟沒理會她的沉吟不語，又飛快地接著說道：「還有一件事，姑姑，去時路上，鄧甄師兄曾經跟我細細講過寨中沿途暗樁所在。當時北斗在南北交界活動猖獗，我不得已避其鋒芒，繞路到南朝界內，在衡陽落腳。因為怕誤事，我當時本想寫一封信，通過衡陽暗樁傳給您，不料衡陽暗樁生了異心。我不知道是哪一方勢力、誰的人策反的，當時來不及深究，險些被他們扣住，好不容易逃出來，一路被人追殺到這裡——而且不是普通的追殺。您想，我就一個人，無拖無累，按理說隱於市還是隱於野都容易，本不該這樣狼狽，因此我懷疑他們出動的是真正的刺客。姑姑，衡陽暗樁裡有沒有鳴風的人？」

四十八寨分佈在各地的暗樁，都是各門派分別派駐的，眾人不分彼此，因此暗樁的人手都是混著來的。

但李瑾容知道，鳴風是特立獨行的——這是寨中的老規矩了。

李瑾容不是不想改，可一來鳴風的人在外面都很孤僻，二來……儘管聽起來是十二分的莫名其妙，但這是老寨主李徵親自定的規矩。

而四十八寨來往的重要信件中，如果用上了暗語，為防被人截留破解，來往的信件通常不走一條線。

比如自蜀中往金陵方向有兩條線路，一條出蜀後落腳邵陽暗樁，另一條恰好是衡陽線路！沖雲子那封託周以棠轉交的來信恰好走了衡陽線，那麼李瑾容寫信給周以棠的時候，則會避開衡陽，改道邵陽，周以棠如果給她回信，那封她一直沒收到的信則會再一次卡在衡陽暗樁裡。

如果真是衡陽暗樁出了問題，那……

李瑾容猛地站了起來，她難得離開一回四十八寨，此番出門要重整暗樁，各派的精英人物都帶了不少……她在房中緩緩踱了幾步，抬起頭對一直在旁邊目瞪口呆的女弟子吩咐道：「去把人都叫起來，咱們立刻折返！」

那弟子應了一聲，撒腿就跑。

李瑾容對輕輕籲了口氣的李晟說道：「你跟我來，把路上的事仔細告訴我。」

「姑姑，」李晟微微有些赧然地說道，「有吃的嗎？那個……乾糧就行，我可以拿著，邊吃邊說。」

久旱逢甘霖，久餓逢乾糧。李晟真是餓得狠了，感覺自己張嘴就能吞下一頭牛，即使被熱氣騰騰的包子餡燙了一下舌頭，他也依然英勇地「磨牙霍霍」，絕不退縮。一個包子下肚，就好像小石子墜入深淵，肚子裡連聲響動都欠奉，李晟一連吃了五個巴掌大的包子，依然沒飽，但感覺自己心裡有了點底氣，好歹不會被一陣大風掀飛了。他便不再狼吞虎嚥，消瘦的臉上展開一言難盡的心事重重。

李瑾容還在等著他回話，李晟一時有些不知從何說起，本能地找了印象最深的一件事，對李瑾容道：「您知道霍老堡主去世的事嗎？」

李瑾容當然聽說了，霍連濤扛著一大堆大義凜然的旗子，插在腦袋頂上的那面就是「害死老堡主之仇不共戴天」。眼下，他正在南朝四方遊說，幾乎恨不能將「報仇雪恨」四個字刻成一塊大匾，招攬一批人手，直接供其造反。

李瑾容點點頭：「貪狼與武曲在嶽陽聯手火燒霍家堡，這事我知道。」

「霍家堡不是貪狼和武曲燒的。」李晟低聲道，他微微抬起一點頭，被夜色壓住的地平線遠在天邊，此時只能看見一點更深、更沉的影子。半晌，在李瑾容已經開始等得不耐煩的時候，他才接著說道，「霍連濤為了掩蓋自己的行蹤，將霍老爺子留下，火是他們自家人放的，我……我親眼看見的。」

李瑾容震驚道：「你當時在霍家堡？」

霍老爺子與李徵交情甚篤，但霍連濤就比較不討人喜歡了。霍老爺子早就不管霍家堡的事了，對外一直稱病，當年的朋友便也漸漸都不再往霍家堡走動了。

李晟的喉嚨微微動了一下，隨後，他三言兩語先將自己一路想方設法脫離王老夫人的緣由和經過說了。

李瑾容一時失語，這些年來，她心裡裝的人和事都太多，四十八寨分去一大部分，周以棠分去一小部分，留給自家晚輩的，自然只剩下「嚴加管教」一條乾巴巴的準繩——對周翡當然更嚴苛一點。

她竟然一直不知道李晟心裡是這麼想的。

而這本該是最幽微、最不可為人道的少年心事，此時李晟說來，卻是平平淡淡，彷彿說的是別人的故事。

「咱們寨中的暗樁位置，到什麼地方怎麼走，我都自以為弄清楚了，」李晟說道，「不料剛走就碰上了馬賊，中了暗算。」

李瑾容回過神來，聽到這兒，不由得有些疑惑——李晟這些年也算用功了，什麼馬賊能輕易劫走他的馬？

「是朱雀主木小喬的人。」李晟解釋道，聽李瑾容微微抽了口氣，他臉上終於露出了一點少年人特有的笑容，好像得意於自己嚇唬人成功了，不過那一點笑容稍縱即逝。李晟很快沉下了臉色，接著說道，「木小喬脫離活人死人山之後，就成了霍連濤的打手，替他斂財搶馬。我當時被他們打暈丟在一邊，沒等他們回來滅口，就碰上正好路過的沖雲子前輩。」

李瑾容道：「齊門不問世事已久，沖雲子掌門為什麼在嶽陽？」

「齊門的位置早就暴露了，」李晟道，「沖雲子前輩一直跟忠武將軍有聯繫。吳將軍身邊有曹仲昆的眼線，他們害死吳將軍之後，順藤摸瓜地查出了齊門的位置，只是齊門外是裡三層外三層的陣法，他們一時破不開。沖雲子前輩率眾弟子趁機脫逃，通過密道避走蝕陰山，不料遭人出賣，只好臨時換下道袍，裝作普通的販夫走卒，化整為零，這才脫困。」

一群隱居深山、幾乎與世無爭的道士，到頭來保不住道觀就算了，居然連長袍拂塵都保不住。李瑾容本想唏噓，可心裡忽然隱隱一動，升起一腔酸苦的兔死狐悲來——齊門是這樣，現如今的四十八寨難道不是異曲同工？

「我不知道沖雲子前輩為什麼隻身前來嶽陽，他什麼都沒跟我說。」李晟接著說道，「我執意不肯回去，死皮賴臉要跟著他一起走……他便帶我一起去了霍家堡。我們偷偷潛入的時候，霍連濤已經不知從哪兒收到消息跑了，偌大一個霍家堡成了個空殼。我們沒費什麼力氣就找到了霍老堡主，可是他已經……」

李瑾容看了他一眼，無聲地追問。

「傻了。」李晟嘆了口氣，「什麼都不記得了，話也說不清，一日三餐都要人送到面前，一勺一勺餵下去，就這樣還是滿處撒，家人便在他脖子上圍了一個……」

李晟搖搖頭，沒忍心仔細描述：「可是沖雲子道長不知為什麼，總懷疑他是裝的，我只好陪他在霍家堡潛伏了好幾天。」

「正好看見霍家堡大火？」

李晟點點頭：「姑姑一定奇怪，我和沖雲子前輩都在，既然看見了，為什麼沒把老堡主救出來。著火的時候，老堡主正在院子裡澆花，他澆一會兒就發一會兒呆，那幾天一直是這樣，有時候就傻得很徹底，有時候就恍恍惚惚的，有時候水壺都空了，他還倒拎著壺呆呆地站在那兒。當時我聽見前院傳來騷動，有人大喊走水，整個霍家堡一片混亂，本想把他扛出來，沖雲子前輩卻按住了我，我看見……霍老堡主突然笑了。

「他這一笑，忽然就不癡也不傻了，一邊笑一邊搖頭，然後抬起頭看著我們藏身的方向。沖雲子前輩就現了身，兩個人一個在院裡、一個在院外，這時屋子已經被燒著了，濃煙鋪天蓋地地湧過來了。我心裡著急，不知道他們倆在那兒大眼瞪小眼的是在相看什麼……然後霍老堡主對沖雲子前輩遙遙一抱拳，漸漸不笑了，又搖了搖頭。然後有個僕從大呼小叫地衝進來，想將他拉出院子，老堡主卻大笑三聲，抬一掌便將那人輕飄飄地甩出了小院，隨手折了一枝新開的花，頭也不回地緩緩走進那著火的屋子裡，竟關緊了門窗……」

四十八寨最精銳的人馬匆匆而行，馬蹄聲近乎是整肅的，李晟最後幾句話幾乎淹沒在馬蹄聲裡，輕得像一聲嘆息。

李瑾容的神色卻越繃越緊。

她早些年聽說過霍老堡主傻了的傳說，倒也沒太往心裡去。人老癡傻的不少，霍老爺子比李徵還大不少，年事已高，老糊塗了倒也不稀奇。可她聽李晟這麼三言兩語的描述，卻起了個可怕的推斷——霍老堡主到底是自己傻的，還是有人害他？

李晟口中的「恍恍惚惚」是不是他正在恢復神志？

如果是這樣，罪魁禍首是誰簡直昭然若揭。

「沖雲子前輩不讓我去救他，一直含著眼淚在旁邊看著，直到大火吞下了整個小院，馬上要掃過來了，我們才避開搜捕的北斗爪牙離開。沖雲子前輩知道我的師承，從嶽陽離開後，他便沒有繼續走，反而找了個農家小院住了下來，還問我想不想學他們的奇門遁甲之術。我跟他學了兩個多月，然後另一個道士打扮的人找來了，那個人道號沖霄子，彬彬有禮，對沖雲子前輩也十分恭敬，以掌門相稱。」

李晟說到這裡，停頓了一下。

李瑾容沒聽說過「沖霄子」的名號，便追問道：「怎麼？」

「沖雲子前輩便將那句要轉述給您的話告訴了我，說這是一句很要緊的話，接著便打發我回蜀中。我這些日子承蒙前輩教導，受益匪淺，但見他們門內有要緊事的樣子，也不便打擾，第二天就收拾行李走人了。」李晟蒼白的嘴唇抿成了一條細細的線，「可是……我總覺得他那天送我上路時的表情和霍老堡主轉身走進大火中的表情一模一樣，走了一段，越想越不對勁，事後便掉頭去找……那小院裡，卻已經人去樓空了。」

李瑾容握緊了馬韁繩，反覆思量沖雲子帶給她的那句話。

李晟也不打擾她，安靜地走在一邊。這少年離家的時候還是個憤世嫉俗的半大孩子，轉眼一回來，卻儼然有了男人的模樣。李瑾容看了他一眼，伸手一點他臉上的那塊汙跡，問道：「這又是怎麼弄的？」

李晟隨手抹了一把，滿不在乎地道：「哦，沒事，摔了一下，擦破點皮，結的痂剛掉，過幾天就好了。」

李瑾容又問道：「怎麼摔的？」

李晟笑了一下——他用了一點小聰明和沖雲子道長教的巨石陣擋住了窮追不捨的刺客一陣子，之後沒有往蜀中的方向走，而是在追來的刺客眼皮底下混入了由北往南遷的流民中。

流民也有領頭人，自己已經是人下人了，卻依然靠盤剝隊伍裡的老弱病殘來維持自己「領頭羊」的地位。新來的想要受「領頭人」庇護，必須得足夠識相，交夠口糧才行。

鳴風的刺客大概無論如何也想不到，他們氣急敗壞地追著那狡猾的李家少爺一路往南的時候，那位再狼狽都沒掉過顏面的「少爺」其實就在路邊，被幾個窮凶極惡的流民頭頭按在地上「教訓」，臉在地上蹭出一條沾滿了灰塵的血道，一邊被破口大罵，一邊冷冷地透過無數條泥腿子看著追殺者們視而不見地往遠處跑去。

他就是靠這個，徹底甩脫了鳴風的刺客。

李晟一想到這個，有點得意，也有點慚愧——因為學藝不精，才非得耍這種小聰明。

而就在他在「顯擺機智」和「少丟人現眼」之間來回搖擺的時候，李瑾容伸過來的手碰到了他的臉。李晟愕然一愣，李瑾容卻用指尖輕輕蹭了蹭他那塊蹭破過的皮肉，忽然說道：「吃了不少苦吧？」

在跋山涉水時跟一大夥刺客鬥智鬥勇的李少俠頓時鼻子一酸，拼了小命才忍住了，眼圈沒紅。他將視線低垂，往後一仰，用力搓了搓自己的臉，若無其事地說道：「那有什麼，我看鳴風也不過如此嘛……對了姑姑，我在路上聽見好多亂七八糟的傳說，阿翡他們那邊出什麼事了，人還沒回來嗎？」

周翡從越發沸沸揚揚的傳說中潛逃成功，卻不料還沒到家，便被當頭糊了一場更大的危機。

華容城中，她帶著吳楚楚東躲西藏，衡山密道裡，她拿著一把不趁手的佩劍與青龍主狹路相逢——每一次她面對的都是強大得不可思議的敵人，可將那幾樁事加在一起，也沒有像這一刻，叫她茫然無措過。

上前一步生，後退一步死，大不了將小命交待在那兒，也能算是壯烈……可是這裡是四十八寨，是她的家，是千山萬水的險惡中，支撐著她的一截脊樑。

幼時斷斷續續的記憶碎片忽然被接在眼前的火光與喊殺聲上，分外真實起來。

馬吉利深吸一口氣，彷彿做了什麼極艱難的決定，對周翡道：「看來崗哨這邊只是嘍囉，洗墨江那裡才是大頭，那正好——阿翡，妳的功夫已經足以自保了，帶上阿妍他們，怎麼來的怎麼下山，趁他們還沒發現，快走！」

周翡將望春山緊緊地扣在手心。

衡山密道裡，謝允也是氣急敗壞地催她快走，逃回她群山環繞的四十八寨裡，繼續當她無憂無慮的小弟子，好好練功，下次再遇到這種事，能準備得好一點，不要這麼狼狽……可是既然不能萬事如意，又哪兒有那麼多充斥著血與火的夜色，等妳慢慢準備好呢？

這時，謝允伸出一隻手，輕輕地按住了周翡的肩頭。

周翡倏地一震，幾乎猜得出謝允要說什麼，便半含諷刺地苦笑道：「怎麼，你又要說『留得青山在，不怕沒柴燒』了？」

謝允搖搖頭：「我今天不說這個。」

周翡轉頭看著他。

謝允在不嬉皮笑臉的時候，就有種非常奇異的憂鬱氣質，像個國破家亡後的落寞貴族——即使他在金陵還有一座空曠無人的王府。

「阿翡，」謝允道，「人這一輩子都在想著回家，我明白。」

周翡胸口一陣發疼。

謝允嘴角一揚，又露出他慣常的、懶散而有些調侃的笑容：「這回我保證不多話，陪著妳，不用謝，大不了以身相許嘛。」

周翡一巴掌拍掉了他的狗爪子，將望春山收攏入鞘，正色對馬吉利道：「馬叔，當年老寨主過世的時候，大當家是怎麼把四十八寨撐起來的？」

第二十九章　無常

後山的鐘聲一聲高過一聲，在沉睡的群山中震盪不已，一直傳到山下平靜的鎮上。大群的飛鳥呼嘯而過，架在山間的四十八寨三刻之內燈火通明，遠看，就像一條驚醒的巨龍。

洗墨江上，無數影子一般的黑衣人正密密麻麻地往岸上爬。岸上的崗哨居高臨下，本該占盡優勢，領頭的總哨雖然疑惑牽機為什麼停了，卻依然能有條不紊地組織抵抗，同時先後派了兩撥人馬去通知留守的長老。

就在這時，有弟子跑來大聲稟報道：「總哨，咱們的增援到了，是鳴風的人，想必是聽說了牽機異常來的。」

他話音剛落，幽靈似的刺客已經趕到了岸邊。

四十八寨硬生生地在南北之間開出了這麼一個孤島，眾人並肩數十年，身後是不穿鎧甲的，刺客們抵達時，從總哨到防衛的弟子沒有一個防備他們……

然後洗墨江邊堅固的防線一瞬間就淹沒在猝不及防的震驚裡。

長老堂裡一片混亂。眼下竟然誰也說不清到底是外敵來犯，還是內鬼作妖！真有內鬼的話，內鬼是誰？這深更半夜裡誰是可以信任的？

周翡他們趕到的時候，長老堂中正吵作一團，每個人都忙著自證。在這麼個十分敏感的點上，好像一個多餘的眼神都讓人覺得別人在懷疑自己，而最糟糕的是，由於李瑾容不在，留守長老們沒事的時候縱然能相互制衡，眼下出了事，卻是誰也不服誰。

固若金湯的四十八寨好像一塊從中間裂開的石頭，原來有多硬，那裂痕就來得多麼不可阻擋。

周翡深吸一口氣，倒提望春山，將長刀柄往前一送，直接把長老堂那受潮爛木頭做的門閂捅了個窟窿。她將望春山往肩上一靠，雙臂抱在胸前，沉沉的目光掃過突然間鴉雀無聲的長老堂。她站在門口，既沒有進去，也沒吭聲——沒辦法，周翡原來有點「兩耳不聞窗外事」的意思，見了面，她能勉強把叔伯大爺叫清楚就已經不錯了。至於此人究竟是何門何派，脾氣秉性如何，乍一問她，還真有點想不起來。

好在，身邊跟了個順風耳「李大狀」。

李妍趁著周翡和震驚的長老們大眼瞪小眼的時候，飛快地湊到她耳邊，指點江山道：「左邊第一個跳到桌子上罵街跳腳的張伯伯妳肯定認識，我就不多說了。」

她說的人是千鐘掌門張博林，因為千鐘派的功夫頗為橫衝直撞，因此人送綽號「野狗派」。張博林的外號又叫張惡犬，是個聞名四十八寨的大炮仗，張口罵街、閉嘴動手——不過由於野狗派「拍磚碎大石」的功夫，千鐘一門裡全是赤膊嗷嗷叫的大小夥子，常年陰陽不調，女孩子是個稀罕物件。所以平日裡對周翡、李妍她們，張博林的態度會溫和一些，時常像鬼上身一樣和藹。

「坐在中間面色鐵青的那位，是『赤岩』的掌門趙秋生。這個大叔是個討厭的老古板，有一次聽見妳跟姑姑頂嘴，他就跟別人說，妳要是他家姑娘，豁出去打死再重新生一個，也得把這一身膽敢衝老子娘嚷嚷的臭毛病扳過來。」

都什麼時候了，還告刁狀！

周翡暗暗白了她一眼，示意李妍長話短說，不必那麼「敬業」。

李妍又說道：「最右邊的那位出身『風雷槍』，林浩……就算咱們師兄吧，估計妳不熟。前一陣子大當家剛把咱家總防務交給他，是咱們這一輩人裡第一個當上長老的。」

林浩有二十七八歲，自然不是什麼小孩，只不過跟各派這些鬍子老長的掌門與長老一比，這子弟輩的年輕人便顯得「嘴上沒毛，辦事不牢」了。偏偏洗墨江這時候出事，他一個總領防務的長老第一個難逃問責。這會兒又焦慮又尷尬，林浩被張博林和趙秋生兩人逼問，眉宇間隱隱還能看見些許惱怒之色。

周翡覺得耳畔能聽見自己心狂跳的聲音，剛開始劇烈得近乎聒噪，而隨著她站定在門口，目光緩緩掃過長老堂裡的人，她突然想起了李瑾容對她說過的話——

「沙礫的如今，就是高山的過去，妳的如今，就是我們的過去。」

周翡將這句話在心裡反覆重溫了三遍，心跳奇蹟般地緩緩慢下來了。她掌心的冷汗飛快消退，亂哄哄的腦子降了溫，漸漸地，居然迷霧散盡，剩下了一片有條有理的澄澈。她微微垂下目光，將望春山拎在手裡，抬腳進了長老堂，衝面前目瞪口呆的三個人一抱拳道：「張師伯，趙師叔，林師兄。」

「周翡？」趙秋生平時看見她就皺眉，這會兒當然也不例外。他目光一掃，見她身後的馬吉利等人，立刻將周翡、李妍視為亂上添亂的小崽子。於是他越過周翡，直接對馬吉利發了問：「馬兄，這是怎麼回事？你不是帶李妍去金陵了嗎？怎麼一個沒送走，還領回來一個？還有生人？」

馬吉利正要回話，卻見謝允隱晦地衝他打了個噤聲的手勢——倘若這第一句話是馬吉利替周翡說的，那她在這幾個老頭子眼裡，「小累贅、小跟班」的形象就算坐實了。

馬吉利猶猶豫豫地哽了一下。

周翡卻眼皮也不抬地走進長老堂，開口說道：「事出有因，一言難盡。趙師叔，鳴風叛亂，眼下寨中最外層的崗哨都遭了不測，洗墨江已經炸了鍋。你是想讓我現在跟你解釋李妍為什麼沒在金陵嗎？」

她這話說得可謂無禮，可是語氣與態度實在太平鋪直敘、太理所當然，沒有一點晚輩向長輩挑釁反叛的意思，把趙秋生堵得一愣：「……不，等等，妳剛才說什麼？連進出最外面的崗哨都……妳怎麼知道是鳴風叛亂？」

那四十八寨豈不是要四面漏風了？

周翡抬頭看了他一眼，手指輕輕蹭了一下望春山的刀柄。

此時，眾人都看見了她的手，那雪白的拇指內側有一層薄繭，指尖沾了尚且新鮮的血跡。

周翡面無表情地微一歪頭：「因為殺人者人恒殺之。我親眼所見，親手所殺——林師兄，現在你是不是應該整理第二批巡山崗哨，分批派人增援洗墨江了？牽機很可能已經被人關上了，外敵從洗墨江兩岸爬上來，用不了多長時間吧？」

趙秋生看著周翡，就好像看見個豁牙露齒的小崽子穿上大人的衣服，拖著長尾巴四處頤指氣使一樣，他覺得荒謬至極，不可理喻，便道：「妳這小丫頭片子……」

這時候，一直默不作聲的林浩突然走到外間，口中吹了一聲尖銳的長哨。幾個巡山崗哨轉眼落在長老堂院裡，身體力行地打斷了趙秋生的厥詞。林浩能做到總防務的長老，當然不缺心眼，遇到事該怎麼辦，他也用不著別人指導——只要這些以老賣老的老頭子能讓他放手去做事，而不是非得在這節骨眼上拍著桌子讓他給個說法。

林浩自然不打算聽周翡指揮，但她來得太巧，三言兩語正好解了他的尷尬和困境。別管真的假的，反正她已經指名道姓地說明了叛亂者是誰，等於將他身上的黑鍋推走了大半。林浩順坡下驢，越過吹鬍子瞪眼的趙秋生和張博林，連下三道命令，追加崗哨，組織人手前往洗墨江。然後才回過頭來對周翡說道：「來不來得及，就要看來者本領多大了。」

周翡將望春山微微推開一點，又「噹啷」一下合上，一字一頓道：「好啊，要是來不及，就讓他們把命留在這裡吧。」

這是來時路上謝允教她的第一條原則——這寨中的長老都是看著她長大的，像對付楊瑾一樣故弄玄虛、增加神祕感非但不會奏效，反而會讓他們越發覺得她不靠譜。因此一定要少問、少說、少解釋，說話的時候要用板上釘釘一樣的力度，「只有妳對自己的話先深信不疑，才能試著打動別人」。

周翡似有意似無意地掃了謝允一眼，正好對上他的目光，謝允衝她微微一點頭——「拿下最開始的態度之後，不要一味步步緊逼，得張弛有度，妳畢竟是晚輩，是來解決問題，不是來鬧場的。」

周翡將手指在刀柄上用力卡了幾下，緩和了神色，低眉順目地歉然道：「侄女方才失禮了，實在是一進門就遭自己人伏擊，這才沒了分寸，諸位叔伯見諒。」

張博林張了張嘴，眉毛豎起來又躺回去，終於沒說出什麼斥責的話來，只是擺了一下手。

周翡看了趙秋生一眼，彎著腰沒動。

她頭髮有些亂，一側鬢角的長髮明顯是被利器割斷，位置十分凶險，上去一分就是臉，下去一分就到了咽喉，說不定是毫無防備的時候被人當頭一擊所致。趙秋生覺得周翡平日裡一點也不討人喜歡，見了面永遠一聲硬邦邦的「師叔」，便沒別的話了。此時見她一身恭敬有禮的狼狽，卻突然間有種奇怪的感覺——好像討人嫌的小丫頭片子懂事了似的。

他於是哼了一聲：「罷了。」

說完，趙秋生越過林浩，直接以大長老的姿態吩咐道：「去洗墨江，我倒要看看，那些個吃裡爬外的東西勾結了一群什麼妖魔鬼怪！」

林浩年輕，對此自然不好說什麼。張博林卻不吃趙秋生那套，聽得此人又越俎代庖，當場氣成了一個葫蘆，噴了一口粗氣。

周翡隨風搖舵，雖然沒吭聲，卻沒急著跟上趙秋生，反而將詢問的眼神投向張博林。

這是謝允教她的第三句話——到了長老堂，要是他們所有人都各司其職、團結一致，那妳也不必吭聲了。長老們意見統一，就算是妳娘也得好好掂量，何況是妳？但妳娘既然留下長老堂理事，而不是託付給某個特定的人，就肯定有讓他們相互制衡的意思在裡頭，妳推開長老堂的門，最好看見他們吵得臉紅脖子粗，那才能有妳說話做事的餘地，怎麼把握這個平衡是關鍵。

張博林碰到她的目光，心裡鬱結的那口氣這才有了個出口，瞪著趙秋生的背影，心道：讓你得意，別人可都看著呢，人家心裡明鏡似的，知道誰靠得住。

於是張惡犬帶著幾分矜持的得意衝周翡一點頭，說出了自己的意見：「去洗墨江。」

長老堂短暫地統一了意見，林浩略舒了口氣。四十八寨備用的崗哨立刻各就各位，各門派的人馬往洗墨江會聚——火把夜行，長龍伏地。

周翡目光掃過，見往日裡混在一起不分彼此的各大門派之間突然有了微小的縫隙，居然是按照門派各自成隊的，好像一面平湖突然分出無數支流，漸漸涇渭分明起來。

她不想這麼敏感，卻依然注意到了，神色不免一黯。

一直跟在她旁邊沉默不語的謝允突然抓住她的手，謝允掌心冰冷，周翡微微一激靈。只見他面朝前，好似根本沒在看她，手指卻溫和又不由分說地將周翡略微鬆弛的手緊緊地按在了望春山的長柄上。

還沒完——周翡知道他的意思，還沒完。

剩下她沒來得及出口的話，要用破雪刀去說。

這時，刀槍嗚聲四起，開路的一批增援已經和外敵動起手來。周翡一眼看見遠處熟悉的黑衣人，心裡微微一沉——是北斗。

張博林大喝一聲，一把搶過旁邊一個弟子手中的長槍，便前去身先士卒。千鐘掌門的硬功何等紮實，張博林又寶刀不老。乍一衝進人群裡，他好似一顆實心的鐵球入了水，「嘩啦」一下，頃刻便橫掃了一大片黑衣人。長槍重重地砸在地上，兩指厚的石板路當即成了過油炸透的薄餅，酥脆非常，裂出了一張猙獰的「蜘蛛網」。

不說敵人，連自己人都被他老人家這石破天驚的一出手嚇了一跳。李妍飛快地往後退了半步：「我的親娘……」

她大呼小叫完，卻沒收到附和，偏頭一看，見周翡拄著長刀，越過打成一團的敵我雙方，遙遙地看著一個人。

那人站得太遠了，看不清多大年紀，只依稀有個輪廓，彷彿是個長身玉立的男人。他身穿大氅，領口一圈雍容得過分的狐狸毛，也不怕在蜀中捂出痱子來，手中一把摺扇，腰間掛著佩劍。乍一看，他幾乎跟謝允一個騷包德行，根本看不出哪兒比別人高明——如果不是他腳下踩著一根樹枝。

不是粗大的主幹，那是一棵樹上最細、最脆的小枝，約莫只能禁得住幾隻螞蟻，恐怕連蜜蜂都能判斷出「此地不宜久留」。細細的樹枝隨著林間的風來回搖擺，樹葉瑟瑟地抖著，似乎時刻準備「落葉歸根」。而這男人就是穿著一身隆重的衣服，踩著這樣一根輕飄飄的樹枝。老遠一看，他簡直是懸在半空。下一刻，他好像察覺到了周翡的視線，腳下突然一動。

那人一路踩著林間樹梢，轉眼飛掠到了四十八寨眾人近前。炫技似的，一路上他腳尖竟然沒沾地，過處草木不驚，根本看不出他是在哪兒借力的！

這身法快得幾乎讓人眼前一花，說不出的壓迫力被那獵獵作響的大氅裹挾而來，叫人忍不住想往後退。除了趙秋生等老一輩的高手，連林浩都沒能站在原地。

年輕一輩裡，唯有周翡一動沒動，神色竟然還十分平靜，在一群年輕弟子間顯得分外鶴立雞群。林浩忍不住多看了她一眼。

周翡這回真不是裝的，來人輕功卓絕，太過卓絕了——讓她一看就不由得想起了謝允。一和謝允聯繫在一起，眼前就算來個天尊下凡，也沒法激起周翡的半點敬畏之心。她非但不慌，心裡還飛快盤算起這個陌生人是誰來。

北斗七個人，死了個廉貞，剩下的貪狼、祿存、武曲她都已經見過……所以來人是巨門、破軍，還是文曲？

這時，一直沒吭聲的謝允終於開了口，他輕聲介紹道：「『清風徐來』，多半是谷天璇。」

「巨門。」周翡已經看清了來人，那谷天璇是一副俊俏書生的模樣，雖然年紀不小了，卻依然堪稱英俊瀟灑，一雙桃花眼尾上拖著幾道細細的紋路，彷彿還盛著一點說不清道不明的笑意。

周翡皺眉道：「我感覺不太好，據我所知，北斗從來不知道什麼叫『單打獨鬥』，來的不可能只有他一個人。」

趙秋生再剛愎自用，聽了這句話，也不由得轉頭瞪向周翡，問道：「妳怎麼知道？」

周翡飛快地抬了抬嘴角，露出一個乾巴巴的苦笑：「不瞞趙叔，我這回出門一趟可算收穫頗豐，都快把北斗認全了。」

趙秋生一愣，他知道周翡不愛說話，但說話很算數，沒事不扯淡。聽了這一句，他心下不免駭然，頭一次疑惑起她在外面都遇上了什麼事來。還不待趙秋生細想，林浩便問道：「周師妹，那依著妳看是怎樣？」

周翡大部分時間只負責拔刀，很少負責「看」，聽他問，她下意識地看了謝允一眼。

謝允已經在不知不覺中放開了她的手，站在兩步之外，正不言不動地注視著她。他的目光沉靜而且溫和，映著些許清澈的星光，卻絲毫沒有替她說話的意思。

「這不……」

周翡本能地心虛，差點脫口說出一句「這不過是我個人之見，不一定對」，可是話差點滑出嘴角的時候，她驀地想起謝允教她的第一條原則，當即堪堪一合牙關，將這句話後面幾個字一口咬斷。

她沉吟片刻，說道：「這不對勁——林師兄你看那邊，北斗的黑衣人並沒有我想像的那麼多，而鳴風更不過是我四十八寨中的一支，就算是裡應外合，他們有什麼把握取勝？」

周翡用這兩句話理順了自己的思路，心裡飛快地回想起山谷中帶人抄木小喬後路的童開陽，華容城外親自去綁了祝家少爺的仇天璣，越說越有底，後面的語氣便貨真價實地篤定起來，她接著又道：「谷天璇千里迢迢地趕到蜀中，又好不容易找了個大當家不在家的時機，正值寨中群龍無首，還出了內鬼，到處人心惶惶。這麼好的機會，如果是我，我絕不會帶著這一點人來打一場沒有把握的仗。我會故意在洗墨江弄出一場大動靜，將各寨精銳都引來這裡，然後……」

周翡對上林浩的目光，做了一個下壓的手勢——剛剛換上的崗哨本就人心惶惶，一旦此時受襲，身後又一時等不到援手，必然加劇慌張，十成的戰鬥力剩下五成就不錯了——此時四十八寨的防衛正好是最薄弱的！

林浩何等精明，大略聽了個音便立刻想明白了前因後果，他後背已經出了一層冷汗，匆忙間，只來得及衝周翡點一下頭，便接連點了十幾個「飛毛腿」，掉頭就走。

林浩年紀輕輕就當上長老不無道理。他叫人將手中燈籠掛在樹上，只留下幾個舉火把的，其他大部分人手都跟著他靜悄悄地離開，撤退得分外不動聲色。

四十八寨中密林掩映，倘若不走近了看，只能通過人手中的燈火判斷對方人數，一時居然無從察覺，連周翡都不知道他把人調走了多少。

而此時，眼前局勢也已經不容她再操心別的——谷天璇將手中摺扇搖了搖，「啪」一下合上，目光掃過眼前以幾位長老為首的四十八寨各大門派，遙遙一拱手，笑道：「不速之客深夜來訪，主人家見諒了。」

趙秋生與張博林雖然不怎麼對脾氣，此時在北斗面前一致對外，倒也十分默契。

趙秋生微微側過身，將一干凝事的晚輩擋在自己身後，與張博林交換了個眼色，兩人各自挪了幾步，一左一右地盯住谷天璇。

趙秋生冷笑道：「知道自己討人嫌還來，是想來找點死當土特產裝回去嗎？」

谷天璇風度頗佳，被人指著鼻子罵，他也沒翻臉，只是含笑看了趙秋生一眼，微微轉身，對身後的什麼人做了個「請」的手勢。眾人一起順著他的目光看去，藏在人群中的寇丹便款款地露了面。

「寇——丹！」趙秋生從牙縫裡磨出了這兩個字。他沒問鎮守洗墨江的魚老是什麼下場，眼下這種情況，實在也是沒必要問了，「妳這欺師滅祖的賤人——」

寇丹隨手托了托豐盈的長髮，鮮紅的十指在火光下閃爍著近乎圖騰般的神祕光澤，迎著四十八寨眾人行將噴火的目光，她似笑似嗔道：「欺師滅祖不敢當，諸位恐怕有所不知，以前新樓主想要上位，第一個就要殺老樓主立威，這才是我鳴風樓世世代代都能以舊換新、生生不息之道。我師父是壽終正寢的，相比前輩們，小女子實在已經很沒出息了。」

張博林說道：「四十八寨收留你們，給你們庇護，敢問兩代人到此，哪裡對不住貴派了？」

「四十八寨收留庇護的是你們這些義氣當頭的名門正派之後——鳴風樓？」寇丹伸手

掩住嘴，輕輕一笑道，「鳴風樓不過是一群無情無義、收錢辦事的刺客。李徵當年有那麼好心嗎？張掌門，你也一把年紀了，動動腦子想想，當年南刀將鳴風樓收入四十八寨的時候，多少人有過非議，他為什麼一意孤行？」

張博林被她問得一時語塞，隨後反應過來，忍不住破口大罵——老寨主一手創立四十八寨，又經過幾十年記憶的美化，在他們這些四十八寨老人心裡已經接近神話，哪兒容得別人明裡暗裡說他「有所圖謀」？

寇丹頗為憐憫地看了他一眼，那種永遠藏著祕密的微笑又浮現在她臉上，火光中有一點晦暗不明。她說道：「鳴風為了亮出誠意，在洗墨江中獻出了牽機。牽機事關重大，這些年來，參與過牽機建造的核心弟子都像未出師的弟子一樣，從未離開過四十八寨，永遠止步於洗墨江後——沒有虧待過我們……張掌門，你不如去問問大當家，她心裡那碗水可端平了？」

周翡一邊聽她說話，一邊試著和殷沛說的那段鳴風樓關門弟子和花掌櫃的故事聯繫起來。聽到這裡，她便試探著問道：「寇掌門，妳心懷怨憤，和芙蓉神掌花正隆有關嗎？」

寇丹一愣，這時才注意到趙秋生身後的周翡。

寇丹道：「妳這小姑娘……」

周翡上前一步，自報家門道：「周翡。」

「哦，原來妳就是阿翡，」寇丹打量了她兩眼，帶著幾分和藹說道，「沒認出來。我上次見妳的時候，妳還沒有桌子高呢——怎麼，出門一趟，倒是知道了不少事。」

周翡眼珠微微一轉，瞥見一個弟子跑過來，在趙秋生耳邊說了句什麼，趙秋生點了點頭。看來林浩已經準備周全，那這會兒就不知道是誰拖著誰了。

她心裡微定，便對寇丹說道：「花前輩我見過，寇掌門如果想知道他的行蹤與去向，我可以告知一二。」

寇丹臉上浮起一個帶著毒的微笑：「我不想知道……小阿翡，這些話是誰教妳的？這種曉之以理，動之以情的方式實在太蹩腳了。怎麼，妳覺得我聽見『花正隆』三個字，就會立刻倒戈，追著妳要一個下落嗎？」

周翡沒指望一句話說得鳴風樓主叛變，但她確實有心擾亂一下對方的心緒。但很可惜，世上的人並不是每一個都如段九娘，會在多少年之後，仍為了一個名字癡傻瘋癲。

「阿翡啊，」寇丹近乎語重心長地對她說道，「等妳到了我這把年紀，就知道那些情情愛愛的事，只有妳們小姑娘才會當回事。我年少輕狂的時候，確實因為一個男人想過脫離鳴風樓，過自己的日子。那個男人很不錯，但是不錯的男人滿天下都是，對不對？」

她說著，衝谷天璇飛了個媚眼，谷天璇含笑不語，站在旁邊不接招。

「我們鳴風樓的人，之所以能在高手林立的江湖上端穩了刺客這碗飯，從小吃過的苦頭是妳想不到的。我師父當年教訓我，說我本就是個人人畏懼、神通廣大的厲鬼。莫非在諸位眼裡，我寇丹千年修煉，就為了找個不錯的男人，當個不錯的女人？」寇丹正色下來，微微抬起下巴，目光掃過面前的一干舊同儕，「他老人家當年這樣教訓我，他教訓得對，我都聽進去了，否則如今的鳴風樓也輪不到我當家——那麼，話又說回來，諸位，你們說小女子一個厲鬼，吃了這麼多苦才爬到今天這地步，難道是為了在一個山溝裡看一條河裡的水怪？」

鳴風的老掌門當年為了牽機，將自己養的妄圖染指紅塵的小小鬼魂抓了回來，幾經培養，終於將她培養成了一個合格的鳴風刺客。

可惜未免太合格了。

「廢話不說了，」寇丹一擺手，「鳴風自此脫離四十八寨。李瑾容勾結叛逆，藐視朝廷，收容叛將之後，實在不像話。今日谷大人奉命前來剿匪，應當應分，鳴風樓也不便阻攔。只是有一樣東西需要向李大當家討要，恐怕她不給，小女子只好多扣下幾個人質來跟她談一筆交易了。阿翡，妳回來得正好。」

張博林怒道：「賤人，好大的口氣！」

說話間他手中長槍「嗡」一聲響，直直地就衝寇丹挑了過去，寇丹輕笑著躲開。谷天璇一聲令下，身邊的黑衣人立刻圍攏過來。同時，他出手如電，將手中摺扇往下一壓，四兩撥千斤一般地撞開了槍尖。

張博林手腕一麻，當即一凜，戒備地對上「巨門」。

「千鐘，」谷天璇將袖子輕輕挽起，搖頭嘆息道，「我便來領教一二吧。」

他話音沒落，已經鬼魅似的上前。谷天璇的輕功名為「清風徐來」，已近出神入化，一手功夫竟與沈天樞不相上下。張博林大喝一聲上前，不過數個回合，居然已經落了下風。

趙秋生看得直皺眉，餘光一掃身後李妍等人——林浩走了，此時雖有馬吉利保護，可他帶的那幾個人也未必是寇丹的對手。他一時踟躕，愣是沒敢輕舉妄動，心裡罵道：這些累贅跟來到底幹什麼？

就在這時，周翡突然說道：「寇掌門不是說我回來得正好嗎？好啊，那就看看我有多正好。」

她說完，一步上前，那一步裡頭不知有什麼玄機，趙秋生慢了一分，愣是沒能攔住她！

趙秋生的頭皮都炸了起來，他雖然一直覺得周翡脾氣臭，欠管教，不太喜歡她，卻也絕對不能讓她在自己眼皮底下出事，不然回頭他怎麼和李瑾容交代？他心裡大罵這些小青年不靠譜，一時顧不上張博林那老東西是占了上風還是處了下風，當即便要趨身上前，怎麼也得在周翡之前攔住寇丹。

可無論是周翡還是寇丹，身法居然都比他想像的快得多。

寇丹也沒想到居然是周翡這麼個小丫頭向她挑釁。她長眉一抬，打量著周翡的眼神帶了些許訝異，手上卻並不因為輕敵而客氣。

寇丹整個人像流雲飛絮一樣輕飄飄地往後飄了幾丈遠，同時長指甲輕輕一撚，便將什麼東西往周翡身上抖去。那正是寇丹成名之物，名為「煙雨濃」，是一種比頭髮絲還細的小針，幾乎是看不見摸不著，防不勝防，能殺人於無聲。魚老便是死於這些貌不驚人的小針。

趙秋生沒看見煙雨濃，卻看清了寇丹的動作，一聲驚駭的「小心」還沒來得及出口，那兩人已經在轉瞬間交了一回合的手——只見周翡的望春山根本沒有出鞘，長刀在空中畫了一道堪稱優雅的弧度，撞出了一片細碎的輕響，七八根牛毛似的小針紛紛抖落在地上。

趙秋生震驚地將滑出了兩步的腳停了下來，若有所思地盯著周翡的背影，心道：這丫頭的身手在哪裡磨煉得如此了得了？

「周翡，」寇丹謹慎了起來，咬字極重地重複了一遍周翡的名字，彷彿第一次將她看在眼裡一樣。嗚風樓主將雙手攏入袖中，低聲道：「我倒是還沒領教過破雪刀的厲害。」

周翡一聲不吭地推開望春山——她知道自己不可能比寇丹高明，唯一可以依仗的，就是她對這個沒怎麼見過面的嗚風掌門的熟悉。

牽機是當年嗚風派的核心弟子傾盡心血一手打造的，那水中怪獸算是周翡半個師父。她在黑燈瞎火的洗墨江裡泡了三年，即使蒙上眼、塞住耳，僅憑著無數次錘煉出的感覺，也能躲開大部分的煙雨細針。

「望春山」是照著李徵的刀打的，對周翡來說有點太長了。刀越重，便顯得人越輕，兩廂對照，有種奇異而莊重的不協調感。面對北斗雙星的時候，她背後有個絕代高手段九娘；面對鄭羅生的時候，紀雲沉畢竟只是讓她拖時間，並沒有要求她真同青龍主拼個你死我活；面對楊瑾的時候，她三天沒睡好覺，想的是背水一戰——輸了也只能接受，好歹她堂堂正正地應過戰。

而此時，站在這曾經聞名天下的刺客面前，周翡卻心知肚明——她背後是命懸一線的四十八寨。沒有段九娘支援，拖時間也等不來奇蹟，而萬一有差池，她恐怕就得交待在這兒。

寇丹不是她遇到的最厲害的敵人，卻是第一個她明知道兩人之間的差距，卻還得硬著頭皮上，而且身後毫無退路的敵人。

「妳開口說話的時候，一方面要明察秋毫，要態度堅定。」這是謝允告訴她的最後一句話，「但是當妳走到拔刀的那一步時，就閉嘴、閉眼，把妳整個神魂都凝結在刀刃上。不要想輸贏，也不要想結果。」

周翡深吸了一口氣，將自己開始冒頭的萬千思緒攏成一把，強行壓了下去，刀尖一轉，指向寇丹。

鳴風樓的刺客可不會講究長幼有序的那些虛禮，寇丹察覺到周翡整個人氣質一變，當即便將她當成了眼前大敵。寇丹從長袖中摸出一個蠍尾一樣的短鉤，招呼都不打便驀地上前。她一身貼身短打扮，唯有袖子寬而長，像兩片頭重腳輕的蝶翼，一股冰冷的暗香順著她的長袖掃過來，下一刻，周翡被她的煙雨濃包圍了。

寇丹在綠樹依然濃鬱的深秋裡灑了一把杏花雨——沾衣欲濕、無處不在——那些小針太密集了，以至周翡身邊竟升騰起一層細針凝成的「白霧」，被鳴風的針尖掃一下並不要命，要命的是針尖上見血封喉的毒。

這時，周翡突然動了。

面對煙雨濃，她毫不猶豫地選了「風」一式，打算以快制快。

枯榮真氣忽明忽暗地隨著刀光遊走，長刀背上被兩人內力所激，沾了一圈牛毛細針，將那暗色的長刀裹得好一番火樹銀花。

這一瞬間，周翡彷彿回到了她浸泡三年的洗墨江。

牽機轟鳴，在她身邊纏上無休無止的殺機。她彷彿剛剛經歷了一場被魚老逼著強行入定的「閉眼禪」，正心無旁騖。

刀鋒與牽機、與煙雨濃接觸的每一個微妙的角度，都分毫不差地映在她心裡。突然間，面前的是寇丹還是牽機都不重要了，周翡心裡有什麼東西呼之欲出——就在這時，只聽「鏘」一聲，望春山撞上了寇丹手中的短鉤，周翡手腕猛地一震，刀身上沾的細針「稀裡嘩啦」地掉了一片。

寇丹倏地一瞇眼，短鉤不偏不倚地卡在了望春山的刀背上，繼而她低喝一聲，力道順著短鉤傳過來，將長刀卡了個紋絲不動。

與此同時，寇丹突然一張嘴，一支拇指大的吹箭衝著周翡的面門打了過來。

此時兩人之間不過一刀的距離，倘若換成李瑾容或是趙秋生他們，大可以一掌拍過去，強行將自己的兵刃奪過來。可是寇丹同周翡之間幾乎有一輩人的差距，哪怕鳴風刺客一脈多重奇技淫巧、硬功不那麼紮實，那寇丹作為一派掌門，身上的功力也不是周翡能抗衡的。

此時，周翡要麼被那吹箭釘個正著，要麼只能被迫撒手棄刀。

而在「煙雨濃」的主人面前棄刀會是個什麼下場，連李妍都知道。

李妍嚇得一時不知該衝誰呼救，周圍一大堆師叔師伯的名字爭先恐後地湧到嘴邊，全都堵在了她的嗓子眼，她手腳冰冷，連「喵」都沒喵出一聲。

謝允的手已經縮進了袖子。

而就在這時，周翡忽然一壓刀柄，倏地鬆了握刀的手。

望春山在方才兩邊角力中生生被壓出了一個弧，周翡這邊一鬆手，刀身頓時飛快地震顫起來，方才沒有抖落的牛毛小針起霧似的迸濺了一片，寇丹不得不揮長袖擋在自己面前。

周翡給自己爭取到了這一剎那，她險而又險地側頭躲過那支吹箭，隨後探手一拉震顫不休的刀柄，猛地往前一送。望春山從短鉤中間穿了進去，刀尖在極小的活動空間內輕輕一擺，竟然又是「不周風」中的一招，受短鉤所限，她的動作極輕微，卻極精準——真好似一陣無孔不入的小風！

鋒利的刀尖頓時豁開了寇丹的長袖，寇丹當時只覺得自己攬在懷裡的是一條毒蛇，抓也不是，放也不是。

她惱怒之下，運力於掌，死命將周翡的長刀往下按去。

周翡手中的刀卻不著力地隨著寇丹的力道沉了下去，叫這刺客頭子重重的一腳踏了個空。寇丹微妙地踉蹌了一小步，短鉤一顫，她心裡暗叫一聲「糟」，果然周翡見縫插針，那被卡在短鉤中「身陷囹圄」的長刀立刻又由虛轉實，自上而下地掃過了寇丹的腳背。

寇丹的繡鞋上繡著三朵並排綻放的黃花，周翡一刀下去，正好將三朵花的心連成了一條線，一分不多，一分不少！

森然的刀鋒從寇丹腳背上飛掠而過，她驀地變了身法，後退半步，向周翡飛起一腳，繡鞋鞋尖上彈出一柄小刀，捅向周翡腰側。周翡一擰手腕，整個人連同望春山一起飛身而起，在短鉤中間打了個旋——這是她第三招「風」。

寇丹動了腿，短鉤上頓時有了微小的縫隙，周翡的長刀頃刻間脫困而出，隨後她竟不停歇，行雲流水一般墊步、轉身，一刀自上而下、大開大合地劈了下來——好像小小的旋風瞬間成了斬斷天河的利刃。

在場眾人愣是都沒看清她怎麼變的招！

寇丹已經連退三步，狼狽地躲開，頭上髮髻被刀風所激，滿頭青絲頓時垂了一肩一背。

這一刀叫趙秋生將心提到了嗓子眼，只看得眼花繚亂，當即真心誠意地叫了聲「好刀」。

直到這時，周翡方才強行壓下去的踟躕與猶豫才化為烏有，她心裡終於真正做到了只有刀。

這大半年以來，周翡雖然勤奮，雖然每天都有全新的感悟，但她和破雪刀之間，一直有一層模模糊糊，幾次觸碰到，卻都未能捅破的窗戶紙。

而那層「窗戶紙」終於在她退無可退的時候破開了。

「刀法一個套路是死的，人卻是活的……
「妳既不是李前輩，也不是李大當家，妳的刀落在哪一式呢？」
破雪刀最後三式，「無匹」、「無常」與「無鋒」。李徵乃南刀之集大成者，功力深厚，幾乎到了「大巧若拙」、「利刃無鋒」的地步，因此他的破雪刀是「無鋒」。
李瑾容天縱奇才，少時輕狂任性，一朝生變，無數艱難險阻像四十八座甩不脫的高山一樣，沉沉地壓在她身上。無論她有多怕、多畏難、多想退卻，都得咬著牙往前走。久而久之，她將自己磨礪得無堅不摧，因此她的破雪刀是「無匹」。
而周翡的破雪刀，卻學得堪稱倉促。李瑾容抱著「姑且教給妳試試，實在學不會就拉倒」的態度傳了這一套刀法給她。而後，她被無數前輩高人搖頭，又在一次次被趕鴨子上架的時候劍走偏鋒，將破雪刀當成一枝可以隨便嫁接的花——枯榮真氣、牽機劍意、斷水纏絲……甚至坑矇拐騙，逮哪兒插哪兒，逐漸磨煉出了她自己的刀。
那是「無常」。
她的刀突然間彷彿冷鐵生魂，而她像個踩著無數碎屍瓦礫、踮腳往牆外張望的孩子，在一圈險惡要命的「煙雨濃」裡，她終於扒上了牆頭的花窗，得以張望到牆外的天高地迥、漫漫無邊。
不過哪怕她一瞬間越過了心裡的十萬大山，外人也看不出來。在其他人眼裡，周翡只是將手中一把望春山使出了叫人頭暈目眩的花活，從煙雨濃中穿梭而過，片葉不沾身，還面無表情地打散了寇丹的髮髻！

張博林分明已經被谷天璇逼得左支右絀，見此情景，卻依然在百忙之中分出一絲幸災樂禍的閒暇，笑道：「哈哈哈，活該！」

然後樂極生悲，他被谷天璇一劍刺破了左臂。

趙秋生先後經過了極端的憂心、驚駭、震撼後，此時又冒出一點不是滋味來，心裡酸溜溜地想道：他們李家人刀上的造詣倒真是一脈相承的得天獨厚，哼！

百般滋味雜陳，趙秋生總算想起了被自己遺忘的「張惡犬」，提劍上前道：「姓張的，你還有臉笑！不就是區區一個北斗狗嗎？我來助你！」

場中形勢驟變，周翡一人拖住寇丹，而隨著趙秋生的加入，兩大高手合力，來往幾個回合，谷天璇的額角也見了汗。

四十八寨眾人一擁而上，將來犯的黑衣人與叛亂的鳴風堵在中間。

就在這時，一顆信號彈突然從東邊升起，炸亮了沉沉的天際。

谷天璇倏地退出戰圈，低低地笑了起來。

第三十章 透骨青

寇丹虛晃一招，緊隨「巨門」之後，攏長袖站定。她臉上依然帶著不失風度的微笑，心裡卻對周翡湧起一股瘋狂的殺意——哪怕是對上趙秋生等人，憑著她神鬼莫測的煙雨濃，寇丹也有自信不落下風。可偏偏這個周翡，明著用的是破雪刀，暗地裡卻有些與鳴風一脈相承的詭譎意味。寇丹幾次試圖痛下殺手，都被她彷彿有預感似的躲了過去。

而且與這不知從哪兒冒出來的臭丫頭動手的時候，寇丹明顯感覺到，剛開始周翡純粹是靠著運氣與一點臨陣時的小機變勉力支撐，到了後來，她的刀法卻越來越圓融起來。這讓寇丹簡直怒不可遏——這乳臭未乾的小丫頭居然在拿自己餵招！

鳴風樓說三更殺人，那人必活不過五更，當年是何等讓人聞風喪膽！可是如今，堂堂鳴風樓主，居然被一個後輩膽大包天地當成餵招的人形木柱！

谷天璇彷彿能感覺到她心裡的怒火，將手背在身後，衝她輕輕地擺了擺。寇丹深吸口氣，妖豔的面孔有些扭曲，心道：是了，反正他們也是秋後的螞蚱，蹦不了多久了，到時候落到我手裡，便叫她知道厲害！

一個寨中弟子狂奔上山，接連推開眾人，上氣不接下氣地跑到以趙秋生為首的長老們身邊，壓低聲音，飛快地說道：「趙長老，山下突然有大軍來犯，有數萬人之多，四方都有，好像是偽朝的人。」

趙秋生：「……」

周翡那小兔崽子的烏鴉嘴，說得居然一個字都不差！

趙長老一張寫滿震驚的臉不巧被谷天璇誤解了，谷天璇還以為他是「大驚失色」，當即適時地開口道：「千鐘、赤岩兩派的高手，在下都親自見識過了，這一趟便也不虛此行，我敬諸位都是英雄。」

說著，那「巨門」十分儒雅地一擺袍袖，「唰」一下合上摺扇，衝在場幾個人抱了抱拳，特意在周翡面前停留了一下，這才接著說道：「谷某人也不想造成無謂的犧牲，不瞞您說，我在此和幾位試手的時候，我一個兄弟已經帶上伏兵來圍山了……唉，大軍一動，干係甚大，蜀道又難行，萬一出了什麼岔子，我等在聖上面前也不好交代。說來慚愧，今日的圍山行動，我們不得不慎之又慎，甚至不敢正面試探貴寨鐵桶似的防務。為了萬無一失，不才只好親自上山來，先會一會諸位英雄，調虎離山片刻，讓我那兄弟的路好走一些。」

趙秋生冷哼一聲：「你待怎樣？」

谷天璇笑道：「四十八寨藏龍臥虎，多少稀世少有的頂尖高手隱藏其中，區區以為，能不動手，咱們最好還是不要動手。大家太太平平地湊在一起，把話說明白了，化干戈為玉帛，豈不是好事一樁？」

就這麼三言兩語的工夫，四下裡接二連三的信號彈先後炸上天，一個比一個響、一個比一個急迫。

此時，瞎貓碰上死耗子蒙對的周翡也好，從頭到尾聽過了周翡推斷、心裡勉強算是有數的趙秋生等人也好，心裡都不由自主地七上八下起來——北斗來了多少人？四十八寨的反應及時嗎？林浩那小青年到底靠不靠得住？

周翡再次下意識地看了謝允一眼，不過這一次，她沒等謝允給她任何反應，已經率先移開了自己的視線。謝允已經把該告訴她的都告訴她了，剩下的事，只能靠她自己和一點點運氣。周翡心裡回想著謝允那些幾乎成了體系的段子：「有道是『君子喻於義，小人喻於利』，聰明人懂得取捨，愚人容易動之以情——但是這世上大多數人，都既非君子又非小人，不怎麼聰慧，但也不至於愚昧。要讓無數這樣的人都心甘情願地聚在妳身邊，頭一件事，妳得『取信』於眾。妳要記著，聽命於人者，容易受別人影響，能影響別人的人，才能聚齊千軍萬馬。」

周翡一轉頭，正好看見趙秋生給自己遞了個詢問的眼神，那又臭又硬的老古板眼神裡也不免帶了些憂慮和心虛，彷彿還想從她這兒找些底氣。那種憂慮簡直就像她自己在照鏡子，忽然間，周翡不慌了。

周翡沉穩地衝趙秋生一點頭，拄刀而立，頗有幾分山崩不裂的自若。

趙秋生緊繃的眼神頓時放鬆了些，他一開始認為這個周翡很沒有眼力見兒，不早不晚，非得這時候回四十八寨，純屬添亂。可是前後不過半宿的光景，他發現自己居然已經開始關心她的意見。趙秋生覺得有點不可思議，他覺得自己好像一片排山倒海的領頭浪花，還沒來得及衝上堤壩，居然已經被趕上來的後浪拍了個劈頭蓋臉，真是又鬆了口氣，又好不憋屈。

趙秋生將手中劍往身後一背，冷笑道：「不想動手？莫非你們千里迢迢趕來，機關算盡潛入我寨中，是來吃年夜飯的？」

谷天璇沒理會他這明顯帶了挑釁的話語，不緊不慢地說道：「四十八寨隸屬我朝疆土，諸位占山為王，已經十分無法無天，偏吾皇有愛才之心，派我等前來，以『招安』為第一要務。只要諸位棄暗投明，朝廷也必然既往不咎，絕不會虧待了諸位，這種包票在下還是敢打的。」

趙秋生暗暗吐出一口長氣，用容忍別人在屋裡放屁的博大胸懷忍住了沒當場發作，問道：「還有呢？妳身後那女的不可能無緣無故地當叛徒，她想要的又是什麼？」

寇丹用幾根牛毛似的小針縫上了被周翡劃開的長袖，聽他問，她一低頭，咬斷了針上的細線，紅唇中貝齒一閃，顯得格外惹人憐愛。

「我啊，我沒別的事，就想向李大當家討一樣東西，」寇丹笑道，「說來要笑死人，外人都知道世上有『海天一色』這麼個寶藏，我鳴風一脈與其關係匪淺，卻在蜀中山林裡默默無聞十多年，要不是谷大人告知，居然都不清楚有這碼事，簡直滑天下之大稽，對不對？」

趙秋生和張博林對視一眼，全都不明所以，心道：這娘們兒胡說八道些什麼呢？

谷天璇點點頭，幫腔道：「不錯，當年鳴風樓大逆不道，手伸過了界，竟連刺殺聖上的髒活都接。為了這一樁蠢生意，老樓主師兄弟兩人親自出手，幸而當年有廉貞兄伴駕，那場刺殺沒能得逞，兩個逆賊反而中了廉貞兄的『透骨青』之毒。」

寇丹聽得他將自己師父師叔稱為「逆賊」，神色漠然，眼皮都沒動一下。

谷天璇又道：「透骨青乃天下八大奇毒之一，大羅金仙嘗到一點，也得乖乖重新投胎。那兩個逆賊卻一直活得好好的，其中一位更是十分硬朗，到如今鬚髮皆白，不殺還不肯死——百聞不如一見，依我看，這『海天一色』簡直有起死回生之功。」

隱隱猜到魚老的下場是一碼事，聽見敵人當面提起卻是另一碼事。周翡握刀的手陡然緊了。

寇丹將視線投向她，笑道：「前一陣子從鳴風的暗樁傳來一些消息，說我四十八寨出了個好了不起的南刀傳人，手刃了青龍主鄭羅生，我還在奇怪究竟是哪一位高人，如今看來，就是阿翡了吧？」

趙秋生失聲道：「什麼？」

張博林幾乎與他異口同聲道：「你宰了活人死人山的龜孫？」

周翡：「……」

這事真沒法當眾解釋，眼看跳進黃河都洗不清了。

寇丹長長的指甲摳著自己的手心，笑道：「若我沒猜錯，海天一色的信物，大當家自己有一件，忠武將軍吳費有一件，當年山川劍肯定也有一件——後來十有八九是落到了鄭羅生手上。大當家搶先派人迎回吳氏遺孤，又隨便找了個名目將親閨女派出去，找到鄭羅生，殺人立威兩不誤。眼下，她手中肯定是三件信物俱全……或者拿到更多了吧？李大當家真是好手段，奴家佩服得緊，只是一個人不好太貪心，難道她還要占盡天下便宜不成？」

周翡滿心殺意，冷冷地看著她，輕聲道：「一派胡言。」

寇丹也不與她爭辯，十分甜蜜地一抿嘴，她回頭衝谷天璇道：「大人，我看時辰差不多了。」

谷天璇尚未開口，便聽不遠處有整肅的腳步聲傳來，他頓時滿臉萬事俱備的志得意滿，好整以暇地道：「第一，請諸位放下刀劍，歸順朝廷；第二，請周姑娘交出吳家人和妳從鄭羅生那裡拿到的東西；第三，辛苦諸位給李大當家送一封信，叫她速速歸來，順便將她手中的海天一色信物奉上，與我兄弟二人入京請罪，聖上寬厚，定不會為難她——僅此而已，就這幾條，諸位看，不苛刻吧？」

張博林聽了這通連環屁，當即橫眉立目，便要破口大罵。忽然，他的目光越過北斗與寇丹等人，看向不遠處來人的方向。張博林先是一呆，隨即神色驟變，怒目金剛轉眼成了笑口彌勒，他哈哈大笑道：「不苛刻，能辦，龜兒子，你跪下叫聲『爹』，給咱們磕十個孝子賢孫頭，什麼『海鮮山珍』，咱們都能給你弄來。」

谷天璇心生不祥，驀地扭過頭去，只見來人居然不是他約好的大軍，而是一幫四十八寨的弟子。

那些弟子個個訓練有素，從四方跑來，整齊劃一，隔著數丈之遠站定，大聲道：「東南第一崗已經砍斷吊橋，敵不能入！」

「第二崗已經放出毒瘴，斬敵數百，狗賊不敵，已經撤回。」

「第三崗已在山谷佈伏。」

「第四崗殺敵軍參將……」

谷天璇方才百般故弄玄虛，這會兒他的每一口唾沫都變成一巴掌，千手觀音似的抽回到自己臉上，那張俊秀優雅的臉上青了又紫，紫了又黑，暴跳的青筋差點破皮而出。

倘若這會兒往他頭上楔根釘子，這位「巨門星君」的狗血大約能噴上房。

周翡一抖手腕，提著望春山看向谷天璇，似笑非笑地道：「谷大人，大老遠跑一趟不容易，要不您進來喝杯茶？」

張博林樂不可支地道：「妳這丫頭蔫壞，對老子脾氣！」

谷天璇充耳不聞，喝道：「走！」

他一聲令下，方才散開的黑衣人頓時圍攏過來，護著他往來路撤去，而那寇丹一聲長嘯，幾個鳴風樓的刺客各自施展輕功，好像幾隻大蜘蛛精，七手八腳地撐起了一張牽機線織就的大網，擋住眾人腳步。

張博林一挺長槍，便要往那網上硬撞：「賤人，妳哪裡走！」

寇丹方才縫好的袖子用力一抖，袖中放出一團白煙，也不知有毒沒毒，衝著張博林便湧了過來。張博林忙屏息後撤，就在這時，一柄長刀落到他面前，挑、撥、擋、撞幾下，白煙裡潛伏的細針通通被攔了下來，落在地上，泛著幽藍的光。

周翡道：「張師伯，小心點。」

張博林這才察覺到自己得意忘形，一時有些訕訕的。

而就這麼片刻的光景，谷天璇與寇丹兩人已經撤出了數十丈，眼看要躍入洗墨江中，只留下一干沒用的黑衣人和鳴風弟子斷後，眼看已經追不上了。

張博林是一位哪怕是被狗咬了，也得跪在地上咬回來的中老年奇男子，哪裡甘心讓谷天璇他們就這麼跑了？而周翡在不久之前，恰恰也是個脾氣暴躁的少年人，這兩位熱血上頭，直覺反應完全是一拍即合。

一個是忘恩負義、欺師滅祖的寇丹，一個是與四十八寨有深仇大恨的谷天璇，人家上門挑釁，倘若還讓他們挑完就跑、全身而退，往後四十八寨的面子往哪兒擱？

必須得抓回來氽成丸子！

張博林兩巴掌揮開寇丹放的白煙，將長槍往肩頭一扛，大喝一聲，便擲了出去。

那谷天璇頭也不回，兩個黑衣人卻訓練有素地搶上前去，居然以血肉之軀替他抵擋，當即被穿成了糖葫蘆釘在地上。長槍尾部依然震顫不休。

張博林氣得大叫一聲，不依不饒地拔腿便要去追。周翡立刻跟上。

就在這時，她聽見謝允低低地叫了她一聲：「阿翡。」

三步之內，周翡頭也不回地心道：叫我幹什麼？正忙著呢！

五步之後，她隱約開始覺得不妥。

周翡時常追在謝允後面跑，無意中被逼著好生錘煉了一番輕功，幾個轉瞬，她人已經在十丈開外。

突然，她驀地往前趕了幾步，臨陣變心，搶到張博林前面，一抬望春山攔住他：「張師伯，事分輕重緩急，先別光顧著追他們。」

張博林一雙眼睛瞪成了銅鈴，憤怒地望著轉臉就「叛變」的周翡。

周翡目光不躲不閃，搖搖頭，正色道：「張師伯，咱們的人手剛才大部分都讓林師兄帶走了，林子裡那些都是障眼法，沒那麼多人手。再者說，真追到洗墨江裡，有那寇丹在，牽機是誰手裡的刀還說不準呢。而且眼下事態未平，山下又不知是什麼光景，山間還很有可能留著鳴風的餘孽……」

周翡被謝允一聲召喚，叫回了方才棄她而去的理智。此時她神魂歸位，心思稍微一轉，立刻就想明白了——林浩總領四十八寨防務，與趙長老和張長老平級，事態緊急的時候，他便宜行事就行，根本沒必要派人特意跑回來說戰況——還是敲鑼打鼓、大聲喧譁地說。

林浩之所以來這麼一齣，很可能只是故弄玄虛，嚇唬谷天璇等人而已，外面的情況不見得真有這麼樂觀。

而退一步說，就算谷天璇與寇丹真是屁滾尿流逃走的，要想將他二人抓回來，在場眾人至少也得是趙、張兩位長老同時出手，再捎帶上一個周翡當添頭，才能勉強與那北斗和刺客頭子戰個平手而已。趙秋生顯然沒打算跟他們倆一起「人不輕狂枉少年」，而要真是只有他們倆追上去，誰是丸子還不一定呢。

還有那些老鼠洞裡都能藏身的鳴風樓刺客，誰知道現在山間還埋伏了多少？四十八寨裡除了真正的高手，也不乏老幼病殘，到時候萬一後院起火，真出點什麼事怎麼辦？

趙秋生一邊指揮在場眾人將留下的北斗黑衣人與鳴風刺客包圍拿下，一邊趕上來，數落張博林道：「我看你半輩子沒一點長進，除了吠就是咬人，還不如一個小丫頭片子懂事！」

張博林：「……」

趙秋生用鼻子噴了口氣，尾巴翹起來足有一房高，趾高氣揚地吆五喝六道：「來人，將這些雜碎都押入刑堂，留雙倍人手看守洗墨江，搜山、善後！不要遺漏一個鳴風的餘孽——翡丫頭，跟我回長老堂，妳娘既然不在，妳也該當個人使了。」

周翡心裡明白，經此一役，趙秋生算是認可了她有說句話的權力。

去年這時候，周翡連弟子名牌都還沒有，此時卻被趙長老特批能進長老堂，說是一步登天也不為過了，然而她臉上卻沒什麼喜色，反而心事重重地往洗墨江的方向看了一眼，低聲請示道：「趙師叔，不如我先留下幫忙善後吧？牽機也要重新打開。」

趙秋生神色冷淡，說道：「鳴風樓收錢殺人，是什麼正經東西？早二十多年我就說過，這夥人靠不住，那封瑜平自己教導子弟無方，受其反噬，死了沒人埋也是活該，看什麼看！」

周翡使了吃奶的勁，才算把頂嘴的話咽回去，喉嚨輕輕地動了一下，她下意識地握了握望春山的刀柄，緊繃的怒意卻已經順著她看似平靜的眉梢流了出去。

趙秋生冷笑道：「妳隨便吧。」

說完，他一揮手，帶著一群弟子轉身就走。

張博林在原地踟躕片刻，伸手拍了拍周翡的刀背，說道：「老趙這混帳玩意兒其實不是那個意思，只是……唉，寇丹要是落到我手上，我定要將她碎屍萬段——妳替我們去看看吧，我就不看了。」

本來，對破雪刀的領悟更上一層樓這事，能讓周翡偷著樂上小半年。但她背靠孤零零的洗墨江，想到眼下前途未卜的局勢、目的成謎的寇丹等，便只好先行支取這半年的快樂，一股腦地壓上，才算把眼前這天大的愁給鎮壓下去。

這一宿長得簡直叫人上氣不接下氣，天光好像總也亮不起來似的。

眼見趙秋生和張博林先後走了，周翡暗嘆了口氣，忍不住轉過頭伸手掐了掐自己的眉心。她帶著剩下的弟子在洗墨江邊上設了幾個臨時的崗哨，從上往下盯著腳下漆黑的江面，細碎的星光都被捲入其中，站在岸邊，能聽見江風拂過的濤聲，江聲絮絮，不知在和誰低語。

見一時沒了危險，李妍這才拉著吳楚楚跑過來。

「阿翡，妳剛和趙叔他們說什麼呢？」李妍越過周翡的肩膀，戰戰兢兢地往山崖下看了一眼，怕高的毛病又犯了，忙拽緊了周翡的袖子，哆哆嗦嗦地蹲了下來，「娘啊！嚇死我了。」

一個弟子上前對周翡說道：「周師妹，要下江嗎？」

周翡一點頭，衝眾人招招手，示意他們跟上，隨後自己先拽過一條繩索。接著，她動作一頓，又想起了什麼，回身拉過李妍：「妳跟我一起。」

李妍無辜地看著她：「啊？妳說什……」

她一句廢話沒說完，便已經雙腳離地。周翡拋出一根繩索，直接纏住了李妍的腰，然後一提一抓她的後頸，縱身便跳了下去。

周翡上上下下洗墨江無數次，對這段別人眼裡的「險路」再熟悉不過，等李妍回過神來的時候，已經被她無屏無障地帶到了半空，嶙峋的山石與奔湧的江面張開血盆大口，行將撲面而來。李妍懸空的腳底下所有的血都逆流上了嗓子眼，她眼淚當場就飆出來了，「嗷」一嗓子衝著周翡的耳朵叫喚道：「要——死——啦！」

周翡被她嚷嚷得耳畔嗡嗡作響，手一鬆，人已經接近了洗墨江底。她熟練地縱身在空中一翻轉，飛快地將手裡的繩索網了一圈，兜起李妍，自己不偏不倚地飛身而下，一掌拍向山崖上一個平整處，輕飄飄地落在了水邊的一小塊石頭邊上。

牽機安靜得好似睡著了。

周翡輕輕吐出一口氣，仰頭衝離地不到三尺、手腳並用抓著繩索的李妍道：「下來。」

李妍簡直像隻怕水的貓，拼命搖頭。

周翡也不跟她廢話，便要直接動手。李妍放開嗓子號叫道：「救命！救命！魚……魚太師叔！救……」

她叫到這裡，自己突然愣了一下，後知後覺地回想起來——對了，魚太師叔呢？他不是一直在洗墨江裡嗎，怎麼讓牽機停了，把那些外人放進來了呢？

李妍驟然一鬆手，兜在她身上的繩索倏地縮了上去。她一屁股坐在潮濕的水邊泥土上，鞋尖踩進了江水中，細碎的水花濺在了她臉上。李妍沒顧上擦，猛地扭過頭去，見周翡倚著月光無法逾越的山岩而立，顯得消瘦而沉默。

冰冷的江水浸透了李妍的鞋子，她倏地縮腳站起來。

幾個跟著下到江面的弟子紛紛落在水邊，周翡看了他們一眼，幾乎不停留，縱身掠出。她像個水上的精怪，腳尖在漣漪中心輕輕一點，根本不需要低頭看，便能準確地踩到水面下牽機的石身——幾個起落，便將在洗墨江中有些拘謹的弟子們帶往江心小亭。

江心小亭孤獨而寂靜地籠著一層水汽，單薄的舊門虛掩，被周翡裹挾在身邊的風一吹，那門通了人性似的，「吱呀」一下打開，露出面朝洗墨江端坐門前的魚老來。

周翡呼吸一滯。

那木桌上的茶杯整整齊齊地一字排開，魚老看起來好像一如往常，只是在偷懶閉目養神而已，隨時可能一臉不耐煩地睜開眼，吹鬍子瞪眼地衝她嚷嚷一句「妳怎麼又來了」。

有那麼一瞬間，她理解了張博林那句前言不搭後語的話。他們這些老人，從李徵的時代開始，就彼此磨合、彼此厭惡地被洗墨江上的夜風擠壓在一起，見證了四十八寨的崛起與繁榮，相依為命地各司其職多年，幾乎已經長成一個龐然大物身上的不同器官。

倘若親身至此，大概除了殺出去報仇之外，心裡很難裝得下其他事了。

但群山在側，哪兒有那麼多可以快意恩仇的機會呢？

周翡聽見趕上來的李妍極恐懼地抽了口氣。

那清晰的鼻音叫周翡回過神來，她挪動著自己有些僵硬的腿走到魚老面前，手在袖子裡晃了幾次，沒敢抬手去試魚老的鼻息，最後只好軟弱而自欺欺人地握住了他垂在一邊的手。

然而握住那隻蒼老的手的一瞬，周翡突然愣住了——手是溫熱的！

她腦子裡「嗡」一聲，即使是蜀中之地，這個季節的江邊也絕對稱不上暖和了。而從寇丹在洗墨江興風作浪關掉牽機到現在，少說也有兩三個時辰了，死人的手怎麼還會是熱的?!

周翡的心狂跳起來，一時間差點喜極而泣，她也顧不上尊重不尊重了，探手先摸向魚老的鼻息——沒有……

這也沒什麼，可能是手太哆嗦了，周翡輕輕在自己舌尖上咬了一下，勉強按捺住自己的心虛，又按住魚老頸側、心口、脈門……可是一路摸下來，還是什麼都沒有，周翡簡直要破口大罵起來。

這老王八到底練的是哪門子的龜息功?怎麼這麼逼真?

「好像還有氣!叫趙長老來!」她頭也不回地吩咐道，「還有……」

這時，一個人忽然抓住了周翡的手腕。周翡一回頭，見那來無影去無蹤的謝允不知什麼時候站在了她身後。

「『透骨青』是天下奇毒之首，中此毒者，會從骨頭縫開始變冷、僵硬，最後形如木偶，困頓而死。人死時，周身好似被冰鎮過，面色鐵青，因此得名『透骨青』。」謝允一隻手輕輕拉住在魚老身上亂摸的周翡，另一隻手背在身後，輕聲道，「相傳只有『歸陽丹』能解此毒，雖然隨著大藥谷分崩離析，歸陽丹的配方已經失傳，但或許是當年的『海天一色』有留存吧。我聽說歸陽丹雖能解透骨青之毒，但服食者極易缺水，終身必須生活在水汽豐沛的地方——」

他隔著幾步遠，望向魚老的神色非常複雜。

周翡急著追問道：「所以呢？」

謝允微微低下頭，見周翡正睜著一雙大眼睛，眨也不眨地望著他。她臉上蹭了一塊汙跡，嘴唇上有一道乾裂的痕跡。

謝允手指微動，幾乎想伸手替她抹去。

周翡是漂亮，他從第一眼看見就喜歡，不然也不會心心念念記著她那把斷刀。後來在那山中黑牢裡偶遇，一路慢慢熟悉，打打鬧鬧，更是難得投緣。謝允總是習慣性地招惹她、照顧她。有時候他甚至覺得，能看見她無聲地露出一點有些吝嗇的笑意，替她做什麼都無所謂，反正他有用不完的溫柔，耗不盡的風流。

可是這會兒，謝允卻突然有種奇怪的感覺，透過周翡隱隱帶著期待的眼神，他好像觸碰到了一段被冗長的光陰分割開的過去。一時間，他的舌根似乎僵住了，半句安慰也吐不出來，只是十分殘忍地實話實說道：「……人死後，屍身不僵不冷，持續數日，觸碰與活人無異，要好幾天後才會開始腐爛，所以妳會發現他的手還是熱的。」

他一句話如涼水，跟著周翡闖進來的一干弟子都被潑了一頭，李妍一把捂住嘴。

周翡因為巨大的驚喜而瞬間亮起來的眼睛倏地黯淡了下去。

謝允卻好似突然換上了一副鐵石心腸，絲毫不給她喘息的餘地，又接著說道：「另外妳最好盡快料理好這邊的事。方才谷天璇其實並沒有處於劣勢，但他一擊不中，立刻撤走，這不像北斗死纏爛打的風格，說明他多半還有後招。」

周翡好像還沒回過神來，呆呆地看著他。

「二十年前，北斗四大高手設毒計害死老寨主，都未能動搖四十八寨的根基。二十年後，他們會認為區區一個鳴風樓叛變，就能成什麼事嗎？」謝允搖搖頭，「今非昔比了，那時曹仲昆覺得四十八寨不過是個不怎麼規矩的江湖門派而已，他正忙著跟南朝後昭打仗，也無暇分神太多，因此派來的只是自己的打手團。這回卻不一樣，數萬大軍是什麼概念，妳明白嗎？那可不是區區一幫來打群架的北斗黑衣人。」

他話沒說完，外面突然一陣喧譁，一個弟子有些狼狽地涉水而來，周翡猝然回頭。

「周師妹！」那弟子大叫道，「趙師叔令妳速去長老堂！」

周翡有些茫然地站在原地，拉著魚老尚且溫暖的手掌，她問道：「做什麼？」

她覺得自己說出了這句話，但其實在別人看來，她只是微微動了動嘴唇，並沒有發出聲音。那闖進來的弟子一步跨入江心小亭，正好和魚老端坐正中的屍體打了個照面，膝蓋一軟，好險沒跪下，急忙踉蹌著抓了一把旁邊的門框，這使得他全然沒有察覺到周翡的異色。

李妍忙擦了一把眼淚，抓住那報信人的袖子，急道：「師兄，怎麼了？」

那弟子一邊愣愣地看著魚老，一邊無意識地開口說道：「林長老逼退山下大軍第一波攻勢，也切斷了咱們同山下的大部分往來。鎮上暗樁方才傳來消息，說偽朝的人退去以後，圍了咱們山下的幾個鎮子……」

這話不需要解釋，李妍都聽得懂——那夥北斗仗著人多，將他們困在四十八寨了！

在場眾人不少都發出驚呼。

那弟子激靈一下，彷彿才回過神來，他將慌亂的目光從魚老身上撕下來，強壓恐懼，望向周翡，接著說道：「山下暗樁傳信，說帶頭的是北斗『破軍』陸瑤光，但主事者並不是他，而是一個偽朝的大官，陸瑤光待他畢恭畢敬。」

謝允聽到這裡，便沉聲問道：「江湖人有江湖人的手段，朝中人有朝中人的無恥，那領兵之人除了包圍鎮子，是不是還做了什麼別的事？」

弟子驚懼的目光落在他身上，彷彿被他的一語中的嚇了一跳，結結巴巴地說道：「他……他命人在鎮上『剿匪』。」

周翡入夜前還在鎮上落腳，因為四十八寨的異常動靜才快馬加鞭地趕回來，相當於正好跟圍攻四十八寨的偽朝大軍擦肩而過。鎮上客棧裡鬧哄哄磕牙打屁的聲音依稀仍在耳畔，說書先生的驚堂木聲夾雜其中，能傳出去老遠，百姓們一個個安逸得好似活神仙……

李妍一臉懵懂，問道：「鎮上？鎮上不都是老百姓，他們在那兒剿什麼匪？」

「通敵的、叛國的，」不等那弟子說話，謝允便徑自將話接了過去，「鼓吹過匪寨匪首，算『妄議朝政』；跟匪寨中人有生意來往、輸送物資，算『資助匪寨』；依靠匪寨庇護，拒向朝廷交稅的就更不用提了，必是『山匪爪牙』……好稀奇嗎？只要大人願意，大可以說整個四十八寨周遭數十村郭城鎮全是匪徒，連飛進來的蟲子都不乾淨，而且能說得有理有據，斷然不會無中生有。」

謝允說到這裡，輕輕笑了一聲，他分明是個帶著幾分瀟灑不羈的公子哥，此時口中言辭如刀，卻彷彿也帶上了幾分洗墨江的陰冷蕭疏。他的目光掃過周翡、李妍與下江的一干弟子，輕聲道：「沒聽過嗎？『事不至大，無以驚人。案不及眾，功之匪顯。上以求安，下以邀寵，其冤固有，未可免也。』（注）這位大人顯然來者不善——當年北斗眾人幾乎傾巢而出，圍攻四十八寨未果，在偽帝面前必然是不好看的。看來這回他們吸取了教訓，將江湖事與朝堂事一鍋燴了。」

周翡覺得自己腦子裡的弦好似生了鏽，得努力地想、努力地扒開眼前迷霧橫行的水霧森森，才能聽懂謝允在說些什麼。

對了——

四十八寨有四通八達的暗樁，有長老堂，有林浩，還有無數外人不知關卡的崗哨機關……縱然鳴風叛變，也不是那麼容易攻破的。

偽朝那邊，谷天璇一擊敗退，陰謀敗露，立刻便上了後招「圍魏救趙」。

蜀中的村郭小鎮，這二十年來與四十八寨比鄰而居，與寨中互相照應。李瑾容經營得當，此地逐漸從窮鄉僻壤之地，成了天下最安全、最閒適的去處。這裡的百姓和衡山下草木皆兵的難民全然不同——即使真被朝廷大兵壓境，安逸慣了的人們恐怕都一時反應不過來。

給這些只會坐以待斃的傻子扣上一個「匪徒」的罪名著實方便，這樣，就算圍城數載，還是破不了四十八寨的防線，北斗和偽軍回去交差也不必「兩手空空」，自然會有個漂亮的剿匪人數。

而在這件事裡，四十八寨當然能緊閉山門，對山下人的遭遇置之不理。可四十八寨以往一直都是以「義匪」之名立足，真讓無辜百姓揹了這口黑鍋，且不說心裡過不過意得去，往後他們又該如何在南北夾縫中自處？

那前來報信的弟子忍不住看了謝允一眼，衝周翡點頭道：「不錯，周師妹，趙長老說照這樣下去，咱們必不能緊閉山門、消極抵抗，恐怕這是一場硬仗。令妳速去長老堂，他有要緊的話要交代給妳，託妳立刻帶人離開蜀中，去給大當家報信。」

周翡忍不住抓緊了魚老那隻異乎尋常的死人手——她聽懂了，這是讓她臨陣脫逃的意思。

趙長老剛還說將她「當個人使」，這麼快又改變主意，山下的形勢肯定極不樂觀。

周翡孤身一人的時候，可以以身犯險，也可以渾水摸魚；身邊有需要照顧救助的朋友

注：出自《羅織經》。

時，可以一諾千金，為了別人學會隱忍；然而當她身後是整個四十八寨，是默無聲息的群山，是山下所有閒散的茶樓棋館、集市人家時……她便覺得自己好像被一千層牽機牢牢地綁了起來，吹一口氣都很可能從身上割下點什麼。

「我……」周翡試著在一片混亂中清理出自己的頭緒，然而未果。她甚至忘了身邊還有個死人，無意識地往前走了一步，一拉一拽中，原本端坐的魚老軟綿綿地倒了下來，一頭往地面栽去。

周翡手忙腳亂地扶住他。

對了，她甚至連這洗墨江中的牽機都不知能不能順利打開。

在那一瞬間，周翡鼻子一酸，心頭忽然湧上一股如鯁在喉的無力和委屈，吐不出來，也咽不下去。

只有站在她身邊的謝允看見了她驟然開始泛紅的眼圈。

一瞬間，謝允的心就軟了下去，他暗自忖道：算了吧。

四十八寨的生死存亡不該架在這個單薄的肩膀上，太荒謬了。

謝允回想起自己之前種種魔怔了似的想法，不由得自嘲，心道：你這懦夫，自己當年無能為力的事，還指望能從別人那裡得到一點慰藉嗎？

他搖搖頭，見周翡側臉在微弱的燈火下顯得越發無瑕，面似白瓷，眼如琉璃，是配得上「美人」之稱的。

謝允忽然只想讓她趴在自己懷裡痛哭一場，捋平她柔軟的長髮，按她長輩們的想法，帶她離開這裡。

至於往後……如今這世道，誰還沒有家破人亡過？

周翡彎腰去扶魚老，她低下頭的時候，洗墨江的濤聲匯成一股，沉重地湧入她的耳朵。她扶起魚老沉重的身體，想起自己被困在洗墨江中，魚老第一次逼著她坐在駭人的江心閉上眼「練刀」。

「一味地瞎比畫是沒用的，外面老藝人領的猴翻的跟頭比妳還多，牠會輕功嗎？妳只有靜下來，不要急，也不要慌，把心裡的雜念一樣一樣地取出來扔開，才能看清妳的刀，不然妳還指望能成什麼大器？我看哪，滿江的牽機線，至多能把妳培養成一隻上躥下跳的大跳蚤。」

「不要急，也不要慌，把心裡的雜念一樣一樣地取出來扔開。」周翡深吸了一口氣，默唸著這句話，她彎著腰，在魚老身邊站了好一會兒，眉目低垂，看起來就像是在聆聽死者的耳語一樣。

不錯，她還沒死到臨頭呢！

周翡毫無預兆地站直了，剛好錯過謝允來扶她的手。她像一根沒怎麼準備好的細竹，還不如木柴棍粗，隨便來一陣風也能壓彎她的腰。但每每稍有喘息餘地，她又總能自己站好。

謝允蜷起手指，有些驚愕地看著她。

「來兩個師兄，」周翡吩咐道，「把魚太師叔抬上去。有人會操縱牽機嗎？算了，都不會，我試試，等我打開牽機，抬著魚老跟我一起去長老堂。」

旁邊有人忍不住問道：「把魚老抬到長老堂？」

周翡道：「不錯，等討回了凶手的腦袋，回來一起下葬。」

一幫年輕弟子突逢大事，未免都有些六神無主，聽她一字一頓十分堅決，本能地順從了這個命令，立刻找了幾個人上前，輕手輕腳地將魚老的屍體抬走，順著來時的繩索重新爬了上去。

周翡又衝李妍道：「叫妳下來，本想讓妳給魚太師叔磕個頭，來不及了，妳先上去等我吧。」

在岸上時，周翡對李妍來說，雖然厲害，但只是個值得崇拜的朋友、姐妹。然而此時，李妍突然覺得她變成了林浩師兄、趙長老，甚至李大當家，成了某種危難時候可以躲在她身後的人。

李妍本能地順從了她的話，再怕高，也沒敢囉唆，一咬牙一跺腳，她深吸一口氣，牽住一根繩索，閉著眼爬了上去。

周翡見她已經上了半空，這才循著記憶，推開了魚老控制牽機的機關牆。

謝允雙臂抱在胸前，看著她站在錯綜複雜的機關面前。

周翡沒貿然動手，好像仔細回憶著什麼似的，來回確認了幾遍，她才小心翼翼地撥動了一下牆面的機關。洗墨江中傳來一聲巨響，平靜的波濤聲陡然加劇，江心小亭的地面都震顫了起來。

周翡立刻意識到自己動錯了——魚老說過，牽機亂竄的時候都是鬧著玩的，平靜無聲地潛伏水底，等著一擊必殺才是全開的狀態——她連忙又把推開的機關扣了回去，那熱鬧的「隆隆聲」這才告一段落。

謝允在旁邊看了一眼，插話道：「不對吧，艮宮為『生』，我猜妳這是讓牽機『退下』的意思。」

魚老曾經多次在她面前演示過怎麼操控牽機，可惜周翡眼大漏光，全當了過眼雲煙，沒往心裡去過，這會兒只能憑著一點模糊的印象和連矇帶猜試探著來。聽了謝允像煞有介事的點評，她便回頭問道：「你會嗎？」

「奇門遁甲懂一點皮毛。」謝允道，「牽機？看不懂。」

周翡帶了幾分驚詫看著他，沒料到世上居然還有謝允不知道的。

謝允坐在魚老的桌子上，也不幫忙，也不催她，只是意味深長地盯著她看，看得周翡忽然有點不自在，下意識地抬起袖子在臉上抹了兩把，吩咐道：「不會的都別搗亂，出去等我，看見牽機有什麼異動再回來告訴我。」

除了謝允不肯聽話，其他弟子們聽了，便都魚貫而出，到江心小亭外面瞭望牽機的動靜。

周翡想了想，伸手在自己耳根下比畫了一下，記得魚太師叔那個小老頭大約也就這麼高，然後她在謝允哭笑不得的表情下，屈膝讓自己矮了半頭，回憶著魚老每天唸唸叨叨地站在這裡的場景。

周翡記得他有一套隨性而至的口訣，好像是：「一二三四五……」

她橫著在牽機牆前挪了幾步，試探著撥了視線前第五道鎖扣，洗墨江中傳來悶雷似的聲音。

「這回有點像了。」周翡嘀咕道。

謝允奇道：「下一句難不成是『上山打老虎』？」

周翡：「……閉嘴。」

謝允猜得忒準，可能是天下不著調的男人特有的心有靈犀——下一句還真是「上山打老虎」。魚老每次唸叨完這句，還要在原地蹦躂一下。

周翡默唸著這句「口訣」，到第五步，模仿著他老人家的動作，往上輕輕一跳，一處突出的機簧立刻碰到了她的手指尖，「唰」一下彈了上去。謝允轉身望向窗外，只見江上冒出水面的牽機線發出「咻咻」的聲音，開始有條不紊地往水下沉。

謝允：「……」

這樣也行？

周翡長長地吐出口氣，掐了掐自己的鼻梁——下一個動作搭配口訣更丟人了。魚老通常是一邊唸叨著「老虎不吃飯」，一邊搬一個小小的板凳過來，自己踩在上面仍然夠不著，他得拿個小笤帚，往上一拍——這是「打你個王八蛋」。

她陰沉著一張臉，拖來魚老的小板凳，拿起掛在旁邊的小笤帚爬了上去，正要出手，又想起了什麼，轉頭對圍觀得津津有味的謝允道：「看什麼看，不許看了！」

謝允一手按在胸口，深深地注視著周翡，正色道：「美人風采動人，吾見之甚為心折。」

謝允這幾乎深情款款的一句話說得堪稱撩人……倘若周翡這會兒不是踩著凳子揮舞笤帚的話。

這混帳東西幫不上忙就算了，還在旁邊拾樂！

周翡果斷一抬自己手裡禿毛的笤帚疙瘩，斬釘截鐵地對謝允道：「滾！」

謝允低頭悶笑起來。

周翡翻了個白眼，深吸一口氣，學著魚太師叔將「神帚」一揮，「啪」一下往那機關牆上一拍，全憑記憶和感覺，也沒看清拍在哪兒了。

隨著她的動作，那機關牆裡立刻傳來一聲巨響，江心小亭的地面登時一晃。

原來平時魚老不過是在牽機已經部分打開的情況下令其歸位，相當於將半開的劍鞘輕輕拉開。這回因為寇丹做的手腳，牽機確實完全停了，等於是將完全合上的劍鞘重新彈開，因此動靜格外大。

周翡嚇了一跳，一個沒站穩，居然從小凳上一腳踩空。

原本懶洋洋地倚在木桌邊的謝允卻一陣風似的掠過來，一把接住她。他微微低頭，嘴唇似有意似無意地擦過周翡的耳朵，輕聲道：「小心點。」

周翡：「……」

她再遲鈍也感覺到了不妥，站穩的瞬間就一把推開謝允，感覺耳根的熱度沿途綿延到了臉上，一時瞠目結舌，居然不知該說什麼。

便見謝允一臉無辜，沒事人似的整了整袖子。

周翡回過神來，有點尷尬，懷疑是自己太疑神疑鬼了。她乾咳了一聲，正想說句什麼緩和氣氛，便聽謝允道：「唉，我說姑娘，妳也太瘦了吧，這身板快比我還硬了。」

周翡：「……」

柔軟的王八蛋，趕緊死去吧！

她的臉紅了又黑，有心將謝允追殺三百里，可是一時間卻又突然提不起精神來，便心事重重地擺擺手道：「不和你鬧了，我還要去長老堂。」

「阿翡，」謝允突然叫住她，收斂了嬉皮笑臉，目光落在周翡的望春山上，「當妳長大成人，所有扶著妳的手都會慢慢離開，妳得自己走過無數的坎坷，妳覺得自己的命運懸在刀尖上，每時每刻都不能鬆懈——但妳可知道，這已經是世上最大的幸運了。」

周翡沒聽懂，不解地挑起眉。

「妳手握利器，只要刀尖向前，就能披荊斬棘，無處不可去。生死、尊卑、英雄還是懦夫，無數的路在妳腳下，是非曲直、賢愚忠奸，也都在妳的一念之間，這還不夠幸運嗎？」謝允在她的刀身上輕輕彈了一下，「鏘」一聲輕響，他微笑道，「妳可知道這世上絕大多數人，或限於出身，或限於資質，都只能隨波逐流，不由自主，從未有過可以選擇的餘地？」

謝允的眼睛有一點天然的弧度，不笑的時候也好像帶著一層淺淺的笑意，將眼神裡的千言萬語都藏在下面，但凡被有心人發現一點端倪，他就無賴與二百五齊發，來一齣千錘百煉的「賤遁」，直賤得人眼花繚亂，想追究什麼也顧不得了。

周翡訥訥地開了口：「你……」

謝允抬起手，手指微微蜷著，像是想用手指背在她臉上輕輕蹭一蹭。周翡方才降了溫的一側耳朵又開始「水深火熱」起來，一時在「躲」與「不躲」之間僵住了。整個晚上都在「想太多」的腦子不合時宜地撂了挑子，然後……謝允出手如電，一把揪住她垂在一側肩頭的長辮子，往下一扯。

周翡：「嘶……」

謝允一擊得手，絕不逗留，得意非常，轉眼已經飄到江心小亭之外。他留下幾聲賊笑，像隻大蛾子，「撲棱棱」地順著江風扶搖而上，輕輕巧巧地避開兩條被驚動的牽機線，縱身攀上山崖上垂下來的繩索。

守在江心小亭的眾弟子齊齊仰頭，共同瞻仰這神乎其神的輕功。

等周翡氣急敗壞地追出來時，謝公子人影閃了幾下，已經不見了蹤影。周翡運了運氣，也不知是謝允真心實意說她「幸運」的那一段話起了作用，還是純粹叫那渾蛋氣的，她好像又重新活蹦亂跳了起來。她目光一掃洗墨江，發現江中的牽機大部分已經沉入水底，張開巨網，準備捕捉膽敢觸網的獵物，邊角處卻依然有幾道細絲懸在水面上，水下石樁的位置好似也與平時有微妙的差別。

不過對她來說，能將牽機恢復成這樣，已經是盡力了，什麼東西都是到用時方才恨少。

周翡心頭一轉念，覺得這樣也還不錯。對方有對牽機十分瞭解的寇丹，倘若牽機一切如常，在那刺客頭子眼皮底下還有什麼用場？反倒是叫她這半吊子隨便鼓搗一通，然後再找一幫一竅不通的人守陣，沒準還真能讓寇丹措手不及。

這麼一想，周翡突然覺得自己很有道理，便轉身衝幾個弟子道：「勞煩諸位師兄暫代魚太師叔看守江心小亭。萬一有敵來犯，亭中的機關牆可以隨意操作。」

說完，她不等眾人抗議，便也縱身抓住山崖上的繩索，留下一幫四十八寨的弟子面面相覷——他們既沒有謝允那種插對雞翅就能上天的輕功，也沒有周翡熟悉牽機陣，一時間想走也走不成，只好乖乖留下守牽機，全然是被強買強賣了！

良久，才有一個弟子喃喃說道：「總覺得周師妹不如以前厚道了。」

第三十一章　死生不負

黎明將至，依附於四十八寨的桃花源遭到了二十年以來最大的一場浩劫。

打更人正懶洋洋地提燈走在空蕩蕩的街上，人家門口的狗被腳步聲驚動，抬頭一見是他，又見怪不怪地重新將腦袋搭回前爪上，伸長了舌頭打了個哈欠。突然，狗頭上軟趴趴的一對耳朵警覺地立了起來，牠一翻身站了起來，伸長了脖子望向小路盡頭，扯著嗓子叫了起來。

更夫敷衍地敲了幾下梆子，隨口罵道：「狗東西，發什麼……」

他的話音到此戛然而止，地下傳來越來越逼近的震顫，更夫睜大了眼睛，抻長脖子望去。隨即，他手上的紙燈籠「啪」一下落了地——黑衣的鐵蹄與噩夢一同降臨，潮水似的湧入平靜的小鎮。

雞鳴嘶啞，家犬狂吠。

繡著黑鷹與北斗的大旗迎風展開，獵獵作響，更夫傻愣愣地盯著那面旗子看了一會兒，驀地激靈了一下，轉身便要跑：「黑旗和北斗，偽朝的人打來……」

一柄斬馬刀驟然從他身後劈下，將這更夫一分為二。

提刀的男子有四十來歲，雙頰消瘦凹陷，劍眉鷹眼，面似寒霜，一條山根險些高破臉皮，睥睨凡塵地坐鎮面門正中——只是鼻梁處有一條傷疤，橫截左右，面相看著便有些陰冷。

「偽朝，」他一抖手腕，斬馬刀上的血珠撲簌簌地落下，這男子輕輕笑了一下，回頭衝一個被眾多侍衛眾星捧月似的護在中間的胖子說道，「這就是王爺說的『匪人』吧？下官幸不辱命，已使其伏誅。」

那「王爺」年紀不大，充其量不過二三十歲，一身肥肉卻堪稱得天獨厚，遠非常人二三十年能長出來的分量。連他那胯下之馬都比旁人的壯實許多，饒是這樣，依然走得氣喘吁吁，隨時打算跪下累死。

聞言，胖王爺臉上露出一個憨態可掬的笑容，千層的下巴隨即隱沒在行蹤成謎的脖子裡：「哈哈哈，陸大人，瑤光先生！好悟性，好身手，本王真是與你相知恨晚！」

小鎮中燈火忽然大熾，哭喊聲像一根長錐，猝不及防地撕裂了晨曦。

陸瑤光無聲地笑了一下，回道：「多謝王爺賞識。」

說完，他將馬刀一擺，下令道：「北斗的先鋒們，『匪寨』當前，你們都還愣著幹什麼……啊，這邊的耗子出頭更快。」

黑衣人們整齊地順著他刀鋒指向，望向霧氣氤氳的長街盡頭，只見四五個提著兵刃的漢子不知什麼時候站在了那裡。他們穿戴各異，有粗布麻衣的販夫走卒，有像模像樣的客棧掌櫃，還有那頭戴方巾、挽袖子拍驚堂木的說書先生。

陸瑤光坐在馬背上，輕輕一點頭，問道：「北斗破軍，來者何門何派，報上名來？」

領頭人緩緩舉起手中長戟：「販夫走卒，不足掛貴齒。」

陸瑤光道：「這話我聽見沒有十遍也有八遍了，竟不知世上什麼時候多了個『販夫走卒幫』。」

說完，他面帶憐憫地輕輕一揮手，黑衣人們一擁而上，像暗色的浪潮一樣淹沒了那幾個人。

胖王爺只遠遠掃了一眼，便不再關心這些螳臂當車的大傻子。他扶著兩個隨從的手，從馬背上下來，用馬鞭掃開一個滾到眼前的死人，負手抬頭，望向四十八寨的方向。

層層守衛的山上，長老堂中二十年的老牆皮斑駁，數輩青苔死後還生，一眼看去，仍是勝似當年的鬱鬱蔥蔥。

林浩站在門口，他是個穩重講理的年輕人，儘管背在身後的手一直在無意識地來回捏著自己的關節，神色和語氣卻仍是十分平靜恭敬。他對趙秋生說道：「師叔，咱們山下總共八個暗樁，如今已經有七個與我寨中斷了聯繫。我早已事先傳令，讓他們不得輕舉妄動，千萬保留實力，目前卻無一人遵從。想來不是兄弟們不服調配，實在是身在其中，難以獨善其身。」

張博林困獸似的在長老堂中來回溜達，趙秋生端坐高椅上，面色鐵青，喝道：「姓張的，你在這兒老驢拉磨似的轉什麼？」

張博林當即回嘴道：「老子不是老驢，老子是個縮頭龜兒子！」

林浩低眉順目地輕聲勸道：「張師叔，有話好好說。」

趙秋生抬手一拍木椅扶手，實木的獸頭扶手被他拍了個「頭破血流」，他咬著牙一字一頓地說道：「張博林，大當家臨走時將寨中大小事宜交到咱們三人手上，四十八……四十七個門派，上千人，莫說是縮頭，就算是斷頭，你敢有怨言？一旦寨門破，四十八寨數十年基業毀於一旦，你打算怎麼跟大當家交代？」

張博林被他堵得臉紅脖子粗。

林浩卻說道：「蜀中路難，山下多是貧瘠之地。這二十年，不也是大當家一力經營，方有如今的繁華嗎？真要有什麼閃失，師叔，咱們就能和大當家交代了嗎？」

趙秋生噴了一口粗氣。

林浩的語氣更加和緩，話卻說得越來越重：「師侄一直聽家中長輩唸叨，說咱們四十八寨當年就是為了收容義士、抵抗暴政方才扯起大旗的——趙師叔是當年的元老，自然知之甚詳，輪不到我一個後輩提醒——那麼如今有敵來犯，當年的義士反而高掛吊橋，不聞不問，豈不是有違當年盟約？」

趙秋生怒道：「林浩，你放肆！」

林浩城府極深，神色不變地低頭一抱拳，沉默地賠了個油鹽不進的罪，好像看出了趙秋生的色厲內荏。

趙秋生回身一腳將椅子踹翻：「山間機關重重，崗哨錯綜複雜，乃一夫當關、萬夫莫開之地，你不過是仗著這個才勉強退敵，不要以為我老糊塗了不知道！你這一點人，就算個個是絕代高手又怎樣，能碾過那偽朝大軍幾顆釘啊？誰攔著你義氣了？誰攔著你找死了？你要去就自己去，別他娘的拖著滿山無知婦孺……」

就在這時，長老堂外突然傳來馬吉利的聲音。

馬吉利大聲衝什麼人說道：「阿翡妳來……等等，妳……妳這是做什麼？」

這一嗓子短暫地將吵成一團的三個人的視線都引了過去，只見周翡帶著一幫年輕弟子，大步闖進了長老堂。進門，周翡視線一掃，先飛快地行了一圈禮，說道：「洗墨江牽機已經重新打開，我留了幾個人在那兒看著。岸邊有新設的崗哨，就算有敵來襲，一時半會兒也渡不了江，諸位師叔師兄放心。」

然而此時沒人聽她說話，三位長老的目光都集中在她命人抬進來的擔架上——魚老無聲無息地躺在上面，神情舒展，面色隱約帶著一絲紅潤，嘴唇卻呈現出詭異的青紫色。

好一會兒，趙秋生才率先移開視線，問周翡道：「妳把他抬到這兒來幹什麼？」

周翡面不改色地道：「趙師叔，凶手出逃，大仇未報，我就算合上了魚太師叔的眼，也難以強行讓他瞑目。侄女實在不知該如何是好，只好抬到長老堂，聽師叔師伯們裁決。」

趙秋生剛罵跑了一個腦子有坑的張博林，數落了一個陽奉陰違的林浩，誰知一波未平一波又起，轉眼還有個倒楣孩子周翡來添亂。他有種獨撐偌大四十八寨，身邊都是坑的孤憤感，氣得指著周翡半晌說不出話來，差點要吐血。

好在這時候，方才還跟他爭得臉紅脖子粗的張博林等人改弦更張站在了他這邊。倘若只是內亂，以周翡的身手，確實有資格當個人使，可是朝廷重兵圍城卻未必。

張博林直言道：「阿翡，這裡沒妳的事。」

林浩則稍微委婉一些：「不能那麼說，還是有一件要事囑託給周師妹的，趁這會兒山下正亂著，可否勞動師妹跑趟腿，給大當家送封信？此事事關……」

「寨中生死存亡？」周翡不怎麼客氣地打斷他，「咱們在外面的暗樁還剩幾個能用？林師兄，你知道大當家現在到了哪個山旮旯了嗎？」

林浩一時語塞。

周翡接著道：「偽朝出兵攻打四十八寨，這消息自己會長腿飛到大當家耳朵裡，再滯後也肯定比我沒頭蒼蠅一樣滿世界找她去得快，這道理林師兄不明白？你自己傻還是我傻？」

林浩：「……」

周翡學著他那恭謹圓滑的樣子略一低頭，找補道：「師妹出言不遜，失禮。」

趙秋生吹鬍子瞪眼道：「周翡，妳想幹什麼？」

「給我一百人。」周翡一點彎也不繞，直言道，「剩下的固守寨門，謹慎戒備，不必擔心寨中安全。您放心，偽朝不是有數萬大軍嗎，我有圍著山崖的數十村鎮，不見得比誰人少，沒有怕他們的道理。再者，山下有鳴風、有北斗，還有偽朝的官員，原本風馬牛不相及的一夥人，我也不信他們親密無間。給我人和時間，我去摘幾顆腦袋回來給大夥下酒。」

最後一句話被她說出來，並沒有殺氣騰騰，反而有種冷森森的理所當然。不等趙秋生發話，周翡便又道：「趙師叔也不必抬出我娘，和她也好交代——她自己在這兒都管不了我，想必不會苛責諸位。」

在場的幾位都聽說過周翡在秀山堂從李瑾容手裡「摘花」的壯舉，一時居然無言以對。

周翡一笑，隨後頭一次主動提起了自己在外面的經歷：「華容城中，我們遭叛徒出賣，晨飛師兄他們被祿存與貪狼暗算在客棧中，只有我帶著個手無縛雞之力的姑娘東躲西藏，那時尚且沒怕過，何況現在？人不借我也行，我可以自己去。」

她說到這兒，衝林浩一伸手：「林師兄，給嗎？」

林浩無言以對，只好屈服。

約莫一炷香的工夫過後，周翡揣著林浩給的權杖走出長老堂，一抬頭，卻見吳楚楚正在李妍的陪同下等著她。東邊已經泛起魚肚白，周翡一整宿兵荒馬亂，沒顧上管她，想來吳楚楚肯定也聽見了寇丹那些污蔑吳將軍的話，還不知做何感想。

周翡有些愧疚，腳步一頓，向她轉過去。

可還不等她開口，吳楚楚忽然上前一步，將自己脖子上的長命鎖摘了下來，遞給周翡。

周翡一愣。

接著，吳楚楚又摘下了身上的耳墜、手鐲——連頭上一支素色的小釵都沒放過，一股腦兒地塞進周翡懷裡。

旁邊的李妍嚇了一跳，忙道：「吳姑娘，我姐不收保護費，妳……」

吳楚楚道：「我身上不怕燒的東西都在這裡了。」

周翡倏地抬眼——原來吳楚楚心裡一直知道仇天璣喪心病狂地搜捕華容鎮，是跟她有關！

吳楚楚眼睛裡有淚光閃過，但很快又自己憋回去了。

「我沒聽說過所謂的『海天一色』，」她一字一頓地說道，「我也……知道妳現在還有要緊事，不見得願意幫我保管這些雞零狗碎的累贅，但我不相信別人，只相信妳。」

李妍不知前因後果，聽見這前言不搭後語的幾句交代，一腦門的茫然。周翡心下卻十分了然，她將吳楚楚交給她的東西用細絲絹包了起來，貼身揣進懷中，衝吳楚楚一點頭：「多謝，放心，死生不負。」

說完，周翡正要走，身後卻又有個人叫住了她：「慢著，阿翡，我同妳說幾句話！」

她一回頭，見是馬吉利沉著臉向她走過來，周圍幾個年輕弟子衝他行禮，這平日裡最是笑臉迎人的秀山堂總管居然理都沒理。

周翡詫異道：「怎麼，馬叔也要跟我們一起去嗎？」

馬吉利沒接話，有些責備地看著周翡，兀自說道：「我要是早知道有這一齣，當初在邵陽，就不該答應把妳帶回來。」

周翡不明所以地眨了眨眼。

「長老既然已經發話，是沒有我置喙的餘地了。」馬吉利憂心忡忡地看著她道，「馬叔跟妳說過的話，妳還記得嗎？」

他說過好多，周翡絞盡腦汁地想了想，沒想出是哪一句，便訥訥道：「呃……記得，馬叔在秀山堂上說過，『無愧於天，無愧於……』」

「不是這句，」馬吉利皺眉打斷她，「我頭幾天才和妳提過我那短命爹的事，這就忘了？」

周翡頓了頓，隨即伸手一攏亂髮，笑了：「哦，想起來了，『倘若都是棟樑，誰來做劈柴』那句，對不對？」

身邊有人聽見了，都不由得停下腳步。

周翡不過才出師，就能在洗墨江邊逼退寇丹——別管用的什麼刀什麼法——如果這都只能算劈柴，別人又是什麼？馬吉利雖然資歷老輩分高，可他要是真有什麼驚天動地的大本事，也不必一直窩在秀山堂跟一幫半大孩子打交道，他這倚老賣老的一番話說在這裡，有點不合時宜了。

周翡倒是頗不以為忤，驚才絕豔的人物她一路見得多了，譬如段九娘和紀雲沉等人，不都是少年成名的天縱奇才嗎？還不是一個個混成那副熊樣，真沒什麼好羨慕的，劈柴就劈柴唄。

她只是平平淡淡地說道：「馬叔，劈柴也有劈柴的用場，有頂天立地的，也有火燒連營的，您看，我這不是正要去燒嗎？」

馬吉利搖搖頭：「妳不是劈柴，劈柴尚且能安居於鄉下一隅。很多人武功智計雙絕，卻往往陷於『孤勇』二字，到頭來往往為自己的才華所害。我爹，還有當年那些像他一樣的人都是這樣。阿翡，馬叔看著妳長大，不忍心見妳落得這樣的下場，聽林長老的，帶人速速離開……」

「還有我外祖。」周翡道。

馬吉利一怔。

「多謝馬叔，您說得對——可若說起死於孤勇之人，可不止令尊了。我外祖，我二舅，二十年前的山川劍……不也都是一樣嗎？死得其所，未必不是幸事。」周翡正經八百地衝馬吉利行了個晚輩禮。

當她從一而再、再而三的迷茫與困頓中殺出一條血路，決心撇去一身的懶散與任性時，便幾乎不再是那個在家和李瑾容冷戰慪氣的小小少女了。馬吉利一時恍惚，竟隱約在她身上看到了一點舊時南刀李徵的影子。

只有她微微揚眉、挑起嘴角一笑時，依稀還留著少年人固有的桀驁和驕狂，周翡道：「何況死的可不一定是我——屆時倘若有需要山上配合之處，還要勞煩馬叔溝通消息了，保重。」

她一番話說完，頭也不回地走了。跟著她的一幫年輕弟子聽聞偽朝大軍圍城，早就熱血上頭，磨刀霍霍地想衝下山去，一直被趙秋生嚴令禁止，心裡要多憋屈有多憋屈，只是沒人敢擅闖長老堂請願。

偏偏周翡敢了，還做到了。一幫小青年腰杆不由自主地跟著直了幾分，在她身後會聚成了一幫，儼然已經將她當成了領頭人。

剛走出不遠，周翡便聽有人輕笑道：「說得好。」

她一抬頭，見謝允那落跑的混帳蝙蝠似的將自己從一棵大樹上吊了下來，他雙臂抱在胸前，正滿臉促狹地望著她。

周翡手心裡長了痱子一樣瘋狂地癢了起來。

謝允一翻身從大樹上落了下來，步伐縹緲地落在周翡幾尺之外，不等周翡開口，便搶先說道：「要摘人頭，也得先知己知彼。我看妳淨顧著吵架，便趁方才那點工夫繞著四十八寨轉了一圈——你們寨中總共三層崗，不算洗墨江，最外圈共有三十六處，其中六處昨夜遭襲，一處被破，林長老緊急命人設伏，讓偽朝大軍吃了悶虧，逼他們倉皇撤退。這三十六處，有的地方適合打伏擊，有的地方險峻不易攀登，各有特色。敵軍主帥手上有寇丹，對四十八寨的地形肯定有數，即便是圍在山下，也必會有的放矢，咱們可以試著推斷一下此人身在何處——怎樣，周迷路，要不要本王帶路？」

周翡琢磨了一下，認為他說得有道理，便暫且決定「君子報仇十年不晚」，將謝某人欠的那頓揍先記了帳，問道：「你從洗墨江躥上去就沒影了，怎麼知道我要幹什麼？」

謝允直直地看進她的眼睛，露出十分明亮的笑容和一口整齊的小白牙，說道：「心有靈犀一點通唄。」

周翡：「……」

剛才那筆帳記虧了。

謝允察言觀色的本領已經爐火純青，見周翡的眼神裡帶出了星星之火，當即在她「燎原」之前搖身一變，裝出一副正經人的樣子，一邊走，他一邊細細講起四十八寨的崗哨位置與山下眾多小鎮的對應關係：「四十八寨的崗哨，以西南方向最為密集，剩下的從西南坡到洗墨江，從密轉稀，但如果是我，我會選擇西南角為突破點……」

周翡立刻接話道：「因為崗哨稀疏的地方必有天塹，密集處地形相對平緩，才會用人手補齊，天塹是人力不能彌補的，他們人多，反而不怕崗哨密集。」

「不錯！我就說咱倆心有……」謝允見周翡摸了摸刀柄，忙從善如流地話音一轉道，「咱倆那個……英雄所見略同——但是受襲的六個崗哨都靠東邊，妳猜這又是為什麼？是敵軍主帥特別蠢嗎？」

周翡覺得心跳加快了些，不知為什麼，她分明也奔波許久，但謝允一個個問題拋出來，她卻有種莫名其妙的亢奮，反應比平常快了不少。聞聲，她略一思索便脫口道：「因為洗墨江地勢高，在山崖上能看見西南坡，如果敵軍選擇西南作為突破口，那北斗與鳴風在洗墨江的調虎離山就玩不轉了。」

謝允沉默了下去。

周翡忙問道：「怎麼，不對？」

謝允像煞有介事地嘆道：「長得好看就算了，還這麼聰明，唉！」

周翡明明知道這小子又在撩閑，卻一時不知這句話該怎麼往下接，當場居然有些窘迫，別無選擇，只好「動手不動口」，用長刀在謝允膝窩裡戳了一下：「你哪兒來那麼多廢話？」

謝允嬉皮笑臉地閃開，繼續道：「不錯，既然洗墨江的谷天璇退避，他們第一輪陰謀敗露，自然也便不必避開西南坡。如果敵軍主帥腦子正常，他會在圍山之後從東往西，將山下小鎮掃蕩一番，然後重整兵力，重兵壓上西南坡，就算用人填，也將那寨門砸開。」

周翡忙道：「那我們就去……」

謝允擺擺手打斷她，又道：「這不過是些常理的想法，妳略一思量就能想到，對不對？」

周翡點點頭。

謝允好似怕冷，將雙手攏入長袖，邊走邊說道：「所以不對。天下只有一個四十八寨，來人能驅使兩大北斗給他當嚮導，親自前往攻打固若金湯的四十八寨，他會是能用『常理』揣度的常人嗎？如果真是，那他昨天晚上就不會支使谷天璇他們弄那一齣聲東擊西，直接大兵壓境強攻不行嗎？」

周翡不是頭一次從這個角度思考問題——對付楊瑾那次，她就是暗自將楊瑾的心態揣度得透透徹徹的才僥倖勝了一場。可相比偽朝的敵軍主帥，楊瑾那點小心眼簡直就像天真的幼兒一樣淺顯易懂了。

謝允又道：「妳再想，此人為何要圍攻山下小鎮？他難道看不出來山下住的都是手無寸鐵的老百姓嗎？」

周翡想了想：「為了讓功勞看起來大一些？」

「不止，」謝允幾乎帶了些許嚴厲，丁點提示都不給，只是道，「再想。」

周翡皺了皺眉，完全弄不清謝允到底是怎麼在「討人嫌地撩閑」和「正經八百地指導」中變換自如的。

謝允斂去笑容，正色道：「世間有機心萬千，就算別人掰開揉碎了告訴妳，妳也只會當成獵奇的危言聳聽，新鮮片刻，聽過就忘。非得自己細細揣度過，才能瞭解其中幽微之處。」

周翡走江湖的時候，可謂是心粗如棍，連來路都懶得記。她性格中有種渾然天成的迷糊和與世無爭，然而此時，她卻沒有「為什麼我要挖空心思揣度這些齷齪的人」這種天真的問題，反而十分服氣地順著謝允的話音沉下心，來回思忖半晌。

「因為……」好一會兒，周翡才有一點不自信地說道，「我好像記得九娘說過，當年是貪狼、巨門、破軍與廉貞等人暗算了我外公，但終於還是無功而返。這回帶兵的人不是沈天樞，巨門和破軍兩個人只能算是個領路的，攻打四十八寨並非北斗主導。如果他辦到了沈天樞當年沒有辦到的事，一定會顯得北斗非常無能，那麼谷天璇和那個破軍不見得願意受他差遣……」

謝允面帶鼓勵地衝她點點頭。

周翡又道：「所以他圍攻山下小鎮，栽贓鎮上百姓都是匪黨，是為了營造出一種……我們並不是一夥隱居深山的江湖人，而是一隊自封為王的造反私兵，有數萬大軍，囤糧積銳的造反勢力。這樣一來就變成『平叛』了。當年北朝正與南朝對抗，大軍無暇他顧，只派了幾個北斗黑衣人，在此處受挫是理所當然的。」

謝允轉開視線，沒去看她，只是露出一點吊兒郎當的笑容，死沒正經地道：「越來越喜歡妳了，怎麼辦？」

周翡被他打斷思路，沒好氣地道：「憋著。」

「敵軍這位主帥明顯又想拉攏北斗，又想自己爭功邀寵。」謝允緩緩地說道，「因此如果他直接動用重兵壓境，北斗就真只剩下一個帶路的功勞了。如果我是敵軍主帥，用兵計畫中必然會重用北斗，盡可能做到『兵不血刃』，這樣一來，不但北斗會承我的情，我自己也會落下一個『用兵如神』的名號，豈非名利雙收嗎？」

謝允停下腳步，不知不覺中，眾人已經悄悄順著人跡罕至的山間小路下了山，山下那些一宿間就變得烏煙瘴氣的蜀中小鎮已經近在咫尺。

「我會讓隨行的北斗黑衣人去打西南坡的頭陣，反正破軍與巨門不會吝惜人手。四十八寨與北斗從來是宿敵，見他們捲土重來，必定如臨大敵，整個寨中防務會傾向西南坡，然後我帶人故技重施……」謝允指著四十八寨東南角上不起眼的小鎮，對周翡說道，「在他們爭鬥正酣的時候養精蓄銳，在雙方都已經疲憊的時候，帶我的人重新從昨夜輕易敗退之處二上蜀山。」

周翡與一干支著耳朵的四十八寨弟子全都一震──是了，這裡比別處格外安靜些，可是昨夜敵軍撤退後下山，此地不應該是首當其衝受其禍害嗎？本不該這麼消停！

莫非他們這位嚮導格外神通，所料處處不錯，敵軍主帥就藏身這鎮上？

「啊……黑鷹。」謝允瞇起眼望向小鎮上空亮出的好幾面北斗黑鷹旗，喃喃道，「我知道來人是誰了。」

周翡忙問：「誰？」

「曹仲昆的次子，北朝的那位『端』王爺，曹寧。」

雖然周翡在謝允的引導下，口頭上明白了這些達官貴人坑坑窪窪的心計，可等她親眼看見的時候，心裡還是湧起一股拔刀砍人的衝動。小鎮上遠看平靜，走近才知道，已經是處處閉戶、人心惶惶，空寂的街道上只剩下三五成列的北朝兵將，四分五裂的酒旗落在地面、樹梢，石板路上偶爾掠過觸目驚心的血跡和殘骸。

這場景對周翡來說太熟悉了——因為「外面」就是這樣的。

小時候，周以棠也曾經給她唸過「哀民生之多艱……」，不過都是對牛彈琴。周翡他們兄妹三人聽了，都睏得東倒西歪，因此她從沒明白過那些書生「為民立命」的情懷。

可她曾經那麼喜歡山下的一方小小世界。

她第一次滿懷好奇地離開四十八寨山門時，是山下小鎮的熱鬧和美好，給了她一個驚喜的見面禮和永久的歸屬感。她一路往北，歷盡艱險，見生民擾擾、兩腳泥水與無數雞犬不得安寧之處，桃源似的故鄉便越發難得了。在她日思夜想的美化中，蜀中成了世上最好的地方。

於是如今瘡痍滿目，便好似往她胸口剜了一刀。

謝允好像明白她在想什麼，輕輕地按了按她的肩膀。周翡勉強收拾起心緒，衝帶在身邊的幾個人一招手。

四十八寨畢竟是地頭蛇，不是所有年輕人剛出師就能像周翡一樣出遠門的。他們面臨的第一個外派任務往往就是在山下採買，或是乾脆在暗樁中鍛煉一段日子，很多人對地形都非常熟悉。

周翡乾脆將自己帶在身邊的百十來人化整為零，互相約定了一套簡單的暗號，分頭潛入鎮上的百姓家裡。自己身邊則留了幾個機靈武功又高的人，去查敵軍以「謀反」之名抓起來的百姓。

幾個人在謝允的帶領下，小心翼翼地避開巡街的偽朝官兵，來到鎮上宗祠處。

謝允說，一方宗祠通常有個寬闊的大院子，一般出兵入侵一地時，會將此處當成關押戰俘的地方，既寬敞方便，又能從精神上打壓當地人。謝允果然非常有經驗，宗祠周邊有偽軍把守，他們神不知鬼不覺地在附近找了一處藏身之地，躥到了幾棵樹上，正好能看清祠堂裡的情況。

周翡只看了一眼，就忍不住別開視線——那院中間吊著幾個人，都是她見過的暗樁，像是新宰的豬羊一樣，手腳綁成一團，倒掛在那裡，瀝著血。

「別看死人，」謝允在她耳邊低聲說道，「人死不能復生，看活著的。」

周翡移開的視線無處安放，無意識地在自己帶來的幾個弟子身上掃了一圈，見這些年輕人個個臉上的悲憤之意都要溢出五官，她便像被澆了一盆冷水一樣，狠狠地攥住了旁邊一根樹枝——對了，她還有要緊事。

周翡深吸一口氣，再次看向那院中，只見院中都是青壯年男子。恐怕除了老幼婦孺，鎮上人都在這兒了，成群結隊地被綁成了一串。看那樣子，不是普通莊稼人就是小商小販，旁邊有官兵巡邏，若是有膽敢喊冤或是有小動作的，上去便是一通拳打腳踢，打死的人就拖到一邊堆在牆角。

「能救嗎？」周翡低聲問道。

「能，但容易打草驚蛇，從長計議。」謝允想了想，又「噓」了她一聲。

眾人連忙屏息凝神，片刻後，遠處一幫黑衣人急行軍似的過去了，領頭的是他們見過的谷天璇。他身邊還有另一個拎馬刀的中年男子，身穿黑色大氅，背後繡著北斗星宿圖。這夥人有七八十號，黑旋風似的掃過，往四十八寨的方向去了。

「你推測得還真對，」周翡嘀咕了一聲，轉頭對身邊一個弟子說道，「傳消息回去。」

那弟子應了一聲，縱身從樹上落下，避開巡街的兵，轉眼就飛掠而去。

周翡想了想，也要從樹上下去。

謝允忙問道：「妳又幹什麼去？」

「我看那個拎馬刀的人和谷天璇並排走，肯定不是普通人，想必不是『破軍』就是『文曲』，」周翡道，「既然敵軍主帥將兩個北斗都派出去了，身邊還有誰？我去看看。」

說不定能取他的狗頭來燉一燉——最後這句太猖狂，怕嚇著文弱的謝公子，周翡忍住了沒說。

謝允一眼看出她的念頭，他一直十分努力地想把周翡往周密謹慎上引導，而周翡也確實不是一塊朽木，很多事能一點就透……只要她關鍵時刻不要總是本性畢露就行。

謝允崩潰地道：「祖宗！妳……」

「我又沒說非得殺那狗官，」周翡一擺手，說道，「諸位師兄等我的信號，一旦他們整裝待發，便按照咱們之前說好的分頭行動，放火燒他們的營帳，然後將這些走街串巷落單的人都殺了，把祠堂中的鄉親們放出來。鎮上一亂，不信拖不住他們，看他們還怎麼聲東擊西。」

周祖宗藝高人膽大，當機立斷，說走就走。

謝允「哎」了一聲沒叫住她，別無他法，只好跟了過去。

周翡覺得北斗肯定是從敵軍主帥那兒出來的，便循著方才那幫黑衣人的來路找了過去。偽朝官兵的大本營占了鎮上最氣派的宅院，周翡看了一眼，就不由得皺眉。

此地戒備之森嚴遠超她想像，周翡才剛一冒頭，便看見連屋頂處都有侍衛手持弓弩來回巡邏，視野居高臨下，稍微有一點風吹草動，便能一箭射過去。

這該怎麼潛進去？

正在這時，一陣腳步聲傳來，附近竟然有一隊衛兵專門巡邏！

周翡正在四下找地方躲，突然，頭頂伸出一隻手：「上來！」

周翡想也不想，一把拉住那隻手，將自己吊了上去。

她發現自從下山之後，自己好像一直都在樹上亂竄，簡直快變成一隻倒著撓癢癢的大猴子了。

巡邏兵丁不是什麼耳聽六路的高手，無知無覺地走過去了。

周翡輕輕吐出口氣，說道：「你什麼時候上樹的，我都沒感覺。」

原來拉她上來的正是追出來的謝允。

謝允「嘖」了一聲：「要是連妳都能察覺，我死了再投胎都得有五尺高了。」

周翡一想，確實是。謝允這種賤人，倘若不是跑得快，哪兒能活蹦亂跳到現在？這種本領長在他身上，除了喪權辱國地逃命沒別的用場，但……要是用在刺殺上，豈不是如虎添翼？

她便很虛心地請教道：「真正的好輕功得是什麼樣的呢？」

「妳人細身輕，算是得天獨厚，等過些年隨著內力深厚，功夫精純，輕功自然也會水漲船高，不必刻意練。」謝允道，「真正出神入化的輕功講究『忘我』，要無形無跡，先得將妳自己當成清風流水、婆娑樹影。這是『春風化雨』的路子，刺客練得，南刀就算了，貴派刀法凜冽無雙，不走這一路。」

周翡不信，選擇性地聽了他的一半歪理，試著體驗所謂把自己當成化雨春風的感覺，不料「不聽老人言，吃虧不花錢」，她非但沒能眨眼間神功大成，還因為走神，差點從樹上摔下去。

謝允嚇了一跳，一把撈起她。正好旁邊有一隊衛兵押著個老人走過去，那老人形容狼狽，正在哀哀喊冤，正好將樹梢上這一點異動遮過去了。

樹上的兩人同時鬆了口氣，謝允這才注意到他將周翡抱了個滿懷，手臂剛好在她腰上繞了一圈，她頭髮上一股極清淡的香味混著一點皂角味輕輕地鑽入他的鼻子。

這會兒立刻放開顯得刻意，不放嘛……

謝允目光微沉，有那麼一時半刻，他那晝夜不停歇的思緒突然斷了一會兒線，腦子裡卡殼一樣將「放與不放」幾個字分別用聲音、圖像翻來覆去地重複了幾遍，幾乎忘了自己正身在敵營。

直到周翡給了他一肘子：「……鬆手。」

謝貧嘴少見地二話沒說，乖乖鬆了手。

離奇的是，周翡除了那一肘子，竟然也沒再動手，兩人一時沉默下來，誰也沒看誰，竟然還有點淡淡的尷尬，幸虧在這節骨眼上，有個「大人物」出來解了圍。

只見不遠處一隊衛兵突然停下腳步，形容一肅。

謝允一激靈，飛快地收斂心神，伸手戳了周翡一下，衝她比畫了一個「噤聲」的手勢。

那被偽朝官兵佔據的大宅子四門大開，接著，有一排侍衛魚貫而出，聲勢浩大地站成一排，而後官兵們護送著一人出來。按理說，周翡他們躲藏的地方挺遠，再被這人堆一遮擋，他們簇擁的哪怕是隻熊，也瞧不清首尾。

可這位北端王殿下著實是天賦異稟，宛如一座小山，地動山搖地便走了出來，幾乎要將圍著他的人群給撐開。

而他走起路來竟然既不笨重，也不怯懦，反而有種泰然自若的風姿，好似他真心實意地認為自己英俊無雙！

周翡瞪大了眼睛盯著那前呼後擁的北端王，終於還是不能免俗，忍不住偏頭比較了一下旁邊這位躲在樹梢上、輕得像個鳥蛋的「南端王」。

周翡小聲問道：「這就是那個曹寧？端王？到底是哪個『端』字？」

謝允道：「『端茶倒水』的『端』。」

周翡問：「那你又是哪個『端』？」

謝允面不改色地道：「『君子端方』的『端』。」

周翡：「……」

她雖然不學無術，經常在書上畫小人糊弄她爹，可也不是不識字！她方才被謝允唐突地抱了那一下，彆扭的感覺還沒消退，當下便要像平時一樣寒磣他一句，可是話沒出口，周翡心裡又忽然冒出了一點別的念頭——吳楚楚說過，謝允是曹氏叛亂、南朝建立後，才被建元皇帝接到身邊，封為「端王」的。這個曹寧卻是曹仲昆的兒子，而且看起來比謝允老。

所以……哪個「端」在前？

謝允察覺到她的目光：「怎麼？」

周翡輕聲問道：「你是在這個人之後被封的『端王』嗎？」

此行驚險，此心又微亂，謝允這會兒神魂彷彿沒太在位，所以有一剎那，他沒能掩飾好自己的情緒。周翡清楚地看見謝允的表情變了，他似乎咬了一下牙，平素柔和的面部線條陡然鋒利了起來，目光中驚愕、狼狽與說不出的隱痛接連閃過，好像被人在什麼傷口處抓了一把似的。

周翡有生以來第一次後悔自己說錯了話。

但謝允終究還是謝允。不等她搜腸刮肚找出一句什麼來找補，謝允便又恢復了往常的沒皮沒臉，滿不在乎地擺手道：「那是肯定的，妳不覺得本王這通身的英俊瀟灑、風流倜儻，正好能反襯那玩意兒嗎？等哪天南北再開戰，妳看著，兩軍陣前叫一聲『端王』殿下，我們倆同時露面，嘖……」

說話間，只見北端王叫來幾個屬下，有人牽了馬來。

一個侍衛掀衣襬跪下，雙手撐地，亮出後背。北端王頭也不低，理所當然地便踩著那人的後背上了馬。那侍衛被他一腳踩得頭幾乎要磕到地面，漲紅的臉上青筋四起。周翡只覺得自己的後背也跟著一陣悶痛，一口氣差點卡在胸口裡。

周翡沒理會滿嘴跑馬的謝允，她是個山裡長大的野丫頭，懂的那一點禮數，也不過是跟別人有樣學樣而已。皇帝、王爺，還有那群不知都幹什麼的大官在她心裡都差不多，都只是個稱呼，不代表什麼。即便得知了謝允的身分，她也只是當時驚詫了一會兒，過後依然是打打鬧鬧，沒往心裡去。可是親眼瞧見了這位北端王的氣派，周翡才第一次意識到「王爺」一詞，和身邊這個鬼鬼祟祟藏在樹梢上的人有多遠的差距。

要是在金陵，也會有人這麼眾星捧月地圍著謝允轉嗎？

他也會一身珠光寶氣、僕從成群嗎？也有人卑躬屈膝地跪在地上、用後背擔著他上馬嗎？

要是那樣……那他究竟為什麼要朝不保夕地在險惡江湖中經風歷雨？

謝允突然湊過來，一本正經地道：「妳打聽這些幹什麼，想做端王妃嗎？」

周翡：「……」

「別打，」謝允忙道，「周女俠饒命……哎，曹胖子要幹什麼去？」

只見方才追隨左右的衛兵分開兩邊，曹寧騎在馬上，帶著一隊騎兵要走。

周翡精神一振。

對了！方才這狗官身在高牆之內，又被侍衛圍得裡三層外三層的，她沒機會動手。那他這會兒騎在馬上不是機會嗎？只要不是北斗那樣的高手，一隊尋常騎兵而已，以如今周翡的身手，她根本不必放在眼裡！

周翡心頭狂跳，手中望春山發出迫不及待的殺意。

誰知就在這時，謝允驀地伸出一隻冰涼的手，不由分說地按住她。

謝允盯著曹寧的背影，突然意識到了什麼，臉色變得極其難看。

「阿翡，」謝允聲音幾不可聞地問道，「妳身邊的人可信嗎？」

周翡被他這一句話問得無端一陣戰慄。

「走。」謝允道。

周翡：「什……」

「走，別追了，」謝允說道，「我們來路洩露了，方才妳傳回寨中的消息未必是真的。曹寧在此地是個陷阱——立刻傳信……不，信不過他們，別傳了，妳親自回去送信，快！」

周翡沒來得及說話，謝允腦子裡便不知又發生了一串什麼樣的變化，他又斬釘截鐵地將自己方才的話推翻了：「也不好，這樣，妳最好立刻帶人全部撤出去，回到寨門前待命，然後回去送信！」

周翡皺眉想了想，問道：「祠堂中的人不救了？這些狗賊不殺了？那些鄉親借了自己家給我們當隱蔽，也不管他們了？為什麼？你憑什麼說有內奸？」

謝允沉聲道：「我問妳，此處是什麼地方？」

周翡道：「蜀中四十八寨。」

謝允說：「不錯，此地是蜀中四十八寨，不是普通的叛軍匪窩，有的是江湖高手，行軍打仗未必在行，但是單個拿出來，個個都有行刺敵軍主帥的本領。如果妳是那曹胖子，妳會放心將北斗黑衣人都派出去，讓自己身邊只有衛兵，輕車簡從地滿大街亂跑？」

周翡一愣，方才沉在心口那沸反盈天的殺意好似被人澆了一盆冷水。

她沒想到這一點，因為以前沒接觸過這種權貴——聞煜是打仗的，不一樣，謝允更不能算——因此她不知道這些身居高位的人這麼惜命。

謝允這一點說得對，她又不是四十八寨第一高手，既然連她都能這樣輕易地找到刺殺機會，別人豈不是更能？依曹寧的年紀，大當家北上刺殺偽帝的時候，他應該已經懂事了，舊都尚且在破雪刀之下瑟瑟發抖，他會在四十八寨的地盤上不加防備？

周翡有些遲疑地點點頭：「不錯——但或許他身邊的侍衛裡另有神祕高手呢？還有鳴風的人，也未曾露面，那些刺客精通各種刺殺手段，保護他總是沒問題的。」

謝允聽了她的幾個問題，立刻意識到了周翡的言外之意：「妳是說妳的人都信得過？」

周翡就是這個意思——隨她下山的人都是她親自點的，她要是不相信這些人，當初就會孤身前來。鳴風的叛變令人觸目驚心，然而仔細想來，寨中倘若有誰會背叛，那也只能是不與他人來往、多少年都特立獨行的鳴風派。其他人這些年來在亂世中相依為命，在周翡看來，不說是勝似親人，可也差不了多少，她第一個不相信有人會出賣他們。

她是為了四十八寨站在這裡的，倘若懷疑到自己身後，還有什麼理由捨生忘死下去？

謝允看著她澄澈的神色，嘴裡一時有些發苦，良久，方搖頭道：「我沒有根據，只是跟這些人打過交道，有這樣的直覺。」

周翡道：「直覺不信任別人？」

謝允這一天第二次在她面前愣住了，不過依然只是一瞬。他很快正色道：「信任——阿翡，信任不是上嘴唇一碰下嘴唇，那是一場豪賭，賭注是妳看重的一切，輸了就血本無歸，妳明白嗎？」

謝允第一次這樣真心實意地跟她說出這麼冰冷的言辭。周翡睜大眼睛，眨也不眨地看著他，謝允神色如常，目光中卻透著彷彿一萬年也焐不熱的疏離與冷靜，又道：「妳敢賭嗎？」

周翡：「……」

一方面，她知道謝允這句話純屬歪理，但話被他這麼一說，周翡心裡卻不由得打了個突，一時有些舉棋不定——豪賭的比喻並不高明，但是她的「砝碼」太重了。

另一方面，周翡絕不是個多疑的人。因為一點蛛絲馬跡就滿心疑慮，目睹鎮上種種慘狀還能將這些人拋棄的事，她實在做不出來，也實在過不去自己這關。

四十八寨同進退，要是這些年來，連這一點起碼的信任都沒有，豈非早就分崩離析了？再說，她連自己人都不信，又為何敢信謝允？照他那「天下長腦之人」皆可疑的理論，她是不是還應該懷疑謝允阻攔她刺殺北端王的因由呢？

何況她此時帶人撤回，然後呢？怎麼查？這事她怎麼和兄弟們交代？怎麼和寨中長輩交代？怎麼和眼巴巴配合他們、等著他們救命的鄉親們交代？而萬一一切都只是虛驚一場，她幹出的這些像人事嗎？

謝允低聲道：「阿翡。」

「光是『直覺』這點理由，我不能撤。」周翡搖搖頭。

謝允的引導給她指明了方向，但周翡如果只會依賴他的引導，全無自己的主意，她這會兒也不可能帶著百十來號人守在這裡。謝允嘆了口氣，輕聲道：「都說一朝被蛇咬，十年怕井繩，妳忘了華容城中的暗樁了嗎？忘了方才反水的鳴風了嗎？為什麼這些事樁樁件件地羅列在眼前，妳還能相信妳寨中人？」

那不一樣。

因為地處北朝的暗樁為了不引起別人懷疑，很少撤換人手，從不輪班。也就是說，那些暗樁很可能在當地一紮就紮根幾十年，被人策反並非不可能。

而鳴風更是……

周翡張了張嘴，本想同他解釋幾句，卻見謝允一抬手打斷她，冷冷地說道：「阿翡，妳有沒有聽說過『夫妻本是同林鳥，大難臨頭各自飛』，有沒有聽說過『易子而食』的故事？父母、子女、兄弟、夫妻、師長、朋友……這些不親近嗎？可是親近又怎樣，難道就能掏心掏肺了嗎？」

周翡一呆，不由自主地想起他那隻好似在寒泉中凍過的手，頭一次用心打量眼前俊秀又落魄的男人，突然覺得謝允本人就是一個大寫的「孤獨」。白先生、聞煜他們對他畢恭畢敬，口稱端王，他卻避其如蛇蠍。羽衣班的霓裳夫人約莫能算他的老朋友了，可是朋友之間卻能以言語試探，言語中殺機暗伏。

周翡一想到這個，心裡便不知為什麼有些難過。

謝允一對上她的目光，馬上就意識到自己說錯話了。他忽然覺得自己這回跟著他們來四十八寨是個錯誤，否則何以一而再、再而三地失控呢？

周翡不是明琛他們那些人。

而這裡是蜀中，不是金陵。

此地沒有高樓畫舫，沒有管弦笙簫。

那些刀劍中長大的少年和少女，大約只知道「言必信，行必果」吧？

布衣之徒，設取予然諾，千里誦義，為死不顧世（注）。他又為何要自曝其短，將自己一片赤誠的小人之心拉出來，在她面前展覽呢？

「不過妳的顧慮也有理，不如咱倆折中一下，」謝允後悔起來，假裝思考了片刻，若無其事地道，「刺殺曹胖子先從長計議，他要是這麼容易死，也輪不到他帶兵攻打蜀中，追上去肯定是自投羅網。妳叫妳的兄弟們不要等所謂『大軍準備開拔』的時機了，現在立刻偷偷撤出一部分，剩下的將宗祠中關的人放出來，然後裡外相合，記得要速戰速決，從城南打開一條豁口，讓這些人從那兒出去，咱們突圍入山。」

這話聽著講理多了，雖然與周翡一開始的設想截然不同，而且讓她眼睜睜地錯過刺殺敵軍主帥的機會，但好歹人能救下一些，不算完全無功而返……而且保險。

萬一——億萬分之一的可能，謝允真的說對了，她帶來的人裡面果真有叛徒呢？

她可以冒險，但不能拿別人冒險。

周翡經歷了那麼多，已經能控制住自己急躁的脾氣了。她當即一甩頭，將雜念甩出去，說道：「好，走。」

周翡宣布計畫有變的時候，根本沒給這一百多個弟子反應的時間，也不曾解釋前因後果，只簡短地吩咐道：「傳話，『四十號』之前先往南出城開城門，剩下的隨我來。」

注：出自《史記・遊俠列傳》。

說完，她提起望春山便直接闖入了關押百姓的祠堂。

編號這個方法是謝允提的，每個人只需要盯緊自己號碼前後的人即可，大家各自分工不同。這種方式此時顯露了效果，眾人見周翡突然衝出去，本能地跟上，「隨我來」三個莫名其妙的字在人群中口耳相傳出去，一隊隱藏在各處的人馬突然跳出來，機動極快。

周翡一刀橫出，看著宗祠的衛兵還沒明白是怎麼回事，已經被人一刀割喉！

城中長哨響第一聲的時候，周翡已經手起刀落在那宗祠中殺了個來回，宗祠大門被四十八寨的人強行破開。「無常」的破雪刀極快，真有暴風捲雪之威，好多人吭都沒吭一聲便身首分離。

北端王曹寧聽見哨聲驀地抬起頭：「怎麼回事？」

他身邊兩個身披鎧甲的「侍衛」將面罩推上去——赫然是鳴風樓主寇丹和本該和谷天璇一起走的陸瑤光！

「山上傳來的消息沒錯，」寇丹壓低聲音，飛快地說道，「這夥匪人確實直奔此地，並且給他們山上送信說，他們會想方設法在北斗攻山的時候拖住我們……王爺請看，這信還在我這兒。」

曹寧伸出一隻養尊處優的胖手，一把推開寇丹的手，輕聲道：「哦？那妳的眼線沒告訴妳他們為什麼提前動手？」

寇丹抿抿嘴，一時無言以對。

曹寧道：「要麼他們比妳想像的聰明，要麼他們比妳想像的傻——寇樓主，妳猜是哪個？」

寇丹囁嚅道：「這……」

曹寧抬手輕輕合上她的頭盔，柔聲道：「不礙事，一條小魚而已，抓不到就抓不到。真的聰明就更好了，聰明人這會兒心裡一定有一千重懷疑，妳猜這個聰明朋友會不會因為疑慮重重，誰也不放心，而親自回寨送信？」

寇丹一凜，曹寧卻笑了起來。

城中官兵沒料到周翡他們放著滿大街走的敵軍主帥不管，一出手卻指向關人的宗祠。偽朝官兵的反應到底慢了些，周翡將人放出來之後，毫不停留，直接帶人往城南跑去。直到這時，本來埋伏在北端王身邊的官兵方才集結過來。斷後的周翡只聽身後有風聲襲來，下意識地將手中刀鞘一甩，只聽「刺啦」一聲，她猝然回頭，見那官兵手中拿的竟然是華容城中仇天璣用過的那種毒水！

一時間新仇舊恨紛紛上湧，周翡瞬間不退反進。她如今的功夫早已今非昔比，華容城外曾讓她無比忌憚的毒水好似忽然減慢了速度。她整個人也像一道不周風，舉重若輕地穿過紛紛落下的毒水，轉眼竟到了追在最前方的官兵面前。

敵軍大駭之下本能地後退，那刀鋒卻已經近在咫尺了！

就在這時，其他地方又接二連三地響起了哨聲，方才北端王待過的那座臨時徵用的「中軍帥帳」不知被誰一把火點著了，北朝官兵微亂，周翡趁機脫困而出。她所到之處必血流成河，幾乎殺紅了眼。突然，不遠處響起幾道短促的哨聲，周翡一抬頭，見神出鬼沒的謝允正衝她招手：「那邊是南！」

周翡：「……」

謝允殺人是不成的，他趁亂放了一把火，又從死人身上拽了個警報哨下來，跑到哪兒吹到哪兒，普通官兵如何追得上這種神出鬼沒的輕功？頃刻被他滿城遛了一圈。

周翡「臨時變卦」讓敵我雙方全都反應不及，再加上謝允的東風，三刻之內居然真的強行從南城衝出了一條口子。

第三十二章　圍寨

謝允是個雖然沒事自己胡思亂想，但臨危時不失條理的人才。

滿城披甲執銳之師，他手中有一眾驚慌失措的百姓，幾十個不聽調配的江湖小青年，以及一位來去如風、刀鋒銳利……但時而不辨東西的本地女俠。

然而即便這樣，謝允愣是讓周翡打了個迅雷似的急先鋒，之後利用小巷和沿途空出來的家宅打掩護，小手段層出不窮，將大多數人全鬚全尾地帶出了周翡一把刀撕開的包圍圈。

無論是江湖人還是普通人，在極端情況下都能發揮最大潛力。除了行動不便的老人和腿短的孩子被幾個弟子揹在身上，其他人撒丫子往南方密林中狂奔而去，偽朝官兵追出了數里，終於是「強龍不壓地頭蛇」，眼睜睜地看著他們消失在大山深處。

小鎮上，北端王曹寧聽聞這消息，倒是不怎麼意外，只是有點失望地將茶杯放下。過度的肥胖似乎給他的骨頭和臟腑造成了極大的壓力，這使他一舉一動似乎都十分小心，反而有種靜止的優雅。

陸瑤光跟寇丹對視一眼，沒敢接茬兒。

「果然還是跑了，他們突襲那宗祠的時候我就有這個預感。」曹寧嘆了口氣。

陸瑤光道：「下官有一事不明，殿下當時以身犯險露面，難道是為了誘捕那膽大包天的女孩子嗎？」

「女孩子？」曹寧笑了起來，「我對女孩子不感興趣，女孩子見了我通常只會噁心。有一些教養不好的會讓我也跟著不高興，至於那些懂得跪在地上溫柔討好的女人又都太蠢，偽裝一戳就破。她們的眼神、一顰一笑中都會明明白白地洩露出真實的想法——比如覺得我是一頭豬，看著倒胃口。」

陸瑤光無法就這句話找出可以拍馬屁的地方，頗為憋悶。

幸虧，北端王沒有就此展開討論，很快便說回了正事：「我感興趣的，是寇樓主提到的另一個人。此人應該也在下山的隊伍中，聽妳描述，此人相貌做派我都覺得有點熟悉，很像是一位故人。」

陸瑤光和寇丹對視一眼，寇丹微微搖頭，顯然也不知道他說的是哪一位。

曹寧卻不往下說了，只是笑咪咪地吩咐道：「罷了，緣分未到，依計畫行事——此地太潮了，先給我溫壺酒來。」

周翡派出幾個弟子前去探查追兵，雖然沒割到曹寧和寇丹的腦袋，但她掃了一圈自己撈出來的人，還是頗有成就感，忍不住扶著旁邊一棵古樹喘了口氣。跟她一樣鬆了口氣的弟子不少，眾人大多不明就裡，雖然跟說好的不一樣，但僅就成果來看，還以為這是一次大成功，紛紛不怎麼熟練地推拒起鄉親們的拜謝。

周翡閉了閉眼，感覺這一次與敵人「親密接觸」讓她心裡的疑慮少了不少。

這麼順利，不可能有叛徒吧？「內奸」之說果然只是謝允的疑神疑鬼，根本沒發生過，幸好當時沒有直接撤。

不料她心裡方才亮堂一點，就看見謝允捏著一根小木棍蹲在一邊，一臉凝重。

周翡一見他這臉色，心裡立刻打了個突，神經再次緊繃起來：「又怎麼了？」

謝允沉聲道：「我們出來得太順利了。」

周翡：「……」

順利也不行？是不是賤得骨頭疼！

謝允將小木棍一扔，詐屍似的站了起來，就在這時，有個弟子大聲叫道：「周師妹，妳快看！」

周翡順著他手指方位驀地抬頭，只見四十八寨的東邊山坡上濃煙暴起，竟是著了火，並且不止一處。

周翡訝然道：「他們提前攻山了？不……等等！那個曹胖子不還在鎮上嗎？」

她話音未落，便聽見東坡響起隱約的哨聲，山上崗哨顯然反應非常及時，林浩接過她的信，知道東邊是重點戰場，因此並不慌亂，山間火光很快見小，不過片刻，便只剩下黑煙嫋嫋。

由此可見，東坡的防衛比平時重不少。

可過了一會兒，周翡心裡的不安卻越來越濃重——怎麼沒動靜了？

謝允眉心一跳，低聲道：「不好。」

他話音未落，成群的大鳥突然自西邊飛過來，一撥接一撥。從周翡他們的位置，看不清山中端倪，只聽見鳥叫聲淒淒切切、椎心泣血似的。周翡的眼角跳了起來——即使她從未到過兩軍陣前，也知道那日谷天璇和寇丹突襲洗墨江的時候，山中沒有這麼大的動靜。

也就是說，去西邊的絕不只是那幾十個北斗！

那麼方才東坡的火是怎麼回事？敵人試探四十八寨防務嗎？

周翡他們一邊搜尋敵軍主帥所在位置，一邊隨時給寨中送信。他們先前都以為北斗做先鋒只是個幌子，不管北斗從何處出現，敵軍主帥所在才是重頭戲，誰知道北端王竟然親自留在一個鳥不拉屎的鎮上，拿自己當幌子！

倘若林浩聽了她的話，將防衛側重放在東坡，那……

謝允的懷疑竟然是對的！從下山開始，他們的行蹤對敵人來說就是透明的，所有傳往山上的消息都同時落入了另一個人的耳朵。北端王曹寧利用他們作為攻寨的敲門磚！

如果北端王露面的那一刻，周翡便立刻信了謝允的判斷，立刻傳話回寨中，或許有一線的可能性趕得上——如果她沒有那麼盲目自信，如果不是她自作聰明……

旁邊有個弟子驚駭地喃喃道：「阿翡，怎麼回事？這……這是出什麼事了？」

周翡耳畔嗡嗡作響，說不出話來。

謝允猛地從身後推了她一把，周翡竟被這隻無縛雞之力的書生手推了個趔趄，撞在旁邊一棵松樹上。吳楚楚塞給她的雞零狗碎都在懷裡，正好硌在了她的肋骨上。

謝允一字一頓地道：「妳要是早聽我的……」

周翡一瞬間以為他要指責她「早聽我的，哪兒至於這樣」，這話無異於火上澆油，她胸口一陣冰涼。誰知謝允接著道：「……也不會當機立斷派人送信的，因為妳肯定會發現自己無人可信，妳會首先帶人撤出城中，再親自跑一趟。這一來一往，無論怎樣都來不及，懂嗎——否則妳以為曹寧為什麼敢大搖大擺地從妳面前走過？他早算計好了！」

周翡狠狠一咬嘴唇。

她彷彿已經聽見山間震天的喊殺聲。

曹寧數萬大軍，就算四十八寨仰仗自家天險和一眾高手，又能抵擋到幾時？何況林浩收了她的消息，這會兒根本來不及反應。

二十多年了，從當年李徵護送後昭皇帝南渡歸來，收容義軍首領，占山插旗到如今，就走到頭了嗎？

謝允凝視著她。

周翡在他的目光下靜默片刻，突然站直了，猛地轉身，大聲說道：「諸位，別忘了我們最開始下山是因為什麼。」

眾人一靜，所有的目光都集中在她身上。

如果說最開始，「如何用自己的信念去影響別人」，是謝允一步一步教她的，那周翡此時便可謂是一回生二回熟。她眼神堅定得紋絲不動，讓人一點也看不出來她方才的驚慌失措。

「咱們是因為山下落在偽軍手中的鄉親們。」周翡擲地有聲地道，「山上愛怎麼打就怎麼打。怎麼，難道林浩師兄、趙長老和張長老他們還會不如咱們嗎？這麼多年，姓曹的哪天不想一把火燒了四十八寨，哪次成功過？別說區區巨門和破軍，貪狼沈天樞沒親自來過嗎？還不是怎麼來的怎麼滾！」

眾人一時鴉雀無聲，神色卻鎮定了不少。也幸虧她帶來的都是林浩挑剩下的年輕人，換了那群老狐狸，可萬萬沒有這樣好糊弄了。

周翡一邊說，一邊在心裡飛快地整理著自己的思路，漸漸地，一個瘋狂的計畫浮出水面。

她鎮定地把人員分成幾組，分別去巡視四下，趁山上打得熱鬧，他們先去救那些被曹寧扣下的無辜村民，把人都疏散開，這樣到時候打起來，省得四十八寨處處被掣肘。同住這一片地方，很多人家與周圍村鎮都有親戚，往日裡走動也十分頻繁，剛剛從宗祠中放出來的一幫青壯年自告奮勇前往帶路。

她三言兩語將人員安排好，眾人分頭散去，有一個弟子忽然問道：「周師妹，妳幹什麼去？」

周翡看了那弟子一眼，心裡本能地浮現了一個懷疑，想道：別人都不問，就他問，難道他就是那個叛徒？

她便面不改色地說道：「我要抄近路回去找林師兄，告知他山下情景……哪怕可能晚了，不過誰讓我不見棺材不掉淚呢？」

那弟子神色一肅，再不多嘴。

謝允一直沒吭聲，直到周圍已經沒有其他閒雜人等，他才跟上周翡：「妳還是要回山送信？」

周翡回頭看了他一眼。

「哦，」謝允果然是個知己，一個眼神就足夠他瞭解前因後果了，他點頭道，「懂了，妳沒打算做什麼『不見棺材不掉淚』的無用功，妳只是隨口把無從證明真偽的人支開，現在回去是要刺殺曹寧。」

周翡面無表情地道：「你想說什麼？」

謝允腳步不停，說道：「不，沒有，是我的話也會這麼辦，這是唯一一線生機。」

周翡頭也不回地道：「知道只有一線生機……你還敢跟來？」

「不跟著怎麼辦？」謝允嘆了口氣，「英雄，先往右拐好不好？再往前走妳就真的只能回寨中送信了。」

周翡：「……」

帶著謝允也沒什麼，動起手來他雖然幫不上什麼忙，但潛伏也好，逃命也好，都絕不拖後腿，萬萬不會需要別人勻出手來救他。

去而復返，周翡看清了小鎮刻在石碑上的名字——春回鎮。

大約是周翡他們鬧了一場，此時，鎮上的防衛緊了許多。周翡雖然心急如焚，卻沒有冒進。謝允說得對，急並不管用，行刺最忌諱心急，既然是一線生機，抓住才有意義。

兩人沒有累贅，仗著謝允神出鬼沒的輕功和鎮上豐茂的樹叢，圍著曹寧落腳之處轉了好幾圈，迂回著靠近，隨時捕捉機會。然而走了幾圈就無法靠近了——屋頂上的弓箭手有站著不動的，也有四下巡邏的，動靜互補，根本不給他們機會。

周翡「沉穩」地等了片刻，剛開始還行，但她畢竟不是真正的刺客，一刻的工夫過去，她裝得再平靜，也不免開始急躁起來，手指無意識地摳著望春山的刀柄。

謝允忽然握住她的手。

周翡一哆嗦，差點將他甩開。

謝允卻沒放，掰開她的掌心，寫道：「換防。」

隨即他一指自己，又指向一個方向。

周翡看懂了，謝允的意思是，他露面，從另一邊引開弓箭手的視線，換防的時候，那些靜止不動的弓箭手會鬆懈，謝允這時候闖入，很容易帶走他們的視線，周翡可以試著抓住那個機會混進去。

周翡皺起眉。

然而也不知道是謝允碰了巧，還是他竟然熟知偽朝軍中的規矩，還不等周翡做出什麼回應，便聽見那院裡傳來一陣吆喝，只見房頂兩側搭起了梯子，新一批弓箭手要往上爬，居然真是要換防了。

毫無準備的周翡倒抽了口氣，回手去拽謝允——那人卻已經飛快地躲開了。便見謝允眼角一彎，無聲地衝她一笑，得意揚揚地比了個大拇指。

這種時候就不要忙著吹牛皮了！

下一刻，謝允以迅雷不及掩耳之勢，飛快地將自己豎起來的拇指湊在嘴邊親了一下，往周翡臉頰上一按，然後人影一閃，已經不見了。

周翡：「……」

娘的！

謝允刻意露面，卻沒有刻意減慢速度，屋頂的弓箭手只見什麼東西從樓下閃過，根本看不清是人是鳥，本能一驚，正在換崗的兩撥人馬全都下意識地拉起弓弦，搜索那道影子。

周翡趁著這一瞬間，硬著頭皮飛身躍入院中。

下一刻，警報哨聲大作，無數衛兵傾巢而出，周翡也不知道自己成功沒有，屏息凝神地縮在後院馬棚裡的牆角，在腥臊氣中，一顆心幾乎要從胸口破體而出，握著望春山的手上青筋畢露。也不過就是幾息的光景，周翡卻彷彿挨過了半輩子似的，整個人繃成了一張弓。不知過了多久，腳步聲與叫喊聲才略遠了些。她總算將一口卡在嗓子眼的氣呼了出來，誰知一口氣尚未吐乾淨，又聽見耳畔傳來一陣輕輕的腳步聲，而且走得飛快，轉眼到了近前。

周翡眼神一冷。

此地徹底避無可避，她別無選擇，只能殺人滅口。周翡回手拉出望春山，刀光無聲地一閃，分毫不差地架在了來人脖子上，她當即將刀尖往前一送。

這是長刀無可比擬的優勢，刀尖而微彎，只要輕輕一劃，便能從頸側一直抹到喉管，保證對方一聲也吭不出來——然而下一刻，周翡硬生生地止住了刀勢。

她看清了刀下的人。

那是個中年人，兩鬢斑白，並不瘦，但不知為什麼，總有什麼地方顯得特別窮酸。他袖子挽著，有一雙幹粗活的人的手，身上沾著不少草料。周翡的刀太快，中年人甚至沒來得及驚懼，先本能地衝她露出一個慈祥中帶著些許討好的笑容，隨後才發現自己脖子上架著一把通體泛著寒意的刀，那笑容立刻僵在了臉上，一動也不敢動。

他是馬夫嗎？

周翡雖然沒什麼常識，但也大概知道軍中似乎應該有專門管馬的人，應該也屬於軍務，那這個人也是偽朝官兵？

她皺了皺眉，不願意草菅人命，也不想掉以輕心，因此只是一動不動地將望春山架在這人脖子上，預備著他一旦有異動，就立刻給他開閘放個血。

許是她表情平靜，並沒有什麼凶神惡煞般的表現，兩人無聲僵持了片刻，那中年人再次小心翼翼地衝她笑了一下，露出一口坍了半壁江山的豁牙，一看就是窮苦出身。然後彷彿是怕刺激到架在他脖子上的刀一樣，他極輕地動了動嘴唇，用幾不可聞的假聲道：「祝姑娘『五福臨門』，敢問『五蝠』是什麼顏色的蝠？」

周翡：「……」

被人一刀架在脖子上，還能問出這種不知所謂的問題，周翡表面平靜實際緊張的心緒被中途打斷，一時有點腦抽，不知怎麼想起邵陽城裡，徐舵主為了賠罪給李妍的那枚五蝠印，便順口道：「紅的。」

那中年人聞言，神色一整，緩緩衝她舉起自己空無一物的雙手，將脖子上一截髒兮兮的細線掏給她看，接著小心地避開望春山的刀鋒，將細線下掛的一截羊骨頭拽了出來。

他在周翡莫名其妙的目光下，將那羊骨握在手中，輕輕一掰，羊骨竟從中間斷成了兩截，中間藏著一個小小的印章——上面畫著五隻蝙蝠。

居然真是行腳幫的五蝠印！

在周翡印象中，行腳幫實在算不上什麼好東西，然而總歸不是北朝的人，否則當時楊瑾和徐舵主也不會被她三言兩語擠對得將李妍送回來。

但是她才闖進來，就有個自稱是行腳幫的內應出來接應？這種天上掉下來的餡餅實在怎麼看怎麼可疑。何況她擅闖北端王大本營分明是臨時起意，除了謝允，連他們自己人都不知道，這人又是怎麼回事？

那「馬夫」見她一臉不信任明目張膽地流露出來，便道：「小人鄭大，乃『黃字蝠』，受『紅徐』之託『上樑裝耗子』，三個多月了，約了今日『月上梢頭』，適才聽見貓叫，特來看看，『老貓』在，小心。」

周翡：「……」

這是哪個地區的黑話？聽不懂！

周翡的目光在望春山上停留了一下，心道：捅死還是留著？

這念頭一閃而過，隨即她收起了望春山——倘若她是那種不分青紅皂白便一定要斬草除根的狠角色，根本不會有此一問，刀刃早已經抹上了這個「鄭大」的脖子。

鄭大還不知道自己方才在生死邊緣上走了一圈，十分和善地衝周翡一抱拳，說道：「跟我來。」

周翡的刀沒還入鞘中，她大概看得出眼前這個人武功不怎麼樣，但是依然沒敢掉以輕心，雖然方才沒捅下去，卻始終留心著此人的一舉一動。就在她陰錯陽差地跟著鄭大在宅院中流竄的時候，謝允那頭稍微遇上了點麻煩。

引開幾個弓箭手而已，本來是件小事，他一會兒就能脫身。誰知哨聲響起的瞬間，一道黑影便突然從那院中飛掠而出，謝允只是餘光掃了一眼，立刻知道不對，撒丫子狂奔起來——那人瘦臉鷹鉤鼻，雖不過普通侍衛打扮，卻絕對是個頂尖高手。

以謝允的輕功，竟然一時沒能甩脫，只見那追兵嘴角突然露出一個冷笑，長袖甩開，「嘩啦啦」一陣響，一隻鐵爪凌空拋來，直奔謝允後心。謝允足尖在牆上輕輕借力，羽毛似的飄了起來，在空中轉了個身。那鐵爪發出一聲輕響，像個捕鼠夾子一樣，自己合上了，險險地抓爛了謝允一片衣角，而後隨著風聲被爪後的鎖鏈拽了回去，在空中重新打開，「吐」出了那塊爛布。

謝允穩穩當當地落了下來，伸手在露出中衣的肩上摸了一把，笑道：「好一個扒衣鹹豬爪——北斗破軍前輩，久仰久仰。」

此物其實叫「搜魂絕命爪」，是破軍陸瑤光的招牌。

「『風過無痕。』」陸瑤光盯著謝允，沒理會此人的胡說八道，咧嘴笑道，「你又是什麼人？」

謝允像個酸唧唧的書生似的，整了整衣冠，客客氣氣地說道：「一個跑腿的，區區賤名不足掛貴齒。」

「跑腿？」陸瑤光盯著他，「什麼時候風過無痕成了爛大街誰都會的功夫了？怎麼，趙淵害死一個親侄兒不算，還培養了一幫贗品留著？」

整肅的腳步聲傳來，謝允目光一掃，只見城中那幫吃屎也趕不上熱的的巡邏官兵總算跟了上來，從幾個方向湧上來，將他圍堵在中間，無數長弓短弩對準了他。

謝允將雙手一背，露出一張幾乎能去拜年的笑臉，說道：「皇宮大內，哪怕贗品，也不能是區區在下這副窮酸樣子啊。『風過無痕』跑得快，皇上推而廣之有什麼不好，東海那位都沒說不讓，破軍前輩就別跟著鹹吃蘿蔔淡操心啦。」

陸瑤光從他身上聞到了熟悉的油鹽不進味，當下也不再廢話，揮手道：「此人是刺客，拿下。」

他話音未落，圍成了一圈的弓箭手手中流矢齊發。

謝允瞳孔一縮，猛地往後躺倒，平著便從牆上「摔」了下來。流矢帶著勁風紛紛與他擦肩而過，矮牆暫時成了他的屏障。陸瑤光的大鐵爪自上而下抓了下來，要趁他變換身形時給他一下。

誰知謝允竟以這平躺的姿勢落了地，手掌扭到了一個不可思議的弧度，彷彿折斷一般從背後伸出，輕輕一撐，他往後滑了一尺多遠，鐵爪在千鈞一髮間正好落在他兩條長腿之間。

謝允一翻身從地上躥了起來，笑道：「原來不是『扒衣鹹豬爪』，而是『斷子絕孫爪』啊！破軍狠辣果然並非浪得虛名，在下佩……」

他說到「佩」的時候，已經流星一般地衝圍過來的官兵撞了過去。為首的人手中拿的不是連弩，剛射出一箭，還沒來得及換，謝允已經衝到了眼前，不知是不是方才周翡強行撕開衛兵包圍圈的時候太血腥暴力，這幾個兵好似沒從她手撕活人的陰影裡出來，一見謝允衝過來，先慌了。

「……服得很──」謝允將長袖一甩，衝著有些畏懼的官兵一聲怪叫，「哇！」

好幾個人本能地抱住頭。

謝允毫不客氣，直接踩著人頭跑了過去，陸瑤光才不吝惜小兵性命，搜魂絕命爪一刻不停地追上來，抓了兩次，沒抓到這滑不溜手的「刺客」，反而傷了不少自己人。

謝允火上澆油道：「打得好！」

說完，他專門往人多的地方衝，弄得好一陣人仰馬翻。而就在這時，又有尖銳的哨聲響起，眾人連同謝允在內，都是一驚。

只聽那邊喊道：「有刺客！來人，抓刺客！」

陸瑤光大怒，隨即明白過來，自己居然中了人家的調虎離山之計！

謝允心裡「咯噔」一聲──周翡還是急躁了。

而真刺客周翡正莫名其妙地趴在房檐上，心裡納悶道：抓誰呢？

那不知從哪兒冒出來的鄭大對這宅子裡衛兵分佈、弓箭手死角一清二楚，一路有驚無險地將周翡帶進了內宅附近，再往裡，憑他的武功就進不去了。

這大宅子外面看起來十分氣派，後院卻有幾分平民氣，既沒有小樓，也沒有站滿弓箭手的樓頂。周翡滿心戒備與疑惑，心道：那曹胖子躲在這兒嗎？

她沒有貿然行動，在牆根躲了半晌，謹慎地搜索落腳的地方。然後她看見了一隻壁虎，正順著牆角往上爬。

周翡靈機一動，跟著壁虎一起趴在牆上，趁著院子裡的侍衛一轉身，她四腳蛇似的幾下躥上了屋頂——那裡正好有一棵遮陰的大樹，藏一個五大三粗的漢子是不能夠的，但以周翡的身形，蜷縮一下還勉強能擋住。

此時離目標已經很近了，周翡屏住呼吸，花了足足有一炷香的工夫，才將一塊瓦片悄無聲息地揭下來。

她心裡先是一喜——那曹寧正在屋裡，非常好認，因為體形十分「特立獨行」。隨即又是一沉——北端王身邊有幾個貼身護衛，其中一個雖然打扮成了個普通的男侍衛，但離近了一看，周翡還是一眼認出來了，那是寇丹。

周翡能靠一把望春山纏住寇丹，已經是超常發揮，如果單打獨鬥時間稍長，她絕不是寇丹的對手，更不用提從她手中挾持北端王了。

然而只差最後一步，她又怎麼能甘心功敗垂成？

周翡的心在狂跳，然而怕寇丹察覺，愣是沒敢大喘氣。她強行將自己的氣息壓成若有若無的一線，然後入定似的閉上眼。千錘百煉過的精力以不可思議的速度集中起來，掃蕩一般將雜念清除乾淨，周翡一動不動地模擬自己如何闖進去，寇丹會如何反應……就在她心裡已經跟寇丹大戰了幾百回合的時候，聽見了外面大叫「抓刺客」的動靜。

周翡驀地睜開眼，心想：謝允？

隨即又搖頭，感覺不太像——因為動靜越來越大、越來越近，謝允分明是幫她引開視線，不大會又把人引到這邊來。

那麼……

她突然想起那等在門口，滿嘴黑話，莫名其妙帶她進來的鄭大。難道他要接應的另有其人？

就在這時，外面已經響起了刀兵之聲，寇丹一揮手，屋裡的幾個近衛都戒備起來，幾個人將曹寧團團圍住，剩下的出去探查。

曹寧放下手中的書卷，詫異道：「現存的高手中，還有行事這麼衝動的？」

寇丹自然而然地認為屋外的人是周翡——眼見中計，那小丫頭說不定會想到釜底抽薪這一招，但是她並不怎麼在意。寇丹承認周翡的破雪刀有幾分樣子，乍一看確實唬人，然而刀法厲害，不代表她能從自己手裡帶走人。她不怎麼在意地一笑，取出袖中長鉤：「王爺不必……」

寇丹話沒說完，突然一樣東西破窗而入，一個近衛眼明手快地將那東西挑起來扔了出去，不料那玩意兒在空中炸了，土灰胡椒麵噴得到處都是——倘若不是那近衛手快，說不定已經見屋裡炸成雲山霧繞的「南天門」了。

寇丹：「……」

這麼下三爛的手段實在不像四十八寨那群名門正派的風格。

衛兵們很快反應過來，裡三層外三層地將曹寧所在的屋子圍了起來。

只見外面闖進來的是一幫衣衫襤褸的歪瓜裂棗，扔進流民堆裡能以假亂真，身上打著補丁，有手持魚叉的，有拿著馬鞭的，還有個人手持一塊邊角處鑲了刺的抹布上下翻飛，每個人身上都彷彿寫著「我是流氓」四個大字，唯獨領頭一人手持雁翅刀，年輕英俊且十分正派……就是有點黑。

周翡目瞪口呆，來的人她竟然還認識——是那黑傻麅子楊瑾和給他幫忙的行腳幫！

周翡心念一轉，立刻明白了。

鄭大是行腳幫的人，不知怎麼混進了北朝官兵中，本來是約好了給他們引路的，誰知誤打誤撞便宜了她。結果楊瑾他們沒找著接應的人，一時不慎又被巡邏衛兵發現，只好鬧出老大動靜來硬闖！

這內應也太不靠譜了，行腳幫怎麼還沒滅門呢？

寇丹一揮手拍散繚繞身前的煙塵，秀眉一皺：「你們不是四十八寨的人，報上名來！」

楊黑炭冷哼一聲，上前一步道：「就憑妳辦出來的事，人人得而誅之！報名？妳配？」

周翡：「……」

這黑炭還學她說話！

曹寧微微一揚眉道：「我聽說那李瑾容軟硬不吃，從不與外人來往，你既然不是四十八寨的人，為何跑來多管閒事？」

楊瑾理所當然地道：「路見不平拔刀相助，難道還要挨個兒認識過來嗎？」

「路見不平，」曹寧笑道，「那邊山上現在正打得熱鬧，你不去拔刀，跑到這裡來做什麼？是誰告訴你本王在此的？」

楊瑾：「……」

房上的周翡恨不能摘片樹葉擋住眼睛，頭一次有種感覺，自己上次在邵陽為了贏這個楊瑾耍的詐……好像有點欺負人。

幸好旁邊行腳幫的人還比較機靈，眼看楊瑾要將他們賣個底掉，當即便上前一步打斷他道：「少廢話，殺曹狗！」

此言一出，無數附和。

楊瑾這才後知後覺地反應過來自己被人套話了，有點惱羞成怒。不過他說話不成，做打手總歸還是可以的，楊瑾手中斷雁刀一震，曾經讓周翡頭痛無比的輕響聲「嘩啦啦」一片，他一馬當先地便衝了進來。

周翡總算有機會見識到真正的斷雁十三刀，只見那寬背的大刀在楊瑾手中，與紀雲沉的斷水纏絲是兩個極端，一個極暢快，一個極狡詐。楊瑾的刀鋒毫無花哨，實實在在是一點一滴磨煉出來的，一起一沉都紮實無比。

原來這就是謝允所說的「紮實」的刀法！

如果給他上下兩層豆腐，叫那快刀只能切上層的，楊瑾能在眨眼的工夫揮出數刀，使上層的豆腐絕無一絲黏連，下層的豆腐絕無半個破口。

這就是功夫。

衛兵們一擁而上，硬是被楊瑾的刀鋒逼開，那初生牛犢不怕虎的年輕人悍然無畏地往裡闖，兩側弓箭手已經站好，箭矢紛紛衝他蜂擁而至。幾個行腳幫的老流氓立刻飛身上前，不知從哪兒找來一張巨大的細格漁網，一人扯上一邊，掩護楊瑾，漁網不知什麼東西織的，非常堅韌，鐵箭木箭無不鎩羽，斷翅的鳥似的被撥到了網外。

寇丹喝道：「放肆！拿下！」

她一句話話音未落，曹寧身邊幾個近衛已經應聲衝了上去。方才周翡沒認出來，那幾個近衛這一出手，她才發現，原來幾個人都是鳴風門下的刺客！

來自南疆的外人正在為了四十八寨出頭，他們自己的叛徒反而在充當偽朝狗官的近衛！此情此景，實在是說不出地諷刺。周翡握緊了望春山，胸口涼一陣熱一陣的，然而管住了自己沒有妄動。

她還要等，機會還不成熟。

如果說周翡對上鳴風有獨特的優勢，那麼換成楊瑾，便可謂是有獨特的劣勢了。

幾個刺客層出不窮的小手段和隨時隨地冒出來的「煙雨濃」讓他應對得頗為手忙腳

亂，幾個回合後，他只得重新退回院子。

與此同時，行腳幫眾人紛紛加入戰圈，場中便更熱鬧了——抹布狀的暗器上下翻飛，飛到哪兒給哪兒帶來一陣厲風不說，還伴著一股特殊的餿味和灰塵；大魚叉好似長槍，長得恨不能有七八尺，馬上用都不在話下，用來挑弓箭手一挑一個準，同叉魚竟頗有異曲同工之妙……還有幾個人不知躲在哪個犄角旮旯，逮著機會就冒頭扔一發「胡椒彈」，一時間，北端王這素淨的小院子被他們鬧了個烏煙瘴氣。

寇丹臉色微沉，回頭衝曹寧道：「王爺，這些野人不知從哪兒冒出來的，此地亂得很，不如您先避一避？」

周翡身在屋頂，底下的事她一覽無餘，此時，她注意到曹寧身邊依然有幾個近衛，方才寇丹命人截住楊瑾的時候，這幾個人並沒有聽她號令。

曹寧在這一地雞毛中居然儀態依舊，很有皇家風範，聞聲他沒答應，只是從近衛中間射出目光，意味深長地掃了寇丹一眼，說道：「嗯，不過要稍等片刻——破軍先生方才出去探查，怎麼現在還不回來？」

周翡一聽，心道：破軍先生？那跟著谷天璇並肩走的黑衣人果然是個冒牌貨。

隨即，她心裡稍一轉念，尋思著：曹胖子這話是什麼意思？一個寇丹和一幫近衛護不住他嗎？還是……他也不那麼信寇丹？

她越看越覺得曹寧態度雖然十分平和自然，但他身邊那幾個近衛站位非常微妙，乍一看是圍著曹寧站了一圈，實際隱隱是衝著寇丹的。

周翡頭皮有些發麻，手掌在望春山冰冷的刀背上摩挲了幾下，藉著冰冷的刀身讓自己鎮定，心裡飛快地盤算道：聽他的意思，北斗破軍方才本來在，這會兒卻不知因為什麼出去了。破軍剛一走，行腳幫的攪屎棍們就闖進來，來得真巧……寇丹連師門都能背叛，對誰能忠誠？曹胖子肯定對她心存懷疑，那他方才沒有開口質問，是怕她當場反水嗎？

就在這時，院中突然傳來一聲哨聲，有人用黑話叫道：「老貓！」

周翡後背陡然繃緊，她固然不懂黑話，可結合眼下的情況，大致能猜出來是北斗破軍回來了！楊瑾手中的斷雁刀陡然快了好幾倍不止，大珠小珠落玉盤似的響成了一片，眼看要衝破那幾個鳴風刺客的封鎖。

寇丹見狀正打算親自出手。

周翡當機立斷，突然在房頂上渾水摸魚地開口說了一句：「多謝寇丹姐姐，辛苦妳啦！」

她說完這句話，不但給自己長了輩分，還暴露了自己的位置。

周翡毫不停留地從屋頂滑了下去，將自己緊緊貼在後窗處，她剛藏好，一個近衛緊跟著便上了房，四下探查，什麼都沒找著——房檐擋住了他的視線。

寇丹瞳孔驟然一縮。

曹寧方才不曾點破自己的懷疑，只不過是眼下戰局混亂，他怕雪上加霜。然而周翡這一句話落地，無論寇丹背叛沒背叛，曹寧都只能先下手為強——因為他知道自己防著這刺客頭子，寇丹也一直對他的疑慮心知肚明，她也在防著自己因為這疑慮卸磨殺驢。

他們之間「千鈞一髮」的這重平衡被這一句話打翻在地！

北端王身邊的幾個近衛一擁而上，向寇丹出了手。與此同時，黑衣的破軍人影已經掠至院中央——

周翡知道破軍一旦進來，自己就沒戲唱了，她當下再不遲疑，陡然破窗而入。曹寧身邊僅剩的兩個近衛吃了一驚，立刻掉頭，一左一右雙劍向她頭上壓過來，卻正好對上周翡那以遛人見長的蜉蝣陣。

周翡沒空與他們過招，只見她人影一閃，已經將那兩人讓了過去，沒有片刻停留，手中望春山直指曹寧。

曹寧的胖不是正常的心寬體胖，而是接近病態了，肯定是有什麼毛病。周翡料定他動不了武，當下探手一把揪住了曹寧的領子，北端王那龐然大物竟被她拽了個趔趄，他尚且來不及反應，已經被那長刀鉤住了脖子！

這變故來得實在太突然，場中眾人齊刷刷地愣住了。

周翡的心幾乎要從嗓子眼裡跳出去，因此她沒急著說話，先不動聲色地深吸了幾口氣，目光從神色不一的眾人臉上掃過，等這口氣勻過來了，她才衝目瞪口呆的楊瑾笑道：「多謝楊兄搭手，咱倆扯平了。」

楊瑾：「……」

這個無恥之徒是從哪兒冒出來摘果子的？

周翡一腳踩在方才被曹寧帶翻的椅子上，手上帶了些勁力，抓住了北端王的後頸，迫使他仰起頭來，又對已經近在咫尺的陸瑤光說：「北斗破軍？看來我比你快了一步。」

陸瑤光眼角抽了幾下，低聲道：「好，好膽量。」

周翡在這一刻，無師自通地學會了看人臉色，她目光掃過陸瑤光陰沉的視線，當時就知道自己這一場算是贏了。在這陰謀重重的戰局中，她手中這把刀是真正生殺予奪的定海神針，這念頭一起，方才幾乎要跳炸的心以不可思議的速度平緩了下來。

周翡挑起眼皮看了陸瑤光一眼，一語雙關地說道：「我膽子不算大，武功不算高，今日事成，還要多謝寇丹姐姐。」

陸瑤光陰沉的視線轉向寇丹。

寇丹見她到了這種時候依然不忘挑撥離間，還偏偏挑得很在點子上，只好冷笑道：「好手段，叫我百口莫辯。妳很好，周翡，想不到老娘我栽在妳一個黃毛丫頭手上，大當家不如妳。」

「謬讚。」周翡飛快地笑了一下，低頭對曹寧說道，「端王爺，你是想死還是想撤軍？」

曹寧落到她手上，倒也沒嚇得失了體統，甚至還在森冷的望春山下露出一個笑容：「姑娘……」

誰知他剛一開口，還沒來得及忽悠，便覺得喉嚨一痛，說不出話來了。

陸瑤光當即色變，暴喝道：「妳敢！」

周翡的手先一緊再一鬆，輕易便將北端王的脖子割開了一條小口子。她面無表情地說道：「端王爺，我知道你聰明，我只是個沒見過世面的野丫頭，不想跟你比誰心眼比較多，所以除了回答我的問題，你最好一個多餘的字都不要說，一個多餘的動作都不要做。」

陸瑤光冷聲道：「端王爺如果少了一根汗毛，妳——你們四十八寨上下所有人必死無全屍、株連九族，妳信不信？」

「信啊。」周翡十分理所當然地說道，「不然你們是幹什麼來的？現在山上難道不是在混戰，而是在敬酒？端王爺不少一根汗毛，難道我們就能活命了？全不全屍的不差什麼，又不耽誤投胎。」

陸瑤光無言以對。

「我敢來闖龍潭虎穴，必定是已經想清楚了。」周翡冷冷地說道，「我再問一遍，想死還是想撤軍？端王爺想好再說，反正我光腳的不怕穿鞋的。」

曹寧眼皮一垂，他以「剿匪」為名圍攻四十八寨，打的不是名門正派，就是尋常百姓，卻是直到如今，他才算在這個小姑娘身上感覺到一點真正的匪氣。曹寧嘆了口氣，說道：「撤，傳令。」

陸瑤光兩頰緊繃了良久，憤憤地一甩手，緊盯著周翡的動作。

「多謝。」周翡彎起眼睛笑了一下，她笑起來的時候還是十足的少女意味，有些輕快，有些活潑，甚至還帶著一點天真。然而經歷了這幾天幾宿，這少女的笑容中難免沾了些許詭異的血腥氣，周翡拎起北端王曹寧，說道：「既然這樣，就請端王爺來我寨中做客吧，楊兄和諸位前輩要不要一起來？」

幾個行腳幫的漢子用眼神請示楊瑾。

行腳幫無孔不入，雖然隸屬黑道，但這些年來有「玄先生」和「白先生」從中牽線，與南朝有著說不清道不明的聯繫，早開始試著往北滲透了。沒想到陰錯陽差，竟然真的成功在北朝兵馬中插進一顆釘子。可惜這「釘子」純粹是走了狗屎運，進了北端王麾下，一直也是個聽人號令的馬夫，根本拿不到什麼重要軍情。

直到這回開赴蜀中途中，端王座下一匹好馬「不堪重負」，吐白沫死了。誰也不可能說那馬是被王爺壓死的，只好將原來給近衛管馬的小兵抓起來頂罪。北朝官兵這邊都知道給曹寧當馬夫是個替死鬼的活，紛紛活動關係不願意上，推來推去，這「肥差」竟然落在了鄭大頭上。

鄭大跟了幾天近衛團，這才知道這回行軍是衝著四十八寨去的，方才將消息送出去。

這消息要往金陵送，首先經過了正好在邵陽附近的徐舵主那裡。那楊瑾雖然敗給了周翡，卻不記恨，反而對李家南刀充滿了嚮往，聽說這事，立刻義不容辭地前來管閒事。不過不知為什麼，楊瑾每次見到周翡其人，對南刀的嚮往總會少很多。

他有種野獸一般的直覺——南刀是絕代好刀，周翡卻恐怕不是什麼好人。

楊瑾略帶防備地看了看周翡，周翡衝他一笑。

楊瑾一梗脖子：「去就去。」

他說完，一幫行腳幫的人紛紛上前，將周翡和北端王圍在中間。

陸瑤光等人投鼠忌器，只能不遠不近地跟著。弓箭手全體撤下，眼睜睜地看著這一幫人浩浩蕩蕩地出了門。

謝允正好剛甩脫追兵，急匆匆地掉頭回來，一看便笑了，衝被挾持的曹寧一拱手：「二殿下，久違呀。」

曹寧深深地看了他一眼，礙於領口的望春山，沒敢吭聲，便被周翡推了一把，只好艱難地往前走去。

押著曹寧這一路並不輕鬆，曹寧不耐久動，這山上得堪比蝸牛，走幾步便氣喘如牛，一副要死的德行，不時需要停下來休息。周翡一方面憂心寨中憂得心急如焚，一方面還得時刻小心這詭計多端的胖子玩花樣。

從正午一直走到了半夜，方才到了兩軍陣前。

谷天璇聽聞主帥被擒，不敢怠慢，只好將人撤到四十八寨崗哨之外，與寨中遙遙對峙。

往日可以入畫的吊橋密林如今已經一片狼藉，焦灰與血跡隨處可見，從最外層崗哨一路延伸到裡面，當時慘烈可見一斑……倘若周翡再慢一分，四十八寨內外三道防線便要付之一炬了。

周翡提刀的手下意識地一緊，曹寧悶哼一聲，艱難地道：「姑娘妳可小心點。」

周翡壓低聲音道：「別著急，有你償命的一天——讓你的人滾開讓路，快走，別磨蹭！」

第三十三章　推雲

谷天璇面沉似水，狠狠剜了辦事不力的陸瑤光一眼，可惜投鼠忌器，只能讓路。

面前大軍整整齊齊地分開兩邊，讓出道路，乍一看，活像是殺氣騰騰地夾道歡迎。

行腳幫眾人專精坑矇拐騙，臉皮比尋常人厚實不少，權當是人家在歡迎自己，一時間個個原地長高了三寸，挺胸抬頭地跟著周翡往前走，神氣得不行，享受了一回萬眾矚目的待遇。

四十八寨中了曹寧之計，與北朝大軍一照面便損失頗為慘重。本以為堅不可摧的三道崗哨半個時辰之內便被人長驅直入、一舉突破，連未出師的弟子們都只能勉強上陣。林浩甚至以為今日算是交待在這兒了，誰知這節骨眼上，敵人突然退到了山腳之下。

林浩不明所以，又不敢怠慢，一邊趁著這一點空隙，將寨中能當人使的幾百號弟子全部集中了過來，一邊緊著叫人去打探情況。

探子聞聽山下異動，立刻如臨大敵地準備繼續迎戰……結果就在第一道崗哨門前看見了這一幕。

林浩腿上被流矢所傷，傷口還在往外滲血，聽說消息，當即金雞獨立地一躍而起：

「什麼？阿翡？」

林浩周全穩重，可畢竟也是個年輕人，先前是存了必死的心，才顯得越發沉穩有度，乍一聽見這從天而降的轉機，當時就坐不住了，單腿蹦起來便要出去查看。

正在給他看傷的大夫暴怒道：「混帳，你給我坐下！」

旁邊馬吉利連忙按住他。

馬吉利也十分狼狽，不過好在他一直總領後勤與各寨各崗哨聯絡，傷得並不重。

馬吉利道：「趙長老重傷，張長老……唉，眼下這邊全靠你一個人撐著，你先亂了算什麼？阿妍，過來看著妳師兄，我先出去打個頭陣。」

林浩方才那麼一蹦，腿上的傷口崩裂，將金瘡藥都沖走了，疼得眉頭一皺。旁邊李妍聞聲，忙又拿金瘡藥來堵，和泥似的往他腿上倒。

「夠了夠了，嘶……師兄跟妳有仇嗎？」林浩一邊叫喚，一邊盡量躲開沒輕沒重的李妍，疼得冷汗直流，咬著牙衝馬吉利道，「那就麻煩馬叔先走一步，我隨後就到。」

李妍慌手慌腳地將藥瓶扔在一邊，委委屈屈地叫道：「我也要去，我也要去見阿翡！」

林浩怎會不知她是怎麼想的？這些備受寵愛的少年少女越是從小偷奸耍滑得理直氣壯，遇上事的時候，便會越是痛恨自己。大人們總覺得她還小，自己還中用，還能替她撐起一片天。可世事如潮，孩子們總覺得長輩們如山似海，怎麼靠都靠不塌。誰又知道這些遮風擋雨的背影，有時候也只是一塊單薄且障目的糟木板呢？

這些事來得太快了。

林浩嘆了口氣：「去可以，妳不要往前湊，聽師叔的話，小心點。」

李妍偷偷抹了一把眼淚。

馬吉利等人腳程極快，一路風馳電掣般地便狂奔到山下第一道崗哨外，老遠便看見被周翡挾持的北端王——沒辦法，誰讓這位王爺千歲富貴逼人，還偏偏身處一幫窮酸得掉渣的江湖人中呢。

北朝官兵自然不敢妄動，但曹胖子的幾個近衛與谷天璇、陸瑤光等人還是跟了上來，隔著數十步跟著他們，虎視眈眈地盯著周翡。

馬吉利見了這陣仗，目瞪口呆地盯著曹寧：「阿翡，這……」

周翡用力推了曹寧一把，將他那貴重的腦袋按了下去，一路走到寨門崗哨裡：「馬叔，這就是那敵軍主帥曹寧……」

謝允低聲提示道：「曹仲昆的兒子，老二。」

「是那狗皇帝曹仲昆的兒子。」周翡道，「這胖子詭計多端，我沒別的辦法，只好使了笨辦法，乾脆將他捉來。」

走動的時候，望春山不可能一直別在曹寧喉嚨上不動。曹寧總算有了些能說話的機會，忙見縫插針地一笑道：「哪裡笨，姑娘太自謙了。」

馬吉利仍然有點找不著北，一邊讓人將周翡他們放進來，一邊又看著行腳幫的眾流氓，問道：「那這些……」

李妍從他身後冒出頭來，大叫道：「楊黑炭！」

楊瑾憤怒地瞪過去，看清了李妍，卻是一愣。

只見她形容十分狼狽，一張小臉上黑灰一片，髒兮兮的，眼圈還是紅的，委屈得彷彿下一刻便能哭出來。他到嘴邊的怒斥突然便說不出口了，終於只是愛搭不理地哼了一聲，認下了「楊黑炭」這名號。

「不得無禮。」周翡隨口數落了她一句，又對馬吉利道，「這是我在外面認識的幾個朋友，行腳幫的，還有這位是擎雲溝的……」

「楊瑾。」楊瑾一聽她說起「擎雲溝」，就想起在邵陽的時候周翡那句「那是什麼玩意兒」，當下新仇舊恨一同湧上心頭，憤憤地掃了周翡一眼。他一見周翡和李妍這倆丫頭就火氣上湧，簡直不知道自己是來幹什麼的，忙沒幫上什麼，倒是把自己氣成了一塊憤怒的黑炭。

大概因為四十八寨這些年來真的不怎麼與外人來往，馬吉利見了這些上趕著「拔刀相助」的人，還頗有些疑慮。他眉心微蹙，不過隨即又打開，面子活還是做到了，一揖到地道：「諸位雪中送炭，如此高義，四十八寨日後定當銘記於心。」

馬吉利一邊命人將行腳幫的人放進去，一邊又透過人群，往對面放出目光——谷天璇、陸瑤光虎視眈眈，身後跟著一水兒的北斗黑衣人，還有以寇丹為首的鳴風樓刺客。雖然關鍵時刻，周翡用一句話挑撥了寇丹和曹寧，但此時雙方利益畢竟還一致，這一點嫌隙不足以讓他們徹底翻臉。

馬吉利目光微動，心裡飛快地掂量著眼前的情況。

陸瑤光對上他的目光，上前一步，正要說話，谷天璇卻一抬手止住了他。這俊俏書生似的北斗彬彬有禮地開口道：「我知道諸位劫持王爺，是想讓我等退兵。退兵不是不可以，只是諸位也須得講理——我們退了，端王爺的安全誰來保證呢？當年貴寨大當家便曾北上行刺過聖駕，如今王爺落到諸位手中，我也實在不能指望你們對殿下禮遇。若是王爺有什麼閃失，我們這些人也不必回朝，直接抹脖子便是。數萬大軍南下，諸位讓我們就這樣收場，想也知道我們不肯的吧？」

谷天璇該狡猾的時候狡猾，該實在的關頭也實在，三言兩語點出了雙方的僵持。他輕輕地搖了搖手中摺扇，又道：「咱們面對面，不如敞開天窗說亮話。諸位手上除了端王殿下，斷無別的籌碼。端王殿下少一根汗毛，爾等必死無葬身之地。只要我軍還在山下，你們也不敢傷了王爺，是不是？我看不如咱們各退一步，商量出個都能接受的章程來，如何？」

謝允見谷天璇拿著一把扇子，立刻也不甘寂寞地摸出一把，「嘩啦」一下展開橫在身前，跟「巨門」對著搧。這沒溜兒的南端王笑道：「這個確實難辦，四十八寨都這樣了，退一步也是不可能的。依我看不如這樣，二殿下留在寨中做客，你們不願意撤就不撤，在山下老實待著也一樣。只要不讓我們管飯，待上三兩個月也沒問題，大家正好一起過年。」

谷天璇差點被他噎死。

謝允又道：「到時候呢，估摸著大當家也該回來了。哦，對了，我聽說自從沈天樞一把火燒了霍家堡，霍連濤正在南朝四處糾集人馬預備著要報仇。聞聽這麼大的熱鬧，他能不來摻一腳嗎？還有我大昭——當年江湖謠言說，曹仲昆為了對付南軍，無暇他顧，方才放任了四十八寨。按這個想法，現在北朝豈不是『有暇他顧』了？那可大大地不好，金陵那邊聽見恐怕要睡不著覺了……何況我聽說甘棠先生的老婆孩子都在四十八寨，聞煜將軍過來也不太遠。」

他每說一句話，谷天璇的臉色就難看一分。

謝允搧了兩下，發現實在是冷，偷偷摸摸地打了個寒戰。為防自己變成一隻瑟瑟發抖的鵪鶉公子，他只好將扇子重新合在手心，總結道：「到時候天下英雄齊聚一堂，更方便大家評理，肯定比我們這樣僵持著好！」

曹寧見谷天璇被謝允堵得啞口無言，不由得嘆了口氣，感慨手下竟無機靈可用之人。

寇丹察言觀色，忽然上前一步，說道：「王爺受匪人所制，是我護衛不力，殿下，這事您怎麼說？」

「我沒有棋差一著。」曹寧慢吞吞地說道，「只是快要收官的時候，有人不講規矩，過來把棋盤掀了——我能說什麼？我無話可說，寇樓主，看來咱們已經輸了。」

馬吉利好像被他們這一來一往提醒了，上前道：「別人先不必說，但寇丹是我四十八寨叛徒，欺師滅祖、天理不容，還請將此人交回！」

寇丹看著他，殷紅的嘴角露出一個詭祕的笑容，像一朵徐徐綻開的罌粟：「成王敗寇罷了，那麼個老廢物整日裡以長輩自居，我到現在才動手清理了他，便是我鳴風樓的列祖列宗見了，也能誇我一句仁厚了。我欺了誰？滅了誰？」

寇丹這一笑中充滿了輕慢不屑，周翡只覺得額角的青筋都跳了起來。

馬吉利面色鐵青，抬手指向寇丹：「妳這賤人！」

他說到「賤」的時候，已經運力於掌，似乎便要向寇丹撲過去。

周翡的全副精力本來都在對面，那一瞬間，她卻突然有種汗毛倒豎的危機感。她來不及想，多次生死一線間的直覺卻在催促她閃開、後退，可她手裡還抓著曹寧！

此時整個四十八寨的山坡保持著一個隨時能傾覆的平衡，而準星就在這個胖子身上。她不能放開這個人。

千鈞一髮之際，周翡猶豫了。

她猶豫過很多次，但沒有一次像這次一樣致命。

就在周翡於進退之間搖擺的時候，馬吉利原本指向寇丹的手掌憑空一轉，竟然拍在了周翡的後心偏右處。她是右手持刀，這一掌落了個結結實實，周翡右半身整個麻了，她眼前一黑，望春山怎麼落的地都不知道。

曹寧彷彿早知道有這麼一齣，毫不猶豫地一彎腰——

兩條牽機線凌空甩了過來，旁邊兩個試圖伸手的行腳幫中人齊齊慘叫一聲，各自被牽在寇丹手中的牽機線斬斷了一條手臂。

馬吉利一擊得手，人已經退到數丈之外。

隨即，谷天璇運起「清風徐來」，身如鬼魅，眨眼間已掠至曹寧身前，出手如電，一拉一拽，那曹寧彷彿不再是個足足有幾百斤的人，而是一團棉絮，身輕如燕地被他拋至身後。谷天璇一朝得手，當即面露獰笑，摺扇一架蕩開楊瑾揮過來的雁翅刀，又一抬手，直直拍向來不及躲閃的周翡，打算順手將她斃在面前。

北斗巨門乃當世頂尖高手之一，能在四十八寨長老張博林與趙秋生兩人夾擊中絲毫不露敗象，就算周翡全鬚全尾地站在面前，也不見得禁得住他當頭一掌，何況她剛剛挨了馬吉利一掌，手中刀已落地，這會兒幾乎連氣都提不起來！

周圍無人可施救，李妍尖叫了一聲，她離得實在太遠，連撲上去都來不及。

就在這時，一隻蒼白的手伸過來，凌空架住了谷天璇一掌。

周翡眼前一片模糊，馬吉利那一掌震傷了她的肺腑，一呼一吸間氣息彷彿只能下到嗓子眼，再往下便是劇痛。她滿口血腥氣，恍惚間只覺有人抓住了她的後頸，將她往後一甩，幾個師兄七手八腳地接住了她。

那手在她後頸上蹭了一下，涼得好像冰雕……

周翡耳朵裡轟鳴一片，聽不見、看不清，意識在拼命下沉，她卻無意識地死死攥住旁邊人試著想扶她的胳膊，死也不肯暈過去。

這一系列的事發生在電光石火間，眾人反應過來的時候，曹寧已經被北斗牢牢地護衛了起來。

而谷天璇一擊不成飛身後退，在幾步以外盯著眼前的人——方才攔住他的，竟是看似手無縛雞之力的謝允。

谷天璇正想開口，誰知剛一提氣，便覺得胸中一陣氣血翻湧。他忙咬住牙，暗暗打量著謝允，不由得有些心驚，不知從哪兒冒出這麼個不顯山不露水的高手來：「你……」

謝允將他那把可笑的扇子收起來，一言不發地擋在周翡面前。

谷天璇驚疑不定地道：「你是什麼人？」

曹寧終於在好幾個人七手八腳的攙扶下站了起來，他氣喘如牛，狼狽不堪，卻依然慢吞吞的，此時看了謝允一眼，他搖頭道：「趙……」

謝允截口打斷他道：「鄙姓謝。」

曹寧好似十分理解地點點頭，從善如流地改口道：「謝兄，擅用『推雲掌』，你不要命了嗎？圖什麼？」

谷天璇聽見「推雲掌」三個字，整個人猛地一震，脫口道：「是你，你居然還沒死！」

謝允先是瞥了周翡一眼，見她居然還能站著，便笑道：「我還沒找著合適的胎投，著什麼急？」

原本跟在馬吉利身後的弟子都呆住了，直到這時，才有人暈頭轉向地問道：「馬師叔？這……這是怎麼回事？」

李妍擠開擋著她的幾個人：「阿翡！」

那姑娘的聲音太尖了，平時就咋咋呼呼的，這會兒扯著嗓子叫起來，更是好像一根小尖刺，直挺挺地戳進了周翡耳朵裡，生生將周翡叫出了幾分清明。她抬手擋了李妍一下，扭頭吐出一口血來，右半身這才有了知覺。

對了——她想，還有李妍，還有吳楚楚，她懷裡還有吳楚楚相託的東西，身後還有個風雨飄搖的四十八寨。

這是她外祖用性命換來的二十年太平，而大當家不在……

周翡忍著傷急喘了幾口氣。

她想，就算是要死，也得忍著，等會兒再死。

倘若李妍的頭髮能短上幾尺，此時想必已經根根向天了。她就像暴怒的小野獸一樣跳了起來，指著馬吉利道：「馬吉利，你說誰是賤人？你才是賤人！」

馬吉利脫離了四十八寨，卻也並未站在曹寧一邊。他那眾人看慣了的慈祥圓臉微微沉著，平素總是被笑容掩蓋的法令紋深深地垂在兩頰。他面色有一些蒼白，似乎陡然老了好幾歲。

李妍指著他的鼻子大罵，他也只是微微轉動著眼珠，漠然地看了那女孩一眼。

楊瑾方才被谷天璇一扇子震開斷雁刀，一側的虎口還微微發麻，見狀提刀在側，伸手攔了李妍一下，防止馬吉利暴起傷人。

李妍激動之下，將楊瑾伸出來的胳膊當成了欄杆，一把抓住，依然叫道：「臨走時我姑姑說你是她的左膀右臂，讓我在外面什麼都聽你的，還說萬一遇上什麼危險，你就算捨命不要，也會護我周全——她瞎！我爺爺也瞎！當年就不該收留你！」

寇丹如釋重負地上前，站在馬吉利身後，露出妍麗的半張臉，伸手搭在馬吉利肩膀上：「小阿妍，好大逆不道啊。」

李妍驟然閉嘴，少女的神色憤怒而冷淡，一時竟彷彿憑空長大了幾歲。

馬吉利之於李妍，好像是華容城中突然的圍困之於周翡。

總有那麼一些人、一些事，要讓養在桃花源中的少年明白，世上還有比被長輩責罵、比跟兄弟姊妹爭寵慪氣更大的事；有比整天給她起外號的大哥更可惡的人；也有比明知過不了關還要硬著頭皮上的考校更過不去的坎坷……

「馬叔，」李妍低低地說道，「前幾天在山下，你同我們說老寨主對你有生死肉骨之恩，是假的嗎？」

馬吉利整個人一震，澀聲道：「阿妍……」

謝允卻忽然道：「那日客棧中，我聽馬前輩與阿翡提起令公子，他如今可好？」

馬吉利緊緊地閉上了嘴，寇丹卻笑道：「好得很，馬夫人和龍兒我都照看著呢。」

「要不是老寨主，妳馬叔早就變成一堆骨頭渣子啦！」

「妳說一個男人，妻兒在室，連他們的小命都護不周全，就灌了滿腦子的『大義』衝出去找死，有意思嗎？」

「我要是早知道有這一齣，當初在邵陽，就不該答應把妳帶回來。」

他答應李瑾容送李妍到金陵的時候，心裡想必是不願意攪進寇丹和北朝的陰謀裡，想要乾脆避嫌出走、一了百了的，然而路上大概是因為諸多猶豫，才走得那麼慢，讓李大當家以為是李妍貪玩，還專程寫信訓斥侄女。

他在蜀中客棧中聽驚堂木下的前塵往事，在少女們嘰嘰喳喳的追問裡強作歡顏，左胸中裝著恩與義，右胸中是一家妻兒老小，來回掂量，不知輾轉了多少回。

周翡異想天開，執意下山，他知道山下的陰謀已經成型，所有的消息都會經他的手。而這個他從小看到大、從來桀驁不馴的小姑娘很可能一頭扎進北斗與寇丹手中，連同她身邊百十來個不知天高地厚的年輕人一起葬身於此。他下意識地追上來，跟她說了那一堆隱晦的廢話……可惜周翡全然沒聽出來。

到如今，終於逼到了這一步——他圖窮匕見，與昔日故人兵戈相見。

一面是區區不過千八百人的江湖門派，一面是處心積慮的數萬大軍，此乃卵與石之爭。

人得知道自己吃幾碗飯——馬吉利就是太知道了。

從他當了這個內線開始，便是開弓沒有回頭箭。就算四十八寨僥倖留存，將來李瑾容會容忍他這一場背叛嗎？

此時崗哨前未曾乾透的血跡、擺在長老堂前的屍首會讓他浪子回頭嗎？

哪怕之後周翡竟然成功挾持了北端王，哪怕四十八寨竟有一線希望能起死回生……他也只能將錯就錯。

周翡推開幾雙扶著她的手，吃力地彎腰撿起蒙塵的望春山，當成拐杖拄在地上，堪堪穩住了自己的身形。

她聲音非常輕緩，因為稍不注意就會牽動傷處。

「謝大哥跟我說身後有叛徒的時候，我們誰也沒懷疑叛徒會在山上。」周翡啞聲說道，「都以為消息走漏是因為我身邊的人，我甚至一個人都沒帶，獨自闖了春回鎮，抓了那姓曹的——因為我知道，消息事關軍情，必然是由馬叔你們這樣的老人親自接收送到長老堂的……」

周翡一口氣說到這裡，實在難以為繼，她小臉上沒有一絲血色，微微彎下腰去，輕而急地連換了數口氣。謝允抬手按在她後背上，將一股帶著冷意的真氣緩緩地推了進去。周翡輕輕地打了個寒戰，多少好過了一點。

為什麼謝允這隨便一個阿貓阿狗都能拎走的「書生」突然成了個高手？此時，周翡已經無暇去想這些了。

她方才趁李妍跳腳罵人的時候緩過一口氣來，悄悄遣了個弟子進四十八寨中報信——曹寧雖然暫時跑了，但他的數萬大軍沒有跟上來。此地只有兩個北斗和一幫黑衣人，不知寨中還剩下多少戰力……倘若拼了，未必沒有留下他們的可能。

周翡此時出面，是想要刻意拖時間，想到哪兒說到哪兒。然而說到這裡，一股突如其來的難過卻後知後覺地衝進了她的胸口。

「馬叔，」周翡扶著自己的長刀，吐出一口帶著涼意的氣息，「四十八寨是你們一手建成、一手維繫的。我們都是從秀山堂，從你眼皮底下拿到名牌的。你回頭看看，滿山的後輩都是你的弟子，都曾經從你口中第一次聽見三十三條門規。你背了無數次的門規，自己還記得嗎？」

她說到這裡，感覺到地面傳來了隱隱的震顫。非常時期，林浩的反應是極快的。曹寧的反應也是極快的，他感覺到了四十八寨的動作，立刻無聲無息地一揮手，便要令人撤。

楊瑾大聲道：「站住！」

這愣頭青也不管對面是「巨門」還是「狗洞」，當下便要追上去。跟著他的行腳幫見狀，連忙上前助陣。周翡微微避開謝允的手，謝允瞬間就明白了她的意思，他深深地看了她一眼，轉身抓向曹寧。

「風過無痕」獨步天下，謝允幾乎是人影一閃便已經追上了曹寧。谷天璇、陸瑤光與寇丹同時出手，謝允近乎寫意地後退一步，十文錢買的摺扇彷彿瞬間長出了銅皮鐵骨，先後從谷天璇的手掌、陸瑤光的長刀與寇丹的美人鉤上撞過去，竟然連條裂痕都沒有。

謝允目光一掃，心裡暗嘆：罷了，痛快這一回也是痛快。

他的身法快到了極致，從北斗面前掠過，竟叫谷天璇都有些眼花。同時，他手中摺扇轉了個圈，直入寇丹的長鉤之中。寇丹狠狠地吃了一驚——幾次旁觀，謝允竟將周翡破雪刀的「風」一式學了個有模有樣。

寇丹對這一招幾乎有了陰影，當即要甩脫他。

誰知謝允學的只是個形，並不似真正的破雪刀那樣詭譎。那摺扇在他手中轉了半圈，輕輕一卡。接著，一股厚重的內力透過扇子當胸打來，寇丹情急之下竟棄鉤連退數步，甩出一把煙雨濃。

謝允的扇面「唰」一下打開，扇面上「生年不滿百，常懷千歲憂」的題字將一把牛毛小針接了個結結實實，扇面隨即四分五裂。他頭也不回地將那扇子一丟，飛身躍起，躲開谷天璇與陸瑤光的合力一擊，把寇丹的美人鉤拎在手中。

這時，林浩親自帶人趕到，只見他一揮手，四十八寨眾人一擁而上，將北斗團團圍在中間，足有百十來人——已經是傾盡寨中戰力。

周翡耳畔盡是刀槍相抵之聲，她卻頭也不抬，一動不動地站在原地，一字一頓地將當年馬吉利說給她的三十三條門規背了一遍。唸一條，她便問馬吉利一句「對不對」，及至三十三條門規盡數唸完，馬吉利彷彿被人當面打了無數巴掌，眼圈通紅。

周翡盯著他，又說道：「天地與你自己，你無愧於哪個？你說令尊不自量力，將來馬師弟提起你來，該怎麼說？」

馬吉利聞言，大叫一聲，已經淚如雨下。

周翡緩緩站直了，彷彿攢夠了力氣，在等著什麼。

馬吉利果然懂了她的意思，突然掉頭衝進了戰圈。

寇丹被謝允奪了兵刃，短暫地退開片刻，手中扣緊了一大把煙雨濃，打算趁著謝允被谷天璇等人纏住的時候實施偷襲，餘光掃見馬吉利突然靠近，她本來沒太在意，誰知馬吉利一掌向她拍了過來。

寇丹沒料到自己的狗這麼快就反水，忙飛身往後退去，馬吉利一掌快似一掌。

這麼多年，在武功上，馬吉利一直難以真正地躋身一流，這才日復一日地在秀山堂中背門規，說不出是天分還是心性，他始終差了一點。但此時，他卻彷彿突然邁過了某一道門檻似的，掌法中驟然多了種不顧一切的凶狠，失了兵刃的寇丹一時竟有些狼狽。

可是鳴風樓主終究不是那麼好相與的，寇丹連退七步，大喝一聲道：「馬吉利，你將四十八寨賣成了篩子，現在才反水有什麼用？不要你老婆孩子的性命了嗎？」

馬吉利手下一滯，寇丹立刻要反擊。

這時，一柄長刀橫空插入，險些將她手掌削下去。寇丹吃了一驚，驀地移步退開，卻見那方才好似連站都站不穩的周翡竟然再一次拎起了望春山。由於受傷，她的刀無可避免地慢了不少，勁力更是跟不上。可寇丹出身鳴風樓，對殺意最是敏感，此時卻覺得周翡的刀再一次產生了微妙的變化。

周翡彷彿眨眼間，便將那些虛的、浪費力氣的、技巧性的東西都去除了，她的刀在迫不得已的情況下，竟然完成了一次去繁就簡，每一刀、每一個手腕翻轉，都致命起來。

寇丹心裡微沉，陡然從袍袖中甩出兩根牽機線，這東西周翡本來再熟悉不過，然而一提氣，胸口就跟要炸了似的，她身形不由得微微一滯，竟是慢了一步。周翡當機立斷將望春山往身前一橫，打算用硬刀直接對上這軟刀子。

突然，馬吉利掃向寇丹的下盤，寇丹怒喝一聲，牽機線回手掃了出去，一下纏住了馬吉利的胳膊。

馬吉利竟然不管不顧，同歸於盡似的撲了上去，他的胳膊瞬間便被牽機線絞了下來，血像六月的瓢潑雨，噴灑下來。馬吉利看也不看，一把抓住了寇丹，全身的勁力運於掌中，往她身上按去。寇丹手中的煙雨濃在極近的距離一根不差地全扎在了馬吉利身上，他臉上陡然青紫一片，掌中力道登時鬆懈，卻死死地拽著她沒撒手。

寇丹怒道：「你這……」

她話沒說完，望春山沒有給她機會，一刀從她那美麗的頸上劃了半圈。

寇丹周身狠狠地抽搐了一下，似乎想用盡全力扭過頭去。

「不殺妳，我還是意難平。」周翡低聲嘆道。

馬吉利整個人開始發冷、僵硬，他像凍上了一樣，隔著幾步望著周翡。

寇丹死了，今日在此地的鳴風一脈的人大概一個也跑不了，便不會再有人為難他們母子了吧？

便是……一了百了了吧？

周翡看了他一眼，沒說什麼，轉身走了。馬吉利眼睛裡的光終於漸漸暗下去，漸漸熄滅了，像一簇狂風中反覆搖擺的火焰。

周翡深吸了一口氣，轉身險些撞在林浩身上，林浩忙扶了她一把，他自己腿上有傷，兩人一起踉蹌了一下。

「我把人都帶來了，」林浩道，「剩下的……小孩子、不會武功的，還有那位吳小姐，我讓他們趁機從後山走了。妳放心，咱們這些人，死就死了，就算落到曹狗手裡，起碼還有自盡的力氣。」

周翡問道：「張師伯和趙師叔呢？」

「張師伯死了，趙師叔重傷，現在生死不知。」林浩道，「沒事，妳剛才不是殺了寇丹嗎，還有北斗和北端王……這些人殺一個妳就夠本了，殺兩個能賺一個，咱們不過是一幫不值錢的江湖草莽，誰怕誰？」

周翡覺得他說的話相當有道理，緩過一口氣來，她竟然露出了一點笑容，毫不遲疑地衝著那被重重北斗圍在中間的曹寧衝去。她漸漸不知道身上多了多少傷口，漸漸察覺到了蜀中深秋的嚴寒，可是她全不在意，一時間，眼裡只剩下這麼一把望春山，破雪刀好像融入了她的骨血。

北斗們當然看得出他們擒賊擒王的意圖，眾多黑衣人用人盾圍成了一個圈，緊緊地將曹寧夾在中間。曹寧淡定地看著外圈的護衛一層一層地死光，卻似乎絲毫也不在意，好像那些人都不過是他衣服上的小小線頭——厚實些更好，沒有也不傷筋動骨。

曹寧甚至有暇彬彬有禮地衝林浩一笑。

林浩都被他笑出了一身雞皮疙瘩，整個人激靈一下，當即覺出不對來，喝道：「當心，有詐！」

「哪兒有，」曹寧負手笑道，「只不過若是我能順利脫逃，自然會親自下山，若是我無法脫身，被押進寨中，陸大人與谷大人兩人必有一人下山主持大局。可是現在，我們都被困在此地，山下的大軍遲遲等不到消息，是不是只能說明一種情況呢？」

他話音未落，山谷中便傳來整肅的腳步聲與士兵們喊的號子聲，那聲浪越來越近，像一圈圈不祥的漣漪，往四面八方蔓延出去。

「就是我們需要人。」曹寧低聲道，隨即他的目光跳過林浩，轉身望向那被谷天璇與陸瑤光兩人夾在中間的謝允，朗聲道，「謝兄，我看你還是跑吧。」

謝允「哈哈」一笑，本想嘴上占點便宜，然而在兩大北斗手下，他也實在不像看起來那麼輕鬆。謝允險而又險地躲過了陸瑤光一刀，只來得及笑了一聲，一時居然無暇開口。

曹寧搖頭道：「怎麼都不聽勸呢？你們現在跑，我還能讓人慢點追——唉，如此鍾靈毓秀之地，諸君之中英雄豪傑又這麼多，殞滅此地豈不可惜？何不識時務？」

林浩眼眶通紅，冷笑道：「屠狗之輩字都識不全，哪兒會識時務？只可惜今日連累了千里迢迢來做客的朋友，都沒來得及請你們喝一杯酒。」

楊瑾一刀將一個北斗黑衣人劈成兩半：「欠著！」

一個行腳幫的人也叫道：「你這漢子說話痛快，比你們寨裡那蔫壞的丫頭實在多了！」

周翡無端遭到戰友指桑罵槐，卻無暇反駁。她眼前越來越模糊，幾乎是憑藉著本能在揮刀，身上的枯榮真氣幾乎被迫與她那一點微末的內力融為了一體。

華容城中，她被那瘋婆子段九娘三言兩語便刺激得吐血，如今想來，那時的心性也是脆弱。

那麼現在，是什麼還在撐著她呢？

蜀中多山、多樹，周翡記得自己曾經無數次地從那些樹梢上熟視無睹地掠過——清晨那些枝頭上充滿了細碎的露珠，她沒有謝允那樣風過無痕的輕功，總是不小心晃得樹枝亂顫，凝結的露珠便會撲簌簌地下落，時常將路過的巡山崗哨弄個一頭一臉……好在師兄們都不跟她一般見識。

她也曾無數次地躥到別家門派「偷師」，其實不能算偷，因為除了鳴風，大家都敞著門叫人隨意看，只是周翡有點孤僻，尤其看不慣李晟那一副左右逢源的樣子……好像也不對，其實仔細算來，應該是她先看不慣李晟，才故意反其道而行之，變得越來越不愛搭理人。

千鐘、赤岩、瀟湘……有些門派精髓尚在，有些沒落了。

她每每像個貪多嚼不爛的小獸，囫圇看來，什麼都想摸上一把，反而都學得不倫不類。直到周以棠頭也不回地離開，她才算真正地定下心神，懵懵懂懂地摸索起自己要走一條什麼樣的路來。

周翡曾經覺得，直到她出師下山，人生才剛剛開始。

因為過往十幾年實在是日復一日、乏善可陳，一句話便能交代清楚，根本算不上什麼「閱歷」。

可是忽然間，她在深秋的風中想起了很多過往未曾留意的事——她那時是怎麼跟李晟明裡暗裡鬥氣的，又是怎麼百般敷衍李妍也掙脫不開這跟屁蟲的。無數個下午，她在周以棠的書房中睡得一臉褶子，醒來瞥見小院中風景，看熟了的地方似乎每天都有細微差別——漸次短長的陽光、交替無常的晴雨、歲歲枯榮的草木……還有周以棠彈在她頭上的腦瓜崩。

她甚至想起了李瑾容。

李瑾容不苟言笑很多年，除了在周以棠面前能有一點細微的軟化，其他時候幾乎都是不近人情的。但是她會偶爾對李晟點個頭，對李妍無奈地嘆口氣，還有就是……有長輩誇她天賦高武功好的時候，她雖然從不附和，卻也從不說「小畜生差得遠」之類的自謙話來反駁。

周翡覺得自己可能是死到臨頭了，那些樁樁件件的事一股腦地鑽進她的腦子，走馬燈似的不停不息。她好像從來未曾刻意想起，原來卻一直不會忘卻。

原來她的一生之中，在這小小的山寨裡，有那麼多美好而鮮活的記憶。

訓練有素的北朝大軍終於湧了上來。

此時，整個四十八寨已經空了，所有的軟肋都已經悄然從後山走了，能不能逃脫，也只能聽天由命。而被大軍圍攻重創後的崗哨間，所有能拿得起刀劍的……稀鬆如李妍都站在了這裡，預備著以卵擊石。

偽朝領兵大將大喝道：「保護王爺，拿下賊寇！」

話音未落，前鋒已經一擁而上，即便是訓練有素的精兵，每個人都不過是受訓了幾年便拿起刀劍的尋常人，都好像一捧潑在身上也不傷一根汗毛的溫水，湊在一起，卻彷彿排山倒海的巨浪，頃刻便將四十八寨最後的精銳與行腳幫沖得四下離散。謝允將寇丹的長鉤橫在胸前，震開陸瑤光的一刀，手掌隱藏在寬袍大袖中，側身一掌推向谷天璇，不管他是否已經成了強弩之末，推雲掌卻永遠帶著股舉重若輕的行雲流水意味。谷天璇竟沒敢硬接，避走半身後方才低喝一聲，伸手攻向謝允腰腹，卻不料他只是虛晃一招，幾步間竟從他們兩人圍攻中信步晃出，脫離開去。

周翡只覺得身後有人飛快靠近，想也沒想便揮出一刀，被人一把抓住手腕。

她被那熟悉的手冰得一哆嗦，隨即反應過來身後人是誰，中途便卸了力道，這一口氣驟然沒提起來，她踉蹌了一下，被謝允堪堪扶住。

謝允的手從未這樣有力過，他把著周翡的手，將望春山劃開半圈，一圈圍上來的北朝偽軍紛紛被逼退，下一刻又瘋狂地湧上來。

「阿翡，」謝允在周翡耳邊輕聲說道，「我其實可以帶妳走。」

這一句話灌入周翡嗡嗡作響的耳朵，好像憑空給她軟綿綿的身體灌了一股力氣，原本順著謝允力道隨意遊走的望春山陡然一凝，隨即她居然一擺手臂，掙脫了謝允。

她那巴掌似的小臉上佈滿業已乾透的血跡，嘴唇白得嚇人，眼神很疲憊，彷彿下一刻便要合上眼，瞳孔深處卻還有光亮——微弱，又似乎能永垂不朽。

那一瞬間，她的長刀又有了活氣，刀鋒竟似有輕響，一招「分海」凌厲地推了出去。

相比「山」與「風」兩式，破雪刀「海」一式，是她最後才領悟的，使出來總是生澀，雖漸漸像模像樣，卻依然差了點什麼似的。沒想到此時千軍萬馬之中，竟讓她一招圓滿。那刀光扇面似的捲了出去，竟近乎炫目。

與此同時，周翡回手探進同樣佈滿血跡的前襟，摸出一個小包裹，薄薄的絲絹包裹著堅硬的小首飾，從她沾滿血跡的指縫間露出形跡來。

「替我把這個還給楚楚，」周翡沒有回答謝允的話，只說道，「再找個可靠的人幫她保存。」

謝允在兩步之外看著她，周翡已經是強弩之末，他本可以輕而易舉地把她強行帶走……

他把周翡的手和那小小的絹布包裹一同握在手心裡，一把將她拉到懷裡，躲過一排飛流而過的箭矢，側頭在她耳邊低聲道：「這裡頭有一件東西很要緊，是『海天一色』的鑰匙，甚至是最重要的一把鑰匙，妳看得出我一直在追查海天一色嗎？」

周翡自然看得出。

謝允的目光沉下來，這時，他忽然不再是山谷黑牢裡那個與清風白骨對坐的落魄公子了，他身上泛起說不出的沉鬱，像是一尊半面黑、半面笑的古怪雕像，即使帶著個人，憑他在洗墨江來去自如的輕功，也十分遊刃有餘。

他有些消瘦的下巴輕輕蹭過周翡的頭髮，漠然問道：「那妳這是什麼意思，考驗我會不會監守自盜嗎？」

周翡手中望春山一擺，連挑了三個北朝偽軍，聽了謝允隱含怒意的話，她不知為什麼有一點「扳回一城」的開心。

然而她終於什麼都沒說，只是將東西塞進謝允手裡，抽出自己被他攥得通紅的手指，看了謝允一眼——

一個人，是不能在自己的戰場上臨陣脫逃的。

而此物託有生死之諾，重於我身家性命。

這一副性命託付給你，還有一副，我要拿去螳臂當車。

這安排堪稱井井有條。

遠山長暗，落霞似血。

周翡轉身衝向洪流似的官兵。

謝允從骨頭縫裡往外冒著壓不下去的涼意，神魂卻似乎已經燒著了。

就在這時，一道突兀的馬嘶聲蠻不講理地撞入滿山的刀劍聲中——此地都是崎嶇的山路，誰在縱馬？

緊接著空中一聲尖鳴傳來，一支足有成人手腕粗的鐵矛被人當箭射了過來，將一個士官模樣的北軍釘在了地上，入地半尺，長尾猶自震顫不休。

林浩散亂的長髮貼在了鬢角，盯著那鐵矛怔了半晌，魔怔了似的低低叫道：「師……師叔……」

隨後他驀地扭過頭去，只見一隊武功極高的人悍然逆著人流殺了上來，所到之處睥睨無雙，活活將北軍的包圍圈撕開了一條裂口。

不知是誰叫道：「大當家！」

這三個字登時如油入沸水，陡然炸了起來。谷天璇立刻如臨大敵，再顧不上其他，三步併作兩步地衝到曹寧身邊：「王爺！」

曹寧的神色也是一凜：「李瑾容本人嗎？」

「想必是。」谷天璇一聲長哨，所有的北斗都聚集在了曹寧這格外圓的「月亮」身邊。小二十年的光景，當年舊都那場震驚九州的刺殺餘威竟依然在！

陸瑤光也飛身撤回來：「王爺，縱然區區幾十個江湖人不足為懼，也還是請您先行移駕安全的地……」

曹寧一抬手打斷他。

北端王看似笨重的身軀裡裹著常人所不能想像的機巧，他腦子裡簡直好像有一座環環相扣的險惡牽機。他越過陸瑤光等人，目光落到了那分外顯眼的行腳幫身上，突然下令道：「前鋒撤回，弓箭手準備！」

陸瑤光倏地一怔，一時沒弄明白他要幹什麼。

「天亡我楚，非戰之罪。」曹寧在周圍人一頭霧水之中低低地感嘆一聲，隨即猛地一揮手道，「集中精銳，向山下衝鋒，立刻下山。」

谷天璇等人一開始還怕這年輕的王爺不把李瑾容當回事，聽了這命令，一時都莫名其妙——他這不是不當回事，而是太當回事了。

縱然李瑾容帶走的是四十八寨真正的精銳，可也不過百十來人而已。他手握幾萬北軍，居然要在這突然殺回馬槍的百十來人面前撤退，為防追擊，還要佯裝氣勢洶洶地撤！可王爺畢竟是王爺，他一聲令下，別說撤退，哪怕讓他們這些人集體就地自盡，他們也不能違令。

北軍登時掉轉刀口，竟似孤注一擲地衝李瑾容等人壓了過去，傾覆而至。

縱然是一幫一流高手也絲毫不敢輕慢，當即被北軍衝散了些許，只能各自應戰，戰局登時激烈起來……

後來的事，周翡就不記得了。

她眼前一黑，心裡想著不能倒下，身體卻不聽使喚，長刀點地，恰好撐住了她，她就這樣站著暈過去了。

第三十四章　生別離

周翡好像做了一個很長的夢。

從李瑾容突然將她和李晟叫到秀山堂的那一刻開始，之後下山也好，遇到的那些人和那些事也好，似乎都是她自己憑空臆想出來的。

恍然夢回，一睜開眼，她彷彿還窩在自己那個綠竹掩映的小屋裡，床板一年到頭總是潮濕的，椅子倒了沒人扶，桌上亂七八糟地攤著一堆有用沒用的東西，用過從來不及時洗的筆硯經年日久發了毛，即將長出嫵媚的頂傘蘑菇來，屋頂有幾塊活動的瓦片，讓她隨時能躥上房樑脫逃而出……

直到她聞到一股刺鼻的藥味。

周翡試著動了一下，感覺自己的肩膀好像被人卸下來過，連帶著胸口、手臂，都是一陣難忍的悶痛。她忍不住低哼一聲，無意中在旁邊抓了一把，碰到了一個冰涼的東西。

是望春山。

那一刻，錯亂的記憶透過冰冷的刀鞘，「轟」的一聲在她心裡炸開，前因後果分分明明地排列整齊。周翡猛地坐起來……未果，重重摔回到枕頭上，險些重新摔暈過去。

這時，門「吱呀」一下開了，一顆鬼鬼祟祟的腦袋探進來，張望了一眼，還自以為小聲地說道：「沒醒呢，我看沒動靜。」

「李……」周翡剛發出一聲，嗓子就好像被鈍斧劈開了，她忍著傷口疼，強行清了幾下嗓子，這才道，「李妍，滾進來。」

李妍「哎呀」一聲，差點讓門檻絆個大馬趴，聞言連滾帶爬地衝撞進來：「阿翡！」

周翡一聽她叫喚就好生頭痛，幸好，有個熟悉的聲音解救了她：「李大狀，再嚷嚷就縫上妳的嘴。」

周翡吃了一驚，循著聲音望過去，居然看見了失蹤已久的李晟。

李晟已經將自己收拾整齊，然而他洗去了灰塵，卻洗不去憔悴。少年人臉頰上最後一點鼓鼓的軟肉也被熬乾了，他的面皮下透出堅硬的骨骼，長出了男人的模樣，乍一看，周翡覺得有些陌生。

陌生的李晟穩重地衝她點了下頭，跟在李妍身後不緊不慢地走了進來。

李妍兩片嘴皮子幾乎不夠發揮，忙得上下翻飛，氣也不喘地衝周翡說道：「姐啊，要不是李晟遇上了姑姑，他們臨時趕回來，咱們現在屍骨上都要長蛆了！」

周翡被她這一番展望說得起了一身雞皮疙瘩。

「偽朝的那幫賊心爛肺的王八蛋，跑得倒快，將來要是落在姑奶奶手裡，一定把他們剁一鍋，燉了餵狗吃……」

周翡十分艱難地從她滿嘴跑的大小馬車裡挑出些有用的話：「妳說曹寧……」

「跑了！」李妍氣不打一處來地說道，「妳說那胖子，那麼大的一坨長腿的肉山，跑得比鑽天猴還快。姑父的人都已經到山下了，就慢了一步，這都能讓他們逃了！」

周翡正吃力地扶著望春山，想要試著坐起來，聞聽此言，她全身的關節當場鏽住了，頭昏腦脹地問道：「妳說誰？我爹的人？」

李晟默不作聲地倒了一杯水，伸出兩根手指捏著李妍的後領將她拽開，把杯子遞給周翡，目光在陌生的長刀上一掃。

「謝謝，」周翡接過來，頓了頓，又補了一句，「……哥。」

李晟一點頭，掀起衣襬在旁邊竹編的小凳上坐下，有條有理地解釋道：「行腳幫跟大昭朝廷一直有聯繫，這回行腳幫先行一步，南邊那邊隨後出了兵，我們在往回趕的路上正好遇到了姑父的人——飛卿將軍聞煜妳知道嗎？」

周翡不但知道，還認識。

「我們腳程快，因此先行一步，聞將軍他們本來是隨後就到，一上一下，正好能給那曹老二來個甕中捉鱉。沒想到我們剛衝上來，那曹老二就好像察覺到了什麼，虛晃一招直接衝下了山，只差一點……還是讓他們跑了。」李晟話音十分平靜，雙手卻搭在膝頭，四指來回在自己的拇指上按著，好像藉此平復什麼似的。頓了頓，他又說道，「沒抓到也沒關係，這筆債咱們遲早會討回來。」

「妳沒回來的時候，咱們上下崗哨總共六百七十多人，就剩下了一百來人，」李妍小聲說道，「留守寨中的四十八……四十七寨裡的前輩們傷亡過半。」

李晟糾正道：「十之七八。」

周翡其實已經料到了，若不是傷亡慘重，像李妍這種一萬年出不了師的貨色，當時絕不會出現在最前線。但此時聽李晟說來，卻依然覺得觸目驚心。

一時間，屋裡的三個人都沒吭聲。

好一會兒，李晟才話音一轉，說道：「姑姑回來了，這些事妳就不必多想了，我聽說姑父過一陣子也會回來。」

周翡總算聽見了一點好消息，眼睛一亮：「真的，他要回家？」

李晟卻沒怎麼見開懷，敷衍地一點頭，隨即皺眉道：「怕是要打仗了。」

即使很多人認為曹家名不正言不順，他們還是站穩了狼煙四起的北邊江山。所以曹氏別的本領不曉得深淺，很能打是肯定的。

而建元皇帝南下的時候只是個懵懂的小小少年，如今卻正值雄心勃勃的壯年，在梁紹、周以棠兩代人的盡心竭力下，勢力漸成。如今他大刀闊斧地改革了吏治與稅制，想必不是為了偏安一隅的。

南北這兩年雖然勉強還算太平，但誰都知道，雙方終歸會有一戰，有個由頭就能一觸即發。

上一次的短兵相接，雙方以衡山為據。

這一回，四十八寨成了那個點燃炮火的撚子。

那麼屆時，戰火會燒到蜀中嗎？

周翡不由自主地想起了衡山上那個空蕩蕩的密道，感覺天底下很多事都似曾相識，椿椿件件都彷彿是前事的翻版。

如果大當家回來得再晚一點，蜀中會不會也只剩下一片空蕩蕩的群山呢？

四十八寨也會變成另一個家家白日閉戶的衡山嗎？

「吳小姐他們也回來了。」李晟又道，「本想一起來看妳，方才她被姑姑請去說話了。我聽說晨飛師兄……」

周翡嘆了口氣。

李晟按拇指的動作陡然快了三分，好半晌，他才非常輕、非常克制地吐出口氣來，說道：「知道了，妳休息吧。」

說完，他便趕羊似的轟著李妍離開。李妍本來老大不願意，被她哥瞪了一眼，呵斥了一句「功練了嗎，還混」，立刻便灰溜溜地跑了。

也不知這場大亂能激勵她多長時間。

李晟轟走了李妍，自己卻在門口停頓了片刻。他伸手把住門框，逆著光回過頭來，一瞬間，他彷彿衝破了什麼禁忌似的，脫口對周翡說道：「妳的刀很好。」

周翡一愣，還以為他說的是望春山，一句習慣性的「喜歡你就拿走」堪堪到了舌尖，回過神來，又實在不捨得，只好讓這句話周而復始地在嘴裡盤旋。

誰知李晟下一句又道：「妳練功的資質和悟性確實比我強，這麼多年，我一直在苦苦追趕，總是追不上，挺不甘心的。」

周翡：「……」

李妍：「……」

兩人一個門裡，一個門外，全都見鬼似的瞪向李晟，英雄所見略同地認為李晟恐怕是吃錯了藥。

李晟不耐煩地擺擺手，好像要將那些討人嫌的視線撥開似的，生硬地對周翡說道：「但是細想起來，其實那麼多不甘心，除了自欺欺人之外，都沒什麼用處，有用處的只有苦練。今天這話，妳聽了也不用太得意，現在妳走在前面，十年、二十年之後可未必。」

他一口氣將哽在心頭的話吐了出來，雖然有種詭異的痛快，卻也有種大庭廣眾之下扒光自己的羞恥，最後一句中每個字都是長著翅膀飛出去的。飛完，李晟一刻也待不下去，掉頭就走，全然不給周翡回答的餘地。

李妍唯恐自己知道得太多被李晟滅口，也一溜煙跑了。這對不靠譜的兄妹連門都沒給她關。

周翡作為傷患，跟門外染上了秋意的小院寂寞地大眼瞪小眼片刻，被小風吹了個寒噤。實在沒辦法，她只好勉強將自己撐起來，拿長刀當拐杖，一步一挪地往門口蹭去。

忽然，她聽見了一陣笛聲。

笛子不好，高音上不去，低音下不來，轉折處有些喑啞。可是吹笛人很有兩把刷子，不愧是將淫詞豔曲寫出名堂的高人，再粗製濫造的樂器到了他手裡，也能化腐朽為神奇。拿著這麼個粗製濫造的東西，他還能耍幾個遊刃有餘的小花樣，露出一點無傷大雅的油腔滑調來。

周翡吃力地靠住門框，抬頭望去，只見謝允端坐樹梢，十分放鬆地靠著一根樹枝，隨風自動，非常愜意。

周翡等他將一首曲子原原本本地吹完，才問道：「什麼曲子？」

「離恨樓裡生離恨。」謝允笑道，「路上聽人唱過多少回了，怎麼還問？」

周翡仔細琢磨了一下，好像確實是《離恨樓》裡的一段，只是別人吹拉彈唱起來都是一番生別離的淒風苦雨，到了謝某人這裡，調子輕快不說，幾個尾音甚至十分俏皮，因此不大像「離恨」，有點像「滾蛋」，她一時沒聽出來。

謝允含笑看著周翡，問道：「我來看看妳，姑娘閨房讓進嗎？」

周翡道：「不讓。」

謝允聞言，縱身從樹上跳下來，嬉皮笑臉地一攏長袖，假模假樣地作揖道：「唉，最近耳音不好，聽人說話老漏字——既然姑娘有請，在下就卻之不恭了，多謝多謝。」

周翡：「……」

謝允在她「嘆為觀止」的目光下，大模大樣地進了屋，還順便拽過周翡手裡的長刀，拉著她的手腕來到床邊，反客為主道：「躺下躺下，以咱倆的交情，妳何必到門口迎接？」

他嘴上很賤，眼睛卻頗規矩，並不四下亂瞟——雖然周翡屋裡也確實沒什麼好瞟的。

周翡默默觀察片刻，突然發現他有個十分有趣的特點，越是心裡有事，越是不自在，他就越喜歡拿自己的臉皮到處耍著玩，反倒是心情放鬆的時候，能聽到他正經說幾句人話。

謝允察覺到她的目光：「妳看我幹什麼？我這麼英俊瀟灑，看多了得給錢的。」

周翡道：「沒錢，你自己看回來吧。」

謝允被她這與自己風格一脈相承的反擊撞得一愣：「妳……」

「妳」了半天，他沒接上詞，自己先忍不住笑了。隨即他笑容漸收，輕輕摩挲了一下自己的笛子，問道：「妳有什麼想問我的話嗎？」

周翡想問的太多了。

譬如曹寧為什麼一副跟他很熟的樣子？谷天璇口中的「推雲掌」又是怎麼回事？他既然身負絕學，之前又怎麼會被一幫江湖宵小追得抱頭鼠竄？他在追查的海天一色到底是什麼？然而這些話湧到嘴邊，周翡又一句一句地給咽下去了。她看得出，謝允有此一問，只是實在瞞不下去了，其實並不想說，這會兒肯定已經準備了一肚子的鬼話等著矇她，問也是白問。

因此她只是沉吟片刻，問道：「要打仗了嗎？」

謝允晦暗不明的目光落在她身上，彷彿驚愕於她挑了這麼個問題，好一會兒，他才說道：「曹寧並非皇后之子。」

謝允答非所問，周翡一時沒聽懂裡面的因果關係。

「曹仲昆是篡位上位，之前不怎麼講究，納了個妓女做外室，懷了曹寧才接回來做妾。這事頗不光彩，當年的曹夫人，如今的北朝中宮很不高興。那女人生下曹寧就一命嗚呼，這曹寧胎裡帶病，從小身形樣貌便異於常人——妳也看見了。到底是他天生命不好，還是當年在娘胎裡的時候有人動了手腳，這些就不得而知了。」謝允說道，「據說因為他的出身和相貌，從小不討曹仲昆喜歡，曹仲昆自己都不想承認這個兒子……偏偏曹寧此人並不庸碌，有過目成誦之能，十幾歲就辭了生父，到軍中歷練。曹仲昆不喜歡他，大概死了也不心疼，所以由著他去了。誰知此子雖然不能習武，卻頗長於兵法，接連立功，在軍中威望漸長。」

周翡仍是一頭霧水，有些吃力地聽著這些宮闈祕事。

「曹寧靠軍功入了曹仲昆的眼，曹仲昆知道自己是怎麼上位的，一直將兵權牢牢地握在手中。他不怕兒子有軍功，但是太子怕——妳記得幾年前曾經有過曹仲昆病重的謠言嗎？當時北斗借機發難，北朝朝堂也被清洗了一遍，大家都知道那只是偽帝的試探，但我懷疑那是真的。偽帝的年紀擺在那兒，他能成為九五至尊，不代表他也能長生不老——如果妳是太子，有個一身軍功的弟弟，妳會怎麼想？」

周翡終於隱約明白了點什麼：「你是說……」

「太子容不下他，反過來，曹寧也未必對太子毫無想法。此番揮師南下蜀中，曹寧看似灰溜溜地無功而返，但經此一役，南北倘若就此開戰，對他來說反而是天大的好處。」謝允說道，「反倒是大昭，雖然也想收復北地，重回舊都，但此時動手未必是好時機。等曹仲昆身死，舊都新皇上位，北邊必有一場動盪，到時候乘虛而入，豈不更穩妥？甘棠先生慣使春風化雨的手段，比起全線開戰，他更願意等待時機，挑起北朝內亂。」

謝允說完，將周翡那天塞進她手裡的那個絹布小包取出來放到她枕邊：「行了，妳要是沒有別的問題，我也能功成身退、物歸原主了，趕緊還給妳，省得等會兒吳小姐過來妳沒法交代。」

他好像撂下了一個包袱似的，站起來就要走：「當年我問妳一聲名字，妳哥都不高興，再打擾妳休息，他要過來轟我了，走了。」

周翡下意識地叫住他：「哎……」

謝允腳步一頓，垂下眼簾，那目光一時間幾乎是溫柔的。

周翡不想放他走，因為還有好多事沒問完，比如就算他本來就是個高手，出於什麼緣由一直藏著掖著，為什麼那天突然暴露了呢？為了救她嗎？

刀光劍影中那句「我其實可以帶妳走」，以及春回小鎮裡印在她臉頰上的那根手指……

周翡看著謝允，突然有點憋屈，因為她實在不知道應該怎麼開口，而謝允那孫子好像打算裝作什麼都沒發生！

謝允輕聲問道：「什麼事？」

周翡憋了半晌，憋出一句：「你在哪兒落腳？」

「你們寨裡的客房。」謝允笑咪咪地說道，「貴地果然鍾靈毓秀，秋冬時分十分舒適，我打算多賴一陣子呢。妳快點養傷，養好了帶我領略蜀中風光。」

周翡用一種非常詭異的目光盯著謝允。

謝允問道：「又怎麼了？」

周翡遲疑了一會兒，覺得自己大概是躺久了，太陽穴還是一抽一抽地疼：「總覺得這不像是你會說的話。」

謝允大笑道：「那我會說什麼？趕緊養肥一點，過來給我當端王妃嗎？」

周翡：「……」

謝允一邊笑一邊往外走，手裡攥著他那支破笛子，吊兒郎當地背在身後。有那麼一瞬間，周翡突然覺得他的手指尖微紅，手背上卻泛起了一股病態的青白色，好像剛從冰水裡拎出來。

周翡脫口道：「謝大哥，你沒事吧？」

不知是不是她的錯覺，謝允的腳步好像停頓了一下。

她扶著床柱，頭重腳輕地站了起來：「我還沒說完，你那天跟我說，這布包裡面有一樣東西很要緊，是『海天一色』的鑰匙，是怎麼回事？」

「反正這事已經被人蓄意捅出來了，告訴妳也沒關係，」謝允一腳跨在門檻上，帶著幾分敷衍，懶散地說道，「這裡面應該有一樣東西上有水波紋，水波紋就是『海天一色』的標記。」

周翡越聽越覺得不對勁，冷靜地追問道：「是哪一樣？」

謝允一本正經地擺出一張端莊的臉，好像他從沒寫過淫詞豔曲一樣，回道：「姑娘家的東西，我怎麼好瞎翻？妳自己找找就知道了。」

周翡步步緊逼道：「可你不是一直在追查『海天一色』嗎？」

連看都不看一眼嗎？

他突然發現她這幾天長了不少心眼，都學會旁敲側擊了！

謝允：「……」

周翡又道：「還有……」

她還沒說「還有」什麼，眼前突然一花，謝允轉瞬便到了她面前，猝不及防地一抬手，堂堂正正地掃過她的昏睡穴。

周翡自己站穩都吃力，躲閃不及，再者也對謝允缺少防備，居然被他一招得手。她的眼睛先是驚愕地睜大，隨即終於還是無力地合上，毫無抵抗地被他放倒了。

謝允輕柔地接住她，小心地將周翡抱起來放了回去，嘀咕道：「熊孩子哪兒那麼多『還有』，我還以為妳能多憋兩天呢。」

他想伸手在周翡鼻子上刮一下，手伸出去，又僵在了空中，因為發現自己的手正不由自主地發著抖，指縫間寒氣逼人，沾上山間豐沛的水汽，幾乎要結出一層細霜來。他臉上的笑容也跟著慢慢凝結，良久，謝允將凍得發青的手縮回來，雙手握在一起，像在北方的冰雪之夜裡趕路的旅人那樣，往手心裡呵了一口氣，來回搓了搓。

然而這也於事無補，因為他發現自己連氣息都開始變冷了。

正值午後，是一天中最暖和的時刻，強烈的日光躲過窗前古樹，刺破窗欞，洶湧而入，卻好似全都與他擦肩而過，連一分溫暖都挨不上他。

謝允忽然有點後悔跑這一趟，笛子在他修長的手指間緩緩地轉動著，他不由得捫心自問：「你跑這一趟幹什麼呢？」

明知道無論周翡問什麼，他都不可能說實話，還特意跑來見她，撩撥她問，簡直是吃飽了撐著。

謝允若有所思地琢磨了片刻，感覺除了自己天生欠揍，此事大概只能有一個解釋——他真的很期待周翡會憋不住問，憋不住關心，這樣一來，他會有種自己在別人心裡「有分量」的錯覺。

這一點彆彆扭扭的歪心思如此淺顯易懂，不說旁觀者，連他自己也清楚。

謝允不由得自嘲一笑，轉身走出這間溫暖的屋子。他很想瀟灑而去，可是一步一步，身後卻始終有什麼東西勾連著他，誘著他再回頭看一眼。

終於，謝允忍不住駐足回首，他看見周翡神色安寧，懷裡像抱著什麼心愛的物件一樣，抱著那把有三代人淵源的長刀，貼著凶器的睡顏看起來居然十分無辜。

謝允的眼睛好像突然被那少女的面容蜇了一下。

是她強行從暗無天日的地下黑牢裡把他押出來，將他捲進了一波未平、一波又起的麻煩裡，逼著他大笑、發火、無言以對……

但舉世塵埃飛舞，他這一顆卻行將落定。

轟轟烈烈地鬧騰完，周翡回到了她綠樹濃蔭的山間小屋，他也總歸還是要回去跟白骨兄相依為命。

再留戀也不行。

謝允不再看周翡，輕輕地替她合上門，衣袂翻起一陣天青色的漣漪，彷彿細沙入水，幾個轉瞬，他便不見了行蹤。

等到聞煜追擊曹寧回來，驚聞謝允在此的時候，再要找，那人已經風過無痕了。

李瑾容是在傍晚時分，才總算騰出一點工夫來的。

四十八寨幾乎是一片狼藉，她一趕回來，人人都好像找著了主心骨，一口氣鬆下來，集體趴下了。

李瑾容連對著瘡痍滿目悲愴一下的時間都沒有，便有大小事迎面而來。等著她拿主意的人從長老堂一直排到了後山。她得查清死傷人數，得把每個還能直立行走的人都安排好，得重建寨中防務。山下還有無功而返的聞煜和他的南朝大軍要安頓，有無端受牽連的百姓等著四十八寨的大當家露面，給他們一點安慰……

風燈逐漸點亮的時候，李瑾容才摒退左右，拖著一身疲憊，輕手輕腳地推開周翡的房門。

她將一盞小燈點起來，在晦暗的光線下看了周翡一眼。周翡好像被這一點動靜驚動，有點要醒的意思，無意識地皺緊了眉，攥緊了她的刀柄。

李瑾容看清了她那把不知從哪兒弄來的刀，突然瞳孔一縮——那把刀跟當年李徵用過的一模一樣。

「傳承」二字，實在太微妙了。

李瑾容輕輕坐在床邊，撩開周翡額上的一縷頭髮，見她額角還有一處結了痂的擦傷，有點可憐。她便嘆了口氣，目光柔和下來，輕輕地拉起周翡的手腕，想探一探周翡的傷。

脈門乃人身上要害之一，周翡下山歷練一圈，警覺性早已經今非昔比，李瑾容的指尖剛放上去，周翡便陡然一激靈，驚醒過來。

見她醒了，李大當家原本有些溫柔的神色瞬間便收斂了起來，手指一緊扣住周翡脈門，面無表情地吩咐道：「別亂動。」

周翡雖然有將近一年沒見過李瑾容，然而骨子裡的服從還在，立刻本能地不敢動了。

李瑾容突然皺起眉，試探性地推了一絲細細的真氣過去，誰知立刻遭到反彈——周翡這次精疲力竭受傷昏迷，她體內運轉到極致的枯榮真氣卻得到了一次脫胎換骨的淬煉，越發強勁起來，稍微一碰，便露出了唯我獨尊的獠牙。

「內傷倒是無妨，養一陣子就行，馬吉利看來是手下留情了。」李瑾容縮回手，問道，「但妳的內力是怎麼回事？在外面遇見誰了？」

周翡此時迫切地想知道謝允為什麼會突然打暈她，這會兒又到哪兒去了。但大當家問話也不能不答，只好飛快地將華容城中遇見段九娘的事簡單說了一遍——當然，略去了那瘋婆子自稱她「姥姥」的細節。

當年刺殺曹仲昆失敗，段九娘就和四十八寨斷了聯繫，李瑾容自己一攤事也是焦頭爛額，便沒有多關心過段九娘的下落——枯榮手是何等人物，縱橫世間，有幾人堪為敵手，哪裡用得著別人關照？

卻沒想到她竟然是自己給自己畫地為牢、囚困終身。

周翡見李瑾容若有所思，見縫插針地問道：「娘，跟我們一起回來的那位謝大哥……」

李瑾容一掀眼皮，周翡忽然一陣心虛，不由自主地移開了視線。

隨即，周翡又覺得自己頗為莫名其妙，心道：我沒事心虛什麼？

於是她再次硬著頭皮對上李瑾容犀利的視線。

「謝……大哥？」李瑾容有些咬牙切齒，記恨這小子當年搗亂是一方面，再者聞煜為了找謝允，幾乎將蜀山翻了個底掉，端王的身分再也瞞不住了。

「大哥」兩個字從李瑾容嘴裡冒出來，周翡沒來由地打了個寒戰。

李瑾容瞪了她一眼：「妳知道他是懿德太子遺孤嗎？」

「知道，他是端王，常年離家出走，平時貼兩撇小鬍子，自稱『千歲憂』，靠賣小曲為生。」周翡先是三言兩語把謝允交代了個底掉，接著又轉著眼珠覷著李瑾容的臉色，試探道，「雖然……呃，他當年闖過洗墨江，是非常欠抽，但那也是替人跑腿，這回也多虧他……」

周翡乍一醒來，不好好交代自己這一路上都闖了什麼禍，還三心二意地先惦記起一個外人——李瑾容以前一直發愁，因為周翡是個一身反骨的混帳，嘴損驢脾氣，跟自己都敢說翻臉就翻臉，要是將來能嫁出去，不滿世界結仇，李大當家已經要唸阿彌陀佛。誰知這回，她卻是結結實實地感受了一次什麼叫作「女大不中留」。李瑾容一時也不知自己是該欣慰還是該鬱悶。

好幾種滋味來回翻轉一周，李大當家的臉色比來時更沉了。周翡機靈地把後面的話咽回去了。

「他走了。」李瑾容冷冷地說道，「聞煜也在找他，不過他沒驚動崗哨，大概從洗墨江那邊離開的。」

周翡：「什麼！」

「叫喚什麼？」李瑾容先是訓斥了她一句，隨即又站起來，在房中來回踱了幾步，伸手按了按自己的眉心，說道，「先太子遺孤——妳可知這身分意味著什麼？」

周翡無言以對。

李瑾容又道：「當年大昭南渡，為重新收攏人心，打的旗號便是『正統』。『趙氏正統』四個字，就是皇上最初的班底。但若是論起這個，其實懿德太子那一支比當今更名正言順。所以至今趙淵都不敢明說將來要傳位給自己的兒子。」

她說完，凌厲的目光射向周翡，周翡眼珠亂轉，一看就是在琢磨別的，根本沒聽進去。

李瑾容額角突突直跳：「周翡！」

「我知道，」周翡忙乖巧地說道，「人家救我一命，我還沒道謝呢。」

李瑾容：「……」

不知為什麼，周翡沒有梗著脖子跟她頂嘴，她居然有些不習慣。

李瑾容本來準備了一肚子訓斥，見周翡乖巧之下是蓋不住的憔悴，分明是強打精神，卻一聲沒吭。她突然間就覺得她的小姑娘長大了。她的目光不知不覺中柔和下來，有點欣慰，也有點無所適從：「罷了，妳先休息吧，過兩天傷好一點，再來跟我交代路上做了些什麼。」

周翡規規矩矩地起來送她。

真是懂事了。李瑾容心想，按了按周翡沒受傷的左肩，快步走了——她還有一堆瑣事要處理。

「懂事」了的周翡一直目送李瑾容，直至確定她走遠了，這才一躍而起，回身抓起望春山。想了想，又將吳楚楚的那個絹布包揣在懷裡，一陣風似的從後邊院牆跳了出去——氣沒提上來，落地時還差點崴腳。周翡齜了一下牙，鬼鬼祟祟地往四十八寨的客房方向跑去。

吳楚楚初來蜀中，滿懷心事，正坐在院子裡發呆，突然院裡掠過一道人影，嚇得她當場尖叫了一聲。

周翡忙小聲道：「是我。」

吳楚楚用力拍著胸口：「嚇死我了……妳的傷怎麼樣了？我今天去看過妳，但……」

周翡沒應聲，一邊隨手將那絹布包摸出來塞給吳楚楚，一邊縱身跳上了牆頭，登高四下尋摸。

吳楚楚問道：「……妳幹什麼呢？」

「找人。」周翡一邊望著附近一排小院和依山的小竹樓，一邊心不在焉地問道，「客房都在這邊嗎？」

吳楚楚仰著頭，還沒來得及答話，門口便闖進一個人來，喝道：「什麼人！」

李妍受了刺激，難得用功，拽著她哥請教了半天。李晟剛開始還盡心盡力地教，結果發現此人乃朽木不可雕也，終於忍無可忍，甩袖走了。慘遭親哥嫌棄的李大狀正罵罵咧咧地自己瞎比畫，突然聽見一聲嘲笑，一回頭，發現是楊瑾那黑炭。李妍新仇舊恨一起湧上心頭，當即不知天高地厚地衝楊瑾挑戰。楊瑾才懶得搭理她，扭頭就走，李妍糾纏不休，一路跟著他跑到了客房這邊，還沒怎樣，就聽見吳楚楚一聲驚叫，當下以為出了什麼事，連忙闖進來一探究竟。

楊瑾不便像她一樣闖大小姐的院子，便只好抱著斷雁刀，皺著眉來到門口，以防不測。

不料他一抬頭，正對上周翡從牆頭上掃下來的目光。

李妍看清了人，仰著頭詫異道：「姐，妳自己院裡那牆不夠妳爬，還專門跑這兒來爬牆？」

周翡沒理會她，她看見楊瑾，心裡突然冒出個餿主意。

國家圖書館出版品預行編目資料

有匪2：離恨樓 / Priest 著.--初版.--台北市：奇幻基地出版，城邦文化發行；家庭傳媒城邦分公司發行；2018.3（民107.3）
面： 公分.－（境外之城：78）

ISBN 978-986-95902-4-2（平裝）
857.7 107000510

ISBN 978-986-95902-4-2
Printed in Taiwan.

城邦讀書花園
www.cite.com.tw

境外之城 078

有匪2：離恨樓

作　　者／Priest
企畫選書人／張世國
責 任 編 輯／張世國

發　行　人／何飛鵬
副 總 編 輯／王雪莉
業 務 經 理／李振東
業 務 主 任／范光杰
資深版權專員／許儀盈
版權行政暨數位業務專員／陳玉鈴
法 律 顧 問／元禾法律事務所　王子文律師
出版／奇幻基地出版
城邦文化事業股份有限公司
台北市 104 民生東路二段 141 號 8 樓
電話：(02)25007008　傳眞：(02)25027676
網址：www.ffoundation.com.tw
e-mail：ffoundation@cite.com.tw
發行／英屬蓋曼群島商家庭傳媒股份有限公司城邦分公司
台北市 104 民生東路二段 141 號11 樓
書虫客服服務專線：(02)25007718．(02)25007719
24 小時傳眞服務：(02)25170999．(02)25001991
服務時間：週一至週五09:30-12:00．13:30-17:00
郵撥帳號：19863813　戶名：書虫股份有限公司
讀者服務信箱 E-mail：service@readingclub.com.tw
歡迎光臨城邦讀書花園 網址：www.cite.com.tw
香港發行所／城邦（香港）出版集團有限公司
香港灣仔駱克道 193 號東超商業中心 1 樓
電話：(852) 2508-6231 傳眞：(852) 2578-9337
馬新發行所／城邦（馬新）出版集團
【Cite(M)Sdn. Bhd.(458372U)】
11, Jalan 30D/146, Desa Tasik,
Sungai Besi, 57000 Kuala Lumpur, Malaysia.
電話：(603) 90578822　傳眞：(603) 90576622

封面設計／黃聖文
書盒插畫／Hiroshi
書盒設計／黃聖文
排　　版／極翔企業有限公司
印　　刷／高典印刷有限公司
■2018 年（民 107）3月1日初版一刷
■2021 年（民 110）6月4日初版6.5刷

售價／350元

廣　告　回　函
北區郵政管理登記證
台北廣字第000791號
郵資已付，免貼郵票

104台北市民生東路二段141號11樓

英屬蓋曼群島商家庭傳媒股份有限公司城邦分公司 收

請沿虛線對摺，謝謝

奇幻基地

每個人都有一本奇幻文學的啟蒙書

奇幻基地官網：http://www.ffoundation.com.tw
奇幻基地粉絲團：http://www.facebook.com/ffoundation

書號：**1HO078**　　書名：有匪2：離恨樓

請於此處用膠水黏貼

奇幻基地

讀者回函卡

謝謝您購買我們出版的書籍！請費心填寫此回函卡，我們將不定期寄上城邦集團最新的出版訊息。

姓名：________________ 性別：□男 □女

生日：西元________年________月________日

地址：________________

聯絡電話：________________ 傳真：________________

E-mail：________________

學歷：□1.小學 □2.國中 □3.高中 □4.大專 □5.研究所以上

職業：□1.學生 □2.軍公教 □3.服務 □4.金融 □5.製造 □6.資訊

□7.傳播 □8.自由業 □9.農漁牧 □10.家管 □11.退休

□12.其他________________

您從何種方式得知本書消息？

□1.書店 □2.網路 □3.報紙 □4.雜誌 □5.廣播 □6.電視

□7.親友推薦 □8.其他________________

您通常以何種方式購書？

□1.書店 □2.網路 □3.傳真訂購 □4.郵局劃撥 □5.其他

您購買本書的原因是（單選）

□1.封面吸引人 □2.內容豐富 □3.價格合理

您喜歡以下哪一種類型的書籍？（可複選）

□1.科幻 □2.魔法奇幻 □3.恐怖 □4.偵探推理

□5.實用類型工具書籍

您是否為奇幻基地網站會員？

□1.是□2.否（若您非奇幻基地會員，歡迎您上網免費加入，可享有奇幻基地網站線上購書75折，以及不定時優惠活動：http://www.ffoundation.com.tw/）

對我們的建議：________________

____

____

請於此處用膠水黏貼